오국지

5

오국지 5
천하, 진정한 승자를 기리다

초판 1쇄 발행 | 2014년 6월 19일
초판 3쇄 발행 | 2014년 10월 23일

지은이 정수인
발행인 이대식

책임편집 김화영 **편집** 이숙 나은심
마케팅 윤여민 정우경 **관리** 홍필례
디자인 모리스

주소 서울시 종로구 평창길 329(우편번호 110-848)
문의전화 02-394-1037(편집) 02-394-1047(마케팅)
팩스 02-394-1029
전자우편 saeum98@hanmail.net
블로그 saeumbook.tistory.com
페이스북 facebook.com/saeumbooks

발행처 (주)새움출판사
출판등록 1998년 8월 28일(제10-1633호)

© 정수인, 2014
ISBN 978-89-93964-82-0 04810
      978-89-93964-77-6 (세트)

• 잘못된 책은 바꾸어 드립니다.
• 책값은 뒤표지에 있습니다.

정수인
역사소설

오국지

5

천하, 진정한 승자를 기리다

새흥

차례

일러두기

1. 이 책에서는 연대를 계산하는 기준을 단기(檀紀)로 삼고 서기(西紀)는 괄호 안에 병기했다. 예수 그리스도가 태어난 서기 원년은 단군왕검이 고조선을 세운 지 2334년 되는 해다. 우리나라는 5·16군사쿠데타 이후 단기를 버리고 서기를 사용했다. 우리 역사소설이기에 당연히 소설 전개를 위해서도 단기를 사용하는 것이 맞다는 저자의 생각에 따른다.

2. 중국이라는 국호는 1911년 쑨원(孫文)이 신해혁명을 일으켜 청을 없애고 중화민국을 세우면서 처음으로 사용되었다. 따라서 수·당 시절을 중국이라 칭해서는 안 된다. 이 책에서는 그 땅을 서토(西土)로 칭했다.

3. 이 책에서는 가능한 한 한자를 병기하지 않았다. 대신 되도록 우리말을 살렸다. 예컨대 여름지기(농부), 안해(아내), 바오달(군영) 등을 그대로 썼다.

4. 삼국 시기에는 고구려, 백제, 신라 공히 화랑제도가 있었다. 김부식에 의해 신라에만 있었던 것으로 잘못 전달되었을 뿐이다. 신라는 화랑, 백제는 배달, 고구려는 선배로 그 이름만 달랐을 뿐, 제도 자체는 크게 다르지 않았다. 이 책에서는 당시의 풍습을 따라 각각의 호칭을 살렸다.

세 남자의 의로운 죽음

"상주정 대장군은 이 일을 어찌 하는 게 좋겠소?"

"무슨 말씀이신지?"

"반란군 포로들을 어떻게 처결할 것인지 묻는 것이오."

"그야 정확한 조사로 죄의 경중을 따져서 처리해야 할 것입니다."

"응당 그리 해야 할 것이오. 누구보다도 이번 사태의 전말을 소상히 알고 있을 상주정 대장군이 직접 조사해서 보고하시오."

새로 상대등에 오른 알천이 유신에게 내리는 명령이었다. 상대등 알천은 조정 군사를 지휘해 반란군을 진압한 상장군을 굳이 '상주정 대장군'으로 호칭했다. 물론 상주정 대장군의 직도 함께 갖고 있었지만, 김유신은 압량주 군주였으니 알천은 가장 낮은 호칭으로 유신을 부른 것이다.

"모두가 알 만큼 알고 있을 터이니 잡다한 것은 모두 빼버리고 중요한 것만 철저하게 조사하시오. 상대등 비담이 어떻게 대당의 군사를 동원했으며 서당의 군사들은 무슨 재주로 그 날 아침 즉각적인 동원이 가능했는지, 더구나 변방을 지키는 상주정 군사들까지 대규모로 월성에 들어올 수 있었는지. 모든 사람들이 그 세 가지를 가장 궁금해할 것 아니겠소?"

기어이 우려하던 일이 터지고야 말았다. 상대등 알천이 그날 동원되었던 서당과 상주정의 군사를 문제 삼고 나선 것이다.

김유신이 상대등 비담과 대아찬 염종이 대당의 군사를 동원하기 전에 조정이나 병부에 알렸더라면 사전에 조용히 진압해서 이처럼 수많은 군사들이 피를 흘리는 일은 없었을 것이다. 유신이 역모에 가담하지 않았다고 증명하는 것은 조금도 어려운 일이 아니지만, 상대등의 모반을 뻔히 알면서도 자신이 무공을 세우기 위해 모르는 척 방치했다는 혐의는 무슨 재주로도 피할 수가 없게 된다.

자신의 공을 위해 조정과 백성들을 불안에 떨게 하였으며 특히 무고한 군사들의 피를 흘렸으니 일정 기간 조정에 들지 말라는 근신처벌은 기본이고, 자칫하면 모든 관직까지 빼앗길 판이다.

당시 서라벌에서 휴가 중이었던 상주정의 군사 수십 명이 병부에 불려갔다는 불길한 소식까지 날아들었다. 조사가 모두 끝날 때까지 이들이 갇힌 옥사에는 누구도 접근시키지 말라는 상대등의 엄명까지 내려졌다고 한다. 병부령이 아직 공석 중이었으므로 며칠 전까지 병부령으로 있던 상대등 알천의 명은 병부에 절대적일 수밖에 없었다. 병부에 갇힌 자들을 몰래 빼낸다는 것은 상상도 할 수 없는 일이었다.

다급해진 유신은 음양도를 시켜 옥두리를 안가로 불렀다.

"똑똑하면 뭘 하고 무용이 높으면 뭘 해? 찰명, 그 아이가 이 험난한 세상을 어떻게 살아갈 것인지 걱정이 돼서 죽겠어. 내가 언제까지 살아서 방패막이가 돼줄 수도 없고, 뒤를 봐줄 든든한 사람이 있는 것도 아니고."

사태가 급박하고 절박해서 먼저 불러 상의하려 했으나, 옥두리는 태평스럽게 막내아들 찰명에 대한 걱정만 늘어놓았다.

"상주정 군사들의 일을 파고드는 상대등을 어떻게 막아야 하는지, 그것이나 생각해보란 말이오."

"어리고 순진한 우리 찰명이가 걱정이지, 나한테 뭐가 걱정이겠어?"

유신은 상대등 알천이 아니라 옥두리의 한심한 아들 찰명의 일부터 해결해야 했다.

"찰명이는 걱정 마. 내가 정말 내 친자식처럼 돌볼 테니까. 조금이라도 서운하게 하거나 내버려두면 하늘이 나한테 벼락을 내릴 거야."

"정말? 그 말 믿어도 되는 거야?"

"왜, 나를 못 믿어서? 한 번이라도 내가 헛소리하는 것을 본

적이 있어?"

"아니, 난 유신공을 믿어."

"나는 찰명이를 내 친자식처럼 돌보겠다고 약속했어. 조금이라도 잘못하면 하늘이 벼락을 내릴 거라는 다짐까지도."

"좋아. 그럼 처음부터 낱낱이 말해봐. 유신공이 무슨 실수를 했는지, 상대등이 무엇을 문제 삼고 있는지."

약간의 과장에 콧소리까지 섞였어도 유치한 말장난은 결코 아니었다. 유신이 찰명의 보호자가 될 것을 굳게 다짐하자 비로소 옥두리는 유신의 일에 관심을 보였다. 유신은 하나라도 빼거나 보태지 않고 상주정의 군사를 끌어들인 것부터 뒤늦게야 헛다리짚었음을 깨닫고 흠순을 시켜 내보낸 것까지 그대로 이야기해주었다.

"그러니까, 상대등이 유신공한테 직접 조사해서 보고하랬다고?"

"사람 피 말려 죽이겠다는 거지. 그날 동원했던 상주정 군사들까지 잡아들여 따로 조사하고 있으면서도 나를 애먹이려는 거라고."

제가 먼저 되물어놓고도 건성으로 듣는 것인지 옥두리는 배가 고프다며 상을 들여오게 했다.

"자, 목이 탈 텐데 시원하게 한잔 들고서……."

"목이 달아나게 생겼는데 내가 지금 술 마시게 생겼어? 어서 대책이나 마련해보라니까."

"대책은 뭐하러 마련해? 목에서 불이 나도 술 한잔 못 마시는데 무엇하러 목이 붙어 있길 바랄까? 유신공의 목이 그 자리에 붙어 있기 싫어서 망나니가 칼을 대기도 전에 자진해서 도망치고 말겠네."

옥두리가 자꾸 이죽거리는 것은 이미 뭔가 대책을 찾았다는 뜻이다. 이런 골치 아픈 일을 듣자마자 해결책을 찾다니, 미심쩍기는 했지만 그래도 옥두리 말고는 달리 상의할 데도 없다.

술기운이 오르자 옥두리의 입도 부드럽게 열렸다.

"입에서 나오는 말보다 말하는 사람을 먼저 보아야 해. 알천은 정말 신선 같은 사람이야. 유신공을 베어도 이미 죽은 군사들이 살아서 돌아올 수는 없다는 것을 모를 까닭이 없지."

"그래서?"

"알천은 이미 죽은 사람보다도 살아 있는 사람들의 목숨을 더 중요하게 여기는 사람이라지. 내 말이 틀렸어?"

"그래서 나보고 어쩌라는 거야?"

"어쩌긴 뭘 어째? 보고서 같은 것은 아예 만들지도 말고 내일 아침 당장 대전으로 가서 모반했던 자들을 모두 살려달라고 애걸복걸해야지. 반란을 일으켰던 장수들이 모두 성벽 위에 앉아서 자결했다고 했지? 얼마나 비장하고 눈물 나는 일이야. 바로 그 점을 강조하면서, 더 이상 아무 죄도 묻지도 따지지도 말고 무조건 모두 용서해달라고 해. 반란군들이 무조건 용서받는 가운데 유신공의 허물도 함께 묻혀서 없어져버리는 거야. 어때, 내 말이 틀렸어?"

나이가 들수록 옥두리가 좋아졌다. 색공을 주고받지 않은 지 오래였지만 옥두리를 생각하는 마음은 더욱 깊어만 갔다. 첫사랑 춤새와도 지어미 영모와도 다른 옥두리, 어쩌면 그 둘을 합한 것보다도 더 사랑스럽고 의지가 되는 옥두리였다.

"반란을 일으켰던 주모자들은 자신들의 죄를 깨닫고 스스로 죽었습니다. 앞뒤 모르고 위에서 시키는 대로 반란에 가담했던 자들은 너무 어리석어 그런 것이오니, 폐하께서는 성은을 베푸시어 저들의 죄를 용서하여주십시오."

상대등 알천뿐 아니라 조정에서는 워낙이 어느 누구도 비담 등을 나무라고 꾸짖을 생각이 없었다. 그러던 차에 조정의 군사를 이끌고 반란군을 진압했던 상장군 유신까지 나서서 반란군들의 용서를 빌었으므로 새 여왕 폐하는 기꺼이 저들을 용서한다는 명을 내렸다.

수만 군사가 궁성을 향해 반란을 일으키고 수천 군사가 난리 중에 죽는 신국 역사상 가장 커다란 역모사건이 발생했지만, 놀랍게도 사후에 반란에 연루되어 처형된 자는 하나도 없었다. 오히려 뜻밖에 아름다운 이야기를 남기며 깔끔하게 수

습되었다. 여왕은 이찬 김알천을 정식으로 상대등에 임명했으며, 연호를 태화(太和)로 고쳤다.

10월에 백제군이 무산, 감물, 동잠 세 성을 침략하자 여왕은 김유신을 상장군에 임명하고 군사 만 명을 주어 적을 막게 했다.

신라군은 싸움터에 이르자 곧바로 싸움을 벌였으나 크게 지고 말았다. 먼 길을 달려오느라 몹시 지쳐 있었으므로 마음만 앞섰던 것이다. 한 번 지고 나니 도무지 군사들의 사기가 오르지 않았다. 뒤를 이은 몇 번의 싸움에서도 이기지 못하고 자꾸 밀렸다. 적을 내쫓고 서라벌로 돌아가는 것은 생각도 할 수 없게 되었다.

잠을 이루지 못하고 뾰족수를 찾던 상장군 김유신이 이른 아침 비녕자를 불렀다.

"추운 겨울이 온 뒤에야 소나무의 푸르름을 안다고 했다. 오늘 전세가 이처럼 어려운데 그대가 아니면 누가 우리 군사들의 사기를 북돋을 수 있겠는가."

군사를 이끌고 적을 치라는 것이 아니라 땅에 떨어진 군사들의 사기를 올려달라는 명령이다. 김유신이 시시콜콜 이르지 않았어도 어찌 하라는 것인지 모를 리가 없었다.

"숱한 사람들 가운데서 이처럼 큰일을 맡겨주시니 고맙습니다. 상장군께서 이 한 몸을 믿고 내리시는 명령인데 어찌 따르지 않겠습니까."

군례를 올리고 물러나온 비녕자는 자기를 따라온 종 합절을 불러 말했다.

"나는 오늘 위로는 나라를 위하고 아래로는 벗들을 위해 죽을 것이다. 한데 내 아들 거진은 나이는 비록 어리지만 반드시 이 아비와 더불어 죽으려 할 것이다. 아비와 아들이 모두 죽게 되면 집사람들은 몸 둘 곳이 없으니 앞으로 누구를 의지하고 살겠느냐. 그러니 너는 거진과 함께 내 뼈를 거두어 돌아가서 집사람들의 마음을 위로해주기 바란다. 거진의 마음이 가라앉을 때까지 꼭 붙들고 잘 타이르도록 해라."

뒷일을 당부한 비녕자는 싸움이 벌어지기를 기다려 홀로 말을 몰고 백제군 앞으로 달려나가 큰 소리로 꾸짖었다.

"백제군은 들어라. 너희들은 한낱 도적의 무리가 아니며 멧짐승도 아닐 터인데 어찌 사나운 힘을 자랑하여 떼 지어 몰려다니며 땀 흘려 가꾼 여름을 짓밟고 함부로 사람을 죽이는 것이냐? 사람을 괴롭히고 하늘을 거스른 죄가 얼마나 큰지 눈을 씻고 똑똑히 보아라."

이미 10월이니 가을이 끝난 지도 오래건만 비녕자는 여름지기의 마음을 들어 논밭을 밟고 선 백제군을 나무라고는 백제 장수가 나서서 뭐라고 대꾸하기도 전에 그대로 말을 몰아 적진으로 뛰어들었다. 비녕자는 긴 창을 바람개비처럼 어지럽게 휘두르며 적을 베어갔으나 겨우 서넛을 찌르고 자신도 창에 찔려 죽었다.

거진이 아비의 뒤를 따라 달려가려 하자 합절이 고삐를 잡고 말렸다.

"어르신네가 합절에게 이르기를 아드님과 함께 어르신네의 뼈를 거두어 돌아가서 어머니를 모시라 하셨습니다. 이제 아버지의 명령을 거스르고 또 어머니의 슬픔을 저버린다면 어찌 효도라고 할 수 있겠습니까."

"아버지의 뼈를 싸들고 돌아가는 것만을 어찌 효도라고 할 수 있겠느냐. 아버지가 나라를 위하여 목숨을 바친 것은 어머니를 잊었기 때문이 아니다. 싸움터에 나온 자가 어찌 살아서 돌아가기를 바라겠느냐."

거진은 합절이 잡은 고삐를 칼로 끊고 적진으로 뛰어들어 용맹하게 싸우다 죽었다.

"두 주인이 저렇게 죽었는데 내가 살아 무엇하겠는가."

지켜보던 합절도 큰 소리로 울부짖으며 적진에 뛰어들어가 미친 듯이 싸우다 힘이 다해 죽고 말았다.

세 사람이 잇달아 적진에 뛰어들어 싸우다 죽어가는 것을 본 군사들치고 감격하지 않은 자가 없었다.

"거진이 아비를 따라 적진에 뛰어들어 싸우다 죽었다!"

"종마저 살기를 바라지 않고 주인의 뒤를 따랐다!"

군사들은 세 사람의 의로운 죽음을 보고 모두 떨쳐나섰다.

"한낱 종까지 저러할진대 싸움터에 군사로 나온 우리가 이무슨 꼴이란 말이냐?"

"나가 싸워라. 백제놈들에게 신라 군사의 무서움을 보여주어라!"

백제군은 불나방처럼 날아든 세 사람을 죽여놓고 아무래도품 안에 날아든 새를 죽인 것처럼 꺼림칙했던 판이다. 신라군은 상장군 김유신의 한 마디 호령에 저마다 앞다퉈 달려나가서 목숨을 돌보지 않고 싸웠으니 이기고 지는 것은 이미 가름이 나 있었다.

싸움이 끝나자 김유신은 비녕자, 거진, 합절 세 사람의 주검을 거두고 옷을 벗어 덮어주며 새삼스레 슬피 울었다.

뒷날 김유신에게 세 사람의 일을 전해들은 여왕도 눈물을흘리며 이들의 죽음을 슬퍼했다. 예를 갖추어 세 사람의 주검을 반지산에 묻게 하고 남은 가족과 그의 구족에게까지 은상을 내렸다.

2981년(648), 백제군 달솔 의직이 군사를 이끌고 서쪽 변방에 쳐들어와 요거성 등 10여 성을 빼앗아가자 여왕은 김유신에게 적을 막도록 했다. 김유신은 곧바로 군사를 이끌고 달려가 군사를 셋으로 나누어 둘을 옥문곡 계곡에 숨기고 나머지 하나만을 이끌고 대량성 밖에 이르러 싸움을 돋웠다.

백제군은 싸울 때마다 크게 이겨서 이미 10여 성을 빼앗은 뒤였으므로 김유신의 적은 군사를 보고는 성문을 활짝 열고 달려나왔다. 싸움이 시작되자 힘이 부친 듯 뒤를 보이며 달아나기 시작한 신라군은 백제군에게 뒤쫓기기를 거듭하여 마침내 옥문곡으로 들어섰다. 당장에라도 손에 잡힐 듯이 도망치는 신라군을 뒤쫓던 백제군이 뒤늦게야 문득 후미진 골짜기로 들어섰음을 깨달았다. 재빨리 군사를 뒤로 물렸으나 그보다 먼저 양쪽 된비알에서 벼락 치듯 바윗돌이 굴러내리고 빗발치듯 화살이 쏟아졌다. 쫓겨 달아나던 신라군도 되돌아와 백제군을 몰아쳤다. 신라군은 잃었던 10여 성에 대한 값을 한목에 받아낼 듯이 백제군을 쳐부쉈다. 천여 명의 군사를 사로잡거나 베었으며 사로잡은 장수만도 여덟 명이나 되는 값진 승리였다.

김유신은 백제 장군 의직에게 사자를 보냈다.

이제 백제의 장수 여덟 명을 사로잡았으나 나는 차마 이들을 죽이지 못하고 있소. 여우도 죽을 때에는 그리운 옛 동산을 향하여 머리를 돌린다고 했소. 그대는 목숨 바쳐 따르던 장수 여덟 명을 애타게 기다리는 저들의 부모처자에게 살려보내지 않으시겠소? 나는 우리 도독 부부의 남은 뼈나마 신라에 묻고자 하오.

　의직 또한 김유신의 말을 옳게 여겼으므로 부랴부랴 품석 부부의 뼈를 찾아 산목숨과 바꾸어갔다.
　김유신이 돌아오자 여왕은 문 밖까지 나와 맞이했으며 이 찬 벼슬을 내렸다. 그러나 누구보다도 반갑게 유신을 맞은 사람은 김춘추였다. 딸과 사위의 뼈를 받아든 춘추는 소리 내어 울며 서라벌이 들썩하게 장례를 치렀다. 뼈를 찾아준 유신에게는 죽어서도 잊지 않겠노라는 다짐을 끝없이 되풀이했다. 본디 처남매부 사이로 맺어진 이들이었으나 유신이 고타소랑 부부의 뼈를 찾아준 뒤로 두 사람은 뗄 수 없는 몸이 되었다.

주공과 유교에서 찾은 해답

마침내 긴 하루해가 서산 위로 옮겨갔다. 유신은 그림자를 길게 늘어뜨리며 춘추의 집으로 말을 몰았다. 반가이 손님을 맞은 춘추는 유신을 시원한 대청마루로 안내했으나 유신은 춘추를 뒤뜰에 있는 감나무 밑으로 이끌었다.

"둘이서 나눌 이야기가 있어 왔습니다."

비록 왕족과 귀족의 신분이 다르다고는 해도 유신은 춘추의 손위처남인 데다 나이도 여덟살이나 많았다. 그래도 유신은 언제고 춘추에게 깍듯이 대했는데 둘이서만 나누는 술자리에서도 한결같았다.

"공께서는 당나라에 다녀오시지 않겠습니까?"

느닷없는 소리에 춘추는 유신의 얼굴을 들여다보았다.

"곰곰이 곱씹어 생각해보았으나 공께서 몸소 당나라에 가서 저들의 군사를 얻는 수밖에 없습니다."

"그동안 당나라에 사신을 보낸 것이 여러 번이었으나 저들은 그때마다 좋은 말로 우리를 달래었을 뿐 군사를 보낼 뜻은 조금도 비치지 않았습니다. 이 춘추가 간다 해서 저들이 군사를 보내줄 것으로는 생각되지 않습니다."

춘추 또한 제 한 몸을 사려서 하는 말이 아니다. 저들의 군사를 얻을 수만 있다면 섶을 지고 불속인들 뛰어들지 못하겠는가. 당나라는 지난날 군사를 빌리기 위한 사신으로 갔다가 연개소문의 놀림감이 되었던 고구려와는 다른 곳이다. 신라 조정의 큰 기둥인 자신을 반가운 손님으로 맞을 것이다. 그러나 언제나처럼 다른 나라와 사이좋게 지내라는 뻔한 소리에 그칠 것 또한 불을 보듯 뻔한 일이다. 더욱이 고구려를 침범했다가 100만이 넘는 군사를 잃었으며 북평까지 빼앗기고서도 찍소리 한 번 못하는 판이다. 언제 신라까지 돌아볼 겨를이 있겠는가.

"우리 신라를 위해 군사를 빌려주지는 않을 것이나 당나라를 위해서라면 생각을 달리할 것입니다. 고구려군은 선수와 조수 언저리에 성을 다 쌓고 나자 아예 논밭을 가꾸는 여느 백성들까지 보내 뿌리를 박고 있습니다. 그것은 북평을 여느 다물로 삼지 않고 아예 고구려 땅으로 만들어 직접 다스리겠다는 것입니다. 고구려가 당나라 도읍 장안까지 옛땅을 몽땅 되찾겠다는 뜻이니 당나라에서 겁내지 않을 수 없습니다."

"그렇다면 북평에 있는 고구려군을 막기에도 바쁠 터인데 우리에게 군사를 빌려주어 백제를 치도록 할 까닭이 없지 않습니까?"

"그렇지 않습니다. 당나라가 우리와 함께 백제를 친다면 연개소문은 북평에서 군사를 돌리지는 않는다 해도 함부로 선수를 넘으려 하지는 않을 것입니다. 이를 모를 이세민이 아닙니다. 우리에게 군사를 빌려주는 것이 고구려 군사들의 발을 묶고 평양으로 불러들이는 것이라 하면 이세민의 성깔로 보아서 망설이지 않고 군사를 보내줄 것입니다."

듣고 보니 그럴듯한 이야기였다. 백제가 신라의 손에 넘어오면 당나라에서는 언제든지 신라로 군사를 보내 고구려의 도읍인 평양을 엿볼 수 있게 된다. 고구려로서는 당장 뒷덜미에 비수가 박히게 될 것이니 곧바로 백제와 싸우는 신라를 치려고 들 것이다. 어쩔 수 없이 요동과 요서에서 군사를 빼내 평양으로 불러들여야 하는 것이다. 어찌 되었든 꾀 많고 이악스러운 이세민이 마다할 리가 없다. 이세민은 물밀 듯이 밀려오는 고구려군의 관심을 돌리기 위해, 제 딸 신흥공주가 능지처참당할 것을 뻔히 알면서도 돌궐(설연타)에 군사를 보내 돌궐을 멸망시켰던 사람이다.

그러나 김유신의 생각은 여기에서 그치지 않았다.

"당나라에서는 자칫 우리에게 군사를 보냈다가 재주만 부리고 밀려나는 곰이 될 것을 걱정해서 몸을 사릴지도 모릅니다. 우리 신라가 저들의 힘을 빌려 백제를 친 다음에 마음이 뒤바

뛸 것을 걱정하는 것이지요."

"그렇다고 우리의 가슴속을 뒤집어 보일 수도 없으니, 무슨 수로 저들을 믿게 해야 합니까?"

"묘안이 있습니다. 그러나 반드시 공께서 나서주셔야 합니다."

"이미 나라에 바친 몸, 어서 말씀해보시오."

"우리의 옷을 벗고 저들의 옷을 빌려입는 것입니다."

"저들의 옷을 빌려입다니? 백제와 싸울 때 군사들이 옷을 바꿔입어 저들이 싸움에 나온 것처럼 한다는 이야깁니까?"

바싹 다가앉은 춘추가 물었다.

"군사들이 아닙니다. 우리 백성들에게 저들의 옷을 입히는 것입니다. 물론 논밭 가는 여느 백성부터 조정의 벼슬아치에 이르기까지, 우리 모두 저들의 옷을 입어야 합니다."

"무슨 말씀이시오? 어찌 한두 사람도 아니고 모든 백성의 옷까지 바꾼다는 말이오? 그것은 바로 우리의 혼을 빼고 오랑캐의 넋으로 바꾼다는 말이 아닙니까?"

벌떡 일어서서 펄펄 뛰는 춘추를 바라보며 김유신은 빙긋이 웃는다.

"바로 그것입니다. 우리가 저들의 옷을 입는다는 것은, 그 소리를 듣는 것만으로도 모두가 놀라 자빠질 만큼 엄청난 일입니다. 바로 그렇기 때문에 저들은 우리의 말을 믿지 않을 수가 없는 것입니다. 이것이 바로 공께서 당 임금에게 주어야 할 큰 선물입니다."

"말 같지도 않은 소리는 집어치우시오!"

성난 춘추의 입에서 막말이 쏟아졌다.

"차라리 백제의 창에 가슴을 찔리고 고구려의 칼에 목이 떨어지는 게 낫겠소. 그따위 헛소리를 하려거든 썩 물러가시오."

여태껏 단 한 번도 유신의 의견에 반대한 적이 없던 춘추가 얼굴이 벌겋게 달아오른 채 어깨를 들썩이며 유신을 노려보았다.

—오랑캐들이 사는 서토를 중원이라고 하고 그들의 나라를 중국이라고 하다니, 신라인들은 모두 오랑캐 족속이라는 말이 아닌가? 우리는 여태 신라를 우리와 같은 피를 이은 겨레붙이로 알고 있었는데, 신라인들이 오랑캐 족속이었다면 우리는 지금부터 오랑캐신라의 오랑캐들을 토벌하고 신라를 평정하여 우리와 같은 온전한 사람이 사는 땅으로 만들어야 하겠다.

춘추의 귀에 환청처럼 선도해의 추상같은 호령이 들려왔다. 당시 선도해는 중원과 중국이라는 실언만으로도 신라 사신 김춘추를 짐승이나 다름없는 오랑캐처럼 취급하고 신라를 쳐서 없애버리겠다는 소리까지 했었다. 그런데 오랑캐들의 옷을 입다니? 선도해가 아니라 춘추 자신으로서도 도저히 용납할 수 없는 일이었다.

춘추가 그렇듯 불같이 화를 내자 유신도 머리를 숙이고 물러나고 말았다. 그러나 한 번 세운 뜻을 쉽사리 꺾어버릴 유신이 아니었다.

사흘 뒤, 춘추의 성이 가라앉기를 기다려 다시 찾아간 김유신은 오랑캐들의 옷을 입는 것에 대해서는 까맣게 잊은 듯 다시 말하지 않았다. 춘추가 먼저 그 더러운 일을 들추어낼 까닭도 없었다. 두 사람은 다시 뒤뜰에 있는 감나무 밑에 마주 앉았다.

"공께서는 은나라를 들어먹은 주가 본디 포악한 임금이었다고 생각하십니까?"

"아니라면…… 그가 착한 사람이었다는 말입니까?"

춘추가 무슨 소리냐는 듯이 되물었다.

"비록 한 나라를 말아먹었으나 그가 처음부터 어리석거나 포악한 임금은 아니었습니다."

"본성이 크게 악하고 독한 자가 아니고서야 어찌 그토록 사람들을 못 살게 굴었으며 불에 타죽는 사람을 보고 즐거워하였겠습니까? 달기라는 못된 계집이 있었다고는 하나, 그 스스로가 미친 짐승이 아니고서야 차마 그럴 수는 없는 일입니다."

도무지 모를 소리였다. 주는 하나라의 마지막 임금인 걸왕과 함께 악독한 폭군이라는 것을 모를 사람이 없는데, 무엇 때문에 김유신은 주가 악한 사람이 아니었다고 말하는 것인가?

"그렇지 않습니다. 밝음과 어두움, 선한 마음과 악한 마음이 함께 자리하고 있는 것이 사람의 본성입니다. 아무리 악한 사람에게도 불쌍히 여기는 마음이 있고, 착하고 어진 사람에게도 남을 때려죽이고 싶은 분노로 몸을 떠는 순간이 없을 수 없습니다. 사람이란 착한 마음과 나쁜 마음을 함께 가지고 있으나 길들이기에 따라서 어느 한쪽만 나타나게 되어 착한 사람이 되기도 하고 나쁜 사람이 되기도 하는 것입니다."

김유신이 굳이 사람의 본성을 들먹이는 것은 나름대로 생각해둔 바가 있어서였다.

"주는 한 나라의 임금으로서 모자랄 것이 없는 사람이었으며 어느 모로 보나 훌륭한 임금이었는데, 달기라는 요물에 걸려서 은나라를 들어먹고 그처럼 못된 이름을 만대에 전하게 된 것입니다. 그런데 그 달기라는 요물은 본디 주공이 길러서 주에게 안겨준 여자입니다."

"주공이라면, 주나라의 주공이 아닙니까?"

어느새 김춘추는 유신의 이야기 속에 깊이 끌려들었다.

"그렇습니다. 무왕을 도와 은나라를 멸망시키고 주나라를 세운 주공입니다. 달기라는 여자는 바로 그 주공이 주워다 기른 아이로, 본디 성이나 이름이 없었습니다. 주공이 자기 이름

단(旦)에다 계집이라는 뜻으로 여(女) 자를 넣어 달(妲)이란 성을 만들고 자기라는 뜻으로 기(己)라고 부른 것입니다."

"나도 주공을 모르지 않습니다. 그만한 사람이 그러한 일을 꾸몄다는 것은 말도 안 됩니다. 누군가 주공을 미워하는 사람이 제멋대로 꾸며낸 말이겠지요. 주는 스스로 녹대에 불을 지르고 타죽었지만, 달기는 오히려 혁명군의 손에 죽임을 당하지 않았습니까?"

"그 요물이 죽은 것은 스스로 무덤을 팠기 때문입니다. 혁명군이 주의 궁전에 몰려갔을 때 달기는 '제가 맡은 일을 잘 해냈지요?' 하며 빤히 주공을 바라보았습니다. 그래서 주공의 놀란 칼날에 찍혀 죽고 만 것이지요. 주공이 자신의 비밀을 지키려고 달기를 죽였으나, 그가 달기라는 요물을 길러서 이용하였다는 사실은 온 누리가 다 알고 있습니다."

"정말로 달기가 주공이 기른 여자고, 그 여자로 인해 주가 그토록 포악한 짐승이 되었다면, 그가 이룬 공이 어떠한 것이든 나는 주공의 죄를 생각하지 않을 수 없습니다."

왕족으로 태어나 모자라는 것 없이 자란 춘추다. 모든 일에 의심이 없고 활달하기만 했다. 그 막힘이 없는 성격으로 하여 춘추는 모든 사람에게 사랑과 존경을 받고 있다. 김유신 또한 그런 까닭에 아무 거리낌이 없이 춘추를 벗으로 사귀어왔으나 이런 이야기를 하기에는 오히려 답답했다.

"주의 성격을 이리저리 잘 살펴서 그에 맞게 여자를 기르고 그 여자로 하여금 주의 성격을 사납고 악독하게 만들었다는 것만을 들어서 주공을 나쁘게 말해서는 안 됩니다. 그에게는 그렇게 할 수밖에 없는 뚜렷한 까닭이 있었습니다."

"아무리 그럴듯한 명분이 있었다고 해도 그것은 짐승만도 못한 일입니다. 나로서는 그에 대한 말이라면 아무것도 듣고 싶지 않소이다."

한칼에 내려치듯 잘라 말하는 김춘추에게서는 아예 부접을 못하게 찬바람이 횡횡 돌았다. 그러나 유신 또한 쉽게 물러설 사람이 아니었다. 장구재비가 부전을 가지고 놀 듯, 팽하니 돌아선 김춘추를 어르고 달래는 데에는 미립이 난 김유신이 아닌가.

"누구든 사람을 죽이면, 한 사람을 죽여도 살인죄인이 됩니다."

김유신은 잠깐 말길을 바꿨다.

"그러나 한 장수가 싸움터에서 열 사람의 목을 베어도 누구나 그를 나무라기는커녕 오히려 잘했노라고 상을 주는 것은 그가 벤 것이 적의 목이기 때문입니다. 적이라 하여도 그들에게 죽을죄가 있다고 믿는 사람은 아무도 없습니다. 그들도 땀 흘려가며 논밭을 갈던 사람이니 싸움이 끝나 제집에 돌아가면 창을 놓고 괭이와 호미를 들어 씨앗을 뿌리고 곡식을 가꿀 것입니다. 백제나 고구려 군사들에게도 무사히 돌아오기만을 비는 부모형제가 있습니다. 우리 신라의 장수라 하여 그들을 죽일 권리가 있는 것입니까?"

말인즉 그른 데 없이 옳고옳은 소리였다. 그러나 김춘추는 무어라 대꾸하지 않고 못 들은 척했다. 춘추도 걸핏하면 유신에게 시달림을 겪다 보니 뒤에 가서는 유신의 얼럼수에 넘어간 것을 모르지 않았다. 뻔한 소리를 굳이 들먹이는 것은 무엇인가 유신한테 꾀하는 바가 있다는 것을 훤히 알고 있었다.

춘추가 잔뜩 부어서 곁귀도 주지 않을 듯이 몸을 돌렸으나 그렇다고 귓구멍까지 막을 수는 없는 일이다. 유신은 천천히 제 할 말을 이어갔다.

"우리는 이럴 때 누구의 옳고 그름보다는 더 큰 것에 대하여 생각해야 합니다. 주공이 달기를 길러 은나라를 망하게 한 것은 그저 주나라가 은나라를 차지하기 위한 것이 아니었습니다. 은나라가 망하고 주나라가 들어섰다는 것에 눈을 대기보다는 주가 들어섬으로 말미암아 바뀐 정치를 보아야 합니다."

바뀐 정치라니? 이건 또 무슨 뜻인가? 무엇이 달라졌기에 주공은 그렇듯 용서받지 못할 죄를 지어놓고도 공자의 스승이 될 수 있었는가? 배울 마음 많고 귀 여린 김춘추의 호기심을 잔뜩 부추긴 다음, 김유신은 주공에 대한 모든 것을 낱낱이 말해주었다.

주공이란 인물에 대해 자세히 알게 된 김춘추는 차츰 목적을 위해서는 수단을 가리지 않아도 된다는 생각을 품게 되었고, 작은 나라 신라가 강해지려면 불교보다 유교를 가까이해야 한다는 김유신의 의견에도 동조하게 되었다.

며칠 후, 김춘추가 김유신에게 물었다.

"백제는 왜에서도 많은 군사를 기르고 있지 않습니까?"

평양에 갔을 때 선도해에게 겨레붙이의 다툼질에 서토 오랑캐를 불러들인다면 아예 신라를 없애버리겠다는 섬뜩한 경고를 받았으나 곰이나 호랑이는 깊은 산속에서나 무서운 것이다. 김춘추는 비명에 죽은 고타소가 눈에 밟혀 견딜 수가 없었다. 가슴속을 털어놓자면, 백제를 아우르자는 것도 아니다. 비명에 죽은 딸의 원수만 갚으면 그만이다. 서토 오랑캐의 옷으로 갈아입는 것보다 김유신의 계획이 어긋나지나 않을까, 그게 더 걱정이다.

"왜는 걱정할 일이 못 됩니다."

김유신은 마치 춘추의 물음을 기다리기라도 했다는 듯 환히 웃었다.

"백제가 왜에서도 군사를 기르고는 있으나 아직 백제 땅에까지 데려올 만큼 많은 수는 아닙니다. 더구나 험한 뱃길을 생각한다면 아무리 크게 잡아도 2만 명을 넘지 못할 것입니다.

왜의 군사들은 어디까지나 백제가 왜의 토착민을 다스리기 위한 것일 뿐입니다."

"그래도 그 토착민들을 끌어들여 군사로 기른다면 엄청난 힘이 되지 않겠소."

"왜인들이란 본디 생김새만 사람일 뿐 하는 짓은 짐승이나 다름없습니다. 백제 사람들은 이 짐승들을 사람으로 만들려고 수백 년 동안 갖은 애를 다 썼으나 말짱 헛수고였습니다. 원숭이에게 예를 말하고 학문을 가르친다고 해도 사람이 되지는 않습니다. 타고난 본성을 바꿀 수가 없기 때문입니다. 그따위 짐승들에게 병장기를 쥐어주어보아야 싸움에 도움이 되기는커녕 기른 주인을 물어뜯지나 않으면 다행일 것입니다. 오히려 백제에게 왜가 있음으로써 우리 신라에게는 큰 도움이 될 뿐입니다."

종잡을 수 없는 말을 던져놓고 유신은 입을 다물었다. 일부러 춘추의 머릿속을 어지럽게 만들어 제 입만 바라보게 하려는 것이다.

왜가 오히려 신라에게 도움이 되다니, 이 무슨 말인가? 저쪽의 넘치는 힘이 내게 도움이 된다는 것은 씨름판이라면 몰라도 적어도 군사의 싸움에서는 아니다.

"병법서에도 적을 이겨놓고 싸우라는 말이 있습니다. 또 군사로써 군사를 치는 것은 으뜸수가 아니라고 하였습니다."

한참이 지난 뒤 유신은 또다시 알쏭달쏭하게 종잡을 수 없는 소리를 툭 던져놓고 덤덤한 얼굴이 되었다.

유신의 눈길이 춘추를 스쳐 지나고 있다. 전에는 없던, 요 며칠 새 감나무 아래서 생긴 버릇이었다.

"이 유신은 삼국통일의 일을 입에 올린 뒤로 한 번도 그 일을 잊은 적이 없습니다. 오직 세 나라를 아우르는 것만이 우리 단군 자손이 한 겨레의 몸으로 서로 다투지 않고 서로 아끼며 잘 살 수 있다고 믿었기 때문입니다."

춘추로서는 귀에 딱지가 앉게 들어온 소리였다.

"작은 우리 신라가 삼국통일의 큰일을 이루기 위해서는 죽을힘을 쏟아붓지 않고는 안 될진대 어찌 하루라도 마음을 놓을 수가 있었겠습니까. 비록 쉽지 않은 일이나 이 유신은 삼국을 아우르는 것이 불가능하다고 생각해본 일이 없습니다. 그래서 곰곰이 생각하고 따져보았던바, 왜는 우리가 이용하기에 따라 백제에 도움을 주기보다는 오히려 백제의 힘을 빼낼 수도 있다는 것을 알았습니다."

유신이 한번 싱긋 웃고는 말을 이었다.

"백제를 치기 전에 먼저 해야 할 일이 있습니다. 온갖 해괴한 소문을 퍼뜨려 백성들의 마음을 흔들리게 하는 것입니다. 사납고 슬기로운 장수들을 내쫓거나 변방으로 보내 군사력을 흐트러뜨리는 것은 오히려 나중의 일입니다. 당에서 군사

주공과 유교에서 찾은 해답   31

를 내어주겠다고 약속한다면, 그 다음 날로 백제에는 백성들의 마음을 뒤숭숭하게 어지럽히는 일이 때 없이 일어날 것이니, 마음을 잡지 못하는 사람들은 왜 땅으로 건너갈 것입니다. 그 수는 그리 많지 않을 것이나 사람들이 왜 땅으로 달아나고 있다는 소문이 겹치면 백성들은 너도나도 짐을 꾸려서 어디 깊은 산으로라도 달아나려고 할 것입니다. 우리가 이용하기에 따라 왜는 백제의 불을 끄기보다 오히려 부채질이나 해대는 꼴이 될 것입니다."

유신의 말이 맞을지도 모른다. 그렇다고 그것으로 춘추의 걱정이 풀린 것은 아니었다.

"우리가 백제를 친다 해도 당나라 군사들이 백제를 제 것으로 얻으려 든다면 이는 무엇으로 막을 것이오? 또한 당나라는 이 땅에 군사를 보낸 김에 우리 신라까지 집어삼키려고 할지도 모르는 일이 아니오?"

"고구려와 선수를 사이에 두고 버티어 있으니 당나라는 결코 우리 신라와 다투어 원수로 삼을 까닭이 없습니다. 당나라가 우리 신라에게 못된 짓을 하려고 해도 고구려가 망한 다음에 가서 생각할 것입니다."

유신은 쓸데없는 걱정이라며 고개를 저었다.

"고구려를 치기는 어렵지만 백제를 치는 것은 우리 신라군의 힘만으로도 충분합니다. 제가 우리 힘으로 할 수 있는 일에 굳이 당을 끌어들이려는 것은, 첫째 고구려를 붙들어두려는 것이고, 둘째로는 백제 백성들의 마음을 얻기 위해서입니다. 백제 백성들의 마음을 얻지 않고는 백제를 신라와 한 나라로 만들기가 어렵습니다."

빼앗은 나라 백성들의 마음을 얻는 것은 매우 중요한 일이지만 나라를 빼앗는 것 못지않게 어려운 일이다. 그런데 당군이 그 일에 어떤 도움을 줄 수 있단 말인가?

"백제를 칠 때에 한꺼번에 하지 않고 마지막에 가서 이리저리 날짜를 끄는 것입니다. 그 마무리 손질에서 당군은 손을 떼게 하고 우리 신라군만 백제의 남은 군사들과 싸우게 합니다. 당군은 승자의 자격으로 편히 쉬게 하는 것이지요. 그렇게 쉬어 몸이 근질근질해진 당나라 군사들이 무엇을 하게 될지는 뻔합니다. 당나라 군사들이 젊은 아녀자를 소 닭 보듯이 하지는 않을 것이고, 이를 보는 백제 백성들의 핏발 선 눈이 그대로 참고 있지도 못할 것입니다."

이쯤이면 춘추로서도 짐작이 가는 바였다. 오랑캐 군사들이란 멧돼지처럼 물불을 가리지 않고 싸움에 뛰어드나, 그 본성을 말하자면 개돼지보다 조금 나은 정도라고 할 수 있을 것이다. 그 짐승 같은 오랑캐들을 자기들이 빼앗은 땅에서 싸움도 하지 않고 편히 쉬게 한다면 그다음 행동이란 불을 보듯 뻔한 일이다. 눈에 띄는 대로 백성들의 재물을 빼앗고 거침없이 사람을 죽일 것이다. 장수들이 명령을 내려 다잡는다고 해도 군사들을 독이나 통 속에 가두어둘 수는 없는 일이다. 증거가 드러나는 재물은 빼앗지 않더라도 여자들이야 배워온 버릇대로 강간하고 죽여버린다면 누구 짓인지 어찌 알겠는가.

참다못한 사람들이 오랑캐들을 가만 놔두지 않을 것이니 저절로 오랑캐 당나라 군사와 백제 백성들 사이의 싸움으로 바뀌게 된다. 여기에 신라군이 끼어들어 백제 사람들을 가만히 도와준다면 백제 백성들은 신라에 대한 원한보다는 당장 눈앞에서 행패를 부리는 오랑캐들에게 치를 떨 수밖에 없다.

백제 백성들의 마음을 얻는 것은 바로 가을바람을 빌려 갈대밭을 말린 다음 불을 피우고 밭을 일구는 것과 같다. 김유신이 당군을 끌어들이는 까닭은 바로 여기에 있었다.

"그러나 저들 장수들까지 모두 어리석지는 않을 것이니, 저들은 군사들이 못된 짓을 못하게 다스릴 겁니다."

"그렇습니다. 저들의 장수가 똑똑하다면 반드시 이를 생각하고 야무지게 군사를 단속할 것입니다. 그러나 이곳은 그들에게 수만 리 낯선 땅인 데다 군사들의 사기도 생각하지 않을 수 없습니다. 또 그들이 군사들을 잘 다스려 백제 백성들의 원한을 사지 않는다 하더라도 이미 생각해둔 바가 있습니다."

이쯤에서 김유신은 말을 끊고 또 뜸을 들였다. 이번에는 춘추도 재촉하지 않고 다음 말을 기다렸다.

"많지는 않으나 몸이 날래고 똑똑한 화랑낭도들을 뽑아 더러는 오랑캐의 말을 배우게 하고 더러는 백제 방언을 익히게 하고 있습니다. 오랑캐 말을 배워 저들의 길잡이를 하게 하려는 것이나, 언제고 당나라 군사의 옷을 입고 백제 백성을 괴롭힐 수 있으며 백제 백성의 편에 서서 당나라 군사를 들이치게 할 수 있습니다. 그들이 비록 흉내를 낸다고는 하나 누구도 이를 알아채지는 못할 것입니다."

그럴듯한 소리였다. 이들이 어둠 속에서 가만히 움직인다면 누구도 신라가 양쪽에 다 덤터기 씌우는 줄도 모르고 서로 물어뜯고 피를 흘리게 되리라. 어쩌면 이것이 백제를 신라와 한 나라로 묶는 으뜸가는 방법일지도 모른다.

그러나 춘추는 또 도리질을 했다.

"매우 그럴듯한 이야기이나, 그리 된다면 애매하게 다치고 죽는 백성이 많을 것이오."

비록 어쩔 수 없는 일이라도 춘추의 올곧은 양심으로는 머리를 저을 수밖에 없었다. 단군의 자손으로서 오랑캐옷을 입는 것도 마지못해서 하는 짓이다. 오랑캐 군사와 백제 백성을 싸우도록 하기 위해 신라 사람들이 그런 못된 짓을 해야 한다는 것은, 머릿속으로는 인정하는 일지지만 가슴으로까지 받아들일 수는 없는 일이었다.

"공은 우리 신라의 힘만으로도 백제를 칠 수 있다고 했습니다. 나로서는 비록 힘이 들고 시간이 걸린다 하여도 오랑캐 당나라의 힘을 빌고 싶지 않소이다."

두 개의 눈빛이 세차게 부딪쳤다.

왜 이러는 것인가? 이럴 때면 어려움 없이 곱게 자란 춘추의 밑바탕부터 송두리째 뽑아던지고 싶었다. 한뉘를 두고 둘도 없는 벗으로 사귀어오는 터였지만 가슴을 열면 언제라도 선지피가 콸콸 뜨겁게 솟구칠 김유신으로서는 도저히 알 수가 없었다. 주먹이라도 내지르고 싶지만, 그저 참아야 했다. 유신은 또 그렇게 길들여진 대로, 부전으로 장구의 줄을 고르듯 처음부터 차근차근 김춘추를 어르고 달랬다.

"삼국정립이라고는 하지만 한 겨레붙이가 셋으로 나뉘어 서로 다투어 한시도 편할 날이 없었습니다. 해마다 성을 빼앗기고 잃은 땅을 되찾느라 흘리는 군사의 피가 멎을 날이 없습니다. 세 나라가 하나로 묶인다면 다시는 한 핏줄끼리 서로를 죽이고 물어뜯는 일이 없을 것입니다. 제 핏줄을 죽이는 창칼을 모조리 거두어 밭을 일구는 보습을 만들어야 합니다. 한 나라로 만드는 것을 미루면 미룰수록 김을 매던 호미와 괭이까지 빼앗아 제 피붙이의 피를 보기 위한 날카로운 창날을 세워야 하고, 이 땅에는 자식과 형제를 잃고 아비를 부르는 이들의 피울음이 끊일 날이 없게 됩니다. 세 나라를 아우르는 것은 우리의 등허리에 떨어진 역사의 명령이요 하늘의 뜻이지, 조금도 어느 한 사람의 욕심이 아닙니다."

한뉘를 두고 귀에 못이 박이도록 들어온 말이다. 너무도 옳은 소리였으나, 요즘 들어 그 말이 나올 때마다 춘추는 가슴이 갑갑해졌다. 유신의 뜻을 가슴으로까지는 아직 받아들이지 못한 것이다.

고개를 외로 꼬고 있는 춘추를 바라보던 유신이 문득 자리에서 일어나 감나무로 날아올랐다. 웬일인가 궁금해하는 사이, 원숭이처럼 날렵하게 나무를 타던 유신이 멋진 공중제비를 보이며 내려섰다.

벌써 철이 되었나? 유신이 빨갛게 익은 감을 불쑥 내밀며 철부지처럼 웃었다.

"벌레 먹었지만 맛은 좋습니다. 벌레 먹은 감은 가을이 머지 않았음을 보여주는 것이니, 이제 모두 빨갛게 익을 것입니다."

춘추도 유신처럼 감을 쪼개어 벌레알을 비켜가며 한입 베어물었다.

맛있다! 이번에는 춘추가 먼저 몸을 솟구쳐 날아올랐고 두어 번 나뭇가지를 옮겨서 빨갛게 물든 감을 찾아냈다. 햇살에 비쳐 보이는 감이 서산에 걸린 해처럼 아름다웠다.

벚골에서 온 여자들

마침내 춘추는 유신의 뜻을 받아들였다. 여왕의 허락을 얻은 이찬 김춘추는 아들 문왕과 함께 당에 건너가게 되었다.

춘추의 사신단에는 화랑 출신들이 대거 참여했는데, 화랑도를 더욱더 나라의 동량으로 세우려는 유신의 건의에 따른 것이었다. 20세 풍월주를 지낸 예원이 총책을 맡았고, 22세 풍월주를 역임한 양도가 보좌하도록 했다.

사신 일행이 배에 오르려는데 갑자기 화려한 비단옷에 값진 장신구로 치장한 세 여자가 나타났다. 여자들은 총책인 예원을 찾아 '종실의 여자'라고 신분을 밝히며, 당나라 사람들이 여자를 좋아하기 때문에 함께 가기 위해 왔다고 말했다.

"종실의 여자? 어느 궁에 계시는 분인지……."

예원이 말끝을 흐렸다. 예원이 비록 여자를 밝히는 사람은 아니지만 이처럼 예쁜 여자들이라면 우연히 한번 마주치기만 했어도 기억 속에 또렷이 남아 있어야 했다. 그러나 아무리 기억을 더듬어도 처음 보는 얼굴이었기 때문이다. 그것도 세 사람이냐.

"숙명궁입니다."

"숙명궁?"

예원의 입에서 절로 놀라는 소리가 나왔다. 숙명궁의 궁주인 숙명공주는 지소태후의 딸로서 진흥왕을 모시는 왕후였으나 4세 풍월주 이화랑과 정을 통해 12세 풍월주 보리를 낳았다. 보리공은 바로 예원의 아버지였으니, 숙명궁주는 바로 예원의 할머니가 된다. 예원의 어머니는 만호태후와 정숙태자 사이에서 태어난 만룡공주다. 또한 예원은 우야공주와 결혼했는데, 우야는 진평왕과 난야공주(진흥왕과 미실의 딸) 사이에서 태어났다.

이들이 종실의 여자라면 예원과도 매우 가까운 혈연관계이므로 예원이 모를 까닭이 없다. 더구나 숙명궁에 사는 종실의 여자라니? 종실 사람이 아니라 일하는 사람이라고 해도 그렇다. 어려서부터 숙명궁에 자주 드나들었던 예원으로서는, 어린 종이라도 숙명궁 사람이라면 모르는 인물이 거의 없었다.

그런데 놀란 예원의 표정이 재미있다는 듯 세 여자가 까르르 웃었다.

"그럴 수밖에! 우리는 늘 벚나무그늘 아래서 놀았기 때문에 공께서 모르는 것도 당연합니다."

"벚나무?"

또 한 번 예원이 바보같이 놀라는 표정을 지었다. 길가에 수없이 늘어선 그 흔해빠진 벚나무에 놀랄 까닭이 없었다. 그러나 감히 종실 여자를 사칭하면서, 그것도 예원과 깊은 혈연관계일 수밖에 없는 숙명궁 여자를 사칭하면서도 예원 앞에서 까르르 웃음보까지 터뜨리는 여자들이라니.

"내주께서 전하라 하셨습니다."

여자들이 건네준 서찰에는 단 한 줄, 함께 동행하도록 허락해주면 고맙겠다는 말만 적혀 있을 뿐, 받는 사람은 물론 보내는 사람의 이름조차 밝혀놓지 않았다. 누가 보더라도 아이들의 장난처럼 보이는 서투른 말투와 글씨. 그러나 끝에 그려져 있는 아이들 손바닥 크기만 한 벚나무 그림에 예원은 아연 긴장할 수밖에 없었다.

화랑 김유신이 유달리 벚꽃을 좋아했던, 이루지 못한 첫사랑에게 직접 그려주었다는 벚나무 그림, 화랑의 정과 혈로써 그렸다는 그림이다. 그래서 별것도 아닌 이 그림이 벚나무 주인(朱主)을 통해 인장으로 나타날 때면 압량주 군주이며 대장군인 김유신의 증명이 되고 명령이 되는 것이다. 지난해 정초에 발생한 비담의 반란을 진압한 이래 김유신의 위세는 가히 하늘을 찌르고 있다. 상대등 비담과 대아찬 염종의 움직임을 샅샅이 들여다보며 미리 대비책을 세웠던 김유신의 눈과 귀의 근원이 어디에 있었는지도 알 만한 사람은 다 아는 일이었다.

그것만으로도 충분했다. 저간의 사정은 불을 보듯 뻔했다. 이들은 벚나무가 많다는 그곳에서 철저히 교육받아온 여자들로서, 김유신의 명을 받아 당나라 황실이나 고위 관리들 속으로 잠입하려는 것이다. 예원은 그 자리에서 승선을 허락했고, 여자들이 가져온 짐꾸러미도 물론 함께 싣도록 했다.

그런데…… 험난한 뱃길에 여자를 태운다며 떫은 감을 씹은 낯짝이던 뱃사공들이 결국 사단을 내고 말았다. 당항포를 출항한 다음 날, 풍랑이 일어나자 여자들의 승선으로 부정을 탔다며 여자들을 물에 넣어 노한 해신을 달래야 한다고 떠들었다. 이미 누른 바다에 물결이 잠잠해진 여름에 접어들었음에도 뱃사공들은 작은 풍랑을 핑계로 여자들을 제물로 삼으려고 하는 것이다. 희생(犧牲) 중에서도 사람이 제일이다. 그깟 소나 말 따위에 비할 바가 아니다. 더구나 저렇게 어여쁜 여자들이라면 해신도 두고두고 크게 흡족할 것. 예원의 눈에는 뱃사람들의 얄팍한 잔꾀가 훤히 보였다.

"해신을 달래기 위해 길을 떠나기 전에 이미 너희들이 원하는 대로 제를 지냈다. 당집에서도 지내고 무당을 불러 배에서도 제를 지냈는데도 부정을 탔다고 한다면 제를 지낸 자들을 잡아서 죄를 물어야 하지 않겠느냐."

예원이 단호하게 잘랐으나 뜻밖에도 양도가 뱃사공들을 편들고 나섰다. 다른 사람도 아닌 이찬 춘추가 배에 타고 있으니 아무리 조그마한 위험요소라도 발견 즉시 제거해야 한다. 양도로서도 뱃사람들의 의견에 동의하는 것은 아니지만, 만에 하나 생길지도 모르는 사고는 미리 막자는 것이었다. 아무리 많은 대가를 치르더라도, 설혹 쓸데없는 일에 낭비를 하더라도.

"뱃길이 험하고 험해서 저러는 것입니다. 풍랑을 잠재우고 일행이 무사할 수 있다면 어찌 몇 사람의 희생을 마다하겠습니까?"

"저 여자들이 누군지 알고 이러는 것인가?"

"종실 여자라고 하지만 뻔한 거짓말입니다. 조정에서는 어여쁜 유화들을 데려다가 종실 사람이라고 속이려는 것입니다. 여자를 벌레 보듯 하는 상선께서는 모르시겠지만, 겉은 번지르르할 뿐 정말은 타고난 색녀들입니다. 당나라에 저처럼 천박한 여자들을 보냈다가는 오히려 망신이나 당할 것이 불을 보듯 뻔합니다."

화랑도(花郎道)는 색(色)으로 선(仙)에 이르는 색도(色道)이기도 했다. 화랑도 안에 수많은 여자들을 두는 것도 그런 때문이다. 역대 풍월주 중에서 누구 못지않게 여색에 밝았던 양도는 이미 여자들의 정체를 짐작하고 있었다. 예원처럼 무딘 사람은 품에 안고 있어도 느끼지 못하겠지만, 양도는 여자들을 처음 보는 순간 온몸에 전율이 흐르고 숨이 막힐 뻔했다. 당장손이라도 잡아끌고 싶었지만 좁은 배 안에서 어려운 상전들을 모시는 몸이라 애써 참고 있는 중이었다.

양도가 궁금한 것은 저렇게 빼어난 여자들이 여태 어디 숨었다 이제 나타났는가 하는 것뿐이었다. 화랑도를 떠난 지 이미 오래지만 남달리 색을 밝히는 자신이 아닌가. 상선에게 색공으로 줄을 대려고 찾아오는 낭도들이 부지기수였다. 저만한 미색이라면 상선인 양도가 모를 까닭이 없었다.

그러나 예원으로서는 양도의 판단이나 궁금증은 전혀 알 바가 아니었다.

"바로 그래서 안 된다는 것이네. 저들은 대장군 김유신이 벚나무그늘에서 기른 여자들로서 막중한 임무를 띠고 당에 가는 것, 무슨 일이 생기면 유신공이 반드시 무겁게 책임을 물을 것이네."

"저들이 누구라 해도, 또 누가 무어라 해도 절대 아니 됩니다. 이찬님의 안위는 우리 모두의 목숨보다 천 배 만 배 소중한 것, 대장군 김유신이 아니라 그 누구라도 막아선다면 바로 베어버릴 것입니다."

지금 당장 칼을 뽑고도 남을 정도로 완강한 저항에다 그 명분 또한 분명했다. 예원은 춘추의 인정에 호소하는 수밖에 달리 다른 방도가 없었다.

"세 사람의 희생으로 풍랑을 잠재우고 일행이 무사할 수 있다면, 그 또한 불가피한 일이 아니겠는가."

그러나 잔뜩 기대했던 춘추마저 여러 사람을 위해 세 여자를 희생시키는 것은 어쩔 수 없는 일이 아니냐고 한다. 화랑이 되면서부터 말을 타고 거침없이 산야를 달렸으면서도 뱃멀미에 핼쑥해진 춘추의 얼굴을 보며 예원은 천 길 벼랑에서 떨어지는 듯 어지러웠다.

그러나 하늘이 무너져도 솟아날 구멍은 있는 법, 바닥에 닿기 전에 정신을 차려야 했다. 부지런히 구멍수를 찾던 예원에게 불현듯 이 배에 탄 사람이 모두 화랑 출신이라는 생각이 떠올랐다. 춘추 또한 국선화랑으로서 18세 풍월주까지 역임했던 상선이다. 유화들도 분명 화랑도에 속한다. 비록 화랑낭도가 될 수 없는 여자들이지만, 화랑도의 색도를 위한 유화들이지만, 그래도 분명 저들은 어려서부터 상선 김유신으로부터 특수한 교육을 받아 뼛속까지 화랑도가 배어 있는 여인들이다.

화랑이 무엇인가? 무엇이 화랑인가? 화랑은 좋은 가문과 아름다운 용모가 첫째다. 그러나 보이는 아름다움만이 전부라면, 얼굴 화장에나 정성을 들일 것이다. 굳이 가무를 익히고 산천을 찾아 제사 지내는 까닭은 무엇인가? 꽃다운 사내, 화랑은 아름다운 꽃이다! 향기가 없는 꽃은 이미 꽃이 아니다! 맑은 정신이 없는 화랑은 이미 화랑이 아니다!

여자들을 앞으로 불러낸 예원이 우정 목소리를 높였다. 모두가 들을 수 있도록.

"파도가 거칠어서 무사히 항해하기가 어렵다고 한다. 해신을 달래고 파도를 잠재우기 위해 몇 사람의 희생이 필요하다고 한다. 그대들은 우리 일행의 안전을 위해서 저 바닷물에 뛰어들 수 있겠는가?"

당장이라도 배를 집어삼킬 듯 요동치는 검푸른 바다는 내려다보기만 해도 아찔하다. 그러나 그 바다에 뛰어들어 죽을 수 있느냐는 물음에도 세 여자는 낯빛 하나 변하지 않았다.

"물론입니다. 저희는 명령에 죽고 사는 자들입니다. 하명하신다면 지금 당장 실행하겠습니다."

일상적인 명령이라도 받는 듯 맑고 시원한 목소리. 예원은 또 필요 이상 큰 소리로 명을 내렸다.

"고맙다. 그대들은 지금 바로 바닷물에 뛰어내려라."

"존명!"

짧게 대답한 여자들이 예원에게 잠깐 고개를 숙여 보이고는 왼쪽으로 몸을 돌려 걸어갔다. 예원 곁에 서 있는 춘추에게는 처음부터 끝까지 눈길조차 주지 않았다. 배에 오르기 전부터 춘추의 신분을 정확히 알고 있었지만, 오직 명령을 내리는 자에게만 절대 복종하도록 고도로 훈련된 자들의 절제된 몸짓이었다.

한 줌의 미련도 겁도 없이 꼿꼿이 걸어가던 세 여자가 흔들리는 뱃전 턱에 한 손을 짚으며 춤추듯 가볍게 몸을 솟구쳤다. 화려한 비단 꽃송이들이 활짝 피어오르는 순간, 예원이 날아 들어 여자들을 낚아채고 덮쳤다. 세 여자와 한 사내가 바닥에 나뒹굴었다. 네 사람을 에워싸고 모여든 이들에게 예원이 일어 서며 큰 소리로 질문했다.

"지금 누가 이 자리에서 저 바다에 뛰어내리겠는가?"

웬일인가 싶어 두리번거리는 사람들에게 매서운 질문이 쏟 아졌다.

"다른 사람들을 살리기 위해 스스로 저 바닷물에 뛰어내릴 만큼 용감한 자가 있으면 나와 보라. 뱃사공, 그대들이 바닷 물에 들어가겠는가? 양도공, 그대라면 서슴없이 뛰어내리겠는 가?"

상전인 김춘추까지 한자리에 있었지만 낯이 벌겋게 달아오 른 예원은 함부로 삿대질을 해가며 씨근벌떡 거친 숨소리를 내뱉었다. 말투 또한 죽을죄를 지은 아랫것들 나무라듯 거칠 고 사나웠다.

"그대들은 이들을 여자라고 깔보며 여러 사람을 위해 죽여 야 한다고 했다. 그러나 그대들이 여자라고 얕잡아보는 이들 세 사람은 바닷물에 들어가라는 한 마디 명령에 아무 미련 없 이 두 번도 생각하지 않고 곧바로 파도 속으로 몸을 날렸다. 누구든지 당장 이 자리에서 저 파도 속으로 몸을 날려보아라.

서슴없이 목숨을 던져 저 여자들보다 더 나은 사내임을 증명
해보아라. 비록 시신을 찾지 못하더라도 내 평생 그자를 위해
제사를 지내줄 것이며, 폐하께 아뢰어 신국 화랑의 표상으로
삼을 것이다."

힐난하는 예원의 목소리가 높아질수록 사람들의 고개가 수
그러들었다. 맨 먼저 희생으로 바치는 것이 마땅했던 미천한
여자들 앞에서 모두가 부끄럽고 못난 사내들이었다.

뱃사공들 때문에 벌어진 사태는 잘 마무리되었지만 예원에
게는 생각지도 못했던 두통거리가 생겼다. 춘추가 자신을 안
중에도 두지 않는 듯한 여자들의 모습에 불만을 드러냈기 때
문이다.

"벗골에서는 계집들도 저리 맹랑하고 버릇없이 가르치는
가?"

"명을 내리는 주인에게 절대 복종하도록 교육받았기 때문일
것입니다. 목숨 바쳐 주인의 명을 실행하는 자들이니 오직 주
인밖에 눈에 들어오지 않아서일 것입니다."

"그렇겠지. 그러면 저들의 주인은 누구인가? 내주인가, 유신
공인가? 누군지 정말 맹랑한 계집들을 두었군."

그때부터 예원으로서도 은근히 켕기는 구석이었는데, 기어
이 곪아터지고 만 것이다. 춘추가 더 말하지 않고 제 침실로

돌아갔지만, 예원은 하나씩 춘추의 속내를 짚어갔다. 춘추는 분명 저들의 주인이 벚골의 주인 천관녀인가, 벚골을 만든 김유신인가 궁금한 척하며 부러움을 감추지 않았다. 아이들이 결 사나운 장난감을 자랑하듯 여자들을 갖고 싶은 것이다!

여자들이 처음부터 춘추를 찾지 않고 예원을 찾은 것은 분명 그리하라는 김유신의 명이 있었기 때문일 것이다. 그러나 춘추가 탐을 내는 이상 여자들을 넘겨주지 않을 수가 없다. 무시당했다고 여긴 춘추가 사사건건 발을 걸고 나설 수도 있기 때문이다.

'춘추공 또한 유신공 못지않게 현명하신 분. 저들을 적절하게 활용할 것이다.'

예원은 생각을 정리한 뒤 여자들을 불렀다.

"이찬님은 가장 존귀한 신분이며 또한 우리 모두가 목숨을 걸고 받들어 모시는 분이다. 어찌하여 그날은 마지막 예의조차 표하지 않았던 것이냐?"

"저희는 오직 주인을 따를 뿐입니다."

예원을 주인으로 여기고 있기에 춘추마저도 허수아비 취급을 했다는 뜻이다.

"그대들의 주인은 누구인가?"

"당연히 주인님이십니다."

"주인을 바꿀 수도 있는가?"

"오직 주인의 명에 따를 뿐입니다."

누구를 주인으로 섬기라고 하든 그대로 따르겠다는 것이다.

"그러면 지금부터 그대들의 주인은 이찬님이다. 이제부터는 이찬님을 주인으로 받들며 따르라."

"존명!"

세 여자가 한목소리로 명을 받았다. 잠깐 고개를 숙여 예를 표하더니 더 이상 주인이 아닌 자와 마주하고 있을 필요가 없다는 듯 곧바로 돌아서 나갔다. 그 후 세 여자는 예원과 마주쳐도 그저 고개를 숙여 윗사람에 대한 예를 표할 뿐 인사말 한 마디도 건네는 법이 없었다.

그날 밤, 새 주인이 되었다는 소리에 춘추가 세 여자를 불렀다.

"모두가 보기 드물게 아름다운 여인들이다. 그대들은 오늘부터 차례로 나에게 색공을 바치겠는가?"

"무엇이든 하명하시면 즉시 실행할 것입니다. 그러나 임신이라도 하게 되면 당인들이 쉽게 속지 않을 것이니, 주인님께서 염두에 두고 색공을 받아주시기 바랍니다."

"알았다. 나도 쏟아버린 물을 다시 담을 재주는 없으니 물러가거라."

웃어야 할지 울어야 할지, 장난삼아 건드린 가시에 따갑게 찔리고 만 꼴이 되었다. 굳이 색공을 받고 싶어서라기보다 맹랑하고 당찬 여자들의 주인임을 확인하고 싶었을 뿐인데.

장안으로 가는 길에도 가끔 보이지 않던 여자들이 장안에 도착하고 나서는 어디로 싸돌아다니며 무엇을 하는지 얼굴 보기가 힘들었다. 이레가 지난 뒤에야 그중 하나가 춘추의 방에서 나오는 것을 보고 잠깐 손짓해 부른 뒤 무슨 일을 하느냐고 물었으나 역시 예상했던 반응을 보였다.

"예원공은 저희의 주인이 아닙니다. 저희의 보고를 받을 수도, 저희에게 하명을 하실 수도 없습니다."

말은 공손했지만 서릿발처럼 차가운 대꾸였다. 여자들이 무엇을 하는지 춘추에게 직접 묻는 수밖에 없었다.

"당제가 오른쪽 눈에 화살을 받았다는 게 사실인 모양이야. 만났을 때 얼굴을 들라는 말이 나오기 전에 쳐다보지도 말아야 하지만, 그저 무심한 얼굴로 보아야지 놀란 표정을 짓거나 얼굴을 돌리면 당제의 자존심을 자극할 수 있으니 조심하라더군."

"역시 그렇군요. 벌써 그런 것까지 알아내다니, 대단한 여자들입니다."

"대단하기는? 동네방네 굴러다니는 그깟 소문을 가지고."

예원이 여자들을 치켜세웠으나 춘추는 대수롭지 않게 대꾸했다.

"어째서 당제를 만나는 일이 늦어지는지도 알고 있습니까?"

"처음부터 우리가 한 열흘 푹 쉬고 있으면 알려줄 거라고 하지 않던가."

"그래도 언제쯤이 될 거라고 이야기해주는 법인데. 여기 관원들은 여태 모르쇠로 일관하고 있습니다. 여자들한테 당 조정에 무슨 일이 있는지 알아보라고 하십시오."

"그렇게 하겠네. 길거리에 널린 소문만 주워모으러 다니는 여자들이니 별로 어렵지 않을 걸세."

이틀 뒤, 춘추는 유화들한테 요즘 들어 더욱 빈번해지는 두통 때문에 이세민이 사람 만나는 일이 거의 없다는 보고를 받았다. 그래서 이세민 대신 정무를 맡고 있는 이치를 만나게 해달라고 청을 넣었으나, 웬일인지 그마저도 날짜가 잡히면 알려주겠다는 대꾸만 돌아왔을 뿐이다. 당 조정이나 이치한테 무슨 일이 생긴 줄로 알았으나, 여자들은 당 조정이나 이치한테는 아무런 문제가 없다는 이야기뿐, 어째서 신라 사신을 만나지 않는지는 모른다고 했다. 자신들보다 며칠 늦게 당도한 토번 사신들도 사흘 만에 당 조정에 들어가 이치를 만났다니, 궁금증만 더욱 커질 뿐이었다.

"정작 알고 싶은 것은 하나도 알아내지 못하고!"

춘추는 저도 모르게 유화들의 능력을 얕보게 되었다.

사실 여자들이 올리는 보고 하나하나가 매우 중요한 정보였지만 춘추는 어디서고 굴러다니는 소문쯤으로 흘려들었다. 정보원은 전장을 뛰어다니는 장군 못지않게 중요한 존재였지만, 여자들의 근본 출신을 뻔히 알고 있는 춘추로서는 자신도 모르게 정보원들을 유화라고 얕보았기 때문인지도 모른다.

"너희 말대로, 그것도 소문일 뿐이다. 벌써 열흘이 넘었다. 어째서 당제나 당 조정에서 우리를 부르지 않는지, 그 이유나 알아보라고 하지 않았느냐?"

이미 두 해 전에 장성을 넘어 북평(탁군, 북경)을 점령하고 선수까지 진출해 있는 고구려군을 막기 위해 이도종이 전선에 남아 있는 지금, 장손무기가 당 조정을 은밀히 움직이는 최고 실력자라는 정보를 가져왔을 때에도 춘추의 반응은 차갑기만 했다. 이세민이나 당 조정에서 왜 신라 사신의 접견을 마냥 미루고 있는 것인지만 알아오라고 타박했다. 그러나 그 이유는 당 조정에서도 극소수만이 알고 쉬쉬하는 것이었으니, 아무리 간세의 능력이 출중해도 아직 권력의 핵심에 접근조차 못하는 형편에서는 도무지 알아낼 재간이 없는 것이었다.

약왕 손사막

이세민은 이미 이름뿐인 왕이었다. 두 해 전부터 당나라를 다스리고 있는 것은 아들인 이치였다. 그렇게 뒷전에 물러나 정사에 관여하지 않는 이세민이었으나 웬일인지 신라에서 사신이 왔다는 소식을 듣고는 느닷없이 제가 만나겠다고 나섰다.

이세민은 고구려군에 쫓겨 돌아온 2979년(646) 3월부터 왕세자 이치에게 나라를 다스리게 했다. 이세민이 관여하는 것은 제 몸처럼 아끼던 몇몇 부하를 죽이고 살리는 것에 대한 것뿐이었다. 이미 이빨 빠진 호랑이였으니 찾아와 알랑거리는 부하도 없이 꽁지 빠진 공작처럼 외로운 몸이었다.

어려서부터 그다지 똑똑하지 못하고 뚝심도 없던 이치가 열아홉 어린 나이로 나랏일을 맡게 된 것은 이세민이 눈에 살을 받은 것이 끝내 덧나고 말았기 때문이었다. 어린애 주먹만큼이나 큰 화살촉은 저절로 부스러질 만큼 온통 푸른 녹덩어리였다. 그 자리에서 눈알을 파내 독이 퍼지지 않게 했으나 때가 늦어서 독은 이미 머릿골에까지 스며들었다.

벌써 세 해째 시난고난 앓고 있는 이세민은 해보지 않은 짓이 없었다. 좋다는 약은 다 써보고 온몸이 성한 데가 없이 침을 놓고 뜸을 떠보아도 효험이 없었다. 애꿎은 의원들만 목이 잘리고, 몇 달씩 밤새워 징을 두드리던 도사들도 남의 병을 낫게 하기는커녕 제 목숨 하나도 건지지 못하고 형장의 이슬이 되었다.

왕궁에 들어가 병을 보게 되었다며 멋모르고 좋아하던 의원들도 그곳이 바로 호랑이굴이요, 이세민이 저승사자라는 것을 알게 되었다. 왕궁에 앉은 저승사자는 눈도 밝고 팔도 길어서 이름 높은 의원치고 끌려가지 않은 사람이 없었다. 그러나 그 가운데에도 지난해 봄 이세민의 병을 보고서도 아무 일 없이 호랑이 아가리에서 놓여난 의원이 하나 있었으니, 이름이 손사막이라 했다.

손사막은 장안에서 멀지 않은 화원(섬서성 요현) 사람이다. 어려서 앓아누운 것이 서른이 넘도록 일어나지 못했으나 어느 날 약재를 찾아다니던 한 의원을 만나 병을 떨치고 일어났다. 손사막은 크게 뜻을 세워 그 의원을 따르게 되었는데 타고난 재주가 있었다. 의술에 정통하게 되어 많은 사람에게 의술을 베풀었다. 손사막은 환갑이 훨씬 지난 나이임에도 젊은이처럼 살갗이 팽팽하고 흰머리는 한 오리도 찾을 수가 없었다.

곧게 자란 나무는 깊은 산속에서도 지위를 부른다고 했다.

태백산 남쪽 깊은 골에서 약초를 캐고 있던 손사막에게도 이세민의 병을 보러 오라는 명령이 내렸다. 이세민이 군사를 일으킬 적에 숱하게 많은 의원이 불려갔으나 손사막은 양현 태수의 보살핌으로 끌려가지 않았었다. 오랜 병을 앓고 있는 태수의 아들을 살려주었으므로 태수는 손사막이 환갑이 지난 지 오랜 늙은이임을 들어 뽑혀가지 않도록 손을 써주었던 것이다. 하지만 이제는 이세민이 왕궁에서 부르는 것이었으므로 태수도 거절할 수가 없었다.

왕궁에 불려간 손사막은 이세민의 병이 사람의 손으로는 고쳐낼 수 없다는 것을 첫눈에 알아보았다. 부처에게 빌거나 하늘에 빌어서 될 일이라 하더라도 의원의 입으로 할 수 있는 말이 아니었다. 말을 한다 해도 병자를 남에게 떠넘기는 소리로밖에 들리지 않을 것이니 살아남기 어렵다. 또한 고칠 수 없는 병을 붙들고 헛심을 쓰다 헛되이 죽을 수도 없었다. 어떻게든 호랑이 아가리에서 놓여나 하늘이 준 목숨이 다할 때까지 의원으로서 한뉘를 보람 있게 살아야 했다.

마침 맑은 기분으로 자리에 앉아 있던 이세민을 이리저리 살펴본 손사막은 머리를 크게 주억거리며 여러 사람에게 함께 들으란 듯이 맑고 또랑또랑한 목소리로 우렁차게 말했다.

"황상의 병은 이 세상의 어떠한 침이나 약으로 나을 수 있는 병이 아닙니다. 옛날의 화타나 편작이 함께 되살아와도 하늘의 보살핌을 따로 얻지 않고는 황상의 병을 고쳐내지 못할 것입니다."

무엇이? 웬놈이 감히 하늘 무서운 줄 모르고 함부로 주둥아리를 놀리는가? 병자를 살피던 손사막의 낯빛이 밝은 데다 머리를 끄덕이는 것을 보고 좋아서 덩달아 우쭐해졌던 사람들의 낯빛이 흙빛으로 질렸다.

"이 미친놈이 뉘 앞에서 함부로 아가리를 놀리느냐?"

이세적이 눈알을 까뒤집고 뛰쳐나와 한주먹에 때려죽일 듯이 종주먹을 들이댔다. 하지만 정작 이세민은 무엇을 생각하는지 이맛살을 가볍게 찌푸렸을 뿐, 고개를 저어 들고일어나려는 사람들을 말렸다.

그러거나 말거나, 아무것도 모르는 것처럼 손사막은 눈썹도 까딱 않고 버릇처럼 머리를 앞뒤로 흔들며 우렁찬 목소리를 뿜어내고 있었다.

"젖먹이 때 병을 얻어 서른 해가 넘게 자리에 누워 있다가 우연히 옛글을 얻어 스스로 의원이 되었습니다. 그때가 벌써 서른 해가 넘었으나 제 몸이 이처럼 나이 먹는 것을 잊고 있습니다. 이러한 일은 어떤 약물이나 사람의 의술만으로 되는 일이 아닙니다. 늘 하늘에 대한 고마움을 잊지 않고 살아왔는데, 하찮은 사람에 대한 하늘의 보살핌은 끝이 없었습니다. 몇 해 전 약초를 얻으러 깊은 산 깊은 골을 헤매던 가운데 또다시 어느 깊은 동굴에서 옛글을 얻게 되었습니다."

말을 마친 손사막은 이제 머리를 끄덕이지도 않고 지그시 눈을 감았다. 깊은 생각에 잠긴 모습이었으므로, 사람들은 저도 모르게 손사막의 말을 곰곰이 되새겨보았다.

흔히 말하는 편작은 본디 전국시기에 살았던 진월인이라는 사람인데, 전설에 나오는 신의(神醫) 편작처럼 의술이 높다 하여 얻은 이름이다. 화타는 동한 끝무렵 패나라의 초(안휘성 박현) 사람인데, 마비산이라는 마취약을 먹여 수술을 하는 등 의술이 높아 신의로 불리고 있다. 의원 된 사람으로서 제아무리 의술이 높을지라도 스스로를 이들에게 견주어 말하는 것은 예의가 아니다. 그런데도 손사막은 두 사람이 함께 살아와도 하늘의 보살핌을 얻지 않으면 안 된다고 큰소리다.

이미 그럴 만한 까닭이 있는 것은 아닌가? 모두들 환갑이 넘었어도 채 마흔도 되어 보이지 않는 손사막의 건장한 몸을 다시 보지 않을 수가 없었다.

"옛글에 의하면 하늘과 땅의 기운으로 생겨난 영물이 있으니, 생긴 것으로 보아서는 도마뱀 모습인데, 길이가 한 자 두 치이며 온몸이 금빛으로 빛나고 온갖 쇠와 구리의 녹을 먹고 살므로 천금(千金)이라 부른다고 하였습니다. 한 몸에 음양을 갖고 있으니, 한 해를 땅속에서 나오지 않으나 양기가 강한 5월 5일에는 하루 내내 햇볕에 나와 죽은 듯이 움직이지 않고 맑은 양기를 받아들인다고 합니다. 아득한 옛날 치우천황이 갈로산에서 쇠와 구리를 캘 적에 이 영물을 얻었으며 구리상자에 넣어 길렀다고 합니다. 한 해에 한 번 햇볕에 나올 뿐 상자 안에서만 살았는데, 이 영물은 바깥에 나오지 않고도 모든 쇠의 녹을 먹을 수가 있다고 했습니다. 구리상자를 가져가면 그 근막에는 이미 퍼렇게 또는 뻘겋게 녹슬었던 창칼이 닦지 않아도 저절로 빛나며, 창고에 깊이 넣어둔 병기까지도 조금도 녹스는 일이 없었다고 합니다. 뿐만 아니라 기의 흐름을 바르게 하여주니 크게 다친 군사들도 머리가 맑아져서 아픔을 느끼지 않았답니다. 황제 헌원도 치우천황의 명령을 받고 서쪽으로 가서 고신씨와 싸우다 적의 화살에 맞아 독이 골수에 스며들어 죽을 뻔했는데, 치우천황이 준 구리상자를 머리에 베고 하룻밤 자고 나자 씻은 듯이 나았다고 합니다. 그로부터 먼 뒷날 상나라 성탕이 반란을 일으켰을 때 단군 천제가 읍차인 말량에게 구한의 군대를 주어 하나라 걸을 돕게 하였을 때에도 말량은 구리상자를 지니고 다녔습니다. 하나라 걸이 끝내 뉘우치지 않은 것을 보고 마침내 생각이 바뀌어 하나라를 치고 상나라 탕에게 하나라까지 다스리게 하였을 때 옛일을 잊지 말고 나라를 잘 다스리라며 구리상자를 내려주었습니다. 구리상자는 은나라(상나라는 도읍을 여러 번 옮겼으나 뒷날 오랫동안 은에 두었으므로 흔히 은나라로 불린다)에서 전해오다가 은나라가 망한 뒤에는 주나라가 은나라 사람에게 조상의 제사를 지내도록 송나라를 떼어주고 구리상자를 받았습니다. 그러나 이는 하늘의 뜻을 거스르고 억지로 된 일이었기에, 햇볕을 쬐러 나왔던 영물은 그만 달아나고 빈 상자만 남게 되었습니다. 은나라를 뒤엎고 주나라를 세운 주공이 뒤에 빈 구리상자 안에 무왕의 병을 낫게 해달라고 빌었던 글을 넣어두었다가 성임금의 마음을 움직인 일을 끝으로 구리상자는 지나간 일로 묻히고 말았습니다. 수천 년을 살았던 천금이라는 영물과 치우천황의 위엄이 서린 구리상자는 단군 천제가 하수 언저리의 여러 나라를 다스리라는 감독권의 상징으로 은나라에 내려준 것이었습니다. 구리상자에서 영물이 달아나고 없는 것은 주나라의 잘못을 말하는 것이 되므로 다시는 입에 올리지 못하게 하였으니, 이제 와서 아무도 그 일을 아는 사람이 없게 되었습니다. 제가 그 글을 얻은 뒤에 여러 해 동안 인연이 닿기를 빌었는데, 지난해 봄 태백산 남쪽 깊은 골짜기에서 약초를 캐다가 그만 깜짝 놀랄 일이 생기고 말았습니다."

지난 일을 생각하는지 잠깐 말을 멈춘 손사막의 눈은 또다시 감겨 있었다. 도무지 이세민의 앞이라는 것도 잊은 듯이 고즈넉한 모습이었다. 말하는 사람은 물같이 고요한데 듣는 사람들은 꿀꺽 침을 삼키며 다음 말을 기다렸다.

치우(蚩尤)는 '번개와 비가 크게 내려서 산과 강을 바꾸다'

는 뜻으로, 배달나라(倍達國, 神市時代) 14대 한웅인 자오지천황(慈烏支天皇)의 다른 이름이다. 치우는 싸움의 신(軍神)이니 영물이나 구리상자는 더 물어보고 자시고 할 것이 없게 되었다. 더구나 도사들의 입에서 들었다면 어리석은 사람을 꾀는 소리라고 하겠으나, 같은 이야기라도 손사막 같은 의원의 입에서 나왔으니 믿지 않을 수가 없었다.

사람들은 그저 여러 즈믄 해를 이어온 전설 속의 영물이 아직도 살아 있다는 것이 놀랍고 반가웠다. 영물은 얼마든지 그럴 수 있는 일이라 여겨지면서 이는 하늘이 이세민의 병을 낫게 하려는 조화인 것만 같아 좋아서 어쩔 줄 몰랐다.

다시 우렁우렁 울리는 손사막의 목소리는 이제 신비스럽기까지 했다.

"망태기에서 호미를 꺼내는데 호미가 하얗게 빛나는 것이었습니다. 문득 짚이는 것이 있어 망태기를 헤쳐보니 마른 쑥과 함께 기름종이로 꼭꼭 싸두었던 부싯돌까지도 검은 녹이 없어져 있었습니다. 수천 년을 뛰어넘은 천금의 옛이야기가 태백산 깊은 골짜기에서 되살아나고 있었던 것입니다. 헤아려보니 영물이 햇볕을 쬐러 나올 날짜가 머지않았으므로 저는 그날부터 한곳에 앉아 하늘에 빌고 한편으로 약을 먹어 사람의 몸냄새를 없앴습니다. 영물이 사람의 몸냄새를 꺼려하기 때문입니다. 단오가 되자 해가 뜨기를 기다려 천금이 볕을 쬘 만한 곳을 찾고 있었는데, 한낮이 조금 지났을 때 문득 머리가 맑아지며 마음에 까닭 모를 기쁨이 넘치는 것을 깨달았습니다. 이상하게 여기고 사방을 살펴보니 100걸음도 되지 않는 곳에 꿈에서도 그리던 영물이 햇볕을 쬐며 양기를 받아들이고 있었습니다. 영물을 만질 때 몸에서 땀이 흐르거나 입에서 단내를 풍기면 안 되었으므로, 바쁜 마음을 누르고 자리에 앉아 숨을 고르는데, 영물이 일어서서 머리를 흔들더니 미끄러지듯 바위에서 내려가고 말았습니다. 영물이 사라진 뒤에도 바위가 하얗게 빛나기에 가보았더니 본디 영물이 앉아 있던 바위는 온통 눈부시게 번쩍이는 차돌이었습니다. 영물이 내뿜는 광채에 가려져 있어 제가 미처 보지 못했던 것입니다. 아쉬운 마음에 자리를 떠나지 못하고 있다가 한참 뒤에 약초를 캐는 사람이 산을 오르는 것을 보고서야 영물이 사라진 까닭을 알았습니다. 영물은 멀리서도 약초를 캐는 사람의 몸냄새를 맡은 것입니다."

사람들은 제 손으로 다 잡았던 영물을 놓친 듯이 가슴이 허전하여 아쉽다는 말도 못했다. 남 앞에 나서기 좋아하는 이세적은 아예 떡심이 풀어졌는지 두어 번 눈알을 굴리더니 벌렁 드러누워버렸다.

사람의 기척에 영물이 사라졌다면 멀리 다른 곳으로 갔을 것이니, 이 너른 누리 어디에서 다시 찾는다는 말인가? 모두들 맥을 놓고 있는데, 손사막은 3년 가물었던 들판에 먹장구름을 몰아와 장대비를 쏟아부었다.

"영물은 무엇보다 사람의 몸냄새를 꺼려합니다. 제가 그 뒤에도 달마다 녹슨 쇠붙이를 가지고 가서 영물이 그 골짜기를 떠나지 않고 있음을 확인하였습니다. 황상께서 수만 군사로 하여금 사람들이 함부로 산에 들지 못하게 지킨다면 올해에는 반드시 영물을 얻을 수가 있을 것입니다."

"저한테 명을 내려주신다면 혼자서라도 산에 들어가려는 자들의 다리를 분질러놓고 목을 잘라버리겠습니다."

마른땅에 비가 내리면 흙먼지부터 피어오른다. 손사막의 말이 끝나기가 바쁘게 늙은 개구리처럼 펄쩍 뛰어나오며 소리를 지르는 사람이 있었다. 바로 앞서 맥을 놓고 드러누워 숨소리마저 죽이고 있던 이세적이다. 하기는 누웠던 송장이라도 벌떡 일어설 만큼 신나는 소리였으니, 재롱둥이 이세적이 어찌 멀거니 남의 꽁무니만 바라보고 있겠는가.

"태백산에는 길도 없는 데다 골이 깊고 비탈이 험하니 다른 사람을 보냈다가는 동서남북을 가리지도 못하여 길을 잃고 헤맬 것이 뻔합니다. 영물을 얻는 대로 밤길을 가리지 않고 달려올 사람은 저밖에 없습니다. 무사히 영물을 얻으려거든 부디 저를 보내주십시오."

"쓰잘데없이 나서지 말고 저리 물러가 있거라. 그대는 무턱

대고 서두르기만 해서 되레 일을 망칠 것이니, 차분하고 서두르지 않는 사람을 골라 보낼 것이다."

혜덤비고 나서서 말이 어디로 가는 줄도 모르고 오두방정을 떨더니, 이세적은 임자의 발길에 차인 강아지 꼴이 되어 엉거주춤 가재걸음으로 물러났다. 꾸중을 듣고 멀뚱하게 서 있자니 정말 맥이 풀렸다. 사람들이 가자미눈으로 노려보는 것만 같아 이세적은 다시 드러누워 코를 골았다.

"단오가 얼마 남지 않았는데 태백산 남쪽까지는 400리가 넘는 길이다. 그대는 어서 늦지 않게 서둘러 길을 떠나고, 조정에서는 수만 군사를 보내 산 밑을 개미새끼 한 마리 얼씬 못하게 하라."

이세민은 손사막을 왕이나 타는 화려한 수레에 태우고 수만 군사를 따르게 해서 태백산으로 보냈다.

양현 태수에게 화가 미치지 않게 하려고 저승사자 같은 이세민 앞에 나갔던 손사막이다. 그는 산속에 들어가자 그대로 풀이 되고 나무가 되어 아무런 자취도 없이 사라지고 말았다. 단오가 한참 지난 뒤에도 손사막이 나오지 않자 그제야 속은 줄을 알고 군사들을 시켜 산을 샅샅이 뒤졌으나 약초를 캐느라 한뉘를 산에서 살아온 사람을 잡아낼 수는 없는 일이었다. 장안 남쪽에 동서로 길게 누워 있는 진령산줄기는 장안을 지나 하수(황하)로 흘러드는 위수(위하)와 무한에서 강수(장강)의 큰 물줄기와 만나는 한수를 나누는데 높은 산으로는 태백산, 수양산, 종남산이 있다. 태백산은 그 가운데서도 가장 높고 깊은 산인 데다 서쪽으로 곤륜산줄기와 닿아 있으니 한번 숨어들면 그야말로 바닷물에 빠진 바늘 찾기가 될 수밖에 없는 일이었다. 훨씬 나중에야 알려진 일이지만, 손사막은 이세민이 죽은 뒤에도 태백산에 숨어살면서 더욱 의술을 닦았다. 2985년 『천금방(千金方)』이라는 책을 썼으며, 산에서 내려와 3015년 102세로 한뉘를 마칠 때까지 많은 사람들의 병을 고쳐주었으므로 약왕(藥王)으로 불리게 된다. 손사막이 꾀를 써서 달아나지 않았더라면, 비록 염라국 유황불에 나무토막 하나 던져넣는 것처럼 작다고 할지라도 이세민의 죄는 하나 더 많아졌을 것이다.

당나라 옷을 입은 김춘추

　손사막이 달아남으로써 이제는 하늘의 보살핌조차 바랄 수 없게 되었으니, 이세민은 질긴 목숨을 이어가며 죗값을 단단히 치러야 했다.

　"놔라, 놔!"

　사흘이 멀다고 소동이 벌어졌다. 기둥이고 바닥이고 닥치는 대로 머리를 짓찧으며 나뒹구는 통에 누구보다 호위군사들이 못할 노릇이었다.

　"이놈들아, 차라리 나를 죽여라! 무엇하느냐? 어서 내 목을 베라지 않느냐? 으흐흐, 이놈들아! 그 도끼로 내 머리를 내리쳐라!"

　저절로 지쳐 쓰러질 때까지 이세민은 붙잡아 누르는 군사들을 치거나 제 머리를 쥐어뜯으며 뒹굴었다. 고구려 도전에 끌려갔다가 여동에서 맞아죽고 얼어죽은 원혼들이 아우성치며 덤벼들었다. 염립덕을 시켜 먼저 저승으로 보냈던 맏아들 승건도 혀를 길게 빼물고 지옥에서 뛰쳐나와 아비를 끌어가겠다고 악을 쓰며 달라붙었다.

　이세민은 장안 남쪽 100여 리에 있는 종남산에다 지난해 여름부터 제가 머물 곳을 짓게 했는데, 이제 궁전이 다 만들어졌으므로 춥기 전에 옮기려고 몸이 우선해지기만을 기다리던 차에 마침 신라에서 사신이 온 것이다. 이세민은 마지막으로 한번 더 조정에 나가보고 싶어졌다.

　군사는커녕 사신을 보내 위협하거나 달래지 않아도 스스로 먼저 머리를 숙이고 발밑으로 기어든 갸륵하기 짝이 없는 신라였다. 더구나 신라 조정의 대들보인 김춘추가 직접 사신으로 왔다니 몸소 만나서 한때나마 즐거움을 누리고 싶은 것이 이세민의 속마음이었다. 신라에까지 고구려 도전에 나섰다가 100만이 넘는 군사를 잃고 얻은 것이 겨우 눈에 박은 화살 하나로 이제 조정에 나서지도 못하고 다 죽어가더라는 소리를 퍼지게 하고 싶지도 않았다. 또한 마지막 가는 길에 조정에 나가 많은 신하들을 거느리고 큰소리치며 뽐내보고 싶기도 했다.

　장안에 도착한 지 보름이 다 되어갈 때 신라 사신에게 왕궁으로 들라는 갑작스러운 전갈이 왔다. 아침식사를 하고 있던 사신 일행은 대충 입가심을 하고 옷차림을 살핀 뒤 곧바로 왕궁으로 들어가 이세민을 만나게 되었다. 여태 아무런 말이 없다가 갑작스럽게 부른 이유가 무엇이냐는 질문에 당나라 관원들은 자신들도 모른다는 말로 일관했다.

큰 싸움에 나가는 것처럼 번쩍번쩍 빛나는 갑옷을 차려입은 군사들이 왕궁을 몇 겹으로 에워싸고 장안의 모든 벼슬아치가 조정을 가득 메우게 한 뒤에 신라 사신을 불러들였으나, 김춘추는 왕궁 문에 들어서지도 못하고 되돌아 나와야 했다. 급히 달려온 장수의 말인즉, 조정에 갑자기 바쁜 일이 생겨 뒷날 다시 부르겠다고 했다.

다음 날에도 장안이 떠들썩하게 군사들과 벼슬아치가 바삐 움직였으나, 조정에 무슨 일이 있는 것이 아니었다. 잔뜩 위세를 부려 신라 사신을 맞고 싶었으나 이세민은 골수를 맷돌에 가는 듯한 아픔에 시달리지 않을 때에도 언제나 묵직하게 내리누르는 아픔으로 머리가 맑지 못했다.

날마다 조정에 나가 이세민이 나오기를 기다려야 했으므로 벼슬아치들은 제 일을 할 수가 없었다. 날마다 잠깐 기다리라는 소리만 해 저물도록 들어야 했던, 영문을 알 바 없는 김춘추는 더욱더 바작바작 애를 태울 수밖에.

그러기를 열흘이 넘게 되풀이하던 끝에 모처럼 머리가 맑아진 이세민이 한껏 거드름을 피우며 조정으로 신라 사신을 들어오게 했다. 분 발라 몸단장을 했어도 꺼칠하게 마르고 맥이 없는 것까지 감추지는 못했다.

오래 살기 어려울 것이다! 김춘추는 고개를 숙였다. 까닭을 모르지 않았으므로 오른쪽 눈을 가린 얼굴을 차마 바라볼 수가 없었던 것이다.

"황상의 크나큰 은덕에 신라 백성은 크게 감격하고 있습니다. 그리하여 신라 백성들은 입는 옷까지도 당나라를 따르고자 합니다."

"무엇이? 그대들이 우리의 옷으로 바꿔입겠다고? 그게 정말인가?"

깜짝 놀란 이세민이 엉덩이를 들썩이며 거듭해서 물었다.

"그렇습니다. 우리 신라가 황상의 높은 덕을 우러러받든 지 이미 오래이므로 먼저 의관으로써 따르고자 하는 것입니다."

"옳도다! 그대의 말이 참으로 옳도다! 내 그대들에게 좋은 옷을 내리리라."

춘추의 끝을 모르는 아침에 엉덩춤을 추며 이세민은 오랑캐옷을 가져오게 했다. 김춘추 등에게 곧바로 오랑캐옷으로 갈아입게 하고, 신라로 가져갈 견본들도 넉넉하게 주었다. 또한 김춘추에게는 특진 벼슬을, 그의 아들 김문왕에게는 좌무위장군이라는 벼슬을 주었다.

더러운 오랑캐옷을 걸쳐입은 김춘추는 부끄럽기는커녕 그저 제 입은 옷이 오랑캐들의 왕이나 입는 것이라는 데에 더할 나위 없이 좋은지 벌린 입을 다물지 못하고 헤픈 웃음을 웃었다. 한참이 지나서야 제 할 일이 생각났는지, 김유신이 일러준

대로 신라에 군사를 보내면 고구려군은 저절로 물러갈 것이라고 힘주어 말했다.

"예로부터 큰 나무에는 벌레가 많은 법이다. 어찌 큰 나라가 변경에서 작은 적이 소란 피우는 것을 걱정하겠는가. 고구려 따위는 입에 올리지도 마라. 백제가 그대의 나라를 못 살게 군다니 이를 위하여 신라에 군사를 빌려주는 것이다. 내일이라도 우리 당나라 군사들이 얼마나 용맹하고 슬기로운지 그대 눈으로 보게 될 것이다."

스스로 낯짝에 분칠하며 그 자리에서 신라에 군사를 보낼 것을 다짐해 보인 이세민이 물었다.

"신라는 큰 나라를 섬기면서 어찌하여 우리의 연호를 쓰지 않고 따로 연호를 만들어서 쓰고 있는가?"

"신라에서 따로 연호를 쓰는 것은, 연호란 마치 이름과도 같기 때문입니다. 제 연호로 제 나이를 헤아리고 제 역사를 헤아리는 것이니, 이는 달리 무어라 할 수 있는 일이 아닙니다."

느닷없이 지껄이는 돼먹지 못한 소리에 벌겋게 달아오른 김춘추가 사납게 노려보며 큰 소리로 쏘아붙였다. 시어미한테 야단맞고 개 배때기를 찬다고 했다. 별다른 생각 없이 무심코 내뱉었던 중원과 중국이라는 소리 때문에 선도해한테 무자비하게 깨졌던 김춘추가 저도 모르게 그 분풀이를 이세민한테 해댄 것이다.

말마디가 너무도 마땅하고 옳은 소리였으므로 코가 납작해진 이세민은 차마 뭐라고 말대꾸를 하지 못했다. 이세민으로서는 당에서 군사를 보내주겠으니 신라에서도 조금 더 성의를 보여야 하지 않겠느냐고 차근차근 어르고 달래야 했다. 신라가 입는 옷마저 따르겠다는 소리에 두둥실 구름을 타고 떠다니던 이세민이, 곱게 자라 때로 앞뒤를 모르는 춘추의 날카로운 성깔에 찔려 그만 '아야!' 소리도 못하고 당하고 만 것이다.

김춘추가 이세민을 만난 지 보름이 지났다. 이세민이 신라에 군사를 보낼 것을 약속했으나 어찌 된 일인지 장안에 군사가 모이고 있다는 소문도 없거니와, 그 뒤로 이세민은 김춘추를 다시 만나주지도 않았다. 김춘추는 일이 잘되었다고 좋아하던 마음이 가시고 불안한 생각이 들었다. 지난날 평양에 갔다가 연개소문의 손에 놀아났던 께름칙한 기억까지 겹치고 있었다.

당장 내일이라도 군사를 보낼 듯이 큰소리치던 이세민이 모르쇠를 놓으며 괘장을 부리는 데에는 그만한 까닭이 있었다.

고구려 군사가 이미 여러 개의 성을 고쳐쌓고도 물러가지 않고 있으니 언제라도 선수를 넘으려 들 것이었다. 연개소문의 욕심이 하수에 와서 그치겠는가? 회수(회하)에서 멈추겠는가? 김춘추의 말처럼 당에서 군사를 보내 백제를 친다면, 연개소문도 바보가 아닌 이상 곧바로 군사를 평양으로 불러들일 것이다. 설연타(동돌궐)에 군사를 보내 설연타의 부족장이자 이세민의 사위이기도 했던 이남을 죽였을 때에도 연개소문은 군사를 돌궐로 보내느라 선수에서 발이 묶이고 말았었다. 백제는 돌궐과도 다르다. 하늘백성이라고 일컫는 고구려와 한 겨레붙이다. 군사를 되돌려가지는 않더라도 함부로 선수를 넘으려들지는 않을 것이다.

그러나 일이 뒤틀리고 꼬인 것은 바로 그때부터였다. 오래전부터 장손무기는 선수를 지키는 이도종이 두 손을 묶고 앉아 있는 것을 못마땅하게 여기고 있었다. 고구려가 북평에다 여느 백성들까지 보내 밭을 일구고 여름을 거두는 것은 단순한 정복이 아니라 영원히 고구려 땅으로 만들려는 것이 분명했기 때문이다. 툭하면 서토 오랑캐를 토벌하고 서토 평정을 이루어 다시 다스리겠다던 연개소문이 아닌가. 장손무기는 신라 사신이 와서 하는 소리를 듣자 이춤을 추던 끝에 누가 가려운 등을 긁어준 것처럼 시원했다. 무슨 말로 이세민을 부추켜 하루 빨리 군사를 일으킬까 생각하다가 그만 때를 놓치고 말았다.

춘추가 물러가자마자 여태껏 좀이 쑤신 걸 억지로 참고 있던 영국공 이세적이 득달같이 달려나와 목소리도 우렁차게 외쳤다.

"저에게 10만 군사만 주신다면 한달음에 백제를 치고 평양으로 달려가겠습니다. 요동에서도 승냥이떼 같은 고구려 군사가 저절로 없어질 것이니 강하왕도 시름 놓고 달려와 황상을 뵐 수 있을 것입니다."

그러잖아도 어리에 갇힌 꿩처럼 갑갑하고 온몸이 근질거리던 이세적이었다. 이세민은 곳곳에서 반란군이 일어나 군사를 보낼 때에도 이세적은 못 가게 했었다. 감때사나운 이세적이 반란군에다 온갖 분풀이를 다 할 것이 뻔했으니, 오히려 긁어 부스럼을 만드는 꼴이 되지 않을까 염려했던 것이다.

"소 잡는 칼을 닭 잡는 데 쓰는 것이 아니다."

허울 좋은 소리나 들어가며 울긋불긋한 비단옷을 입고 우쭐거리는 것도 한두 달이지, 벌써 3년이 되도록 싸움터를 달리며 피를 보지 못했다. 제 몸을 쥐어뜯어서라도 피를 보고 싶게 몸살이 났던 이세적은 선수에 남아서 고구려군을 지키는 이도종이 부러워 죽을 것만 같았다.

이도종을 불러들이고 대신 나가서 선수를 지키겠다고 하다가 잠자는 호랑이 코털을 뽑으려는 것이냐고 혼이 난 뒤에도, 그저 보내주기만 하면 이도종 밑에서 말 잘 듣고 얌전히 있겠노라고 죽는시늉을 하며 엄살을 떨었으나, 그럴수록 야단맞기에 이골이 나던 터였다. 이세적은 이세민에게서 신라에 군사를 보내겠다는 말을 듣자 누가 제 먹을 것을 가로채기라도 하는 듯이 설치고 나섰던 것이다.

이세민도 선수에서 적을 건드리지 않고 지키는 데에는 맞지 않아도, 백제에 가서 적을 치는 데에는 이세적이 쓸모가 있을 것이라고 생각했다. 막 이세적의 소원을 들어주려는데, 이정이 가로막고 나서서 판을 깨버렸다.

이정이 앞으로 나와 제 곁에 나란히 서는 것을 보고 이 주쳇덩어리 늙은이가 내 공을 가로채려는구나 하고 이맛살을 찌푸리며 눈을 흘기던 이세적은 이정의 입이 열리자 그만 혼이 달아나버렸다.

"여동에서 100만이 넘는 군사가 목숨을 잃었으나 장안 백성들은 아직도 장수를 꼬리에 묶고 힘차게 끄는 네 마리 말을 보지 못했습니다. 지난날 어리석은 우중문을 가지고도 압록수를 건넌 40만 군사의 영혼을 달래고 싸움에 진 죄까지 씻었습니다. 영국공처럼 사납고 훌륭한 장수라면 여동에 가서 죽은 100만 군사의 영혼도 달래고 장안 백성들도 위로할 수 있을 것입니다. 어서 네 마리 말을 달리게 하여 죽은 군사들을 위로하고 장안 백성들에게도 위엄을 보여야 합니다."

고구려에 도전했다가 참패당하고 온 죄를 이세적한테 몽땅 뒤집어씌워 지난날 우중문처럼 사람들 앞에서 갈기갈기 찢어 죽여버리겠다는 소리가 아닌가. 이세적의 꽃노래는 애저녁에 말아먹었다. 신라로 군사를 보내겠다는 소리에 사흘 굶었다가 졸밥 먹은 매처럼 마음이 바빠, 일이 잘못되면 목을 베어도 좋다는 하냥다짐을 하고라도 싸움터로 가려던 속마음은 온데간데없어졌다. 어서 빨리 저만치 달아나는 제 목을 붙들어매야 했다.

눈앞이 캄캄하여 천길만길 나락으로 떨어지던 이세적은 그래도 살아야겠다는 생각뿐이었다. 조정의 모든 벼슬아치가 늘어선 이세민의 눈앞이라는 것도 잊고 벌벌 떨며 이정에게 매달렸다.

"위국공께서는 어찌 이 몸을 죄주려는 것이오? 소인은 아직 한 번도 위국공의 말씀을 거스른 적이 없소이다. 제발 살려주시오."

이정은 이세민이 그 누구를 희생으로 삼으려 해도 맨 먼저 나서서 말릴 어질고 현명한 사람이었으나, 너무 얼이 빠진 이세적은 이것저것 따져볼 겨를이 없었던 것이다. 이세민의 콧구멍에 들어앉아서 위아래 없이 감때사납게 굴던 이세적이 벌벌 떨며 말까지 더듬는 꼴을 보고 이정은 웃음이 나왔다.

"어서 썩 물러가시오. 그렇게 꼴사납게 서 있는다면 내 손으로 끌어다가 말꼬리에 잡아맬 것이오."

이때다 싶어 짐짓 어깃장을 부리며 한 번 더 으름장을 놓는다는 것이 그만 약발이 너무 셌다.

"고맙습니다, 고맙습니다."

이정으로서는 그저 에멜무지로 해본 소리였다. 그러나 어마지두에 혼겁을 먹고 쩔쩔매던 이세적이 허겁지겁 뒤로 물러나더니 털썩 주저앉아버렸다. 늘 해오던 버릇대로 놀라 까무러쳐버리는 것으로 난처한 상황을 벗어나려는 것이다.

"음냐, 음냐……."

그냥 누워 있기도 심심한 것인가? 관중들의 열띤 시선에 보답이라도 하려는 것인가? 젖을 빠는 아기처럼 잠꼬대까지 흘려내며 몸을 뒤척인다. 이미 벌린 판이라 아예 한숨 푹 자려고 이리저리 편안한 자세를 찾는 중이다. 팔베개까지 하고 편안히 드러누워서 처치 곤란한 상황이 저절로 끝나기만을 기다리는 것이다. '나는 모르겠으니, 잘난 니들끼리 알아서 해라!' 하고 약을 올리는지도 모른다.

"매를 번다, 벌어!"

모두들 놈의 얄미운 짓거리에 쌍심지를 켰지만 그저 주먹이나 부르르 떨 뿐이다.

"영국공, 갈아입을 옷은 가져오시었소?"

장손무기가 작은 소리로 물었으나 킥킥 웃음을 찾는 소리가 곁에서 먼저 일어났다.

"또 오줌을 싸면 황상께서 산 채로 묻어버리라고 하실 텐데, 큰일 아니오?"

제법 걱정이라도 해주는 척하면서 계속 약을 올리는 소리에 깊이 잠든 척 잠꼬대까지 흘려내던 이세적의 얼굴이 잔뜩 울상이 되었다. 갑작스럽게 잠꼬대가 그치고 잠깐 용을 쓰는 듯하더니 뿌~욱 하는 방귀소리로 웃지도 울지도 못하게 된 자신의 심정을 토로했다.

"으훗!"

냄새가 코끝에 이르기도 전에 사람들은 진저리를 쳤다.

"그만하시오, 똥 나오겠소!"

그 소리에 질겁해서 숨을 참는 사람도 있고, 쿡쿡 웃음을 터뜨리는 자도 있었다. 그러나 평소처럼 오줌을 지리고 말 것인지 억지로 방귀를 뀌다가 똥까지 내지르고 말 것인지 걱정하는 것은 그나마 한가한 구경꾼들의 몫이고 관심사였을 뿐, 정작 당사자인 이정은 진작부터 혼이 달아날 지경이었다.

성깔 사나운 이세민 앞에 나왔다가 엉뚱한 사람의 말에 꼼짝 못하고 제자리로 돌아가버린 이세적의 죄가 얼마큼 큰 것인지는 아직 겪어본 사람이 없어서 알 수 없었으나, 이제는 이정이 그 불경죄는 물론 뒤이은 소동까지 몽땅 혼자서 다 뒤집어쓰게 될 판인 것이다. 성난 이세민의 불벼락이 떨어지기 전에 얼른 방패막이부터 해야 했다.

"황상, 신라 사신의 말만 믿고 자칫 잘못 개소문의 비위를 긁었다가는, 그자는 군사를 물리기는커녕 몸소 군사를 이끌고 장안을 들이치겠다고 덤빌지도 모릅니다. 괜한 일로 개소문을 건드릴 필요는 없습니다."

똑똑한 사람이라면 수렁이다 싶은 순간 몸을 굴려서라도 위기를 벗어나는 것이다. 발등에 불이 떨어졌으니 이세민의 밸이 뒤틀리기 전에 어서 딴 곳으로 관심을 돌리는 길밖에 없었다. 이세민이 듣기조차 싫어하는 연개소문을 들먹이며 부지런히 주워섬기는데, 눈치 빠른 장손무기도 때를 놓칠세라 거들고 나섰다.

"개소문은 범상한 자가 아닙니다. 여느 사람처럼 다뤘다가는 크게 뉘우칠 일이 생길 수도 있습니다."

이정은 조정에서 가장 나이가 많고 이름이 높은 데다 이세민의 스승이나 마찬가지다. 수나라를 무너뜨리고 당나라를 세웠을 때 당나라에 고구려 병장기가 있다는 헛소문 때문에 장안에 들어간 당군은 모든 반란군의 표적이 되었었다. 그렇게 당이 망하는 위기에 빠졌을 때 이정은 오히려 헛소문을 이용해 현갑군을 만들어서 반란군을 휩쓸어버리게 했다. 또한 태왕의 천명까지 날조하여 서토의 모든 반란군을 당에 복종하게 만든 당나라 으뜸 건국공신이다. 이정에게 밉보여 좋을 것이 없고 눈에 들어 나쁠 것이 없었다. 이럴 때 이정을 도와 잘 보이면 왕세자 이치의 외숙인 자신의 위치는 바위로 병풍을 두른 듯 튼튼해질 것이 아닌가.

당장 벌어진 소동에 대한 책임도 면하고 뒷날의 제 잇속까지 차리려고 이정을 돕다 보니 장손무기로서는 속마음과 다른 소리를 주워섬기지 않을 수가 없었다.

여느 때 같으면 연개소문을 치켜세우는 것만으로도 크게 핀잔맞을 일이었으나, 일이 되느라고 그랬는지 이세민은 그대로 듣고 있었다. 높은 자리에 앉아 있어서 장손무기의 말소리가 제대로 들리지 않았기 때문에, 밑에서 벌어지는 작은 소동이 무엇인지 그 궁금증에 정신이 팔려 있었던 것이다.

때를 놓칠세라 사람들이 모두 들고일어나 이세민에게 신라에 군사를 보내서는 안 된다고 떠들었다. 한뉘를 싸움터에서 살아온 당나라 으뜸 장수이자 병부상서인 이정이 쌍지팡이를 짚고 나선 데다, 고구려에 도전했다가 겨우 목숨만 구해 도망쳐온 사람들이다. 괜한 일로 고구려의 비위를 건드리고 싶지 않았다. 사람들이 악머구리처럼 떠들어대는데, 저 혼자 시체놀이에 집중하느라 딴 정신이 없었던 이세적만이 정작 무슨 영문인지 몰라 이리저리 눈을 굴려댈 뿐이었다.

연개소문이라는 말을 자꾸 듣다 보니 이세민은 그만 간이 바짝 오그라들고 말았다. 하루가 멀다고 지옥 문턱을 넘나들며 골이 빠개지는 아픔에 시달리는 이세민이다. 고구려라면 갈아 마시고 싶을 만큼 이가 갈렸지만 연개소문에게 쫓겨 진 수렁을 헤매던 끔찍한 옛일이 떠오르자 소름이 쭉 끼쳤다. 신라를 이용해 고구려를 저울질해볼 생각은 저만치 달아나고 없었거니와 무엇보다 연개소문의 이름을 더 듣다가는 미치고 말 것 같았다.

이세민이 골치를 치며 자리를 떠난 뒤 사람들은 하나같이 눈에 쌍심지를 켜고 이세적을 노려보았다. 이후로 누구도 다시는 그 일을 입에 올리지 않았으므로 신라에 군사를 보내는 일은 저절로 흐지부지 없는 일이 되어버렸다.

이세민으로서는 몸을 추스르지 못해 종남산으로도 가지 못하는 터에 그따위 일쯤이야 까맣게 잊어버렸다. 부하들도 누구 하나 신라 사신에게 이렇다 저렇다 말해주지 않았다.

유화들이 장손무기에 대한 정보를 가져왔는데 달가운 내용은 아니었다. 장손무기가 신라 사신에 대해 평하기를 "옷이란 나라의 상징과도 같아서 나라마다 모양이 다르다. 제 것을 벗어던지고 남의 나라 옷을 입는다는 것은 상상하기도 어려운 일이다. 그러나 모든 것은 생각하기에 따라 다르다. 옷이란 사람마다 취향에 따라 언제든지 입고 벗어버릴 수가 있는 것이다. 당나라 연호를 쓰지 않겠다고 콧대를 세우는 신라인들이 당나라 옷을 입겠다고 한 것은 작은 것으로 큰 것을 얻으려고 하는 것이다"라고 했다는 것이다. 당나라 실세의 입에서 나온 소리이니만큼 새겨들어야 했으나 춘추는 어디에나 무조건 헐뜯는 자들은 많은 법이라 여기고 대수롭지 않게 생각했다.

군사를 모으고 있다는 소식도 들리지 않고 다시 조정에 들어오라는 소리도 없으니 보름이 넘도록 마냥 기다리기에도 지쳤다. 춘추는 하는 수 없이 장손무기를 찾아갔다.

장손무기는 김춘추를 보자마자 밸이 뒤틀리고 말았다. 춘추가 눈치도 없이 장손무기도 걸쳐보지 못하는 당나라 왕들의 옷을 입고 나타난 것이다. 속으로 '이 원숭이 같은 놈아, 들짐승 같은 왜놈들도 발가벗고 살지언정 백제 옷을 입지는 않는다더라' 하고 욕을 퍼부었으니 입으로 나오는 말이 고울 수가 없었다.

"하늘 무서운 줄 모르고 죽을 둥 살 둥 황상께 대드는 꼴을 보았으니 그대의 간이 얼마나 큰지 알겠소. 하지만 아무리 그래도 옷 입는 것만으로 수십만 군사의 목숨을 사겠다니 너무하지 않소? 황상께서는 다시 말씀이 없고 조정에서도 하나같이 반대하고 있소. 파리 한 마리로 잉어를 낚으려 하지 말고, 그럴듯한 흥정거리가 없다면 눈치 빠르게 돌아가는 것이 좋을 것이오."

차마 듣지 못할 소리였으나 뱃심 없는 춘추는 얼굴만 붉힌 채 장손무기한테 꼼짝없이 당하고 말았다. 홧김에 이세민한테 대들었던 것이 못내 뒤가 켕겼기 때문이다.

"그대가 입고 있는 옷은 황상께서 몸소 내리신 것이오. 옷자락이 땅에 끌리지 않게 잘 붙들고 다니시오."

침 먹은 지네처럼 춘추가 찍소리도 못하자 장손무기는 더욱 신바람이 나서 을러댔다. 그럴수록 곱게 자란 춘추는 간이 오그라들었다.

쓸데없이 오래 머물며 이들의 속을 긁으면 무엇하는가? 더이상 부끄러운 꼴을 당할 수는 없다! 춘추는 밸이 치미는 것을 꾹 참고 장손무기에게 부탁했다.

"일이 그렇다면 이대로 돌아가겠소. 돌아가기 전 황상께 인사를 드리도록 해주시오."

춘추는 유신이 압량주에 비밀 훈련소를 만들어 아이들을 기르며 훈련시키는 것을 찬성하고 도움도 주고 있었지만, 유신과의 의리 때문이었지 스스로 정보전의 중요성을 깨달았기 때문은 아니었다. 정보의 활용에 둔감했던 것이 큰 실책이었지만, 잘못을 깨달았을 때는 이미 늦어 귀국길에 올라야 했다.

군사를 빌리러 왔던 김춘추가 더 이상 귀찮게 굴지 않고 돌아가겠다고 하자 이세민은 다시 머리가 맑은 날을 가려 장안의 벼슬아치를 모두 모아놓고 큰 잔치를 열어주었다.

비록 군사는 얻지 못했지만 아주 헛걸음은 아니었다! 김춘추는 스스로 위로하며 이세민한테 귀맛 좋은 소리를 올려바쳤다.

"신에게는 일곱 아들이 있습니다. 제발 하나만이라도 황상을 곁에서 모시게 해주십시오."

"그런가? 음, 그대는 훌륭한 아들들을 두었구나."

말이 좋아 곁에서 모시는 것이지 인질이나 마찬가지다. 자진해서 아들을 인질로 바치겠다는 소리에 이세민이 잔뜩 으스대며 머리를 끄덕거렸다. 이세민은 춘추의 아들 문왕을 숙위로 삼겠다고 했다. 그러나 다시 생각해보니 시도 때도 없이 지랄발광을 해대는 제 곁에 둘 수는 없었다. 궁 바깥으로 새어나가서는 절대 안 될 볼썽사나운 꼴만 보이고 말 것이었으므로, 문왕은 결국 이치의 숙위가 되었다.

이세민이 조정의 모든 벼슬아치를 불러모으고 장안이 들썩하게 큰 잔치를 벌인 것은 신라 사신을 위로하기 위해서가 아니었다. 다시 돌아오기 어려운 장안을 떠나며 마지막으로 왕의 위세를 보이고자 했던 것이다.

신라 사신이 장안을 떠난 며칠 뒤 몸이 우선해졌으므로 이세민은 종남산으로 떠날 채비를 차리게 했다. 그러나 막상 부하들이 채비를 마치고 기다리자 침상에서 일어날 생각도 하지 못했다. 부하들도 왕궁을 떠나야 하는 이세민의 서글픈 가슴을 헤아려 얼씬도 하지 않았고, 이세민은 하염없이 깊은 생각에 잠겨 있었다.

당 태종 이세민의 눈물

　종남산은 장안에서 남쪽으로 100여 리 떨어졌으니 그리 멀지도 가깝지도 않은 알맞은 거리다. 이세민이 종남산으로 떠날 생각을 하고 그곳에 서둘러 궁전을 짓도록 한 것은 정신머리 없는 제 입에서 무슨 명령이 나와 어떤 결과를 가져올지 두려웠기 때문이었다. 아무리 정신이 오락가락하는 사람일지라도 왕은 왕, 그 입에서 나오는 것이 바로 법이 되는 것이니, 누구에게 왕위를 잇게 하라던가 누구를 죽이라는 명령이 내려지면 그것으로 끝이다.

　이세민은 스스로 왕궁을 멀리 떠남으로써 많은 부하들에게 부끄러운 꼴을 보이지 않고 입을 잘못 놀려 엄청난 결과를 초래하는 일이 없도록 하려는 것이다. 또 제 목숨이 다한 것을 알았기에 마지막으로 하늘에 빌고 귀신에게 빌어볼 생각이었다.

　언제부턴가 이제는 목숨이 얼마 남지 않았다고 생각하니 정신이 맑은 때일수록 이세민은 지난 잘못을 뉘우치며 가슴을 찔었다. 그러나 모두가 이미 엎지른 물이었다. 참으로 서글프고 나라의 앞날이 걱정되지 않을 수 없었다.

곰곰이 생각하면 생각할수록 고구려 도전을 꿈꿨던 것이 크나큰 잘못이었다. 자신이 고구려 도전을 아예 꿈꾸지 않았거나 감행하지 않았더라면 맏아들 이승건과 다섯째아들 이우는 반란을 일으킬 엄두도 내지 못했을 것이다. 자신은 아비의 손으로 아들들까지 죽이는 죄를 짓지 않았을 것이며, 넷째아들 태를 멀리 쫓아내지 않아도 되었을 것이다. 또한 고구려에 도전하기 전 뒤를 다지려고 딸 문성공주를 토번의 송찬간포에게 첩으로 보낸 것도 가슴에 못으로 박혔다.

연개소문이 반란을 일으키자 고구려에 도전할 군사를 동원하기 위한 핑곗거리로 설연타의 이남에게 데려다준 신흥공주는 더 불쌍했다. 열다섯 살이 되자마자 환갑이 다 된 늙은이한테 시집보냈다가, 장성을 넘어온 연개소문과 고구려군의 관심을 돌리려고 설연타를 쳤을 때 희생시켰다. 가장 꽃다운 나이에 한 번 피지도 못하고 한숨과 눈물 속에서 살다가 마침내 산 채로 온몸이 토막토막 끊어지는 죽임을 당해 주검마저 들짐승의 먹이가 되고 말았다.

그러나 그것도 모두 지나간 일이다. 나라의 앞날을 생각하면 그나마 우선하던 머리가 터질 것만 같았다. 왕세자 이치는 다시없는 효자에 마음이 착하고 어질어 누구에게나 사랑받고 있다. 그러나 아무리 곱게 보려 해도 한 나라를 다스릴 재목은 절대로 아니었다.

150만 군사를 이끌고 고구려 도전에 나설 적에도 생각하지 못했던 것은 아니었다. 하지만 아직 어린아이니 돌아와서 가르치면 될 것으로 알았다. 정 안 되면 그때 가서 왕세자를 바꿀 수도 있다는 생각도 했었다. 정말이지 자신이 고구려에 도전했다가 100만이 넘는 군사를 잃고 다 죽어가는 몸이 되어 돌아올 것이라고는 꿈에도 생각하지 못했다.

"아아, 하늘이시여! 이 불쌍한 목숨을 몇 해만 거두어들이지 마소서!"

어느새 이세민은 무릎을 꿇고 엎드려 있었다.

"천지신명이시여! 이 불쌍한 목숨을 가엽게 여겨주소서!"

어려서부터 싸움터를 달렸으니 때로 어려운 일도 많았으나 자기를 돕지 않는 하늘을 향해 성난 소리로 욕을 했으면 했지 한 번도 하늘에 빌어본 일은 없었다. 머리가 터질 듯한 아픔에 시달릴 때면 저도 모르게 하늘을 찾았지만, 이처럼 애타는 가슴은 아니었다. 천지신명도 마찬가지. 무당들한테 붙고 어리석은 백성들한테 업혀서 겨우겨우 행세하는 주제에 무슨 신력이 있겠느냐고 비웃어왔다.

호된 아픔에서 놓여나면 멀쩡한 머릿속으로도 죽음을 생각하지 않은 것은 아니었으나 차마 죽지 못하였던 것은 삶에 무슨 미련이 있어서가 아니었다. 짐승들은 물론 벌레 같은 미물들도 새끼를 위해 목숨을 바친다. 이세민도 아직 어리고 어리석은 아들 이치를 못 잊어 살아서 지옥의 고통을 견뎌야 했던 것이다.

"하늘이시여! 어리석은 저의 죄를 용서하소서! 천지신명이시여! 불쌍한 목숨을 몇 해만 더 살려주소서!"

또다시 눈물이 주르르 흘러 침상을 적셨다. 이제 이세민은 못난 아들 왕세자 이치를 위하여 비는 것이 아니었다. 몇 해만 더 살 수 있다면, 이치가 아닌 셋째아들 이각에게 왕위를 물려줄 셈이었다. 이각은 똑똑하고 그릇이 크니 누구의 뒷바라지 없이도 당나라를 잘 이끌어갈 것이다.

그러나 나는 이제 기름이 다해 꺼져가는 촛불이 아니던가. 이제는 모든 것이 너무 늦었다! 지난해에도 이세민은 셋째아들 이각을 왕세자로 세워 왕위를 잇게 하려고 했었다. 그러나 말을 꺼내기가 바쁘게 장손무기를 비롯한 여러 부하들의 거센 반대에 부딪치고 말았다. 이각이 적자가 아닌 서자라는 까닭 못지않게 이미 세웠던 왕세자를 물리고 다시 세우는 것은 엄청난 혼란을 가져올 것이라고들 했다.

그러고 보니 피투성이가 되어 물어뜯고 싸울 자식들의 모습과, 어리석은 자식들을 부추겨가며 끝까지 싸우다 죽어가는 부하들의 모습이 눈에 보이는 듯했다. 그리 되면 북평에 있는 고구려군이 '얼씨구나!' 하며 선수를 넘으려 들 것이다. 꿈에

볼까 무서운 연개소문이 군사를 이끌고 자욱한 흙먼지를 일으키며 장안으로 달려올 것이다.

왕세자를 다시 바꾸는 날이면 당나라는 한 해를 넘기지 못하고 무너지고 만다. 피바다 속을 헤치고 다니며 내 손으로 일으킨 나라가 아닌가. 자신이 어리석어 똑똑지 못한 이치에게 나라를 맡기게 되었다고 생각하니 서글픈 생각에 다시 목이 메었다.

"살려주소서! 하늘이시여, 천지신명이시여! 불쌍한 목숨을 몇 해만 더 살려주소서!"

꿇어엎드린 이세민은 일어설 줄 몰랐다.

"황상, 그만 일어나서 점심을 드십시오."

바깥에서 기다리다 못한 이정이었다. 벌써 한낮이 되었는지 점심을 먹으란다.

"아니다. 이제 종남산으로 떠나겠다."

일어서려던 이세민이 '악!' 소리를 지르며 넘어졌다. 너무 오랫동안 꿇어엎드린 채였으므로 온몸이 굳은 것이다. 부하들이 달려와 한참 동안 몸을 주물러서야 이세민은 몸이 풀려 수레에 올랐다.

한나절 울고 난 탓이지 기운은 하나도 없었으나 되레 정신만은 매우 맑았다. 수레를 에워싼 부하들을 하나하나 둘러보던 이세민의 낯이 딱딱하게 굳더니 이세적을 앞으로 불렀다.

"그대는 여태껏 나를 따르며 수고가 많았다. 이제 그만 첩주 도독으로 가거라."

데려가기는커녕 장안에서도 먼 곳으로 내쫓다니, 마른하늘에 날벼락도 이렇지는 않을 것이다. 한뉘를 목숨 바쳐 개처럼 따르던 부하를 아무런 까닭 없이 내쫓는 이세민도 이세민이려니와, 더욱 사람들을 놀라게 한 것은 이세적의 엉뚱한 짓거리였다.

"예, 곧바로 황상의 명을 받들겠습니다. 황상께옵서는 부디 건강하게 오래오래 만수무강하십시오."

이세적은 기다렸다는 듯이 절을 하고 냉큼 말에 올라 고삐를 잡아채더니 뒤도 돌아보지 않고 달아나버렸다. 이세적이 너무나 빠르게 사라져버렸으므로 이세민을 호위하고 있던 사람들은 제 눈을 의심했다. 아무리 생각해도 도대체 무슨 감투끈인지 알 수가 없었다.

나를 버리다니, 이럴 수는 없다고 울며불며 매달릴 이세적이 아니던가? 시체놀이라면 열 번으로도 모자랄 일이 아니던가. 도대체 말도 안 되는 일이었지만 이리저리 염두를 굴리던 사람들은 이세적이 얼마 전 신라를 도우러 가겠다고 큰소리를 치다가 이정의 몇 마디 말에 간이 오그라들어서 벌벌 떨며 추태를 보인 것이 화근이었다고 생각했다.

그러나 일의 속내는 그것이 아니었다. 이세민 앞에서는 살얼음을 밟듯 벌벌 떨고, 툭하면 너무 감격하거나 죄송해서 정신까지 잃은 척 아무데나 드러누워 오줌을 지리기 일쑤지만, 정작 이세적은 싸움터에 나가면 더없이 사납고 무서운 장수가 된다. 호랑이처럼 용맹한 장수가 그동안 이세민을 즐겁게 하려고 어린 강아지처럼 재롱을 떨어온 것이다. 언제까지 함부로 웃고만 있을 일이 아니었다. 이세민은 승냥이를 길러 사냥개로 쓰고 있는 것처럼 마음을 놓을 수가 없었다. 언제 날카로운 이빨을 드러내 주인을 물어뜯을지 모르기 때문이다.

주인은 병들었고, 어린 아들은 승냥이를 다룰 줄 모른다! 이세민은 제가 기른 사나운 승냥이가 못난 아들 이치의 숨통을 물어뜯을까 봐 걱정이 되어 내쫓았던 것이다.

"드디어 살아날 구멍수가 보였다!"

이세적은 또 그대로 달리는 말에 박차를 가하며 혀를 내둘렀다.

저 미친놈 곁에 있다가는 언제 날벼락을 맞을지 모른다! 저놈이 다시 부르기 전에, 한 걸음이라도 멀리 달아나 꼭꼭 숨어 있어야 한다! 호랑이 아가리에서 놓여난 이세적은 말안장에 앉아서도 엉덩이춤을 추며 그대로 말을 몰아 첩주로 달려갔다. 제집에도 들를 새도 없었고 부하들도 불러올 여유가 없었다. 부하들이나 처자 따위는 안중에도 없었다. 생각하면 종남산에 가서 이세민을 호위하겠다고 고구려 갑옷에 투구까지 차려입고 나왔던 것이 천만다행이었다. 더구나 목숨처럼 아끼고 자랑하는 화룡검까지 완전무장을 갖추느라 허리에 차고 있었으니, 다행도 이런 다행이 없었다.

싸움터에 나서면 목숨을 아끼지 않고 용맹을 떨쳐 영국공이라는 작위까지 받은 당당한 대장군이었지만, 미친 척 바지에 오줌까지 싸가면서 개처럼 충성을 바쳐야 했다. 모든 사람들의 눈총을 받으면서도 불알 없는 내시보다 더 간사하게 입 안의 혀처럼 굴어야 했던 것은 출세를 위해서이기도 했지만, 가장 큰 이유는 이세민의 공포심을 자극하지 않기 위해서였다. 특히 이세민이 눈알에 박힌 화살독으로 두통에 시달리기 시작한 뒤부터는 하루하루 한 시각 한 시각이 가시방석이요 언제 꺼질지 모르는 살얼음판이었다. 죽음의 공포에서 놓여나 첩주로 내달리는 이세적이야말로 정말 더 바랄 것이 아무것도 없는 사람이었다. 내달리는 말의 출렁거림에 엉덩이춤, 어깨춤이 절로 나오고 저도 모르는 콧노래에 방귀까지 뿡뿡 나왔다.

"오왕을 뒤따르게 하라."

이세민은 셋째아들 이각을 데리고 종남산으로 떠났다. 뒤로는 이정과 장손무기 등 곁에서 충성을 바쳐온 부하들이 따라나섰다.

제 한 몸이 아니라 나라를 위해 하늘에 빌고 천지신명에 애원했던 보람이 있어서인가. 이듬해 봄을 지나면서 이세민은 건강이 나아진 듯했다. 통증이 일어날 때마다 죽고 싶게 아픈 것은 마찬가지였으나 사나흘씩 정신이 맑은 날이 이어졌고 손발에도 따스한 기운이 도는 것이 느껴졌다.

5월이 되었을 때 갑작스럽게 이정이 죽었다. 이미 79세의 늙은이였으나 당나라 으뜸 장수답게 건강하고 늘 기운이 넘쳤으므로 그의 죽음은 정말 뜻밖이었다. 이정이 죽자 이세민은 매우 다급한 심정이 되었다. 방현령도 이미 지난해에 죽었고 저수량도 자리에 누워 있다. 비록 나이는 있었지만 더할 수 없이 건강했던 이정의 갑작스러운 죽음을 보고 이세민은 더 이상 자신의 건강이 회복되기를 바랄 수 없음을 깨달았다.

이세민은 이각을 임금으로 세우기로 생각을 굳혀왔다. 병문안을 핑계로 이치를 종남산에 불러들여 왕세자에서 폐위함과 동시에 이각에게 왕위를 내릴 생각이었다. 죽기 전에 서둘러 해야 할 일이었으나 이제는 믿고 맡길 부하가 없었다. 이세민은 오래전부터 자신이 한낱 힘없는 늙은이에 지나지 않는다는 것을 알고 있었다. 왕세자를 바꾸는 것은 반역을 꾀하는 것만큼이나 위험한 것이다. 자신의 계획이 성공하기 위해서는 누구보다 충성스럽고 힘 있는 장수가 필요했다.

장손무기는 한창나이지만 왕세자 이치의 외삼촌이다. 이치가 폐위되고 첩의 자식인 이각이 왕세자가 되는 것을 보고만 있을 까닭이 없다.

그렇다! 강하왕이다! 강하왕이라면 기꺼이 내 뜻을 따라줄 것이다! 내 뜻을 막는 자는 모두 강하왕에게 죽을 것이다! 이세민은 곧장 부하들을 보내 이도종을 데려오고 싶었으나 심부름마저 마땅히 시킬 자가 없었다. 부하들이 어느새 장손무기의 눈귀가 되어 있다는 것을 눈치챘기 때문이다. 은근히 애를 태우며 야수고 있는데 마침 장안에 남아 있던 공부상서 염립덕이 이치의 명령으로 문안인사를 드리러 왔다. 염립덕은 지난날 이승건을 이세민의 허리띠로 목 졸라 죽였을 만큼 믿을 만한 부하였다. 이세민은 염립덕에게 남몰래 선수로 가서 강하왕 이도종을 데려오라는 비밀 명령을 내렸다.

그러나 염립덕이 장안으로 떠난 지 반 시각도 안 되어 장손무기가 벌게진 낯짝으로 씨근덕거리며 나타났다.

"황상, 강하왕을 데려오라고 하셨습니까?"

몹시 아니꼽다는 듯 잔뜩 뒤틀린 목소리로 나무라자 이세민은 못된 짓을 하다 들킨 아이처럼 깜짝 놀랐다.

저놈이 어떻게? 갑자기 어지럽고 눈앞이 캄캄해졌다. 가까스로 정신을 차렸으나 건방지기 짝이 없는 부하를 혼내주기는커녕 장손무기가 자신의 속마음을 눈치채지 못하도록 한껏 심드렁하게 대꾸했다.

"나도 이제 갈 때가 됐나 보다. 오랫동안 보지 못했던 얼굴들이 하나씩 떠오르는구나."

저승길을 준비하며 뒤를 돌아보는 늙은이답게 서글프고 간절한 목소리였다. 토끼한테도 업신여김을 당하며 죽어가는 병든 호랑이! 평생을 종처럼 부려왔던 부하한테도 깩소리 한 번 못하는 신세가 구슬퍼서인가, 이세민의 두 눈에서는 눈물까지 주르륵 흘렀다.

"태위, 그대의 머리도 희어졌구나! 그동안 나를 따르며 고생이 너무 많았다."

장손무기의 감정을 자극해서 예리한 사고력을 둔화시키려는 것이다. 그러나 이미 마음을 굳힌 장손무기는 이세민의 눈물에 넘어가지 않았다.

"황상, 강하왕은 이곳에 올 수가 없습니다. 지난겨울 고구려군이 서토를 평정하겠다며 선수를 넘었으므로 강하왕을 대신할 마땅한 사람이 없습니다."

"뭐? 고구려군이 선수를 넘어?"

다 죽어가는 시늉을 하며 자리에 누워 있던 이세민이 튕겨지듯 벌떡 일어났다. 그동안 부하들이 쉬쉬하고 있었으니 이세민으로서는 처음 듣는 소리였다.

"언제 넘어왔느냐? 우리 군사들은 어떻게 맞서고 있느냐? 장안 백성들의 눈치는 어떻다더냐?"

소스라치게 놀란 이세민이 이것저것 한꺼번에 물었으나 장손무기의 대답은 길지 않았다.

"30만 대군을 더 보냈으나, 개소문이 몸소 군사를 이끌고 쳐들어왔으므로 강하왕 같은 장수도 계속 밀리고 있다고 합니다."

"응답 없는 곰새끼가?"

도저히 믿을 수 없다는 듯 이세민이 머리를 절레절레 흔들었다.

"그 밑살 빠진 놈까지 나섰다니, 아아, 이제 우리는 다 죽었다!"

겨우 말을 마치자 삭정이처럼 기운이 말라붙은 이세민은 맥을 놓았다. 장손무기는 크게 울부짖으며 뒤로 자빠진 이세민의 몸을 흔들어댔다.

"큰일이다! 이제 어쩐단 말이냐? 서토 하늘 아래 누가 있어 그 미친놈을 막는단 말인가!"

깨어나서도 헛소리처럼 중얼거리던 이세민은 종남산에 있는 부하들을 모두 불러모았다. 이세민은 왕세자 이치에게 주는 유언을 남겼다. 이치가 달려올 때까지도 견디지 못할 것을 알았기 때문이다.

숨이 찬 듯, 유언을 남기는 이세민의 목소리가 자주 끊겼다.

"저들이 선수를 넘었다 하나 그리 큰일은 아니다…… 꿈에라도 다시 군사를 보내 빼앗긴 땅을 되찾으려 하지 말라. 일어나는 불에는 헛되이 물을 끼얹지 말라…… 크게 싸우지 말고 참고 지키면 저들 군사도 많지 않으니 저절로 수그러들 것이다. 하수를 잃고 강수를 잃더라도 장안을 잃는 것보다는 나을 것이다…… 아비의 작은 복수를 하려다가는 황제 자리를 잃고 나라마저 빼앗길 것이다."

어느새 귓가로 뜨거운 눈물이 흘러내리고 있었다. 어린 자식을 두고 떠나는 아비의 마음이었다. 깊은 밤 어둠 속을 달려온 효자아들 이치가 들어섰을 때 이세민은 이미 저승사람이 되어 있었다. 연개소문이 몸소 서토 평정에 나섰다는 장손무기의 거짓말에 넘어가 스스로 저승길을 재촉한 것이다.

선수를 넘어선 고구려군이 누에가 뽕잎을 먹듯 당나라를 짓밟아오는 것은 사실이었다. 그러나 숨도 쉬지 못할 만큼 급한 상황은 아니었다. 선수를 넘어온 고구려군의 목적이 서토 오랑캐 토벌에 그치지 않고 서토를 평정하여 잃은 옛 땅을 되찾는 데 있었기 때문이다.

고구려군은 단숨에 장안으로 달려오지 않고 한번 싸움이 끝나면 오랫동안 움직이지 않았다. 여느 백성들처럼 빼앗은 성을 보수하고 여름지기처럼 망가진 밭을 돌보며 점령지역의 백성을 다독거렸다. 뿐만 아니라 아예 고구려 백성들까지 이주시켜 농사를 지으며 먹고살게 했다.

고구려군의 공격 속도가 이처럼 느린 데다 굴돌통이 30만

군을 이끌고 달려갔으니 이도종을 불러오지 못할 것도 없었다. 장손무기가 멀쩡한 연개소문을 들먹여서 이세민에게 호된 충격을 주어 저승으로 보낸 데에는 나름대로 까닭이 있었다. 종남산으로 들어올 때부터 이세민이 데려온 이각은 목에 걸린 가시처럼 장손무기를 괴롭히고 있었다. 이세민이 열두 명이나 남은 왕자들 가운데 이각 하나만을 데리고 왔다는 것이 무엇을 뜻하는지 모를 장손무기가 아니었다. 아직 이각을 왕세자로 세우라는 명령은 내리지 않았지만, 정신이 오락가락하는 이세민이니 언제 마음이 바뀌어 이각에게 왕위를 물려줄지 몰랐던 것이다.

미리 제 사람으로 만들어두었던 염립덕한테서 이세민이 이도종을 불러오라고 했다는 소리를 듣자 장손무기는 발밑이 쑥 꺼져 내리는 것 같았다. 왕세자 이치를 물리고 이각에게 왕위를 잇게 하려는 것이 너무도 뻔했기 때문이다. 이세민의 뜻이 그렇지 않다고 하더라도 강하왕 이도종이 조정에 돌아오게 되면 자신에게 해가 될지언정 조금도 이로울 것이 없었다. 장손무기는 이세민이 꿈속에서도 무서워하는 연개소문을 들먹여 기운이 말라붙은 이세민을 서둘러 저승으로 보내버렸다. 뿐만 아니라 아예 당나라를 말아먹을 생각까지 품고 있었다.

장손무기는 여느 때에도 이도종을 곱게 보지 않았으나, 이제야말로 자신에게 큰 위험이 될 인물로 꼽지 않을 수가 없었다. 서토 하늘 아래 으뜸 장수 이도종을 그대로 두었다가는 반드시 후회할 일이 생기고 말 것이었다.

주춧돌을 빼내고 기둥을 뽑아 집을 무너뜨리려면 힘꼴깨나 쓰는 장사가 필요했다. 장손무기는 제 이익을 위해서라면 물불을 가리지 않는 이세적을 쓰기로 마음먹고, 이치를 꼬드겨 그를 조정으로 부른 뒤 따로 만나서 속셈을 내비쳤다.

"선황께서는 그대를 다시 부르지 말라는 유언을 남기셨으나 말썽거리가 될 만한 사람들은 이미 죽었거나 자리에 누웠고, 다른 사람들의 입은 내가 단단히 막아두었소. 이제 강하왕도 목숨이 다했으니 조정에서 황상을 모실 사람은 그대와 나 둘 뿐이오."

"강하왕이 무슨 병에라도 걸린 것이오?"

"그의 엉큼한 뱃속을 알 수 없으니 어찌 그대로 둘 수 있겠소? 영국공께서는 그저 못 본 체하고 있으면 될 것이오."

이렇게만 말해도 못 알아들을 이세적이 아니었고, 이제 어디에 붙어야 할지 모를 이세적도 아니었다.

마음씨 착한 이치는 한뱃속에서 나온 이승건과 이태를 잘 보살폈으나 이승건은 아비 이세민의 손에 죽은 지 오래였다. 균주(호북 균현)에서 귀양살이를 하고 있던 이태도 2985년(652) 모르는 사람은 모르게 소리 없이 죽었다.

이듬해인 2986년, 장손무기와 이세적은 댓바람에 이각을 잡아 죽이고 나서 모반죄를 씌워버렸다. 그렇게 '이각의 난'을 꾸민 뒤 이도종까지 한 두름에 엮어서 없애려고 했으나 이치가 말을 듣지 않았다. 이치는 마음이 모질지 못한 데다 지난해 이태의 영문 모를 죽음을 보았고 다시 한 해도 지나지 않아 똑똑하고 어질었던 형 이각의 피를 보았으니 더는 제 피붙이가 죽는 꼴을 보고 싶지 않았던 것이다.

"황상, 강하왕은 지난날 고구려 도전을 위해 선황의 눈을 가리고 귀를 멀게 했습니다. 황상의 누이 문성공주를 들짐승이나 다름없는 토번의 송찬간포에게 첩으로 준 것도 다름 아닌 강하왕이었습니다. 제가 싸움에서 이길 수가 없자 황상의 누이를 희생으로 바쳐서 들짐승들을 달랬던 것입니다. 신흥공주를 설연타 이남에게 보낸 것도 강하왕이었고, 설연타를 쳐서 공주의 주검까지 들짐승들의 먹이로 만든 것도 강하왕이었습니다. 그는 제 한 몸을 위해 무슨 일을 저지를지 모르는 사람입니다."

문성공주는 비록 이치보다 세 살 위였으나 아홉 살 때 어미를 잃은 이치가 누구보다도 따르던 누이였다. 어미 잃은 지 다섯 해 만에 멀리 변방으로 끌려가버렸으니 때로는 죽은 어미보다 더 그리운 사람이다. 세 살 아래인 신흥공주는 이치를 가장 잘 따르던 귀여운 동생이었다.

그때는 몰랐는데 외숙부인 장손무기가 지난날을 들추며 바로 이도종이 나서서 제 누이들을 변방의 들짐승 같은 자들에게 첩으로 주고 죽게까지 만들었다고 한다. 이치는 참았던 설움이 솟구쳐 땅을 치며 엉엉 울고 말았다. 슬픔과 분노로 뒤범벅된 이치는 더 이상 옳고 그른 것을 따질 수가 없게 되었다.

이치에게 칠촌아저씨가 되는 이도종은 누구보다 잘나고 성품이 따뜻한 사람이었다. 고구려군이 선수를 넘지만 않았더라면 곧바로 곁으로 불렀을 것이다. 그러나 장손무기의 말을 듣고 보니 이제는 이가 갈리게 미운 사람이 되어버렸다. 게다가 이치도 제 아비 이세민이 형제들과 어린 조카들까지 깡그리 죽이고, 이승건과 이우가 반란을 일으켰으며 이각까지 반란죄로 죽는 것을 보았다. 왕의 자리에 얼마나 많은 위험이 따르는지 모르지 않았다. 이치는 장손무기의 얼림수에 그만 깜빡 넘어가서 스스로 제 팔을 잘라내게 되었다.

문성공주와 신흥공주의 일로 정 많고 어리석은 이치를 속일 수는 있었지만 조정의 많은 사람들에게는 통하지 않을 소리였다. '군사를 시켜 멸망시키면 100년을 무사하지만, 혼인으로 맺어두면 30년이 조용하다. 100년을 위해서는 수십만 대군이 필요하나, 30년을 위해서는 한 사람이면 족하다.' 이세민이 문성공주를 토번 왕의 첩으로 보내기 전부터 입버릇처럼 해왔던 말이었다. 문성공주를 첩으로 주고 해마다 벼와 조 2만 섬을 주기로 해 토번과의 전쟁을 끝낸 것은 바로 이세민의 생각이었다는 것을 모를 사람이 없었다. 다만 이도종은 화려하기 짝이 없는 비단갑주에서 이세민의 의중을 읽어내고 앞장서서 이세민의 체면을 살려주었을 뿐이었다.

두 공주의 일은 이세민이 고구려 도전을 위해 스스로 계획하고 실행한 일이었으니, 이도종에게는 아무런 잘못도 책임도 없다는 것을 모두가 잘 알고 있었다. 또한 많은 사람들은 나라에 충성하는 이도종의 티 없는 마음을 알고 있기에 장손무기 자신을 선뜻 따를 것 같지도 않았다.

여러모로 생각하던 끝에 장손무기는 이도종에게 급히 사람을 보내 이각이 모반죄를 뒤집어쓰고 감옥에 갇혀 있다고 거짓 소식을 전했다. 이도종은 이각이 이미 죽은 줄도 모르고 이각을 살리려고 이치에게 상소문을 보냈다. 이각의 됨됨이로 보아서 반란을 일으킬 사람이 아니니 잘 살펴서 억울한 일이 없게 해야 한다는 내용이었다. 장손무기는 바로 이 상소문을 증거로 내세웠다.

"30만 대군을 더 보내주었는데도 오히려 고구려군에게 밀리는 것은 군사를 이끌고 있는 강하왕에게 그만한 까닭이 있었기 때문이오. 강하왕이 오왕의 모반을 모르고 있었다면 어찌 멀고 먼 싸움터에서도 이처럼 빨리 알고 오왕을 두둔하는 상소문을 보냈겠소? 설령 오왕의 모반에 관련이 없다고 하더라도, 그 많은 군사를 가지고도 적을 몰아내기는커녕 자꾸 밀리기만 하고 있소. 나라가 어지럽고 도둑들이 일어나는 것에 대한 책임을 묻지 않으면 안 될 것이오."

고구려군이 선수를 건너자 나라에서는 다시 군사를 모으고 엄청나게 많은 군량을 거둬들여야 했다. 그렇잖아도 고구려에서 100만이 넘는 군사가 죽은 것만으로도 흔들리고 있던 당나라는 더욱 어지러워지고 있었다. 농사지을 젊은것들이 모두 군사로 차출되어 싸움터로 끌려나갔고, 먹을 양식은 군량으로 빼앗기고 없으니 굶주리다 못해 제 자식을 내다파는 사람도 많았다. 뿐만 아니라 여기저기서 간 큰 도둑까지 생겨나고 있었다. (2981년 겨울에 선수를 넘은 고구려군이 조선 땅 회복에 나서자 하로가 2984년 정주에서 반란을 일으켰다. 또 백수에서 굶주림을 견디지 못한 백성들이 반란을 일으켰는데 쉽게 걷잡기 어려웠다. 두주와 의주에서도 백성들의 반란이 일어났으므로 온 나라가 가마솥에 죽 끓듯 시끄러웠다. 2986년에는 목주에서 반란을 일으킨 진석진이 스스로 왕위에 올라 문개황제라고 했으며, 세력을 넓히다가 해를 넘겨서야 조정 군사에게 쫓겨 달아났다. 2987년 고구려군이 발밑을 다지기 위해 발을 멈추고, 염립덕이 장안성 바깥의 외곽성을 다 만들어서야 비로소 한시름 놓을 수 있게 되었다.)

장손무기는 이 모든 것을 이도종이 고구려군을 막아내지 못해서 그런 것이라고 덤터기 씌운 것이다.

"영국공은 어떻게 생각하시오?"

장손무기가 큰 소리로 묻자 영국공 이세적은 기다렸다는
듯이 팔을 걷어붙이고 나섰다.

"무릇 모반이라 하는 것은 목에 칼을 들이댈 때까지는 뚜렷
한 증거를 잡기가 어려운 것이니 무어라 말할 수가 없소. 그러
나 군사를 제대로 다스리지 못해 고구려군을 막지 못하고 자
꾸 물러나 조정의 위엄을 떨어뜨림으로써 이제 나라 곳곳에서
도둑의 무리가 들끓고 있으니, 이는 모두 강하왕의 죄라 아니
할 수 없는 일이오. 울지경덕과 굴돌통에게 군사를 맡기고 강
하왕은 물러나게 해야 할 것이오. 강하왕이 황상의 명령에 고
분고분 따르지 않는다면 내가 한걸음에 달려가 목을 들고 올
것이오."

왕의 명령을 거스르면 그대로 역적이 되는 판에 이세적이
시뻘건 눈알을 번뜩이며 한술 더 뜨고 나선 것은 여러 벼슬아
치들을 억눌러 뒷소리를 못하게 다그치려는 것이었다. 장손무
기와 이세적이 나라가 어지러워지는 것까지 강하왕 이도종이
무능해서 고구려군에게 밀리고 있기 때문이라고 우기자 사람
들은 할 말이 없게 되었다.

이도종은 군사를 울지경덕과 굴돌통에게 넘겨주고 벼슬에
서도 쫓겨나 멀리 상주(광서 상주)로 귀양을 갔다가 해를 넘기
지 못하고 어둠 속에서 죽임을 당했다.

장손무기는 이세적을 끌어들여 똑똑한 왕자 이각과 이태를 죽이고 이치의 가장 튼튼한 울타리인 이도종까지 걷어치워 용상으로 가는 길을 닦았다. 그러나 너무 성급하게 이도종을 없애버린 것이 실수라는 것을 깨닫게 되었다. 또 눈앞에 있는 상대에게만 정신이 팔려 무조라는 여자를 경계하지 못한 것이 천추의 한이 되고 말았다.

2983년 아비의 첫제사를 지내러 감읍사라는 절에 갔던 이치는 지난날 아비의 첩이었던 무조를 몰래 만났다. 이치는 무조를 왕궁으로 끌어들였고 무조는 2985년 이치의 아들을 낳았다. 2987년 무조는 왕왕후가 제 딸을 보러 왔다가 돌아간 뒤, 제 손으로 갓 태어난 딸을 죽이고 슬피 울면서 왕왕후가 제 딸을 죽였다고 거짓말을 했다. 씨도 안 먹힐 소리였으나, 어리석은 이치는 그대로 믿었으므로 왕왕후에게서 마음이 멀어졌다.

이듬해 무조는 왕왕후가 못된 술법(염승지술)으로 자신을 해치려 한다고 일러바쳤는데, 조사해보니 여러 증거물이 나왔다. 무조가 미리 사람을 시켜 왕왕후의 처소에 몰래 숨겨둔 것이었으나 아무런 눈치도 채지 못한 이치는 왕왕후를 내쫓고 무조를 왕후로 세우기로 마음먹었다.

몇몇 벼슬아치들은 그대로 따르겠다고 했으나 장손무기와 저수량 등이 안 된다고 말렸으므로 그 자리에서 결정을 짓지 못했다. 이치는 이날 몸이 아프다는 핑계로 조정에 나오지 않았던 이세적을 따로 불렀다. 무조가 술수에 능하고 자식도 잡아먹을 만큼 악독한 여자라는 것을 직감으로 알고 있었던 이세적이다. 순하고 착한 놈은 교활하고 악독한 놈의 먹이가 될 뿐이라는 세상이치도 모를 까닭이 없었다.

바람에 따라 돛을 달고 제 앞가림을 위해서는 물불을 가리지 않는 이세적이다. 어디로 부는 바람인 줄 모를 리가 없었고, 머뭇거리다가 돛을 올릴 때를 놓칠 만큼 어리석지도 않았다.

"나랏일이라면 모르겠으나 황상께서는 어찌하여 집안일까지도 마음대로 하지 못하고 굳이 남에게 물어보십니까? 이리저리 말 잘하고 떠들기 좋아하는 사람들이 얼씨구나 손뼉치고 나설 터인데, 황상께서는 간신들의 장단에 맞추어 춤을 추시렵니까?"

이치와 단둘이 앉은 자리라 하더라도 벽 속에서도 무조의 눈귀가 번뜩인다는 것쯤은 불을 보듯 뻔한 일이었다.

"황상, 벌레 같은 백성들도 마누라쯤은 제 마음대로 바꾸어가며 삽니다. 두고두고 웃음거리가 되지 않으려거든 스스로 알아서 하십시오."

이세적은 참으로 딱하다는 듯이 혀까지 끌끌 두드려댔다.

"하찮은 백성들도 마누라는 맘대로 바꾼단 말이지? 으음, 그렇구나!"

이치는 더 이상 집안일을 부하들에게 까발리지 않고 마누라를 쫓아냈다. 뒷바람에 돛을 단 이세적은 그저 비스듬히 팔 베고 드러누워 스쳐 지나가는 경치 구경이나 하면 되었다.

무조도 이세적의 공을 잊지 않았다. 이세적은 무조를 황후로 받드는 의식에서 사회까지 맡아보게 되었다.

"간에 붙었다 쓸개에 붙었다 하는 놈! 저런 놈을 믿고 부려 먹으려 했던 내가 참으로 어리석었다!"

무조(무측천. 측천무후)에게 가서 붙은 이세적이 곁눈도 주지 않는 것을 보고 장손무기는 그제야 가슴을 쳤다.

남잡이가 제잡이가 되었다는 것을 알았으나 때가 너무 늦었다. 이세민 같은 사람도 말년에는 곁에 두지 못하고 멀리 내쫓았던 사납고 교활한 이세적을 끌어들인 것부터가 잘못인 데다 이도종같이 우직하고 능력 있는 충신들까지 제 손으로 없애버렸으니 스스로 팔다리를 자른 꼴이 되어 옴치고 뛸 수가 없게 되었다.

제 앞길을 막는 걸림돌로 여겨왔던 이도종 등을 없앤 지 겨우 두 해 만이었다. 마음속에 품은 생각을 입 밖에 내보지도 못하고 장손무기는 느닷없이 나타난 조그마한 계집과 늙은 개 뼈다귀 같은 것들 때문에 큰소리는커녕 내쉬는 숨소리도 죽이며 살아가게 되었다.

그러나 이도종이나 다른 사람들도 무슨 죄가 있어서 죽임을 당했던가.

"태위 장손무기는 황후의 충신과 피붙이들에게 없는 죄를 꾸며 붙여 내쫓고, 때를 보아 반란을 일으키려고 하였습니다."

2992년 무측천의 두 팔로 불리던 예부상서 허경종과 홍문관학사 이의부는 지난날 장손무기가 남에게 했던 것을 흉내 내어 장손무기에게도 '보지 않고 듣지 않아도 훤히 알 수 있는 죄'를 씌워서 금주로 귀양을 보냈다.

무측천이 왕후가 된 뒤로 줄곧 다른 사람들의 눈치만 살피며 살얼음 밟듯 살아왔던 장손무기다. 귀양살이를 하는 동안 무측천이 자신을 잊지 않고 반드시 때를 보아 뒷마무리까지 잘 해줄 것을 모르지 않았다. 그러나 이빨 빠진 승냥이가 되어서도 하늘이 내려주고 어버이가 길러주신 질기고 질긴 목숨을 아끼고 사랑하였는데, 어느 날 이세적이 찾아온다는 소식을 들었다.

귀양다리 장손무기는 먼 길을 마다 않고 찾아온 이세적이 몹시 반가웠던지 밥을 먹다 말고 벌떡 일어났다. 그러나 젓가락을 내던지고 사립문 쪽으로 내닫는 대신 밥상으로 기어올라갔다. 대들보 위를 더듬더니 곧 누런 천으로 만든 끈을 잡아 내렸다. 장손무기는 천으로 만든 올가미에다가 목을 집어넣더니 용을 쓰며 밥상 아래로 뛰어내렸다. 힘껏 뛰었으나 발이 바닥에 닿지 못하고 대들보에 대롱대롱 목이 매달려 손발만 허우적거렸다.

"제 에미를 붙을 놈! 네놈의 8대 할미하고 붙겠다!"

'뻔한 죄'를 닦달하려고 먼 길을 달려온 이세적은 장손무기한테 무슨 일이 일어났는지 보지 않고도 훤히 알 만했는지 욕부터 퍼부었다. 이세적으로서는 공을 세우려고 수고를 아끼지 않고 먼 길을 허위허위 달려온 것이 말짱 헛수고가 되었으니화가 날 만도 했다.

그러나 장손무기로서는 의리 없고 싸가지 없는 귀싸대기 이세적한테 나름대로 복수를 한 셈이었다. 더구나 남들처럼 자신도 모르고 저승사자도 모르는 어처구니없는 죽음만은 당하지 않았으니 더욱 다행스러운 일이었다. 비록 물거품처럼 꺼져버린 큰 뜻에 대한 아쉬움이야 어쩔 수 없었겠지만, 그래도 남들처럼 억울한 죄는 둘러쓰지 않았으니 돌이켜보면 그런대로행복했던 한살이였다.

부끄러운 하늘백성

2981년(648) 11월, 당나라에 갔던 김춘추가 신라로 돌아가던 길이었다. 신라 사신들이 탄 배가 풍랑을 만나서 멀리 북쪽으로 흘러가버렸다.

"어서 남쪽으로 배를 몰아라. 순찰 중인 고구려 해라선이라도 만나면 큰일이다."

바람이 잔잔해지자 김춘추는 배를 남쪽으로 몰았다. 하늘이 춘추를 버리지 않았음인지 바람도 남동쪽으로 불었다.

한나절이 지났다. 머지않아 신라 바다에 들어설 것이다.

"우리 해라선이 보일 것이다. 잘 찾아보아라."

내내 마음 졸이던 끝에 별 탈 없이 고구려 바다에서 벗어나게 되었다고 좋아하는데, 멀리서 배의 돛이 보였다.

"우리 신라의 해라선일 것이다. 고기잡이배로 보이지는 않는다."

좋아하는 사신 일행과 달리 낯빛을 굳히고 노려보던 한 뱃사공의 입에서 비명 같은 소리가 튀어나왔다.

"큰일이다! 고구려 해라선이다!"

"뭐라고? 잘못 본 것이 아니냐?"

"고구려 해라선이 틀림없습니다. 어서 배를 돌려야 합니다."

"괜히 겁주지 마라. 저 멀리 있는 배를 어찌 정확히 알아본 단 말이냐?"

사람들은 믿고 싶지 않았으나 차츰 뚜렷이 드러나는 것은 붉은 동그라미 안에 그려진 세발까마귀였다.

"큰일이다! 어쩌면 좋으냐?"

"곧장 동쪽으로 달려가 섬 사이로 숨어가다 보면 빠져나갈 수 있을 것입니다."

곧바로 배를 동쪽으로 돌리고 내달렸다. 그러나 바다를 순찰하던 고구려 해라선에서도 이쪽 배를 알아본 듯 곧장 쫓아오고 있었다.

"무사히 빠져나가기는 어렵습니다. 빨리 결정을 내려야 합니다."

사신으로 함께 따라나섰던 온군해가 춘추에게 말했다.

"결정이라니? 저들에게 잡히지 않기를 빌 수밖에 없는 일이 아닌가?"

"저들의 해라선은 우리보다 훨씬 빠릅니다. 붙잡히지 않을 도리가 없습니다."

그렇다면 하나마나한 소리가 아닌가. 만에 하나 김춘추가 사로잡힌다면 신라는 엄청난 대가를 치러야 한다. 정식 사신으로 평양에 들어갔어도 마음대로 객관에 연금시켰던 고구려가 아닌가. 다른 데도 아닌 오랑캐 당나라에 사신으로 다녀오는 춘추는 전쟁터에서 포로로 잡은 적장 취급을 하며 여러 가지 무리한 요구를 해댈 것이다. 춘추를 돌려받기 위해 신라는 고구려의 어떤 요구에도 응하고 말 것이다.

차라리 여기서 죽는 것이 모두를 위한 최선의 길이다! 결정을 내린 춘추는 안색이 변해 자신을 쳐다보는 사람들을 하나씩 둘러보았다.

"뜻하지 않은 적을 만났으나 당황할 필요는 없다. 우리는 모두 자랑스러운 신국의 화랑이요, 낭도였다. 모두 칼을 들어라. 화랑얼에 부끄럽지 않게 마지막 순간까지 싸우다 죽을 것이다."

춘추는 신라를 위해, 배에 탄 모든 사람을 위해 화랑답게 싸우다 죽는 길을 선택했다. 그러나 온군해가 말대꾸를 하고 나섰다.

"적과 싸우다 죽는 것만이 옳은 길은 아닙니다. 이찬님께서는 무사히 신라로 돌아가셔야 합니다."

무사히 돌아간다고? 어떻게?

"헛된 꿈은 꾸지 않는 게 낫소. 지금 우리가 할 수 있는 일은 얼마나 떳떳하게 화랑답게 죽을 수 있느냐 하는 것뿐이오."

춘추는 이미 살기를 포기했으나 온군해의 목소리는 밝았다.

"다행히 이 배에는 거룻배가 하나 실려 있습니다. 조금 뒤 저 섬을 지날 때 배를 내려서 섬 그늘에 숨었다가 저들과 우리가 앞쪽으로 사라지거든 남쪽으로 달리십시오. 다시는 고구려의 싸움배를 만나지 않을 것입니다."

배에 실린 거룻배는 배를 댈 수 없는 곳에서 물건이나 조금씩 실어나르기 위한 작은 조각배다. 김춘추 하나를 살리고 다른 이들은 모두 죽을 것이라는 소리였다.

"여러분을 죽음의 구렁텅이에 빠뜨리고 나 혼자만 살아 돌아가지는 않겠다. 이미 서라벌을 떠날 때부터 우리는 삶과 죽음을 함께하기로 되어 있었다. 살아도 죽어도 나는 여러분 곁을 떠나지 않겠다. 모두 끝까지 싸우고 저들에게 붙잡히게 된다면 스스로 자결하면 된다."

춘추가 화랑답게 죽겠다고 했으나 온군해는 펄쩍 뛰었다.

"이미 요행을 바랄 수도 없게 되었습니다. 만일 요행이 있다면 모두가 다시 서라벌에서 만날 수 있을 것입니다. 어서 저에게 이찬님의 옷을 벗어주고 배에서 내리십시오."

"싸우다가 죽는 것만이 능사는 아닙니다. 천에 하나 만에 하나라도 가능성이 있다면 먼저 시험해보아야 합니다."

예원과 양도 또한 춘추 한 사람만이라도 살아 돌아가야 한다고 우기는 가운데 온군해가 제 옷을 벗고 춘추가 옷을 벗어주기를 재촉했다.

마침내 고집을 꺾은 김춘추도 옷을 벗고 뱃사람들의 낡은 옷으로 갈아입었다. 춘추와 예원, 양도와 길을 안내할 뱃사공 하나, 네 사람이 거룻배를 내려 섬 그늘에 숨었다. 거룻배는 고구려 해라선이 멀어지자 부지런히 노를 저어 남쪽으로 달아났다. 후에도 순찰중인 고구려 해라선을 하나 더 만나기는 했지만, 해라선이 찾는 것은 적의 해라선이나 허가 없이 돌아다니는 커다란 무역선이다. 돛대도 세우지 못하는 작은 거룻배 따위는 거들떠보지도 않고 그냥 지나갔다. 신라 고깃배를 만날 때까지, 물도 제대로 마시지 못하고 밤마다 추위에 떨며 이틀이나 생고생을 하기는 했지만, 무사히 서라벌로 돌아올 수 있었다.

"조금이라도 더 멀어져야 한다. 저들이 공격하더라도 맞서지 말고 달리기만 하라."

온군해는 춘추한테서 조금이라도 멀어지기 위해 있는 힘을 다했다.

"서라! 서지 않으면 불화살로 모두 불태워 죽이겠다."

고구려 해라선에서 오랑캐 말이 날아왔다. 배에 타고 있는 것은 짐승이나 다름없는 오랑캐들이었으므로 고구려 군사들은 말로써 어르기만 하려는 것이 아니었다. 정말 모두 불태워 죽이려나 보았다. 곧 고구려 해라선에서는 검은 연기가 일어나며 군사들이 불화살을 들어 활에 얹었다.

불에 타죽는 것은 두렵지 않으나 조금이라도 더 춘추와 멀어져야 한다! 온군해가 나서서 큰 소리로 고구려 군사들을 나무랐다.

"우리는 오랑캐가 아니다. 모두 신라 사람들이다. 이 배는 군사들이 타고 있는 싸움배가 아니다. 못된 도적의 무리가 아니라면 썩 물러가거라."

온군해의 말을 들은 고구려 해라선의 해라장은 깜짝 놀랐다.

"멈춰라! 모두 불화살을 내려라!"

신라 사람들이 오랑캐옷을 입고 있는 것은 언뜻 스치는 생각에도 무언가 큰 일이 아닐 수 없었다. 더구나 온군해가 걸친 것은 당나라 왕들이나 입는 화려한 옷이 아닌가.

"어서 쫓아가 갈고리를 던져라. 저놈들을 모두 사로잡아 어찌 된 일인지 알아내야 한다."

고구려 해라선에서 화살이 소나기처럼 쏟아지는가 했더니 갈고리가 날아와 걸리고 칼을 든 고구려 군사들이 날아 넘어왔다.

이제는 해볼 만하다! 선실에 숨어 있던 사람들도 모두 칼을 휘두르며 뛰쳐나왔다. 그러나 바위에 달걀 던지기였다. 젖 먹던 힘까지 다해 칼을 휘둘렀으나 갑옷으로 무장한 고구려 군사들은 도무지 빈틈이 없었다. 신라 사람들은 모두 칼끝을 돌려 제 목숨을 끊었고, 살에 맞고 쓰러졌던 한 사람이 사로잡혔다.

"모두가 신라놈들이다. 어찌하여 오랑캐옷을 입고 있는지는 모르겠으나 그냥 지나칠 일이 아니다. 곧바로 대막리지 전하께 알려야 한다."

해라선에서는 온군해 등 주검들로부터 당나라 관복을 벗기고 배 안에 있던 오랑캐들의 옷을 모두 거두어 사로잡힌 사람과 함께 평양으로 보냈다.

서라벌에 돌아온 김춘추는 자기 대신 잡혀 죽은 온군해의 일을 여왕에게 말씀드렸다. 여왕은 슬퍼하며 온군해에게 대아찬 벼슬을 내리고 남은 자손들에게도 많은 상을 내렸다.

다음 해인 2982년(649) 정월. 신라의 모든 벼슬아치들은 스스로 제 옷을 벗어던지고 서토 오랑캐의 옷으로 갈아입었다. 하늘을 향해 머리를 쳐들고 다닐 수 없는 오랑캐의 개돼지가 된 것이다.

2983년 6월. 신라에서는 다시 군사를 빌리기 위한 사신이 당으로 떠났다. 김유신은 춘추가 다시 사신으로 가기를 원했으나, 춘추는 차라리 죽으면 죽었지 잘난 척하는 장손무기의 아니꼬운 낯짝을 두 번 다시 보고 싶지 않았으므로, 춘추의 아들 법민이 사신이 되었다.

이때 여왕은 손수 비단에 '태평송'을 써서 지난해 죽은 이세민의 뒤를 이어 왕위에 오른 이치(당 고종)에게 바쳤다.

이치는 온갖 아첨으로 당을 치켜세우는 글을 보고 크게 기뻐했다. 더욱이 신라에서도 당의 연호를 사용하겠다는 말을 듣고는 좋아서 펄쩍펄쩍 뛰었다.

분위기가 무르익은 것을 보고 김법민이 선수를 건너 하수어귀까지 위협하고 있는 고구려군을 되돌리기 위해서도 신라에 군사를 보내달라고 했을 때였다.

"신라같이 작은 나라가 어찌하여 큰 당나라의 일에 끼어들어 함부로 허튼소리를 지껄이는가? 고구려에게 신라를 치려는 마음이 없어서 여태껏 신라가 무사했음을 참으로 몰라서 하는 소리인가? 개소문이 그대에게 신라가 백제를 치는 것을 보고만 있을 것이라고 하던가?"

장손무기가 내놓고 김법민을 나무라자 조정의 모든 벼슬아치들도 눈을 부라리며 신라 사신을 노려보았다. 신라로서는 혹을 떼려다 오히려 덧붙인 꼴이 되었다.

신라가 비록 작은 나라로 당나라에 군사를 빌리러 왔다고는 해도 한 나라의 사신이 이렇게까지 낯 뜨거운 일을 당할 수는 없는 일이었다. 그러나 알고 보면 그만한 까닭이 없는 것도 아니었다.

두 해 앞서 당나라에 갔던 김춘추는 서라벌에 돌아왔으나 온군해 등은 모두 죽고 한 사람이 평양으로 잡혀갔을 때의 일이다. 해라선에서 올려보낸 보고를 받은 연개소문은 한동안 말도 못하고 부들부들 떨기만 했다.

"네가 사람이냐, 짐승이냐?"

아직도 당나라 옷을 입은 채 묶여 있는 신라 사람을 씨근덕거리며 노려보던 연개소문이 으드득으드득 이를 갈아붙이며 새된 소리를 내질렀다.

"생긴 꼴을 보니 사람 같은데, 어찌하여 오랑캐가죽을 뒤집어쓰고 있느냐?"

"......!"

"말하라! 아가리를 찢어놓기 전에 무슨 까닭인지 똑똑히 말하라!"

"대막리지 전하, 저는 짐승이 아니라 사람입니다. 사신과 함께 당나라에 다녀오던 신라 사람입니다."

덜덜 떨면서도 말대꾸를 해야 했다. 정말 입을 찢어버릴 것처럼 연개소문이 무서웠기 때문이다.

"신라 사람이라고? 그러면 너는 짐승이 아닌 사람이 틀림없는데 어찌하여 더러운 오랑캐가죽을 뒤집어쓰고 있느냐?"

"대막리지 전하, 우리가 묵고 있던 빈관에 당나라 사람들이 옷을 가져와서 갈아입지 않으면 안 된다고 하여 모두 갈아입었습니다. 앞으로는 신라에서도 모두 당나라 옷으로 갈아입을 것이라고 하나 저로서는 어찌 된 영문인지 알 수가 없습니다."

"그렇다면 저기에 있는 옷들은 모두 신라에서도 오랑캐옷을 만들기 위한 보기옷이라는 말이더냐?"

"예, 그렇게 알고 있습니다."

"김춘추라는 넋 빠진 놈이 오랑캐들의 가죽을 뒤집어쓰고 살겠노라 나섰다는 말이지?"

"대막리지 전하, 결코 그렇지 않습니다. 이찬님께서는 그런 말을 하실 분이 절대로 아닙니다."

"그랬을 것이다. 그 짐승만도 못한 오랑캐놈들이 부끄러운 줄도 모르고 제놈들의 더러운 가죽을 뒤집어쓰라고 힘이 약한 신라를 윽박질렀을 것이다."

다시 주먹을 불끈 쥐고 부르르 몸을 떠는 연개소문의 눈에서 시퍼런 불이 뚝뚝 떨어졌다. 요동성과 안시성에 불화살을 퍼부었던 짐승만도 못한 오랑캐놈들이니 무슨 짓인들 못했겠는가. 김춘추가 군사를 빌리러 가자 이세민이란 놈이 신라에서도 오랑캐가죽을 걸쳐야만 신라를 돕겠다고 했을 것이다.

더는 참을 수 없는 일! 하늘 무서운 줄 모르고 설치는 오랑캐놈들의 못된 버르장머리를 고쳐놓지 않으면 안 된다! 이미 어둠이 깃든 저녁이었으나 대막리지 연개소문은 이 엄청난 이야기를 평양에 있는 모든 벼슬아치들에게 알렸다.

다음 날 아침 조정에는 높은 벼슬아치들이 한 사람도 빠짐없이 모여들었다. 태왕 천하가 나오기를 기다려 연개소문이 앞으로 나섰다.

"당주 이세민이란 자는 지난날에도 신라가 제놈들에게 조공을 바쳐야 한다고 돼먹지 않은 소리를 지껄이며 우리 고구려에 도전할 핑계를 꾸며대었소. 그자는 죄 없는 군사들을 100만 명이나 목 없는 귀신으로 만들고 겨우겨우 달아나서도 아직 정신을 차리지 못하고 있소이다. 화공으로 성읍을 태우려고 요동성과 안시성에 불화살을 쏘았던 개돼지만도 못한 놈이 이제는 신라 백성들에게 더러운 오랑캐가죽까지 뒤집어씌우려 하고 있소이다."

모든 사람들이 신라 사신의 배에서 가져온 100여 벌의 오랑캐옷을 보고 하나같이 치를 떨었다.

"우리 겨레의 옷까지 벗기려 들다니, 참으로 고약한 일이오."

"오랑캐놈들의 간덩이가 부은 탓이오. 혼뜨검을 내주어야 할 것이오."

"모든 것은 쓸개 빠진 신라놈들이 서토 오랑캐들한테 붙어서 아양을 떨고 있기 때문이오. 머저리 같은 신라놈들부터 눈에 불이 번쩍 나게 혼을 내주어야 할 것이오."

더러는 쓸개 빠진 신라부터 혼내주자는 사람도 있었으나 그보다는 서토 오랑캐를 토벌해야 한다는 사람이 더 많았다.

때는 이미 동짓달. 평양에도 첫눈이 내린 지 달포가 넘었고 한겨울 추위가 시작되었으니 함부로 군사를 움직일 때는 아니었다. 그러나 봄이 오기를 기다려야 된다고 말리고 나서는 사람은 하나도 없었다. 나가 싸우다 얼어죽을지언정 치미는 분노를 앉아서 참을 수가 없었던 것이다.

마침내 태왕 천하도 천명을 내렸다.

"요서군은 선수를 건너 오랑캐를 응징하고 토벌하여 서토 평정을 이룩하라. 요동군에서도 5만 군사를 보내 함께 서캐 토벌에 나서라!"

곧바로 서토 오랑캐를 토벌하라는 천명을 실은 배가 돛을 올렸으며 전령들도 한혈마에 올라 모진 바람을 뚫고 눈밭을 숨차게 달렸다. 평양에서도 5만 군사가 서토 평정에 나섰다.

요서욕살 고혜진은 천명을 받는 자리에서 곧바로 싸움명령을 내렸다.

"태왕 천하께서는 서토 오랑캐를 응징하고 토벌하여 서토 평정을 이룩하라는 천명을 내리셨다! 하늘의 자손, 조선의 군사들이여! 그대들의 손에 쥔 날카로운 창과 도끼로 오랑캐들의 숨통을 끊어라. 짐승만도 못한 오랑캐를 서토에서도 모두 몰아내라!"

오랑캐 당나라가 신라 백성에게 오랑캐가죽을 씌우려 했다는 소리에 한낱 군사들까지도 치를 떨었다.

"신라는 우리와 같은 하늘백성이다. 하늘백성들에게 더러운 가죽을 씌우려는 못된 오랑캐놈들을 때려잡아라."

"미친개는 몽둥이로! 서캐는 창칼로!"

서둘러 출동 준비를 마친 군사들은 이른 저녁을 먹고 해가 지기도 전에 잠자리에 들었다. 요서군 군영에는 어둠보다 짙은 적막이 감돌았고 경계군사들이 피운 화톳불만 여느 때처럼 밤을 밝히고 있었다.

인시(寅時)에 들어서자 수런수런 군영이 깨어났다. 군사들은 갑옷과 투구로 무장하고 새벽밥을 먹었다.

묘시(卯時)가 되자 수천 개의 뗏목이 선수를 까맣게 뒤덮었다.

둥, 둥, 둥, 둥. 요서군이 귀신처럼 불쑥 나타나자 놀란 오랑캐들의 북소리가 어둠을 찢고 비명처럼 울려퍼졌다.

당군은 겨울이 되자 강이 얼어붙기까지는 괜찮을 것이라고 마음을 놓고 있었으므로 더욱 정신을 차리지 못했다. 허둥지둥 잠에서 깨어 병장기를 찾아들었을 때 요서군은 이미 당군의 울짱을 넘어서고 있었다. 선수를 지키던 경계군사들은 북채를 내던지고 달아났고, 요서군의 함성소리는 더욱 높아졌다.

"오랑캐를 때려잡아라!"

"서캐를 토벌하고 서토를 평정하라!"

고구려군은 지옥을 뛰쳐나온 악귀보다 사나웠다. 미친 듯이 창칼을 휘둘러 닥치는 대로 당군을 잡아 죽였다.

당나라 군사들은 대를 짓기보다 숨을 곳을 찾기에 바빴고 창칼을 내던지고 걸음아 날 살려라 달아나느라 숨이 턱에 찼다. 이날 하루에만 제삿밥을 먹어야 할 당군 군사가 5만이 넘었다.

"저들이 움직이지 않는다고 마음 놓고 있었기 때문에 당한 것이다. 모두들 정신을 똑바로 차리고 싸워라."

강하왕 이도종이 60만 대군으로 맞섰으나 싸울 때마다 뒤로 밀렸다. 당군은 단 한 번도 맞서 싸워 이기지 못했다. 잠잠하던 고구려군이 이른 아침부터 북을 울려 싸움을 돋우는 날이면, 당나라 군사들은 군막을 걷고 뒤로 물러날 준비부터 했다. 싸움이 시작되면 힘껏 싸우다가 둑이 터지듯 방어선이 무너지면 미련 없이 싸움터를 내주고 다음 방어선으로 물러났다.

고구려 개마대의 무서움을 뼈저리게 겪었던 이도종은 개마대가 함부로 내달리지 못하도록 10리마다 치는 방어선 앞에다 깊은 구덩이를 파고 뒤에는 파낸 흙을 높이 쌓아서 담을 만들거나 나무울짱을 튼튼하게 세우게 했다. 또한 방어선이 아닌 곳에도 곳곳에 구덩이를 파고 돌과 흙을 높이 쌓았다.

당나라 군사들은 구덩이를 파고 담을 쌓느라 하루 한시도 편할 날이 없었지만, 이도종의 계책은 매우 훌륭한 것이어서 고구려 개마대도 크게 용맹을 떨치지 못했다. 고구려군도 한 번 싸움이 끝나면 그것으로 만족한 듯 한동안 움직이지 않았다. 오랑캐 토벌뿐 아니라 서토를 평정하여 다스리려는 것이 목적이었기 때문에 고구려군은 조금도 서둘지 않았다. 당군이 파헤친 구덩이를 다시 메우고 철 따라 콩이나 무를 심거나 보리밭을 만들었다.

쳐들어오는 속도는 매우 더뎠지만 해포가 지난 이때 고구려군은 이미 정주까지 넘보고 있었다. 수 양광이 고구려 도전을 위해 만든 운하인 영제거에 배를 띄워 군량을 나르는 등 뒤를 다지며 쉬는 듯이 보였지만, 언제 하수 어귀까지 밀고 내려올지 모르는 일이었다.

선수 북쪽에서 2년 넘게 여느 여름지기들처럼 씨를 뿌리고 김을 매던 요서군이 추운 겨울 갑작스럽게 강을 건너 달려들었는지 처음에는 그 까닭을 몰랐다. 요서군의 공격을 받은 지 두 달이 지나서야 김춘추 등에게 입혀주었던 당나라 옷을 보고 고구려 조정이 발끈 뒤집혔다는 소식이 전해졌다. 정말 어처구니없고 기가 막힐 일이었다.

"개소문을 여느 사람 다루듯 해서는 안 된다는 것을 왜 몰랐습니까? 지난번 신라 사신에게 속아서 군사를 보냈더라면 아마도 개소문이 몸소 군사를 이끌고 장안으로 달려들었을 것입니다."

"신라 조정에서 우리 당나라 옷을 입는다고 해도 우리에게 득이 되는 것은 아무것도 없습니다. 지난 일을 뼛속 깊이 새겨 두어 신라의 농간에 놀아나서는 안 됩니다."

당 태종 이세민은 눈에 박힌 녹슨 화살독이 머릿골에까지 들어가서 3년 반 동안 내내 머리를 쥐어뜯는 고통에 시달리다가, 지난해 5월에 죽음으로써 비로소 지옥 같은 고통에서 놓여났다. 이세민의 뒤를 이은 이치는 숨 쉬는 해골이 되어 갖은 고통에 시달리다 죽은 제 아비를 생각하면 뼈가 으스러지고 살이 터지도록 분했다. 당장에라도 군사를 이끌고 달려가고 싶었지만 제까짓 놈이 군사를 이끌고 달려간다고 해서 해결될 일이 아니었다.

그러잖아도 관룡(사천성)에까지 도둑이 일어나는 것은 모두 고구려군이 선수를 넘었기 때문이다. 이제는 느릿느릿 천천히 다가오는 고구려군보다 안에서 일어나는 간 큰 도둑이 장안을 휩쓰는 반란으로 이어지지 않도록 막는 것이 더 급했다.

"요서군의 공격도 힘든 터에 만에 하나라도 개소문이 몸소 싸움터에 나선다면 정말 큰일입니다. 개소문은 고구려의 온 힘을 다 기울일 것이 뻔합니다."

조정의 모든 사람이 나서서 반대했다.

"신라 때문에 고구려의 비위를 건드려서는 안 됩니다. 차라리 신라 사신을 쫓아버리고 고구려에 사신을 보내 화친을 청하는 것이 나을 것입니다."

"고구려군은 아직 하수에도 이르지 못했으나 그 영향은 이미 회수를 넘어 강수에까지 퍼지고 있습니다. 여러 곳에서 크고 작은 도둑이 일어나고 있으니, 수나라가 망한 일을 잊어서는 안 됩니다."

이치는 객관에서 목이 빠지게 기다리고 있던 법민에게 사자를 보내어 말했다.

"신라 임금의 뜻을 모르지 않으나 조정에서 따르지 않으니 신라에 군사를 보내기가 어렵다. 그대는 돌아가서 신라 임금에게 그렇게 전하라."

법민이 애원했으나 이치를 다시 만나는 것마저 허락되지 않았다. 신라 사신들은 어깨를 축 늘어뜨린 채 당나라를 떠나 신라로 돌아갔다.

이로써 신라는 아무 득도 없이 제 연호를 버리고 오랑캐 연호를 가져다가 제 나이와 역사를 헤아리는 부끄러운 나라가 되고 말았다.

삼국통일을 위하여

2987년(654) 3월. 따뜻한 햇살이 두텁게 내리쬐고 온갖 생명
이 기지개를 켜는데, 이를 시샘함인가, 난데없이 차가운 바람
이 몰아쳤다.

임금님이 돌아가셨다! 꽃망울을 터뜨리던 복사꽃이 움츠러
들고 파릇파릇 눈을 틔우던 새싹들이 예쁜 손을 거두어들였
다. 아지랑이 속을 날던 나비들도 날개를 접었다.

어질고 아름다운 여왕 폐하께서 돌아가셨다! 소를 몰고 밭
갈이하던 여름지기들은 쟁기를 붙잡은 채 넋을 놓았으며, 씨
앗을 넣던 아낙네들은 잿박과 호미를 내던지고 눈물을 훔쳤
다. 서라벌과 온 나라가 뜻밖의 슬픔에 눈물을 거두지 못하고
넋을 놓았다.

모든 사람들이 깊은 시름에 잠겨 있을 때 냉정하게 머리를
굴리는 사람이 있었으니, 바로 이찬 김유신이었다. 조정에 모
인 여러 신하들이 모두 "정말이냐?"며 놀라워할 때, 김유신의
잇사이로 흐르는 말은 바로 "마침내…… 여왕 폐하께서 돌아

가셨다!"였으니, 임금이 죽기를 바라기라도 했다는 말인가?

이날 밤 김유신은 상대등 김알천의 집에 찾아갔다.

"꼭 드릴 말씀이 있어서 찾아뵈었습니다."

"무슨 말씀이기에 조정에서 하지 못하고 우리집에까지 오시었소?"

유신이 허리를 낮게 굽혀 절하고 공손히 말했으나 알천은 첫마디부터 내쫓을 듯이 빈정거렸다.

알천은 이제 예순일곱의 완연한 늙은이였다. 보기 좋은 낯빛에 흰머리와 수염이 탐스러운 데다 사람이 크고 맑아서 서라벌의 신선으로 불리고 있었다. 싸움에 나서면 용맹한 장수로 많은 공을 세웠으며 대장군을 거쳐 병부랑으로도 오래 있었으나 어디를 보아도 티 없이 맑고 어질기만 한 늙은이의 모습이었다.

상대등 알천은 진평왕이 돌아간 뒤 스물두 해 만에 벌써 젊은 임금을 둘이나 잃고 나니 자신이 너무 오래 살아 죄를 받는지도 모른다는 생각에 울적해 있었는데, 그때 찾아온 사람이 유신이었던 것이다. 유신은 화랑이었을 때 누구보다도 알천을 믿고 친형님처럼 따랐었다. 비록 이런저런 사연이 많았지만 이제 유신도 예순이 되었다. 이렇게 울적할 때 함께 술잔이라도 나눴으면 좋으련만, 막상 가까이하기에는 소름이 돋을 만큼 꺼려지는 사람이었다.

오국지 5

왜일까? 알천은 새삼스럽게 유신의 검은머리에 눈이 갔다. 새치 하나도 없이 새까만 머리였다. 자신은 서른을 넘기며 흰머리가 나더니 쉰을 지날 때에는 이미 하얗게 서리가 내린 늙은이가 되었기 때문인가. 아니면 변방에서 온 귀족에 지나지 않는 유신이 이찬에까지 이르렀음을 시샘해서인가. 티끌에 가려지면 대들보도 보지 못하는 것이 사람의 마음이다.

그러나 그래서는 아닐 것이다! 무엇인가 지칠 줄 모르고 끊임없이 일을 꾸미는 사나이요, 헛된 꿈으로 자칫 신국을 커다란 위험에 빠뜨릴지도 모르는 사내였다. 말버릇만 해도 그렇다. 조정에서는 결코 자기를 낮추어 부른 적이 없는 유신이 춘추를 깍듯이 떠받들며 신(臣)으로 자처하는 것도 그렇거니와, 알천 자신에게도 굽실거리는 것을 볼 때마다 구역질이 나오려 하는 것이다. 아랫사람에게는 서릿발 같은 장수이면서도 윗사람에게는 혓바닥처럼 알랑거리는 저 사내를 내버려두고 있는 것은 그저 입안에 고인 가래침처럼 차마 뱉어낼 수 없었기 때문이었다.

유신에게서 훅 끼치는 짐승의 냄새로 숨이 턱 막히자 알천은 얼굴을 잔뜩 찌푸렸다. 그러나 유신은 한껏 공손하게 입을 열었다. 알천의 찬바람이 이는 푸대접쯤은 아랑곳하지 않았다.

"뜻밖에 여왕 폐하께서 돌아가시니 모든 사람이 넋을 놓고 슬퍼하고 있습니다. 그러나 이 유신은 조정의 모든 벼슬아치가 슬픔에 빠져 있기만 해서는 아니 된다고 생각합니다."

"……?"

"돌아가신 폐하의 시호를 지어 올리고 묏자리를 정하여 장사를 지내야 할 것입니다."

무슨 소리를 지껄이는가 싶어 알천의 잔뜩 찌푸린 얼굴은 움직이지 않았다. 대꾸할 값어치도 없다. 조정의 벼슬아치들이 그만한 것도 모르겠는가.

"하루라도 보위를 비워둘 수는 없는 일이니 서둘러 새 임금을 맞아야 할 것입니다."

입을 꾹 다물고 유신을 노려보는 눈에는 부글부글 부아가 끓어오르고 있었다.

"상대등께서는 누가 보위에 오를 것으로 생각하십니까?"

"그것은 조정에서 의논할 일. 내 집에 와서 이러쿵저러쿵하지 말고 썩 물러가시오."

찾아온 사람의 지체 따위는 아랑곳하지 않고 야멸차게 뿌리쳤다. 그러나 유신은 알천의 입이 열린 것만도 얼른 반가웠다. 온 얼굴에 웃음을 처바르며 알천에게 바싹 다가들었다.

"그렇지 않습니다. 사람들이 임금으로 뽑을 첫 번째 사람이 바로 상대등이기 때문입니다."

"무슨 말씀이오? 사람을 놀리고자 하는 것이오?"

"어찌 말을 함부로 하겠습니까? 이 유신 또한 아직 헛말을 해본 일이 없는 사람입니다. 진흥대제의 손자이며 구륜 갈문왕의 아들인 상대등께서 보위에 오르지 못할 까닭이 없으며 조정에서도 첫손가락으로 꼽고 있음을 모르지 않을 것입니다."

두 여왕이 모두 자식이 없는 마당에, 당당한 성골이며 조정의 신망을 한 몸에 모으고 있는 알천이 물망에 오르는 것은 너무도 당연했다. 그러나 알천은 오래전부터 보로전군을 생각하고 있었다. 심성이 착하고 영민한 보로전군이야말로 신국 신라를 안정시키고 부흥으로 이끌어갈 적임자로 생각했기 때문이다.

그럼에도 알천은 지금까지 보로전군에게 전혀 관심이 없는 것처럼 아는 척도 하지 않았고 입에 올린 적도 없었다. 진평왕의 당당한 아들을 왕자로 인정하지 않고 전군으로 밀어낸 승만왕후가 여왕이 되어 있는 마당에 쓸데없이 여왕 폐하의 불편한 심기를 건드릴 수가 없었기 때문이다. 함부로 보로전군을 입에 올렸다가는 오히려 보로전군에게 큰 해를 끼치고 말았을 것이다.

자신에게 조정의 여론이 모이고 있다는 것을 잘 알고 있었던 알천은 여왕 폐하가 돌아가시고 난 뒤 조정에서 자신을 지명했을 때 보로전군에게 보위를 양보할 작정이었다. 그리 된다면 후사를 이을 알천이 지명하는 보로전군을 누구도 반대할 수 없을 것이기 때문이다.

"나같이 덕이 없는 사람이 어찌 나라를 다스릴 수 있겠소. 사람들이 권하지도 않으려니와 나 또한 할 마음이 없소."

어찌 다 늙어 보위에 마음을 두랴! 그러나 그것은 자신이 지명되는 그 마지막 순간까지 절대로 입 밖에 내어서는 안 될 위험한 소리였다.

주쳇덩어리와 왕배야덕배야 잘잘못을 가릴 것 없이 그대로 내쫓아버려야 했지만, 어이없게도 그만 유신의 말솜씨에 끌려들고 말았다. 비 오는 날 길에 나섰다가 수레바퀴에서 튀기는 흙탕물을 피하려다가 되레 물구덩이에 나자빠진 것처럼, 알천이 티 없는 자기의 마음을 내보이려다 순간적으로 엄청난 실수를 해버린 것이다.

절호의 기회를 놓칠 김유신이 아니었다. 알천의 말이 끝나기가 바쁘게 자리에서 벌떡 일어서더니 그대로 무릎을 꿇고 두 손을 짚었다.

"이찬 춘추를 보위에 오르게 해주십시오."

이마가 바닥에 닿았다.

"아니 되오."

한칼에 자르는 상대등 알천의 목소리가 방 안을 울렸다. 꿇어엎드린 사람에게 빈말로라도 일어나라는 소리가 없었다.

"춘추에게 임금이 될 자격이 있었다면 진작 보위에 올랐을 것이오. 진지왕의 손자이자 진평왕의 외손자이기도 한 사람이 어찌하여 임금이 되지 못하였는지, 모르지 않을 것이오."

알천의 뜻은 굳었다.

"썩 일어나 돌아가시오. 춘추가 보위에 오르는 일은 절대로 없을 것이오."

그러나 그쯤으로 물러날 거였다면 아예 시작도 하지 않았을 것이다. 목에 칼이 들어와도 물러설 수는 없는 일이었다.

"상대등께서 춘추공이 임금이 되기를 바라지 않는 것은 그가 제 누이와 혼인했기 때문입니까?"

"그렇소."

"그러하다면 춘추공이 보위를 자기 아들에게 물려주지 않는다면 허락하시겠습니까?"

그 또한 입에 올려서는 안 될 말이었으나, 김유신은 창을 들어 찌르듯 쳐들어갔다.

"아니 되오!"

유신 같은 자와 입씨름해서 이로울 것이 없다. 이미 오래전에 선덕여왕께서도 성골 남자가 아니어도 보위에 오를 수 있다는 말씀을 남겼다. 춘추의 아들이 성골이 아니기 때문이라는 것은 한낱 핑계일 뿐이다. 후사를 잇는 문제가 아니라 춘추와 한통속이 되어 있는 유신 때문에 그리 되어서는 안 되는 것이다.

춘추가 보위에 오르면 유신은 고기가 물을 얻은 꼴이 될 것이다. 여의주를 얻은 용이 되어서 나랏일을 한 손에 넣고 주물 럭거릴 터이니, 삼국통일이라는 헛된 이름 아래 온 나라가 싸움터가 되어 온 백성이 피를 뿌리고 죽을 것이다.

어리석은 사람! 야속한 사람 같으니라고, 어찌 한 마디 귀띔도 없었단 말인가?

벌써 7년이나 되었다. 비담 등이 군사를 일으킬 적에 자신은 무엇이 어떻게 되는지 까맣게 모르고 있었다. 반란군이 월성을 포위하고 놀란 여왕 폐하께서 벼슬아치들을 급히 부른다기에 그만 놀라서 허겁지겁 월성 안으로 들어가고야 말았다. 알천이 비담 등의 뜻을 알았을 때, 비담은 이미 여왕에게 칼을 들이댄 반역자가 되어 있었다. 무어라 한 마디 말로도 도와줄 수가 없었다.

김유신은 교묘하게 여왕을 움직여 그 앞에서까지 칼을 차고 발소리를 울리며 돌아다녔다. 조금도 빈틈을 드러내지 않는 데다, 월성을 지키는 사자금당의 군사들도 예원을 따라 유신에게 절대복종하고 있었다. 월성에 들어온 서당도 부대 창설 때부터 이미 대장 필곡보다도 부장 흠순의 손아귀에 있었는데, 흠순은 유신의 동생이었다.

늙은 목숨을 아껴서가 아니었다. 유신의 목을 베는 것은 엄두도 내지 못했다. 비담의 섣부른 반란은 오히려 춘추와 유신의 힘을 키워주고 날개를 달아준 꼴이 되고 말았다.

상대등의 속마음을 김유신도 모르지 않았다. 알천은 바로 자신 유신을 꺼려하여 춘추에게 왕위를 넘겨주려 하지 않는 것이다.

"상대등께서는 이 유신을 꺼려하기 때문이 아닙니까?"

머리를 들어 알천을 보았으나 두 손은 바닥에 짚은 그대로였다.

짐승 같은 놈! 상대등의 입 밖으로 욕설이 터져나올 뻔했다.

"그렇소!"

알천도 얼버무린 채 지나치고 싶지 않았다.

"그대가 없었더라면 누구보다도 내가 먼저 앞장서서 춘추를 임금으로 모시자 했을 것이오. 이제라도 그대가 모든 벼슬에서 물러나 어떠한 일이 있더라도 결코 조정에 나오지 않고, 나랏일에 조금이라도 아는 척하지 않을 것을 약속한다면, 춘추를 임금으로 모시도록 하겠소. 무슨 말인지 아시겠소?"

어느새 그대라고 낮춰 부르며 아예 내놓고 물러나라고 한다.

그대가 물러나는 것이 바로 나라를 위하는 길이다! 춘추를 생각하는 마음이 조금이라도 있다면 그대는 물러나야 한다! 알천이 속으로 나무라고 있을 때 유신이 몸을 일으키더니 무릎 꿇고 앉았다. 몸가짐은 매우 공손했으나 알천의 눈을 똑바로 쳐다보며 한 마디 한 마디 또박또박 말을 이었다.

"상대등의 뜻이 그러할진대 어찌 이 몸이 따르지 않겠습니까? 내일부터는 조정에 나가지 않을 것입니다."

"정말이오? 그 말을 믿어도 되겠소?"

그토록 바랐으나 그 바람이 이루어지리라고는 생각조차 할
수 없는 일이었다.

"이 유신은 스스로 화랑이라 여기며 살아왔습니다. 어찌 실
없는 말을 하겠습니까? 이찬 춘추공이 임금이 되어 부른다 해
도 결코 조정에는 나가지 않을 것이며 아예 서라벌에서 멀리
떠나 논밭을 갈고 김매는 여름지기가 될 것입니다. 상대등께
서 보습과 괭이를 내려주신다면 저승길을 갈 때까지 땅을 갈
고 보습을 닦으며 상대등의 고마운 뜻을 되새길 것입니다."

유신이 되는대로 거짓말을 하는 사람은 아니다. 또한 스스
로 화랑임을 말한다면 거짓이라 해도 믿을 수밖에 없는 일이
었다.

"고맙소. 무어라 고마운 말씀을 드려야 할지 모르겠소."

오히려 알천이 얼떨떨하여 허둥거렸다.

이렇게 쉽게 풀리는 것을, 그렇게도 걱정을 하였구나! 보로
전군으로 하여금 후사를 잇게 하려던 마음도 어느새 가뭇없
이 사라져버렸다. 알천의 생각에도 유신만 아니라면 보로전군
보다 춘추가 훨씬 나았던 것이다.

"이제 조정에 나가지 못하게 되었으니 몇 가지 상대등께 일
러둘 말이 있습니다. 들어주시겠습니까?"

"물론이오. 아무리 어려운 일이라 해도 그르지 않은 일이라면 공의 뜻에 맞게 처리할 것이오."

알천은 유신이 이제까지 맡아온 나랏일을 내놓으며 하나하나 낱낱이 이르는 말로 알고 모두 들어주겠노라고 했다.

"어린 화랑의 몸으로 삼국통일의 뜻을 품은 지 마흔 해가 지났으니 적지 않은 세월이었습니다."

지난날을 돌이켜보는 것인가? 더없이 쓸쓸한 목소리, 알천은 제 어깨 뒤로 던져지는 유신의 외로운 눈길을 느끼고 있었다. 비록 이루어질 수 없는 일이라고 해도 사나이의 큰 뜻이다. 알천도 유신이 압량주 군주로 임명받기 전부터 압량주 깊은 산속에 비밀스러운 조직을 만들고 많은 사람을 훈련시키느라 혼신을 다했던 것을 아주 모르지는 않는다.

"국선화랑의 몸으로 서른다섯이 되기까지 싸움터에 나서지 않았습니다. 조그마한 성 하나둘 치는 것으로 용맹을 뽐내고 싶지 않았기 때문입니다. 싸움이란 반드시 미리 이겨놓은 뒤에 이를 확인하는 것에 지나지 않는다는 것을 믿었기에 싸우지 않고 이기는 것에 대하여 나름대로 깊이 생각해왔습니다."

"……"

어느새 알천은 유신의 말에 귀를 기울이고 있었다.

"삼국통일을 입에 올릴 때면 어느 누구도 믿으려 하지 않았습니다. 신라는 작은 나라이니 백제와 고구려의 틈바구니에 끼여서 나라를 잃지 않는 것만도 다행이라고들 생각했기 때문입니다. 나 또한 우리 신라가 군사를 일으켜 백제나 고구려를 아우르는 것은 매우 어려운 일이라는 것을 모르지 않았습니다. 그리하여 군사를 내어 싸우지 않고도 저들을 눌러 이기는 방법을 깊이 생각해왔던 것입니다."

"그래서 그 방법을 찾아내기라도 하였다는 말씀이오?"

"그렇습니다. 백제와는 이미 오래전부터 그 싸움이 시작되었습니다."

"자세히 말씀해보시오."

알천도 군사를 이끌고 싸움터를 달리던 대장군이었고 신라의 전군을 지휘하는 병부령이었다. 저도 모르게 유신의 이야기에 말려들었고 몸속에 잠자던 장수의 피가 툭툭 깨어나고 있었다.

"백제의 좌평 가운데 임자라는 사람이 있다는 것을 모르지 않을 것입니다. 그 임자는 물론이거니와 조정의 많은 사람이 이미 우리 사람이 되어 있습니다."

알천의 눈이 크게 벌어졌다. 너무도 엄청난 소리다! 가장 가까이에서 칼을 뽑아들고 백제 임금의 목숨을 지키는 위사좌평 임자까지 이미 김유신의 사람이라니?

"이 유신의 명령이 떨어지면 몇 달이 지나지 않아서 백제는 망할 조짐을 드러내 보일 것입니다. 곳곳에 우리 사람을 심었으나 깊숙이 감추어두었기에 저들은 결코 눈치를 채지 못할 것입니다."

아무리 희떠운 소리라 하더라도 너무 지나치다.

"처음 듣는 소리, 믿어지지가 않소."

"이 유신은 춘추공과 함께 일찍부터 많은 사람을 길러왔습니다. 적지 않은 사람을 백제에 보냈는데 그들은 이미 모두 제가 맡은 일을 하기 위해서 자리를 잡고 있습니다. 말이 나왔으니, 좌평 임자에 대한 것만 말씀드리겠습니다."

6년 전인 2981년 백제 장군 의직이 군사를 이끌고 신라의 서쪽으로 나와 요거성 등 10여 성을 함락시켰다. 이에 김유신이 구원군을 이끌고 가서 적을 옥문곡으로 유인하여 1천여 명의 적을 베거나 생포하고 적의 장수 여덟 명을 생포하여 품석 부부의 뼈와 바꾸는 공을 세웠다.

이때 백제군에게 포로로 잡혀간 사람 가운데 조미압(租未押)이라는 자가 있었다. 조미압은 화랑 시절에 이미 여러모로 뛰어났으므로 유신의 눈에 들어 따로 벗골에 들어갔다. 벗골에서 나온 뒤 서른둘의 젊은 나이로 버슬이 9관등인 급찬에 이르러 부산현령이 되었으나 요거성에 구원군으로 가던 김유신이 긴급히 불러들였다.

"이제부터 그대는 한낱 창잡이 군사로 싸움에 나섰다가 때를 보아 적의 포로가 되어 백제로 가라. 좌평 임자가 꽃과 나무 기르기를 좋아하니, 그 눈에 들도록 하라."

"불러주신 은혜 기필코 보답하겠습니다."

이때 조미압은 이름을 말곤(末坤)으로 바꿨다.

조말곤은 군사들 틈에 섞여 있다가 슬그머니 다른 포로들 틈에 끼여서 백제로 갔다. 포로를 나눌 때, 말곤은 꽃밭을 잘 일구고 나무를 기르고 다듬는 솜씨가 있다 하여 좌평 임자의 종이 되었다.

처음에는 몰랐으나 조말곤은 좀 모자라는 사람이었다. 잘생긴 얼굴이었으나 어딘지 풀어져 보이고 하는 짓도 믿을 수가 없었다. 제 말과 달리 꽃을 키우고 나무를 매만지는 솜씨는 눈을 씻고 보아도 볼 것이 없었다. 잘하는 일이라고는 비 들고 마당을 쓰는 일뿐이었으나 누구보다도 부지런하고 열심히 하였다.

"어째서 꽃과 나무를 잘 가꾼다고 하였느냐?"

사람들이 물을 때마다 조말곤의 대답은 한결같았다.

"이쁜 꽃 속에 있으면 얼마나 보기 좋아요."

언제나 어린애 같은 대답이었다.

녀석이 틈만 나면 꽃밭에서 살았으나 워낙 타고난 솜씨가 없었으므로 아무리 가르쳐도 되지를 않았다.

"나중에 잘하려고 합니다."

솜씨도 없는 녀석이 꽃밭에 들어가면 오히려 망치게 된다고 핀잔을 주어도 늘 똑같은 대답이었다. 나무라던 사람들도 나중에는 오죽하면 저러랴 싶어서 내버려두게 되었다.

좀 모자라기는 했지만 사람이 착하고 언제나 웃는 얼굴이었으므로 조말곤을 미워하는 사람은 없었다. 싸움터에서 포로로 잡혀온 사람답지 않게, 종의 신분도 아랑곳없이 세상을 재미있게 사는 것으로 보였다.

조말곤은 날이 새기가 바쁘게 일어나 곳곳에 물을 뿌리고 비질을 하였으며 낮에는 꽃밭에 들러붙어서 떨어질 줄 몰랐다. 어떤 때는 개미가 일하는 것을 보느라 밥 먹을 때가 지나는 줄도 몰랐다. 덜떨어진 녀석인지라 아무리 나무라고 잘 가르쳐도 말짱 헛일이었다.

"어째서 이름을 '끝땅'이라고 하였느냐?"

누군가가 물었더니 대답이 또한 그럴듯했다.

"줄줄이 낳은 자식이 열둘이 되자 이제 그만 낳으라고 지은 이름입니다."

"그래서 네 이름 덕을 보았느냐?"

"그만 낳으라는 이름이었으니 그만 낳았지요."

그야 당연하다는 소리였다. 그 뒤로 말곤은 다시 '끄땅이'로 이름이 바뀌었다.

한 해가 지나고 두 해가 지났다.

"끄땅이는 뭘 보고 있느냐?"

어느 날 아침부터 엉덩이를 치켜들고 꽃밭에 엎드려 있는 끄땅이를 보고 주인인 임자가 물었다. 조정에 나가면 좌평이라는 어마어마한 지체였지만 어린 손주녀석들의 벗이나 해야 할 덜떨어진 종에게는 조금도 무섭거나 어려운 주인이 아니었다.

"헤, 개미들이 혼례를 치릅니다. 떼를 지어서 왔다갔다합니다."

혜식은 웃음을 흘리는 녀석의 대답이었다.

"개미가 혼례를 치러? 너도 혼례가 무엇인지 아느냐?"

"헤……."

심심풀이 삼아 물었으나 녀석이 또 헤~ 웃는 것으로 보아 알기는 아는가 보았다. 그 멍청한 웃음에 주인은 또 실없는 물음을 던졌다.

"너도 색시가 있었느냐?"

"예."

"그래? 색시는 이쁘냐? 아이들은 몇이나 되느냐?"

뜻밖의 대답이라고 여긴 듯 주인은 이것저것 물었다.

"색시가 이쁜 아이 둘을 데리고 왔는데 그만 어디로 도망가버렸습니다."

덜떨어진 녀석인지라 주인 앞에서도 어린애처럼 퍼질러 앉아 엉엉 울어버렸다. 임자는 서둘러 자리를 떴다. 가여운 녀석에게 잘못 물었다고 생각했고, 그 뒤로 끄땅이를 보면 다정스럽게 말을 건네주었다.

"바람이 찬데 끄땅이가 추워 보이는구나. 따뜻하게 입히도록 해라."

임자는 따뜻한 보살핌을 베풀었다. 다른 사람들도 임자의 남다른 보살핌을 받는 끄땅이를 시새움하지 않고 오히려 다행스럽게 생각했다. 그만큼 끄땅이는 모든 사람에게 살갑게 굴어서 어리석음으로 빚어지는 모든 잘못을 벌충했다.

끄땅이는 비록 종이었으나 저 살고 싶은 대로 살았다. 날이 희부옇게 밝아오면 벌떡 일어나 마당에 물을 뿌리고 깨끗이 비질을 하면 그날 할 일은 다 한 셈이다. 꽃밭에 엎드려 있어도, 하루 내내 밖에 나가서 돌아다니다가 와도 누구 하나 나무라지 않았다.

봄이 되어 꽃밭을 가꾸는 사람들을 도와 부지런을 떨더니 어느 날 바깥으로 나가서는 며칠이 지나도록 돌아오지 않았다.

"신라로 달아난 것이 아닐까?"

"설마, 좀 모자라는 사람이니 어디서 길을 잃고 헤매는지도 모르지."

"그래도 사흘씩이나 돌아오지 않을 리가 있는가?"

"장가든 지 두 달도 안 되어 아내가 달아났으니 가족이 있을 리 없지 않은가. 어미아비도 모두 돌아가고 언니들도 반가워하지 않을 것이라던데?"

사람들은 끄땅이가 보이지 않자 서로 걱정했다.

"어디 그리운 것이 가족들뿐인가? 동무들도 보고 싶고 어려서 놀던 앞냇가나 뒷동산도 눈에 밟히지 않겠는가. 다만 모자란 사람이라 국경을 넘기도 수월치 않을 터이니 그것이 걱정일세."

여느 백성들도 국경을 넘는 일은 쉽지 않다. 더구나 종의 몸으로는 여기저기 마음대로 돌아다닐 수도 없으니 한 나라 안이라도 마음대로 고향에 갈 수는 없었다. 어디 잡혀온 종뿐이랴. 종이 아닌 사람들도 모두 맡은 일에 얽매여 있으니 고향길은 마음뿐이다.

주인인 임자도 끄땅이가 돌아오지 않는다는 소리를 듣고 어디서 밥이나 제대로 얻어먹고 있는지 모르겠다고 할 뿐 신라로 달아났을 거라고는 생각지도 않는 눈치였다.

닷새가 되는 날 아침 끄땅이가 돌아왔다.

"어디를 갔다가 이제야 왔느냐?"

조정에 나가려던 임자가 걸음을 멈추고 녀석을 불러서 물었다.

"들놀이 가는 사람들을 따라서 여기저기 놀러 다니느라 돌아오지 못하였습니다."

"다음부터는 사람들이 걱정하지 않도록 미리 말을 하고 다녀라."

임자는 끄땅이를 나무라지 않고 도리어 마음대로 나다니라고 했다. 이제 끄땅이는 종이면서도 종이 아니었다. 제 타고난 대로 부지런히 일하고 제 가고 싶은 대로 어디든 쏘다녔다.

이듬해 봄에는 색금현(전남 해남)에 산다는 떠돌이 장사치를 데려와 우연히 사귀게 되었다고 아뢰었다.

"저 사람에게 밥 한 끼를 먹여주었더니 자기가 좌평님의 집에 있는 사람이라고 자랑하면서 좌평님을 만나뵐 수 있게 해주겠다기에 이렇게 찾아뵈었습니다."

장사치가 인사를 차렸다. 좌평 임자에게 줄을 대보려고 좀 모자란 듯한 종이라도 잘 대접하여 사건 뒤 이를 빌미로 뒤따라왔는가 보았다. 장사치 진만배가 가져온 방물은 그다지 쓸 만한 것이 없었으나 왜 땅과 서토까지 드나들던 장사치답게 입담이 좋았다. 그 뒤로 임자는 가끔씩 진만배를 만나 옛말이나 먼 지방 이야기를 들었으며, 그가 가져온 방물은 부리는 아랫것들에게 나누어주어 말 품삯을 치렀다.

"두고 보십시오. 기가 막히게 좋은 물건을 가져오겠습니다."

임자의 집에 드나든 지 한 해가 되었을 때였다. 진만배가 수수께끼 같은 말을 하고 가더니 달포가 지나서 몰래 한 처녀를 데려왔다. 제 고향인 색금현에서 한 무당이 신딸로 기르고 있는 것을 갖은 말로 꾀어 데리고 왔다는 것이다.

오오! 하늘에서 내려온 선녀인가? 처녀를 본 임자는 저도 모르게 신음을 흘렸다. 눈을 비비고 보고 또 보았다.

"으–음!"

무당의 신딸이라 하였던가? 처녀의 수줍은 눈길이 한 번 스치기만 해도 늙은 임자는 큰바람에 휩쓸린 조각배처럼 넋을 잃고 비틀거렸다.

"그대의 은혜를 톡톡히 갚도록 하겠다."

한참이 지나서야 가까스로 정신을 차린 임자가 진만배를 물러나게 했다.

"네 이름이 무엇이냐?"

"소녀 금화라 하옵니다."

선녀의 음성이 이리도 고울까? 임자는 아무래도 자신이 꿈을 꾸고 있는 것만 같았다.

언제 이런 복이 있었던가? 아름다운 여인을 많이 보아왔으나 이렇게 고운 처녀가 있으리라고는 생각하지 못했었다. 참으로 고울 뿐만 아니라, 금화에게는 사람을 꼼짝 못하게 잡아끄는 야릇한 힘까지 있었다.

"이 아이를 편히 쉬게 해라."

그러나 임자는 금화를 물러가 쉬게 했다. 이튿날도 임자는 금화를 불러 말을 나누었으나 처녀를 품에 안지는 않았다. 벌써부터 사내의 기운이 말라서가 아니었다. 임자는 스스로를 알고 있었다. 비록 백제 조정의 제1관등인 좌평의 자리에 있으나 성충과 흥수 등에 가려 조정에서 위세를 떨치기가 어려웠다. 더구나 봄가뭄이 심해 조정 안팎에 어두운 그림자가 드리워 있었고 임금도 늘 기운이 없어 보였다. 임자는 처녀 금화를 임금에게 바칠 생각이었다. 남몰래 처녀를 임금에게 바치는 일은 임자 자신이 임금의 호위를 맡는 위사좌평이었으니 조금도 어려울 것이 없었다.

날마다 조정에서 돌아오면 금화를 앉혀놓고 임금을 모시는 여인으로서 지켜야 할 법도와 예절을 가르쳤다. 또한 자신의 은혜를 저버리지 않도록 다짐을 두는 데에도 힘을 썼다.

"내가 너처럼 고운 처녀를 갖지 않고 임금님에게 보내는 것은 신하로서 임금을 섬기는 일이기도 하려니와, 내 너의 아비가 되어 참으로 너를 사랑하기에 이 나라 여인 가운데서 으뜸가는 여인이 되게 하려는 것이다. 알겠느냐?"

"바다보다 넓고 하늘보다 높으신 아버님의 은혜를 어찌 잊을 수 있겠사옵니까."

"아무리 임금님의 사랑이 깊어도 많은 신하들의 입을 다물게 하기는 어려운 것이다. 나는 너에게 튼튼한 울타리가 될 것이다. 기둥이나 대들보, 서까래가 있어도 서로 튼튼히 붙들고 있지 않으면 아무리 큰 집도 스스로 무너지고 마는 것이니, 언제나 이를 잊어서는 안 될 것이다."

"언제나 아버님만 믿고 따르겠습니다."

금화가 거듭 다짐했다. 어느새 두 사람은 아비와 딸의 인연을 맺었던 것이다.

오랜 가뭄 끝에 단비가 내리던 5월의 어느 밤, 임자는 금화를 임금에게 데리고 갔다.

"세상에 이리도 고운 처녀가 있었단 말이냐?"

임자의 짐작대로 임금은 금화를 보자 좋아서 어쩔 줄 몰랐다. 그날부터 임금은 금화를 끔찍이도 아꼈다. 금화가 무당의 신딸이었다는 것을 알고는 더욱 신비스러워하며 무당의 춤을 추어보라고 해 즐겼다.

금화를 임금에게 바치고 나서 임자는 차츰 목에 힘을 주기 시작했다. 금화가 궁궐에 들어온 지 이미 한 해가 되어가나 임금의 사랑이 식기는커녕 더욱더 뜨거워지고, 하루라도 금화가 없으면 살지 못하게 되었던 것이다.

"임자에 대한 이 이야기도 한 가지 예에 지나지 않습니다. 이미 여러 곳에 우리 사람이 있습니다."

김유신의 이야기가 끝났다.

"그렇다 해도 저들을 움직이기는 어려울 것이 아니오? 저들이 속은 것을 깨닫는다면 모든 일이 물거품이 될 것이오."

몰래 이쪽 사람을 심어두었다 하여 위사좌평 부여임자가 김유신의 말을 들을 거라고 생각하기는 어려운 일이 아닌가?

그러나 김유신은 웃고 있었다.

"이미 조말곤이가 끄땅이가 아닌 조미압의 본디 모습으로 임자와 마주 앉아 이야기를 나누고 있습니다. 좌평 임자는 금화라는 여인을 이 김유신이 보냈다는 것을 잘 알면서도 백제 조정에 나가 큰소리를 치고 있는 것입니다."

그렇다면? 김유신이 큰소리를 치는 것도 무리가 아니다. 다시 생각해보면 김유신은 그러한 일을 얼마든지 하고도 남을 사람이었다.

"그동안 선덕여왕과 돌아가신 여왕 폐하의 허락을 얻어 뛰어난 화랑과 똑똑한 낭도들을 따로 남모르게 거두어들인 것도 모두 싸우지 않고 이기기 위한 것이었습니다. 신라에서 큰 싸움명령을 내리고 사비성으로 군사들이 달려갈 때 우리를 막아설 백제 군사들은 하나도 없을 것입니다."

그럴 것이다. 이미 곳곳에 김유신이 사람을 심어놓았다면 백제는 바람 앞의 등불이라 해도 잘못된 말이 아니리라. 그러나 상대등은 머리를 저었다.

"아무리 그렇다고 해도 많은 군사가 죽고 다칠 것이오. 성 몇 개를 잃는 싸움이 아니고 나라를 잃는다고 생각했을 때 백제 사람들이 모두 손발을 묶고 앉아 있지는 않을 것이오. 언제까지고 나라를 되찾겠다고 들고 일어설 것이고 보면, 얼마나 많은 피를 흘려야 할지 모를 일이오."

일껏 이야기했으나 알천은 처음의 자리로 돌아가버렸다. 그렇다고 고분고분하게 물러날 유신이 아니었다.

"한 겨레가 세 갈래로 나뉘어 있었으니 해마다 군사들이 싸움에 나서지 않은 때가 없었고 세 나라의 어느 땅, 어느 곳에도 아비와 자식을 잃고 울지 않는 곳이 없습니다. 참으로 겨레의 앞날을 생각한다면 한때의 아픔을 참고 서로 하나가 되어야 할 것입니다. 칼을 무서워하여 썩어들어가는 손가락을 버려두면 나중에는 손목을 자르고 팔을 잘라야 하며 끝내는 죽음에까지 이르게 될 것입니다."

김유신은 밤을 새워가며 삼국통일의 일을 들먹였고 마침내 상대등 알천의 마음을 얻을 수 있었다.

"내 유신공의 말을 믿고 춘추공을 임금으로 모시도록 하겠소. 유신공은 날마다 자신을 돌아보고 또 돌아보아서 이 나라와 겨레 앞에 죄인이 되지 않도록 하시오."

다음 날 아침, 마침내 상대등의 허락이 내리자 유신은 다시 한 번 깊숙이 허리를 굽혔다.

"삼국통일은 오로지 이 겨레를 위한 일입니다. 이 김유신의 들숨 날숨까지도 하늘을 거스르지 않을 것이며 입에서 나오는 말 한 마디, 손짓 하나에까지 한 점 부끄럼이 없을 것입니다."

알천이 손을 내밀었다.

"칼을 내게 주시오."

"예."

유신은 서슴없이 곧바로 띠를 끌러서 칼집째 넘겨주었다.

"내가 돌려줄 때까지 다시는 칼을 차지 마시오."

"알겠습니다. 상대등의 말씀이라면 단 한 마디라도 거스르는 일이 없을 것입니다."

두 사람은 나란히 수레에 올라 조정에 나갔다.

이날 조정에서는 돌아가신 임금의 시호를 '진덕'으로 하고 사량부(고허촌)에 뫼를 쓰기로 하였다. 그러고 나서 사람들은 다음 임금으로 상대등 알천을 내세웠으나 알천은 정중히 거절했다.

"나는 내일이라도 저승길을 떠날 늙은이외다. 뿐만 아니라 아무런 덕을 쌓지 못하였고 좋은 일도 하지 못하였으니 임금이 될 수 없소이다. 여러분이 이 늙은이를 믿어준다면 나는 이찬 김춘추를 임금으로 모시겠소이다. 춘추는 덕이 많고 밝은 사람이니 마땅히 임금이 되어야 할 것이나 삼국통일의 일을 말함으로써 여러 사람의 눈 밖에 났었소. 나 또한 김유신 등이 말하는 삼국통일의 일을 미덥지 않게 보아왔으나, 그 하는 양을 보고 돌이켜 다시 생각해보니 참으로 옳은 일이었소이다. 여러 가지 비밀을 지켜야 할 것이 많아서 모든 것을 여러분께 말씀드리지 못하겠으나, 이처럼 여러분이 이 사람을 믿어주셨으니, 한 번 더 이 사람을 믿고 이찬 김춘추를 임금으로 세워주시오."

상대등 알천이 자신의 뜻을 밝히자 사람들은 크게 놀랐다.

"우리가 춘추를 모시지 않으려는 것이 바로 그 때문인데 상대등께서는 오히려 그 까닭을 들어서 춘추를 임금으로 세워야 한다니, 괴이한 일이올시다. 상대등께서는 속 시원히 말씀하시어 여러 사람들의 답답함을 풀어주어야 할 것이오."

이벌찬 금강이었다.

"말씀해보시오."

사람들이 한목소리로 떠들었으나 알천은 뜻을 굽히지 않고 고집을 세웠다.

"속 시원하게 말씀을 드리고 나서 여러분의 뜻을 모아야 할 일이나, 굳게 지키지 않으면 안 될 비밀이 있으므로 차마 다 말씀드릴 수가 없소이다. 제발 이 사람을 믿어 춘추를 임금으로 세워주시오."

상대등 알천이 여러 사람 앞에서 깊게 허리를 굽혔다.

"어젯밤 이찬 김유신이 상대등의 집에 갔다가 아침에야 함께 나왔음을 모르지 않소이다. 유신에게 억눌림을 받았다면 이제라도 유신을 잡아 묶을 것이니 상대등께서는 걱정하지 마시오."

큰 소리를 지르며 나서는 사람은 이벌찬 필곡이었다. 그는 당장에라도 잡아 묶을 듯이 김유신을 노려보았다.

아니? 사람들의 놀란 눈초리가 일제히 유신에게로 쏠렸다. 김유신이 상대등을 억눌러서 제 마음대로 하고 있다면 이는 엄청난 일이 아닐 수 없었다. 필곡이 함부로 말하는 사람이 아니거니와 무엇보다 김유신은 그런 짓을 저지르고도 남을 사람이지 않은가.

이벌찬 필곡은 한때 용맹한 대장군이었으나 이미 늙은 데다 곱게 묶일 김유신도 아니다. 모두 나서서 함께 김유신을 잡아 묶어야 할 것이다. 필곡의 뒤를 따라 많은 사람이 자리에서 일어났다.

피바람이 불겠구나! 담이 작은 사람들은 낯빛이 변했다.

여러 사람이 험악한 표정으로 한주먹에 쳐죽일 듯이 세찬 기운을 뿜어내는데, 김유신은 아무것도 보지 못하고 듣지도 못한 듯 그대로 웃음 띤 얼굴로 자리에 앉아 있었다.

그때 터질 듯 팽팽한 공기를 상대등 알천의 큰 목소리가 단번에 깨버렸다.

"모두 자리에 앉아서 내 말을 들어주시오. 이찬 김유신의 칼은 내가 내 집 벽장 안에 넣어두었소이다. 앞으로도 유신은 칼을 차지 않고 호위군사도 없이 혼자서 나돌아다닐 것인즉 필요하다면 언제라도 쉽게 베어버리거나 잡아 묶을 수 있을 것이오."

무엇이? 사람들은 듣는 귀를 의심했다. 김유신이 상대등에게 칼을 빼앗기다니? 더욱이 호위군사도 없이 나다니는 것은 체면에도 관계되는 것이었다.

"이 김유신은 다시는 허리에 칼을 차지도 않을 것이거니와 호위군사도 데리고 다니지 않을 것이오. 언제라도 여러분이 원한다면 이 유신은 스스로 몸을 묶고 제 발로 걸어와 죄를 받겠소."

여태껏 잠자코 있던 김유신이 비로소 입을 열어 상대등 알천의 말이 허언이 아님을 보였다. 두 사람의 말을 다 믿지는 못한다 해도 상대등이 김유신에게 억눌림을 받아서 하는 소리는 아닌 것으로 보였다.

"상대등의 말만 믿고 따랐다가 자손들에게 낯을 들지 못하는 죄인이 되면 어찌하겠소?"

이벌찬 금강이 알천의 말에 따르겠다는 뜻을 비쳤다.

"고맙소이다. 이 알천이 무엇이 모자라서 좋은 벗을 나쁜 사람으로 만드는 못된 짓을 저지르겠소이까?"

금강이 알천을 따라 춘추를 임금으로 추대하는 데 뜻을 같이하자 많은 사람도 이를 따르겠다고 했다.

"이찬 김유신은 어려서부터 국선화랑이었으니 열 번 죽을지언정 자신의 말을 잊지 않을 것이오. 어느 누구라도 김유신을 잡아 묶거나 한칼에 베어도 죄가 되지 않을 것이오."

조그마한 쐐기를 박아놓고 필곡도 춘추를 임금으로 세우는 것에 동의했다.

마침내 김춘추가 진덕임금에 이어 신라 29대 임금이 되었다 (2994년 김춘추가 죽자 '태종무열임금'이란 시호가 내렸다).

춘추가 임금이 되자 김유신은 더없이 바빠졌다. 벗골에 드나드는 횟수가 많아졌고 벗골의 규모도 두 배 이상 커졌다. 벗골 출신으로 이뤄진 음양도 조직도 크게 증강되었다. 유신이 고른 음양도는 구별하기 어려울 만큼 철저하게 백제와 고구려 사람이 되어 있었는데, 이들은 장사치의 모습으로 국경을 넘어 백제와 고구려로 스며들어갔다. 어느덧 김유신의 집 재매정택은 백제와 고구려를 치는 싸움터의 지휘부가 되어 있었다.

해가 바뀌자 상대등 알천이 조정에서 물러났다.

"신은 이미 몸이 늙고 정신이 흐려서 나랏일을 볼 수가 없게 되었습니다. 물러가 쉬고자 하니 허락하여주십시오."

새로운 상대등에 이벌찬 금강이 임명되었으며, 이찬 김유신에게는 각찬의 영예가 주어졌다. 그러나 김유신은 조정에서 내려준 벼슬보다도 백제에서 가져오는 소식에 더 즐거워하고 있었다.

"그래, 새로 손을 본 태자궁이 아주 사치스럽더란 말이지?"

"쳐다보는 눈이 황홀해질 정도로 사치스럽고 휘황찬란하였습니다."

기쁘지 않을 수가 없었다. 백제 임금이 태자궁이 낡고 볼품 없다며 손을 보도록 했는데, 손을 본 태자궁이 사치스럽기가 짝이 없다는 것이다. 또한 대궐 남쪽에 망해정을 높이 세우고 있는데 너무 크고 호화로워 많은 사람이 걱정했으나 성질이 불같아진 임금 의자에게 잘못을 말하는 사람이 없다고 했다.

신하들은 임금이 두려워 바른말을 하지 못한다! 이미 백제 는 스스로 망할 조짐을 보이고 있는 것이다.

이때 유신에게 또 하나 엄청난 행운이 찾아왔다. 임금 춘추 가 제 딸인 지소공주를 각찬 김유신에게 시집보낸 것이다. 비록 기운이 타고난 장사인 데다 흰머리가 하나도 없는 건강을 자랑 하고 있었으나 유신은 이미 환갑을 맞은 나이다. 지소는 이제 겨우 열세 살 너무 어린 나이지만, 공주라는 신분은 유신의 배 필이 되기에 충분했다. 또한 지소는 유신의 누이 문명왕후의 셋 째딸이니 젖먹이 때부터 품에 안고 귀여워하던 아이였다.

"신의 나이 환갑이 되었는데 어찌 철없이 법석을 피워 웃음 거리가 되겠습니까?"

유신이 거듭 물리쳤으나 사양하는 유신의 속내를 짐작 못 할 춘추도 아니었다. 우격다짐하다시피 지소를 보냈고, 혼례도 포석사에서 격에 맞게 치르도록 했다.

한 남자를 사랑할 수 없는 여인

서라벌에서 김유신의 혼인잔치로 한껏 흥청거리고 있을 때, 높은 담으로 둘러싸인 사비성 왕궁에도 두터운 햇살이 내리쬐고 따스한 바람이 불어왔다.

아른거리며 피어오르는 아지랑이 속에서 온갖 것들이 기지개를 켜고 나왔다. 뒤뜰에서는 나무들의 꽃망울이 부풀어오르고 잎눈이 터졌으며 앞마당에서는 두터운 땅거죽을 뚫고 곳곳에서 파란 새싹이 머리를 들어올렸다. 겨우내 삭정이 같았던 개나리가 눈부시게 노란 꽃을 피워올리더니 부소산 기슭에도 진달래가 한창이다.

"봄이다! 어느새 봄이다!"

금화는 듣는 이도 없이 중얼거렸다. 지난겨울이 길어서가 아니다. 모든 것이 움트고 꽃피는 기운에 함께 절로 터져나온 소리일 뿐.

"봄이다! 봄이 왔어!"

시중드는 궁녀들도 일손을 놓고 저마다 봄기운에 잠겨 여기저기 나비처럼 날아다니고 있었다. 노란 개나리숲에 들어서면 몸도 마음도 노랗게 물들고, 단단한 땅을 뚫고 나온 여린 풀잎을 보면 가슴이 찡해지고 눈물이 난다. 앞마당으로 뒤뜰로 노란 병아리처럼 돌아다니다 눈을 들면 높은 담 너머엔 눈부시게 파란 하늘이다. 문득 쏠에서 떨어지는 맑은 물소리가 들리고 송사리들이 떼지어 몰려다니는 잔물결에는 금싸라기처럼 고운 모래가 끝없이 펼쳐져 있다.

"냇물엔 꽃잎을 띄워야지. 예쁜 조약돌도 줍고 싶다."

마침내 금화는 어서 오늘이 가고 내일이 오기를 기다렸다.

"내일은 어라하와 함께 산에 가서 꽃놀이를 하고 싶어요. 하루 내내 그 생각만 했어요."

그날 밤, 금화가 귀여운 입을 벌리자 곧바로 허락이 떨어졌다.

"너도 그러하였느냐? 나도 마침 바람을 쐬고 싶던 참이었다. 부소산 기슭이 온통 붉게 물들었더구나."

그러나 금화는 또 투정이었다.

"부소산이 아니어요. 궁성은 물론 사비성을 벗어나 사비하를 건너서 멀리 가보고 싶어요. 모두들 솟을뫼 이야기를 하던데, 그곳에 꼭 가보고 싶어요."

하기는 갑갑하기도 할 것이다. 그러나 솟을뫼까지 가려면 길나들이가 너무 번거롭다.

"내일은 솟을뫼에 가기가 어렵다. 임금이 사비성을 나서려면 며칠 앞서서 조정에 말해야 한다. 할 일을 제쳐두고 따르는 신하들도 많으니 번거롭지 않겠느냐? 또 솟을뫼는 하루에 다녀오기에는 너무 먼 길이다."

"저는 어라하와 함께 가벼운 마음으로 꽃놀이를 가자는 것이지 많은 사람을 번거롭게 하자는 것이 아니어요. 솟을뫼가 멀다 해도 30리 길이니 말을 타고 달리면 그리 먼 길도 아닙니다."

임금은 놀랐다.

"네가 말을 탈 줄 아느냐?"

"어려서는 말타기를 즐기기도 했습니다. 아직도 천천히는 달릴 수 있을 것입니다."

"그래? 잘되었다. 나도 오랜만에 말을 달리고 싶구나."

"미리 조정에 일러 번거로운 나들이차림을 차려서는 아니됩니다. 아침 일찍 여느 차림으로 가볍게 몇 사람이서 말을 달리면 조정의 벼슬아치뿐 아니라 백성들도 어라하의 겉치레 없이 수수한 나들이를 기뻐할 것입니다."

참으로 귀엽고 갸륵한 아이다! 이토록 사랑스러운 아이에게 어찌 반하지 않으랴!

"네 말이 참으로 옳다. 시중꾼 몇 사람과 시위군사 몇이면 오히려 나을 것이다. 위사좌평에게 가만히 일러 나들이차림을 차리게 하겠다."

임금은 그 자리에서 임자에게 사람을 보내 아침 일찍 궁성에 들도록 했다.

이튿날 아침, 서둘러 궁성을 빠져나가는 임금의 앞을 막는 사람이 있었다. 어떻게 알았는지, 상좌평 성충이 숨 가쁘게 달려와 길을 막은 것이다.

"잔치가 너무 잦으니 어라하의 건강이 걱정되고 벼슬아치들이 술에 취해 제대로 나랏일을 돌볼 수가 없습니다. 이를 헤아려 잔치를 줄이고 백성을 다스려야 합니다."

임금이 긴 겨울에 울적해서 술을 마시는 것도 따뜻한 봄을 맞아 바람을 쐬러 나가는 것도 늙은 신하에게는 영 못마땅한가 보았다.

늙은 신하들은 잔소리가 너무 많다. 조정에는 각부에 좌평이 있고, 그 아래에는 달솔 은솔 등이 도와서 나랏일을 보고 있으니 굳이 작은 일에까지 임금이 나서서 이래라 저래라 할 것은 아니었다. 임금이 신하를 믿지 못하여 쓸데없이 나서서 미주알고주알 밑두리콧두리 캐는 것은 활달한 임금의 성품에 맞지 않는 것임을 왜 모르는가.

"일찍이 백성은 나라가 있음을 모르고 신하는 임금이 있음을 몰라야 하는 것으로 알고 있소. 임금이 나서서 각부의 일을 하나하나 따지고 백성들의 살림까지 눈을 대어서는 안 되지 않겠소?"

늙은이를 대접해서 점잖게 말했으나 성충은 고집이 세었다.

"어라하는 모든 백성과 벼슬아치의 벼리입니다. 잠깐이라도 마음의 탕개를 풀어서는 아니 됩니다. 곧바로 조정의 구석구석을 살피시어 백성의 어려움을 풀어야 합니다."

좌평 흥수도 헐레벌떡 달려와 임금의 나들이를 말렸다.

"그대들의 충성을 어찌 모르겠는가. 오늘 날씨가 하도 좋아서 바람을 쏘이려 하는 것이니 더 말하지 말고 그대들도 함께 따르시오."

임금은 애써 참으며 늙은 신하들을 달랬다.

"백성들의 얼굴이 펴지고 웃음소리가 들릴 때 비로소 함께 즐거워해야 합니다. 어라하께서 한낱 들에 피는 꽃이나 즐기려 하시면 아니 됩니다."

"태자궁이 너무 사치스럽고 화려하여 말이 많습니다. 백성을 두려워해야 합니다."

"그대들의 말이 옳으나 봄을 맞아 새 생명이 솟아오르고 고운 꽃이 피는 것을 보고 즐기는 것도 하늘의 이치에 맞지 않겠는가. 더 말하여 모처럼 좋은 기분을 다치지 말라."

"미리 조정에 알리지 않고 갑작스럽게 성을 나서서는 아니 됩니다. 며칠 동안 나랏일을 보신 뒤에 들에 나가셔도 늦지 않습니다. 오늘 나들이는 물려주십시오."

"번거로운 차림을 피하려고 수레도 타지 않고 갑자기 떠나는 걸 왜 모르시오? 함께 따르지 않겠거든 저리 비키시오."

임금이 짜증스럽게 나무랐으나 고집 센 늙은이들은 조금도 물러설 줄 몰랐다.

"그래도 아니 됩니다. 가벼운 차림으로 가는 나들이라 해도 오늘은 조정에 나갔다가 다음 날 가도록 하십시오."

"어서 조정으로 나가십시오. 사람들이 모여 임금님께서 오시기를 기다리고 있습니다."

이때 금화가 임금에게 가만히 말했다.

"들에는 다음 날 가는 것이 좋겠습니다. 어라하, 두 좌평의 낯을 보아 저들의 말을 들어주십시오."

늙은 신하들의 고집은 꺾기가 어렵다. 금화가 먼저 물러서니 임금으로서는 더없이 고마웠다.

"좋소이다. 오늘은 이대로 조정에 나가겠으니 다음 날에는 고집을 세우지 마시오."

임금은 그 자리에서 두 좌평과 함께 조정으로 나갔고 날이 어두워서야 지친 몸으로 금화에게 돌아왔다.

"조정 신하들이 어라하의 행차까지 막으려 들 줄은 몰랐습니다."

금화가 쫑알거리는 소리를 듣자 하루 내내 나랏일에 시달렸던 임금의 얼굴이 밝아졌다.

"그렇게 보았느냐? 제 입으로 두 좌평의 말을 들어주라고 할 때는 언제고, 벌써 그런 말을 하느냐? 하하하."

"그대로 있다가는 신하들에게 갈수록 우세스러운 꼴을 보일 것 같아서 말씀드린 것입니다. 어라하께서 두 좌평에게 꼼짝 못하는 것이 아니고 무엇입니까? 누가 얼핏 봤다면 되레 두 좌평이 어라하께 꾸중을 하며 명령을 내리고 있는 줄 알았을 것입니다."

금화가 무어라 쫑알거려도 임금은 싫지 않았다.

"역시 아녀자의 생각머리가 좁은 모양이구나. 달리 생각해 보아라. 그러한 충신들이 있으니 크게는 나랏일이 바르게 되고 작게는 나 또한 마음 놓고 너와 더불어 즐길 수 있는 것이 아니겠느냐?"

금화가 입을 삐죽거리는 것을 귀여운 눈으로 보면서 임금은 말을 이었다.

"사람들은 제가 나서 자란 곳을 떠나 살게 되면 꿈속에서도 고향을 그리워하고, 머리가 허옇게 되어서도 어린아이였던 때를 그리워하는 법이다. 나는 왕궁에서 나고 자랐으니 따로 그리워할 고향이 없다. 모두가 그리워할 고향이 있는데 임금인 나만 고향이 없는지도 모른다."

어느새 임금의 목소리가 가라앉아 있었다.

"성충과 흥수는 돌아가신 아버님 때부터의 충신이다. 그들은 아비가 어린 아들을 타이르는 눈빛으로 임금인 나의 나들이를 말렸던 것이다. 그들은 따로 그리워할 고향이 없는 나에게 하나의 그리운 고향일지도 모른다. 때때로 나는 그들에게서 돌아가신 아버님의 모습을 본다."

말을 멈춘 임금의 눈길이 잠깐 허공을 헤매다 환하게 타오르는 촛불로 가서 멈췄다. 무언가 말을 할 듯 움직이던 입술이 굳게 닫혔다. 매섭게 촛불을 지켜보던 임금의 눈에서 문득 하얗게 빛나는 것이 보였다. 눈물이었다.

"어라하……!"

그러나 금화의 목소리는 속으로 잦아들었다.

임금님이 울고 있다! 어느새 금화의 눈에도 눈물이 고이고 주르르 흘러내렸다. 아무 영문도 모르고 어미를 따라 우는 아이같이.

임금님이 울고 있다! 때로는 휘몰아치는 비바람 같고 더러는 봄바람 같기만 하던 임금이 울고 있는 것이다. 임금은 무언가 모진 아픔을 견디는 사람 같았다.

이리도 정이 많으신 임금인 줄은 참말 몰랐다! 느닷없는 임금의 눈물에 뭉클하던 금화의 가슴이 조금씩 찢기고 있었다.

김유신의 명령을 받고 백제 왕궁에 들어와 임금인 의자를 모신 지 벌써 두 해가 되어간다. 그동안 금화는 숱하게 많은 마음고생을 했다. 아비를 죽인 원수가 아닌 다음에야 두 해 동안이나 함께 살을 섞고 사는 사내에게 정이 들지 않을 수가 없었다. 더구나 임금 의자는 잘난 사내였다. 임금이 아니더라도 그만한 사내는 찾기 어려울 것이었다.

"백제왕 의자는 잘난 사내다. 네가 계집의 몸으로 그와 함께 있다 보면 참으로 그를 미워하기는 어려울 것이다. 그가 좋아지거든 그대로 버려두어라. 그러나 참으로 잊어서 안 될 것은 삼국통일의 일이다. 우리 겨레가 한 나라로 되지 않고서는 언제까지고 밭 가는 보습을 두드려 제 핏줄을 베는 칼을 만들게 될 것이다. 다시는 이 땅에 너처럼 어미아비 얼굴도 모르는 아이가 생겨나서는 안 되지 않겠느냐."

마음이 흔들릴 때마다 삼국통일의 큰 뜻을 일러주던 김유신을 생각하고 마음을 다잡았다.

피를 부르는 싸움이 없는 누리에서 살고 싶다! 내 한 몸을 던져 삼국통일을 이루게 해주소서! 삼국통일은 금화에게도 어려서부터의 바람이었고 신앙이었다.

'이렇게 정이 많은 사람을 다시없는 죄인으로 만들어야 하는 나라는 사람은 얼마나 죄 많은 계집인가? 겨레를 위한 삼국통일이 다 무엇이란 말이냐?'

어려서부터 철석같이 믿고 걸어온 길이었으나 백제 왕궁에 들어온 뒤로 마음다짐은 흔들리지 않을 수가 없었다. 사랑을 속이는 것만큼 씻지 못할 큰 죄는 없다. 그러나 금화라는 계집은 사랑의 가죽을 둘러쓰고 잇속을 차려야 하는 몸일 수밖에 없었다.

제 서러운 신세를 생각하고 금화는 마침내 임금 의자를 붙들고 흐느껴 울었다. 한번 울음이 터지니 걷잡을 수 없이 설움이 북받쳐올랐다. 봇물이라도 터진 듯 끝없이 우는 금화를 임금이 달랬다.

"울지 마라. 내가 괜한 말로 너를 울렸구나."

임금은 금화를 꼭 껴안고 아기를 달래듯 볼을 맞대었다. 그릇을 기울여 물을 부어넣듯 임금은 금화의 예쁜 귀에다 속삭였다.

"어려서부터 어미와 함께 떠돌아다녀 고향이 없다는 말을 믿은 내가 잘못이었다. 얼마든지 말미를 줄 터이니 네 마음껏 가보고 싶은 곳에 가보고 만나고 싶은 사람을 만나거라."

나 없이는 하루도 견디기 어려운 어라하이시다! 그런데도 마음껏 나돌아다니라는 것이다!

"아니옵니다. 아니옵니다."

마침내 금화는 목 놓아 울었다.

이처럼 저주스러운 운명이 또 어디에 있을까? 짐승만도, 땅밑을 기는 한 마리 벌레만도 못한 것이 나 금화라는 인간이다!

"아니옵니다. 아니옵니다."

무엇이 아니라는 것인지 금화는 알 수 없는 넋두리를 섞어

내며 온몸의 눈물을 다 짜내고서야 지쳐 쓰러졌다.

"다 내 잘못이다. 나는 이 아이를 조금도 생각해주지 않았다."

임금은 울다 잠든 금화를 침상에 눕히고 애처로운 눈으로 지켜보았다. 조심스레 껴안아보는 금화의 몸에는 조금도 무게가 없다. 비단처럼 고운 살결이 다만 뜨거울 뿐이다. 가녀린 숨결만이 자신의 뜻을 받아주는 것만 같았다.

"병아리 같다. 바보같이, 병아리같이 가여운 아이다."

언제였던가? 아마 예닐곱 살 때였을 것이다. 햇살이 따스한 어느 봄날, 궁녀들한테서 병아리가 귀엽다는 말을 들은 의자는 한 늙은 신하를 졸라서 병아리 한 마리를 얻었다. 노란 털 북숭이 병아리는 어린 의자를 똥그란 눈으로 또릿또릿 바라보더니 의자의 손을 콕콕 쪼았다.

"아, 아!"

부러 아프다는 소리를 지르며 의자는 좋아했다. 그 조그맣고 깜찍하게 귀여운 목숨이 비로소 제 동무가 된 것 같았다. 병아리는 의자를 제 어미처럼 따랐다. 이리저리 구경이라도 하듯 달아났다가도 의자가 발을 구르거나 손으로 바닥을 두들기면 이내 톡톡톡 달려와서 왜 불렀느냐는 듯이 그 까만 눈을 말똥말똥 뜨고 고개를 갸웃거리며 바라보았다. 손을 내밀면 날갯짓을 하며 손바닥으로 톡 튀어 올라왔다.

병아리는 의자가 가는 곳마다 종종걸음으로 비치적거리며 따라다녔다. 의자는 쌀을 깨물어 제 손바닥에 놓고 병아리가 쪼는 것을 즐겼다. 작은 날개를 퍼덕이는 모습도 그저 귀엽기만 했다.

"너희들은 말도 하지 않고 똥을 싸지도 않는단 말이냐? 이 녀석이 어미닭이 되어서 알을 낳을 때까지 기를 것이다."

궁녀들은 병아리가 쩍쩍거리는 소리를 싫어했고 아무데나 똥을 갈기면 질겁하며 팔짝 뛰었다. 그때마다 어린 의자는 어른스레 궁녀들을 나무랐으나 언제까지 병아리를 길렀는지는 기억에 없었다.

"병아리가 좀 더 자라면 한동안은 털이 빠지고 보기 흉하게 되는 것입니다. 많이 자라서야 비로소 어미닭의 모습을 갖추게 됩니다."

궁녀들의 말이 거짓이 아니라면 그때까지도 기르지 못했음이 틀림없었다. 어린 의자의 기억에 남아 있는 병아리는 온통 귀엽기만 했으니 말이다. 그 병아리가 어찌 되었는지도 모른다. 기르다가 잘못해서 죽었는지, 갑자기 싫어져서 다른 사람에게 주었는지 도무지 생각이 나지를 않는다.

아니다. 여태껏 한 번도 병아리 생각을 해본 일이 없다고 해야 옳을 것이다!

'작은 병아리도 한 목숨이다. 어찌 되었는지도 모른다는 것

은 내 손으로 죽인 것이나 다름없다.'

어린 날을 더듬던 임금의 생각은 다시 금화에게 미쳤다.

'나는 이 아이가 바깥누리를 그리워한다는 생각조차 해본 일이 없다. 나는 이곳에서 나고 자랐어도 이처럼 갑갑한데, 여태껏 저 푸른 산과 들을 훨훨 날아다니다 온 아이가 어리에 갇힌 새처럼 얼마나 답답했을 것인가.'

임금은 갓난아이처럼 곱게 잠든 금화의 손을 꼭 쥐었다. 그 바람에 금화가 눈을 떴다.

"어인 일이셔요?"

깊은 잠에서 깨어난 금화는 아무것도 모르는 얼굴이다.

"아, 아니다. 잠든 네 모습이 하도 이뻐서 보고 있었다."

"먼저 잠들어 죄송합니다."

"밤이 늦었다. 어서 자자."

임금은 일어나려는 금화를 안고 잠자리에 들었다.

"싫어도 다녀오너라. 내 마음이 편치 않구나."

다음 날 임금 의자는 싫다는 금화의 등을 떠밀다시피 해서 왕궁 밖으로 내보냈다.

금화는 사비성을 벗어나자 호위군사들을 멀찍이 뒤따르게 하고 남쪽 바닷가로 길을 잡았다.

"이것이 어쩔 수 없는 내 운명이다!"

수레의 흔들림에 몸을 맡긴 채 금화는 모든 것을 제 타고난 업으로 돌렸다.

나를 밀어낸 것은 어라하이시다! 조금만 더 어라하 곁에 있었어도 나는 내가 누구인지 밝히고 말았을 것이다! 나는 참마음으로 한 사내만을 따르는 계집은 될 수 없는 팔자인가 보다!

김유신의 말대로 백제는 삼국통일의 희생이 될 수밖에 없는지도 모른다. 비록 사랑하는 임금 의자까지 역사의 죄인이 된다고 해도, 끝없이 되풀이될 싸움을 막기 위해서는 백제가 망하지 않으면 안 되는 것이다.

사흘이 지났을 때였다.

"물렀거라. 누구의 나들이인 줄 알고 이러느냐?"

떠돌이 장사치가 수레를 타고 나들이하는 사람을 보고 제 아낙을 시켜서 노리개 따위를 팔려는가 보았다.

"가까이 오라 하시오."

그냥 지나치려던 금화가 장사치 진만배를 보고 호위장수에게 명령을 내렸다. 장사치 아낙이 다가오자 이것저것 방물을 살피던 금화는 그네가 권하는 대로 조그맣고 예쁘게 생긴 패물함을 값을 넉넉하게 치러주고 샀다.

이것이다! 흰 비단으로 바른 패물함 바닥을 들추니 색금현으로 가라는 글과 함께 여러 가지 해야 할 일이 적혀 있는 서찰이 나왔다. 임자의 연락을 받고 몰래 금화를 뒤따르던 진만

배가 준비해서 보낸 것이었다.

"이것으로 내 신세가 드러나지 않게 되었다."

금화는 봄 경치를 즐기며 느릿느릿 길을 갔다. 왕궁을 떠난 지 보름 만에 색금현에 닿았을 때 신어미라는 여인을 처음 만났다. 금화는 반갑게 어머니라고 부르며 눈물을 짜기도 하고 다정한 어미자식이 되어 닷새를 함께 지냈다. 그 뒤 배를 타고 고이부곡(전남 고흥군)으로 갔다가 복홀군(보성군), 감평군(승주군) 등을 천천히 거쳐 두 달이 지나서야 다시 왕궁으로 돌아왔다.

"잘 다녀왔느냐? 다시 가보고 싶거든 언제든 다녀오너라."

임금은 참으로 금화를 사랑했다. 더없이 아름답고 가엾은 금화를 행복하게 해주려고 애썼다. 임금이 금화에게 빠져 나랏일을 돌보지 않은 것을 말하면 낯빛을 고치고 크게 나무랐으므로 누구도 금화를 입에 올리지 않았다. 어쩌다 성충이나 흥수가 보다못해 금화를 나무라는 말을 입 밖에 내었을 뿐이다. 처음에는 얼마큼 흘려듣던 임금이 차츰 이들에게도 짜증을 냈다.

"가여운 여인이오. 다시는 입에 올리지 마시오."

늙은 신하들이 다시 무어라 입을 열기 전에 임금은 자리를 떴다.

모함

이듬해 봄 어느 밤, 잠자리에 든 금화가 갑작스럽게 산에 꽃놀이를 가자고 졸랐다.

"내일은 안 된다. 미리 조정에 말하지 않는다면 또 두 좌평이 나서서 길을 막을 것이다."

"곰곰이 생각해보니 이제 두 좌평은 물러날 때가 된 것 같습니다."

"무슨 말을 그리 하느냐? 아녀자의 몸으로 나랏일을 함부로 말하는 것이 아니다."

임금은 여느 때에도 성충과 흥수 두 좌평을 달갑지 않게 생각하고 있었으나 막상 금화의 입에서 두 좌평을 나무라는 소리가 나오는 것도 좋아하지 않았다.

"두 좌평을 헐뜯는 말이 아닙니다. 저들이 어라하의 뜻을 함부로 거스르는 것은 나라를 생각해서가 아니라 자기들의 존재를 어라하에게 알리고 자기들의 권세를 여러 사람에게 자랑하는 것에 지나지 않습니다."

금화는 여태껏 참고 있었다는 듯이 쉬지 않고 조잘댔다.

"두 좌평이 옳다면 조정의 다른 벼슬아치들은 모두가 거짓을 말하고 있는 것이 됩니다. 지난해 태자궁을 너무 사치스럽게 고쳤다 하여 나라가 망하기라도 할 듯이 떠들어댔는데, 이는 지나친 말이었습니다. 궁궐을 조그맣게 짓고 지붕을 띠풀로 얹는다면 어떻게 나라의 위엄을 보이겠습니까? 크고 화려한 궁전은 언제까지고 남아서 나라의 위엄을 더할 것입니다."

비록 생각머리가 좁은 아녀자의 입에서 나오는 소리였으나 귀담아들을 만했다.

"내일 갑작스럽게 산에 꽃놀이를 나가보십시오. 저들이 하는 꼴을 보시면 제 말이 그르지 않음을 아실 것입니다."

다음 날 아침, 임금이 말에 올라 왕궁을 나서자 성충과 흥수가 나타나 행차를 가로막았다.

"꽃놀이를 거두어주십시오. 어라하의 나들이 때문에 군사들은 이른 새벽부터 솟을뫼까지 늘어서 있고, 백성들도 모두 나와 산길까지 쓸고 있으니 이는 백성에게 괴로움을 안겨주는 일입니다. 조정으로 나가시어 나랏일을 살피셔야 합니다."

"날마다 이어지는 잔치로 백성들이 고통받고 있습니다. 봄가뭄이 길어지니 잔치를 줄이고 씀씀이를 아껴서 백성을 위로해야 합니다."

임금은 쓴웃음을 지었다. 금화는 어젯밤 갑자기 꽃놀이를 생각해냈다. 군사들이 솟을뫼까지 늘어서서 경계를 한다는 것도, 백성들이 모두 나와서 길을 쓸고 있다는 것도 맞지 않는 소리다. 위사좌평 임자도 해가 솟은 뒤에야 왕궁으로 급히 들어오라는 왕명을 전해듣고 허겁지겁 달려오지 않았던가.

임금의 꽃놀이라 해도, 뒤따르는 사람이 시위군사까지 모두 보태도 천 명을 겨우 넘는다. 봄가뭄을 모르지 않으나 날마다 잔치를 하여 나라의 곳간을 비운 일도 없거니와, 오늘 나들이도 임금의 나들이라고 하기에는 너무 초라한 행차다. 더 이상 씀씀이를 줄이라니, 너무하지 않은가.

"오늘 하루는 산에 올라 쉬고 싶으니 말리지 마시오. 두 좌평은 어서 조정으로 나가 일을 하지 않고 무엇하시오?"

임금은 짜증을 내며 두 신하에게 핀잔주었다. 이어 길을 막고 엎드린 늙은 신하들을 비켜서 말을 몰았다. 궁성이 멀어지자 먼지를 날리며 길을 쓸고 있던 군사들이 비켜서는 것이 보였다. 오늘 아침 왕궁에 들어온 임자가 임금의 나들이를 알고 얼른 군사들을 내보내 길을 쓸게 한 것이 틀림없었다. 백성들이 나와서 길을 쓰는 모습은 어디에도 없다. 사비하다리를 건너자 군사들의 모습은 눈에 띄지 않았다. 솟을뫼까지 군사들이 늘어서 있다더니?

일행이 모두 말을 타고 달리니 밭 갈고 씨 뿌리던 여름지기들이 일손을 멈추고 구경했다. 놀라서 무릎을 꿇는 사람이 하나도 없는 것을 보면 저들은 눈으로 보면서도 제 앞을 지나가는 행렬이 임금이라는 것을 모르는 것이다.

"참으로 하늘을 나는 것 같습니다."

금화가 소리쳤다.

"말 다루는 솜씨가 아주 좋구나. 무슨 일이 그리 바빠서 여태껏 바깥에 나오지 못했는지 모르겠구나."

임금도 오랜만에 말을 달리는 기분이 무척 좋았다.

산에 오를 때에도 어디 하나 임금의 나들이를 위해 사람의 손길이 닿은 곳이 없었다.

"아녀자들이란 깊이 생각할 줄 모르는 대신에 직감이 뛰어나다 했던가?"

의자는 금화의 말이 옳았음을 알았다. 두 늙은 신하는 터무니없는 말로 임금의 나들이를 막으려고만 했다. 지난해 봄에도 두 좌평은 태자궁이 너무 사치스럽다며 듣기 싫은 소리를 했으나, 화려한 태자궁을 보고 나무라는 사람은 없었다. 오히려 그 화려한 모습에 다른 나라 사람들도 감탄하고 칭찬하지 않았던가. 꽃놀이를 가는 임금의 행차를 돌려세우게 했던 것도 그렇다. 지난날에는 그것이 늙은 신하들의 충정으로만 생각되었다. 그러나 돌이켜 생각하면 사랑하는 여인 앞에서 낯이 붉어질 일이 아니었는가.

물러갈 때가 되었다! 임금은 비로소 두 신하가 너무 늙었음을 알았다. 늙은 신하들이 오랜 경험과 슬기로써 나랏일을 살피지 않고, 마른 나뭇가지처럼 휠 줄 모르는 고집으로 임금의 뜻을 거스르고 나랏일에 걸림돌이 되어서는 안 될 것이다.

"오랫동안 이어온 그들의 충성심에 내가 너무 눈이 멀어 있었다."

사람이란 잔치를 열어 즐겁게 놀기도 하여야 힘이 생기고 일을 즐기게 되는 것이다. 앞으로는 젊은 신하들과 어울려서 밝고 힘차게 살아야겠다.

"내가 말을 달려본 것이 언제였던가?"

보위에 오른 이듬해에는 스스로 군사를 이끌고 신라의 40여 성을 휩쓸기도 했다. 두 좌평은 임금이 사냥을 나가는 것도 백성들의 어려움을 생각해야 하느니, 짐승들에게도 덕을 베풀어야 하느니 하면서 막아오지 않았던가. 늙음이 그리도 사람을 추하게 만드는 것인가?

그러나 한편으로 그동안 충성을 다 바쳤던 신하들이 이제 쓸모없게 되어 물러나야 된다고 생각하니 임금은 몹시 섭섭했다. 그래도 가끔씩은 불러서 위로를 해야겠다!

"어라하, 저한테 꽃을 꺾어주셔요."

금화가 다가와 손을 잡아끌며 어린아이같이 보챘다. 뒤따라가보니 높은 벼랑 허리에 진달래가 한 무리 피어 있다. 같은 꽃이련만 벼랑에 핀 꽃이 더욱 고와 보였다.

"꼭 어라하께서 꺾어주세요."

군사들을 불러 손짓만 하여도 될 것을 금화는 어린아이가 떼를 쓰듯이 굳이 임금에게 꺾어달라고 했다.

"내 너에게 온 누리에서 으뜸가는 고운 꽃을 꺾어주겠다."

임금이 몸소 벼랑을 기어오를 셈이었다. 꽃무리까지는 다섯 길이 다 되는 벼랑이다.

"제가 올라가겠습니다."

위사좌평 임자가 가로막았으나 임금은 머리를 저었다.

"내 어찌 이만한 벼랑도 오르지 못하겠느냐. 저리 비켜라."

임금께서 낯빛을 고치고 명령을 내리자 임자는 어쩔 수 없이 물러섰다. 임금은 어렵지 않게 벼랑을 타고 올라갔다. 놀란 군사들까지 달려와 벼랑 허리에 붙어 있는 임금을 지켜보았다.

임금이 꽃을 꺾어 들어 보이더니 조심스럽게 내려오기 시작했다. 벼랑은 올라가기보다 내려오는 것이 훨씬 어렵다. 더구나 임금의 한 손에는 진달래가 들려 있다. 꽃이 망가지지 않게 조심하다 보니 더욱 벼랑을 내려가기가 어렵다.

아니 되겠다! 한 길쯤 내려오던 임금이 벼랑에 붙어 섰다. 아래를 내려다보니 마침 흙땅일 뿐 돌 따위는 보이지 않았다. 잘되었다 여기며 천천히 숨을 골랐다.

"어라하, 아니 됩니다!"

임금의 뜻을 알아차린 임자가 까무러치게 놀라서 임금이

뛰어내릴 곳을 막아섰다.

"비켜라!"

"아니 됩니다. 군사를 올려보내 발을 받치게 하겠습니다."

그러나 임금은 막무가내였다.

"그대는 내가 누군지 모르느냐? 걱정 말고 저리 비켜라."

임금을 성내게 해서 좋을 것이 없었다. 임자가 마지못해 몇 걸음 뒤로 물러섰다.

다시 숨을 고른 임금이 새처럼 날아내렸다.

"아앗!"

궁녀들의 비명이 터졌다.

공중제비로 한 바퀴 몸을 굴려 뛰어내린 임금은 땅에 발이 닿자마자 다시 한 바퀴 굴렀다. 임자가 얼른 임금을 부축해 일으켰다.

"어라하!"

금화가 부르짖으며 달려들었다. 손에 든 꽃을 보니 땅을 한 바퀴 굴렀음에도 조금도 상하지 않았다.

"참으로 고운 꽃이다."

임금이 밝게 웃으며 꽃을 건네주었다.

"어라하, 제가 잘못했어요."

덥석 품에 안긴 금화가 울먹였다.

"아니다. 이처럼 고운 꽃을 꺾었으니 나도 기쁘다."

임금이 껄껄거리며 웃었다.

"크게 걱정하였습니다. 어라하께서 젊은 군사들보다도 더 몸이 날래었음을 미처 몰랐습니다."

그제야 임자도 마음을 놓고 임금을 치켜세웠다.

"싸움터에서 말달리던 일이 어제 같구나. 그때는 정말 하늘이라도 날 것 같았는데……."

임금도 느닷없는 일로 자신의 젊음을 확인하게 되었으므로 무척 기뻐했다.

"그대들도 함께 나와 갑옷을 벗고 춤을 추도록 하라."

임금은 시위군사들도 한데 어울려 즐기도록 했다.

임금이 참마음 참가슴으로 즐겁게 나서니 내내 하하호호 웃음소리가 끊일 줄 몰랐다. 사람들은 화창한 봄빛 속에서 즐거운 하루를 보냈다. 해질녘에야 산을 내려오니 길가 양쪽에 길게 늘어서 있던 군사들이 한꺼번에 횃불을 밝혀들었다.

"어라하, 사비성에까지 횃불이 이어진 듯합니다. 정말 보기 좋습니다."

"누리에서 으뜸가는 군사들이다."

사랑하는 여인 앞에서 임금은 끝없이 즐거웠다. 경계군사를 따로 내지 말라고 했는데도 누군가 제멋대로 군사를 동원한 모양이지만 탓하기는커녕 잘했노라 칭찬해주고 싶었다. 수만 개의 횃불이 어둠을 밝힌 가운데 들길을 달렸다.

사비성이 가까워지자 수천 개의 등불로 밝혀진 사비하다리가 매우 아름다웠다.

"조금만 더 있다가 가셨으면 좋겠습니다."

금화가 말머리를 돌렸다. 강둑을 따라 아래쪽으로 내려가자 불 밝힌 사비하다리가 눈에 꽉 찬다. 다리 양쪽 난간을 따라 줄을 매고 4층으로 청사초롱을 달았는데, 다리 밑에도 3층으로 붉은 연등을 매달았다. 흔들리는 불빛 수천 개가 봄바람이 이는 사비하 강물에 흩뿌려지니 황홀하기만 하다.

"좋구나! 정말 그럴듯하구나!"

임금도 감탄을 아끼지 않았다. 귀엽고 사랑스러운 여인이 어린애처럼 좋아하니 더욱 즐거웠다.

"어라하, 이제 궁으로 들어가셔요."

"왜? 벌써 싫증이 나느냐? 등불을 달기 위해 애를 많이 썼을 터인데 좀 더 구경하거라."

"정말 이렇게 밤이라도 새고 싶습니다. 하지만 어라하께서는 이곳에 오래 계시면 아니 됩니다."

아니 되다니?

"좌평은 이곳에 장막을 치시오. 날이 샐 때까지 즐길 것이오."

"예, 곧바로 마련하겠습니다."

임자가 명을 받들기 위해 달려갔으나, 금화는 머리를 숙인 채 즐거운 빛이 없다.

"왜 그러느냐? 부족한 것이 또 있더냐?"

"제가 잘못하였사옵니다. 아무 생각 없이 괜한 소리를 하였사옵니다."

잔뜩 울상인 금화가 자꾸 뜻 모를 소리만 해대니 임금은 가슴이 답답했다.

"말을 하거라. 네가 무슨 괜한 소리를 했다는 것이냐?"

"백성들이 다리밟기를 하려고 기다릴 터인데, 제 생각만 해 어라하의 밝은 덕을 가리고 말았습니다. 어라하께서는 곧바로 궁으로 들어가시어 백성들에게 다리를 돌려주십시오."

"그렇구나! 미처 생각하지 못했다!"

임금은 탄복했다. 자신은 임금이면서도 백성들에게까지는 생각이 미치지 못했던 것이다.

생각보다 철든 아이다! 금화는 임금에게 어리광만 부려온 아이였다. 백제 하늘 아래 아쉬울 것이 없는 몸이다. 이렇게 속이 깊고 백성들을 생각할 줄은 정말 몰랐다.

임금은 말에 오르지 않고 금화와 함께 초롱을 들고 천천히 다리를 건너 사비성으로 들어섰다. 성문에 들어서자 길에 가득 늘어선 백성들이 무릎을 꿇었다. 어른 아이 할 것 없이 손마다 초롱이 들린 것을 보니, 하마터면 정말 백성들의 원성을 들을 뻔했다.

다음 날 조정에 나간 임금에게 성충과 홍수가 듣기 싫은 소리를 지껄이고 나섰다.

"어라하께서 여인을 너무 사랑하시어 자칫 큰일이 날 뻔하였습니다. 아무쪼록 여인을 가까이함에 스스로 조심하셔야 합니다. 위사좌평 임자는 어라하를 높은 벼랑에 오르도록 하였으니 그 죄가 너무도 큽니다. 마땅히 죄를 물어 근신하게 해야 합니다."

이런 답답한 사람들 같으니! 임금은 즐겁던 기분이 싹 가셨다. 아무래도 조정을 젊은 사람들로 바꿔야겠다!

"두 좌평은 앞임금 때부터 오늘에 이르기까지 충성을 다하였소. 이제는 물러가 자연을 벗삼고 어린 손주들에게 다정한 할아비가 되도록 하시오."

사람들은 깜짝 놀랐다. 임금이 높은 벼랑에서 뛰어내리다 자칫 잘못되기라도 했으면 어찌할 뻔했는가. 그런데도 임금이 저리 화를 내시다니, 도무지 모를 일이었다.

"두 좌평에게 물러가라는 말씀을 거두어주십시오. 저들은 아직 할 일이 많습니다."

"위사좌평의 죄를 다스리지 않으면 아니 됩니다."

모두가 나서서 두 좌평을 구원하려 했으나 불에 기름을 부은 꼴이 되고 말았다.

"두 좌평이 자꾸 쓸데없는 말을 하여 물러가라 하였다. 그대들도 쓸데없이 이러쿵저러쿵해서는 아니 될 것이다."

임금은 큰 소리로 명령을 내리고 다른 말은 듣기도 싫다는 듯이 조정에서 나가버렸다.

이튿날, 달솔 상영과 현철이 새로 좌평이 되었다. 상좌평이 된 임자의 청에 의해 임금이 곧바로 임명한 것이다.

늦게까지 임금을 모시고 있던 상좌평 임자가 왕궁을 나설 때였다. 달솔 자간이 기다리고 있다가 소매를 잡아끌었다.

"달솔 계백의 움직임이 수상합니다. 계백의 집에 수많은 장수들이 모여서 쑥덕거리고 있는 품이 무슨 일인가 벌이려 드는 것 같습니다."

"계백의 집에 장수들이 모여 쑥덕거린다고? 그래, 무슨 짓을 꾸미고 있더냐?"

"젊은 장수들이 길목을 막고 서서 개미새끼 하나 얼씬거리지 못하게 하는 걸 보면 뻔한 일 아니겠습니까? 쫓겨난 성충과 홍수는 계백과 피붙이처럼 가까운 사이인 데다 사람들은 상영과 현철을 함께 묶어 세워도 계백만 못하다고 지껄이는 판입니다. 계백은 성충과 홍수가 물러난 것과 자신이 좌평에 오르지 못한 것에 대해 상좌평님께 앙갚음을 하려는 것입니다."

임자는 그만 가슴이 철렁했다. 계백의 집에 젊은 장수들이 모이는 것쯤이야 흔해빠진 일이었다. 그러나 오늘은 다르다. 물러난 성충과 홍수를 대신하여 상영과 현철이 좌평에 임명되었으나, 임자의 생각에도 상영과 현철은 계백의 턱밑에도 미치지 못하는 사람들이다. 계백이 얼마든지 딴마음을 먹고 상좌평 임자를 해칠 수 있다. 그가 임자를 죽이려 든다면 따르는 장수들이 모두 나설 것이니 상좌평의 호위군사쯤은 허수아비나 다름없다. 상좌평을 죽여도 계백은 끝내 모습을 드러내지 않을 것이다. 몇몇 장수가 대신 죄를 둘러쓰고 멀리 달아나버린다면 누가 나서서 계백의 죄를 밝히겠는가.

계백을 따르는 이들은 언제나 '장군님'이라고 불렀다. 벼슬이 높지 않은 장수들도 웬만하면 얻어들을 수 있는 것이 '장군님'이고 보면, 제2관등인 '달솔'이 높여 부르는 말이겠으나 사람들이 군이 장군으로 부르는 것은 그만큼 정이 깊다는 뜻이다. 계백을 위해 목숨을 내놓을 사람도 그만큼 많을 것이다.

계백을 좋아하는 것은 젊은 사람들만이 아니다. 물러간 성충이나 홍수는 계백을 제 자식처럼 사랑하고 아꼈다. 게다가 좌평 의직과 정무는 오래전에 죽은 사걸과 함께 계백을 기른 사람들이니 더 말할 나위가 없다.

그런 계백이 성충과 홍수를 몰아낸 것을 빌미로 원한을 품고 해치려 든다니, 참으로 등골이 시리고 온몸이 떨렸다. 수만 군사로 철통같이 지킨다면 모를까, 수백 명의 호위군사로는 안전을 기약할 수 없는 일이었다.

그렇다고 앉아서 죽을 수도 없지 않은가.

"좋다. 시위부 군사들을 보내 그놈들을 모두 잡아오겠다."

임자가 눈을 부릅뜨고 상좌평의 위세를 뽐내며 큰소리쳤다. 그러자 자간이 소매를 붙들고 말렸다.

"아직 깃발을 세우고 군사를 일으킨 것도 아닙니다. 자칫하다가는 상좌평님만 웃음거리가 되고 맙니다. 계백은 어라하께서도 믿어마지않는 장수이니 조정에서도 모두 들고일어날 것입니다. 함부로 벌집을 건드려서는 안 됩니다."

"그러면 저들이 오늘 밤 내 집에 쳐들어오기를 기다리란 말이냐? 그때 가서 무엇을 어찌 하라고?"

그 자리에서 시위부 군사를 내보낼 것같이 큰소리치던 임자도 단박에 풀이 죽어서 꼬리를 말았다. 그러나 자간한테는 미리 생각해둔 바가 있었다.

"어느 누구도 어라하가 계시는 왕궁은 함부로 건드릴 수 없습니다. 더구나 위사좌평이 바뀌었으니 곧바로 위사좌평 현철을 불러 왕궁 시위군사를 모두 모아 낯을 익히게 하고 왕궁을 지키도록 하십시오. 상좌평님도 오늘은 어라하의 말동무를 해드리며 이곳에 계셔야 합니다. 그리고 내일은 계백을 멀리 쫓아보내야 합니다."

"알았다. 그대도 이곳에 있을 것인가?"

"저마저 왕궁에서 밤을 새운다면 도리어 저들이 수상쩍게 생각할 것입니다. 어찌 제 한 몸을 아끼겠습니까. 오늘은 어라하께서 붙잡아 왕궁을 나갈 수 없다고 집에다 알리고 상좌평님만 이곳에 남아 계십시오."

임자는 자간의 꾀대로 위사좌평 현철을 불러 왕궁 호위군사들을 모두 불러모아 밤새 왕궁을 지키게 했다. 하룻밤은 무사히 보낼 수 있게 되었으나 언제까지 그렇게 살 수는 없는 일. 임자는 하나밖에 없는 아까운 목숨을 살리기 위해 임금에게 매달렸다.

"어라하, 달솔 계백이 젊은 장수들을 끌어모아 저를 죽이려 하고 있습니다."

"계백이 군사를 일으켰다는 말이오?"

느닷없이 달려와 우는소리를 하는 임자를 보고 임금도 깜짝 놀랐다.

"아직은 그렇지 않습니다만 사비성의 모든 장수들을 제집에 불러모아 쑥덕거리고 있는 품이 몹시 수상쩍습니다. 그가 사는 동네에는 개미새끼 하나 얼씬거리지 못한다고 합니다."

"쓸데없는 걱정은 그만두시오."

임금도 계백을 모르지 않았으므로 웃어넘겼다.

"계백은 용맹 못지않게 됨됨이가 훌륭한 사람이오. 할 말이 있으면 조정에 나와서 할 것이지, 함부로 상좌평에게 행짜를 부리지는 않을 것이오."

상좌평의 몸으로 벌벌 떠는 꼴이 딱하다는 듯이, 어린아이 어르듯 임자를 달랬다. 임자를 죽이려면 계백 혼자서도 힘이 남아돌 터인데 동네가 떠들썩하게 군사를 모으겠는가. 몇몇 장수들이 모여 떠드는 것을 보고 지레 겁먹은 임자가 엄살떠는 것이 틀림없다.

"어제부터 계백이 저를 보는 눈에 도끼날이 번뜩이고 있었습니다. 성충과 흥수가 스스로 죄를 얻어 물러갔음에도 계백은 이를 모두 제 탓으로 돌리고 있습니다. 또한 물러간 좌평들의 집에 가서 위로를 하기는커녕 제집에서 장수들을 불러모으고 있다면 그 속셈을 짐작할 수 있는 일이 아닌지요."

목숨이 달린 일이었으므로 임금이 뭐라 하든 임자는 물러설 수가 없었다.

"상좌평이 저리 겁을 먹고 있다면 달솔 계백은 어라하께도 죄를 짓고 있는 것이 됩니다. 예부터 사나운 짐승은 곁에 두지 않습니다. 계백에게 상좌평을 해칠 마음이 없다고 하더라도 멀리 내보내는 것만 같지 못합니다."

여태껏 임금 곁에서 듣고만 있던 금화도 임자를 두둔하고 나섰다.

"제가 듣기에도, 따르는 무리가 많아지자 계백은 스스로 앞뒤를 가리지 못하고 함부로 굴어서 사람들의 입에 오르고 있다고 합니다. 멀리 내보내 스스로 몸가짐을 돌아보게 하는 것도 좋을 것입니다."

언제 마음이 통했던가? 금화는 임자가 하려던 말을 미리 하고 있었다.

"계백을 믿고 좋아하는 것은 장수들뿐이 아니다. 나도 나라에 계백 같은 장수가 있어서 마음 든든하게 여기고 있다. 계백의 몸가짐에 거친 데가 있더라도 이를 흉보고 나무란다면 사나운 장수에게 계집들처럼 분 발라서 곱게 꾸미라는 것이나 다름없는 일이다."

높은 벼랑에서도 뛰어내렸던 임금이다. 계백이 거칠다 해도 그것이 바로 사내다움이 아니냐고 되묻는다. 그러나 왕궁을 나섰다가는 그대로 저승 문턱을 넘어서는 꼴이 되겠기에 임금이 웃으면 웃을수록 임자의 몸은 더 떨렸다. 애써 상좌평에까지 기어올랐는데 그 즐거움을 누려보지도 못하고 계백의 칼 아래 목 없는 귀신이 될 수는 없는 일이었다.

임자와 금화는 밤이 깊도록 임금을 졸라서 이튿날 계백을 발라군(전남 나주)으로 내보냈다. 발라군은 말을 바꿔가며 달리면 이틀에 닿을 수 있으니 생각하기에 따라 그리 먼 곳이라고 할 수도 없었다. 언제고 임금이 부르면 달려올 수 있는 거리이니 그쯤이 알맞다고 생각한 것이다.

백제여, 백제여!

　나라꼴이 어찌 되려고 이러는가? 성충은 조정에 나가지 못하게 되자 울화병이 생겨 몸져눕고 말았다. 자리에 누워 곰곰이 생각해보고 자신과 흥수가 덫에 걸렸다는 것을 알게 되었다. 임금이 꽃놀이를 나가기 전날, 왕궁에서 집에 돌아왔을 때 이미 숫을뫼에까지 백성들이 나가서 길을 쓸고 있다는 소문을 들었다. 그날 아침 왕궁으로 달려가는 길에도 다른 때와 달리 백성들이 많이 나와서 임금님이 꽃놀이를 가신다고 떠들면서 길을 쓸고 있는 것을 두 눈으로 똑똑히 보았던 것이다. 그래서 멋모르고 흥수와 함께 임자의 덫에 걸려든 것이다.

　성충과 흥수는 모두 왕족인 부여씨로 어릴 때부터 동무로 지냈으며 자라서는 함께 조정에 나가 벼슬을 하다 보니 서로 눈빛만 보고도 무슨 생각을 하는지 알 수 있을 만큼 가까운 벗이 되었다. 그래서 임자가 쳐놓은 덫에도 함께 나란히 걸려든 것이다.

　그뿐이 아니다. 백제의 으뜸 장수 계백이 멀리 발라군으로 쫓겨간 것은 물론, 임자의 눈 밖에 난 장수들은 하나도 사비성에 남지 못했다. 나라에 도적이 들어오면 언제라도 임금의 명을 받아 군사를 이끌고 달려가야 할 계백이 한낱 고을이나 다스리고 있다. 뛰어난 장수들이 조그마한 성에 틀어박혀 있다면 이는 손발을 묶고 귀양살이하는 것이나 다름없다.

성충은 든든하기만 하던 계백이 사비성에 없다고 생각하니 두 팔을 잃고 빈 소매만 남은 듯 허전하기 짝이 없었다.

나라꼴이 어찌 되려고 이러는가? 자리에 누워서도 걱정으로 온몸이 말라갔다. 성충은 자신의 목숨이 다한 것을 알았다.

'홍수가 서운해할 것이나, 어쩔 수 없는 일이다!'

성충은 붓을 들어 마지막으로 임금에게 상소를 올렸다.

조정에서는 충신을 가까이하고, 아첨하기를 좋아하고 못된 행동을 일삼는 자를 멀리해야 합니다. 먼저 간신 임자와 여인 금화를 물러나게 하여 나라의 기강을 바로잡으십시오.

신라 임금 김춘추는 김유신과 둘도 없는 벗이요, 뗄 수 없는 사이입니다. 지난해 열세 살 난 딸을 환갑이 된 늙은 유신에게 아내로 주었으니 이들의 가까운 사이를 짐작하기에 어렵지 않습니다.

그런데 김유신은 입버릇처럼 삼국을 아우르겠다고 별러온 사람입니다. 이 김유신이 제법 지략이 있고 용맹한 장수라는 것은 이미 우리 조정에서도 알고 있는 대로입니다. 김유신이 오래전부터 어린아이들을 데려다가 은밀하게 기르고 있다는 것도 신라 조정에서는 공공연한 비밀이었습니다.

김춘추는 대야성에서 제 딸과 사위가 죽자 우리 백제를 치려고 고구려에 군사를 빌리기 위해 간 일이 있었으며, 대막리지 연개소문이 들어주지 않자 오랑캐 당나라에까지 찾아갔었습니다. 제 아들을 오랑캐 왕에게 바쳤을 뿐 아니라 신라 벼슬아치들에게 오랑캐들의 옷을 입게 하였으며 제 연호를 버리고 서토 오랑캐의 연호를 가져다 쓰게 하였습니다.

이렇듯 우리 백제를 원수로 여기고 온갖 못된 짓을 해서라도 앙갚음을 하려 드니 반드시 군사를 몰아 쳐들어올 것입니다. 하루바삐 조정을 어지럽히는 임자 등을 내쫓고 군사를 일으켜 나라를 지켜야 합니다.

또한 군사를 씀에 있어서는 반드시 땅과 물의 이로움을 얻어서 싸워야 할 것입니다. 저들은 수레를 끌고 탄현을 넘을 것이며 배를 몰아 백강으로 들어올 것이니, 어디보다도 탄현과 기벌포를 잘 지켜야 합니다.

그러나 임금은 성충의 상소에 귀를 기울이지 않았다. 성충이 쓸데없는 소리를 하여 자기에게서 금화와 임자를 떼어놓으려 한다고 생각했다. 나라 안팎의 정세를 살피는 말에 대해서도 다만 늙은이의 쓸데없는 걱정거리로 여겼을 뿐이다. 며칠 뒤 성충이 죽었다는 말을 전해듣고 나서도 응어리가 풀리지 않았다.

"성충이 죽었는가? 앞임금 때부터 참으로 좋은 신하였다."

그 말뿐이었다. 남은 식솔을 위로하라는 말도 없었다.

임금이 나서서 조정에 새바람을 일으켰으니 성충과 흥수가 물러간 뒤 백제 조정은 크게 달라졌다.

"모두 몸을 웅크리고 있지 말고 힘을 내어 일하시오. 일을 할 때에는 열심히 하고 놀 때에는 온갖 시름을 떨쳐버리고 잔치를 즐기도록 하시오."

상좌평 임자에게 명령하여 일을 잘하는 사람에게는 상을 주고 못하는 사람에게는 벌을 내리도록 했다. 지난날에는 모두가 말없이 자기가 맡은 일을 했다면, 이제는 자기가 한 일을 남에게 큰 소리로 자랑하고 상을 받았다. 스스로 제 잘못을 까발리고 벌을 받는 머저리는 어디에도 없었다. 남의 잘못을 드러내 말하는 것도 점잖은 일이 아니며 자칫 원한을 사게 될 뿐이다. 백제 조정에는 일을 못하는 사람이 저절로 없어졌다.

"아무개 장군이 군사를 이끌고 신라를 쳐서 어디어디 성을 빼앗았습니다."

"신라군이 어디어디로 쳐들어왔으나 아무개 장군이 잘 싸워서 적이 모두 달아났습니다."

조정뿐 아니라 나라를 지키는 장수들도 모두 새사람이 된 것처럼 달라졌다. 모두가 일을 잘하니 상을 줄 일이 많았고 잔치를 벌일 일도 늘었다. 열흘이 멀다 하고 큰 잔치를 베풀었으며, 사흘을 넘기지 않고 작은 잔치를 벌였다. 나라 곳곳을 뒤져 맛있는 과일과 싱싱한 물고기를 찾아왔으며 아리따운 계집들을 끌어다가 궁궐을 가득 채웠다.

조정의 눈으로 보면 나라에는 곳간마다 곡식이 차고 넘쳤으며 아무런 근심이 없었다.

2990년(657), 백제는 나라 안에 큰 가뭄이 들었다. 흙이 마르고 들녘의 풀잎도 검불처럼 말라갔다. 애써 뿌린 씨앗은 싹을 틔우지 못했고 어쩌다 뾰족이 올라온 새싹도 떡잎인 채로 말라버렸다.

5월 끝 무렵에야 땅을 적시는 단비가 내렸다.

"하늘은 우리를 버리지 않았다!"

가뭄에 마른풀처럼 기운이 없던 여름지기들은 언제 그랬느냐 싶게 춤추며 달려나와 밭을 갈고 씨앗을 넣었다. 아침저녁으로 들여다보고 부지런히 김을 매고 가꾸었으나, 가을이 되어 여름을 거두어들이고 보니 한 해를 넘기기가 어려웠다. 그래도 여름지기들은 희망을 버리지 않았다.

"이만큼이라도 거두어들였으니 고마운 일이다."

"겨울에는 아껴 먹고 봄이 되면 부지런히 나물을 캐어 보태면 된다."

"그래도 안 되면 나라에서 곡식을 내어줄 것이니 미리 걱정할 것 없다."

그러나 무서운 것은 가뭄만이 아니었다. 나라에서는 오히려 다른 해보다 더 많은 구실을 걷어갔다.

"나라 안에 큰 가뭄이 들어서 다른 곳에서는 여름을 거두지 못해 벌써부터 굶주리는 곳도 많다. 이곳은 그래도 나은 편이니 어려운 사람들을 도와주어야 한다."

그럴듯한 핑계였으나, 그렇게 해서 거두어들인 곡식은 모두 왕궁 창고와 못된 구실아치들의 뱃속으로 들어갔다. 큰 가뭄으로 거두어들인 여름이 적었으나 나쁜 벼슬아치들은 부른 배를 두드리고 왕궁 창고는 곳곳에서 긁어모은 곡식으로 넘쳐흘렀다.

"달솔 계백이 좌평님의 조카사위라 하였습니까?"

달솔 자간의 말에 정무는 깜짝 놀랐다. 조정에 나가는 사람을 붙들고 꼭 드릴 말씀이 있다고 하더니 느닷없이 계백을 들먹거리는 것이다. 계백이 여러 번 사람을 보내 조정에 나가 백성들의 어려움을 임금에게 아뢰어달라고 했으나, 그것이 잘못된 일은 아니다. 그런데도 자간의 입에서 계백의 이름이 나오자 정무는 등골이 서늘했다.

무슨 까닭인가? 어쨌거나 빈틈을 보일 수는 없는 일이었다.

"그것은 지난날의 인연이었소. 이제는 그의 됨됨이 때문에 가깝게 지내는 것이오."

정무가 스스럼없이 받았다. 자간도 쉽사리 발톱을 드러내지는 않았다. 유들유들한 낯짝에 웃음을 바르며 넉살 좋게 굴었다.

"알고 있습니다. 그러나 한번 맺은 인연이 어디 가겠습니까?"

"무슨 말씀을 하고자 하는 것이오?"

"하도 부러워서 드리는 말씀입니다."

자간이 그대로 딴청을 부렸다.

"겨우내 사람을 보내 문안인사를 드리는 것도 쉬운 일은 아닐 것입니다."

"무슨 말인지 똑바로 말씀하시오."

정무의 말에 날이 섰다.

"좋습니다. 바로 말씀드리겠습니다."

자간도 실실 웃으며 갸웃거리던 낯짝을 바로 세웠다.

"계백이 백성을 돌보지 않고 활 쏘는 일에만 매달려 있는 것은 무엇 때문입니까?"

"계백이 싸울아비라는 것을 몰라서 하는 소리요? 나라를 지키는 장수가 어디에 있든지 무술을 닦는 것은 당연한 일, 그 것이 어찌 허물이 된다는 말이오? 또한 그것이 잘못이라면 그 말을 계백에게 하지 않고 어찌하여 내게 하는 것이오?"

정무가 매섭게 나무랐으나 자간도 만만치 않았다.

"그렇다면 그 싸울아비가 괭이를 들고 밭을 일구는 것은 무 슨 까닭입니까? 언제라도 싸움터를 달려야 할 장수가 밭을 일 구다 발을 다친 것도 잘한 일이라 하겠습니까? 내 말은 끝났 습니다. 듣고 아니 듣고는 두 분이 알아서 할 일입니다."

한바탕 쏘아대던 자간이 더 들을 말도 없다는 듯이 싹 돌아 서더니 활개를 치며 가버렸다.

정무는 무엇이 어찌 되어가는 것인지 갈피를 잡을 수가 없 었다. 만일 계백이 무슨 일을 꾸미고 있다면 죄를 씌워 잡아들 일 것이지 저렇듯 엄포를 놓지는 않을 것이다. 무엇보다 계백 에게 무슨 잘못이 있다 해도 자간 따위가 정무에게 할 수 있 는 말이나 짓거리는 아니지 않은가.

그 수수께끼는 이틀 뒤 저절로 풀렸다. 계백의 집에 가는 사 람이 정무한테 와서 안부를 전했다. 정월에 계백의 아내가 둘 째아이를 낳았는데 계백은 빈집을 지키는 아내에게 가끔 사람 을 보내 마음을 전하고 있었다.

"장군이 발을 다쳤다던데, 어디를 얼마나 다쳤는가?"

자간에게서 듣고 난 뒤로 걱정했던 일이다.

"여름지기들과 함께 밭에서 돌을 들어내다가 발가락을 찧었습니다. 엄지발가락이 새까맣게 멍들었지만 뼈가 다친 것도 아니니 곧 나을 것입니다."

알고 보니 아무 일도 아니었다. 그러나…….

"겨우 나흘 전에 있었던 일인데 좌평님께서는 어떻게 아셨습니까?"

"정말 나흘 전 일이란 말인가?"

"그렇습니다. 그때 저도 그 자리에 있었습니다. 오늘이 꼭 나흘쨉니다."

놀라지 않을 수가 없다. 자간 등은 조그마한 일까지도 손바닥 들여다보듯 알고 있는 것이다! 그날 자간이 말하려 했던 것은 아무것도 아닌 일로 트집을 잡자는 게 아니었다. 그저 날카로운 발톱을 얼핏 보여줌으로써 자신들의 무서움을 알리자는 것이었다. 생각할수록 께름칙한 일이었다. 저들이 저렇게 나오는 것은 이미 그만한 힘이 있다는 것이리라.

"돌아가거든 장군에게 일러라. 누군가가 이미 이틀 전에 가르쳐주어서 알고 있더라고."

한참이 지나서 하는 말이었다.

해가 바뀐 지 얼마 되지 않아서 안해가 둘째아이를 낳았다는 소식 말고는 좋은 일이 없었다. 계백의 마음은 늘 어두웠다. 비록 제 뱃속을 채우지는 않았지만 나라에서 곡식을 거두어들이고 고장마다 특산물을 바치라고 들볶아대는 데에는 견디어낼 장사가 없었다. 조정에 상소를 올리기도 하고 정무에게 사람을 보내기도 했으나 조정에서는 구실을 더 거두어들이라는 재촉만 날아왔다. 정무는 임금의 눈이 멀고 조정의 벼슬아치들이 모두 썩었으니 조정에 나가 말해보아야 고쳐지기는커녕 미움만 받을 뿐이라고 했다.

예부터 무거운 구실은 호랑이보다 무섭다고 했다. 그러께 상좌평 성충이 죽은 것은 울화병 때문이었다. 금화라는 못된 계집이 임금의 눈을 가리고 상좌평 임자가 나랏일을 제멋대로 하고 있었기 때문에 이를 말리다 못해 죽은 것이다. 모두들 입을 다물고 있다. 말해보아야 쓸데없는 일이기 때문이다.

자꾸 흐트러지는 마음을 계백은 활로써 다스렸다. 화살이 시위를 떠나 날아가 과녁에 꽂히기까지, 무언가 화두처럼 맘속에서 솟구치는 것이 있었으나 그것이 무엇인지는 끝내 알 수가 없었다. 겨우내 손에서 활이 떠날 날이 없었다.

봄이 되자 계백은 들에 나가 여름지기들과 어울려 밭을 일구고 씨를 뿌렸다. 만덕산에서 내려온 뒤로 몸에 익은 버릇처럼 틈나는 대로 해오던 일이었다. 계백은 구수한 흙냄새가 더할 수 없이 좋았다. 신발을 벗어던지고 보드라운 흙을 밟으면

발바닥도 막혔던 숨을 쉬는 듯 시원했다. 괭이자루를 짚고 서서 바라보는 하늘은 얽매임이 없어 좋았다.

들에 나가지 않아도 계백은 하늘을 보는 일이 잦아졌다.

누군가가 이미 이틀 전에 가르쳐주어서 알고 있더라고? 계백이 발라군에서 발가락 하나 조금 다친 것까지 이틀 만에 사비성에 전해지고 있다는 것이 무엇을 뜻하는지 알 만했다. 아무리 생각해보아도 제 곁에는 고자질할 만큼 못 믿을 사람은 없었다.

그러께 봄, 성충과 흥수가 임금의 미움을 받아 조정에서 물러갔을 때였다. 이튿날 임자가 상좌평에 오른 것도, 상영과 현철이 좌평에 오른 것도 뜻밖이었다. 그날 많은 사람들이 계백의 집에 몰려와서 저마다 울분을 터뜨렸다. 달솔이라는 높은 지위에 있으면서도 계백의 집에서는 부리는 종을 두지 않았으니 바깥으로 말이 새어나갈 걱정은 하지 않아도 좋았다.

―성충과 흥수가 무슨 죄를 지었다고 쫓겨났는가?

―이 나라는 간신 임자와 금화라는 계집이 들어먹고 말 것이다.

―상영과 현철 같은 자들이 무슨 공이 있다고 좌평에 오르는가?

젊은 장수들은 속을 감추려 하지 않았다. 그런데 차츰 장수들의 목소리가 낮아지더니 무서운 소리가 되었다.

　—임자를 베어야 할 것이오.

　—그렇소. 그자가 금화라는 계집으로 어라하의 눈을 가렸으니 모든 잘못은 임자에게 있소.

　—장군, 명을 내려주시오.

　—상영과 현철 같은 자들도 한통속임이 틀림없으니 한꺼번에 쓸어버려야 하오.

　새로 병관좌평이 된 상영의 명령을 받아야 하는 장수들은 당장이라도 휩쓸어갈 듯한 기세였다.

　그러나 계백은 임자 등을 죽이라고 할 수가 없었다. 임자 따위를 없앤다고 될 일이 아니었다. 어찌 되었건 임자 등은 임금의 믿음과 사랑을 받고 있으니 도리어 사비성에 피바람을 불러오게 될 것이었다. 임금도 싸움터에 나서면 무서운 장수였으니 자기의 한 팔로 여기는 임자와 새로 좌평이 된 신하들을 잃고 가만히 있지 않으리라는 것은 불을 보듯 뻔했다.

　또한 흥분한 장수들도 임금을 쳐야 한다고는 하지 않는 것을 보면 임금은 전생에 복을 많이 지었는지도 모른다. 임금의 목숨이 다하지 않았다면 왕궁을 치더라도 임금을 죽이지 못하고 애꿎은 장수들만 역적이 되어 죽을 것이었다.

　어리석은 임금부터 쳐야 한다! 계백은 끝내 그 말을 입 밖에 내지 못했다. 오히려 여러 좋은 말로 다독거리고, 참고 견디다 보면 반드시 못된 무리들을 몰아낼 때가 있을 것이라며 젊은 장수들을 가라앉혔다.

그러나 한가롭게 앉아서 느긋하게 생각했던 것이 큰 잘못이었다. 이튿날 조정에 나간 계백은 임금에게서 발라군을 다스리라는 명령을 받았다. 뿐만 아니라 계백의 집에 모였던 장수들도 거의 모두 임금의 명을 받고 그날로 사비성을 떠나야 했으니, 다른 생각이 있다 하더라도 옴치고 뛸 수가 없게 되었다.

돌이켜 생각할수록 그날 밤 모인 장수들을 이끌고 왕궁을 치지 못한 것이 후회가 되었다. 위사좌평 현철이 왕궁 호위군사들을 모두 모아 지키고 있었다고는 하나 갑작스럽게 들이닥쳤다면 뜻을 이루지 못할 것도 없었을 것이다.

어리석은 임금 탓에 간신들이 날뛰고 그 값은 죄 없는 백성들이 참혹한 굶주림으로 치러야 하는 것이다.

"못된 싹이 자라기 전에 뽑아버려야 했던 것을, 내가 참으로 어리석었다!"

하늘은 어느새 굶주린 백성들의 눈이었다.

2992년(659), 봄이 되었다. 춥고 지루했던 겨울이 가고 봄이 왔으나 밭을 일구는 여름지기들의 누렇게 뜬 얼굴은 지쳐 있었고 짜증이 가득했다. 들로 산으로 나물을 찾아 헤매는 손길에도 기운이 없었다. 바구니에 담아오는 나물도 입맛을 돋우기 위한 것이 아니다.

올해에도 나물은 귀중한 식량이 되었다. 지난해에는 가뭄도 없었고 병충해도 입지 않았으므로 많은 여름을 거두어들였다. 그러나 애써 가꾸고 땀 흘려 거두어들인 여름지기들은 추운 겨울을 배고픔으로 어렵게 지내야 했다. 나라에서 턱없이 많은 구실을 우려냈기 때문이다.

"신라에서 군사를 일으키고 있으니 많은 군량을 모아두어야 한다."

언제고 그럴듯한 핑계였다.

여름지기들은 찬물로 허기를 달래며 괭이를 들어 땅을 파고 씨앗을 뿌렸으나, 벼슬아치들은 술로써 갈증을 달래고 붉은 얼굴에 혀 꼬부라진 소리로 모든 일을 처리했다. 어린것이 배고파 우는 소리에 어미들은 가슴이 찢겼으나, 벼슬아치들은 아리따운 계집의 향기로운 노랫소리에 취해 날이 가는 줄 몰랐다.

조정에서 쫓겨난 흥수가 좌평 의직을 통해 임금에게 상소를 올렸다.

지난해에 큰 풍년으로 많은 여름을 거두어들였으나 도리어 온 나라 백성들은 굶주리다 못해 나무껍질을 벗기고 풀뿌리를 찾아 들판을 헤매고 있습니다. 이는 구실아치들이 구실을 핑계로 제 뱃속을 채웠기 때문입니다. 벼슬아치들이 일을 바르게 하려고 해도 상좌평 임자가 조정을 한 손에 쥐고 움직이니 어떻게 해볼 수가 없습니다. 어라하의 왕궁이 맑고자 하여도 금화라는 요물이 있어 맑아지지를 않습니다. 곧바로 금화를 내쫓고 임자의 죄를 엄하게 다스려야 합니다.

신라가 당나라에 자주 사신을 보내는 것은 오랑캐 군사를 빌려 우리 백제를 치고자 함이니, 온 나라 사람이 모두 힘을 모아 적을 막아야 합니다. 고구려에서는 입을 다물고 있으나, 들리는 소문에 의하면 이미 두 해 전에 대막리지 연개소문이 죽고 맏아들 남생이 아비의 지체를 물려받았다 합니다. 연개소문은 그릇이 큰 사람이었으므로 신라가 오랑캐 당나라와 흘레붙어서 우리 백제에 쳐들어오는 것을 두고 볼 사람이 아니었으나, 그의 아들은 아비에 미치지 못합니다. 오랑캐와 흘레붙은 신라는 고구려를 무서워하지 않고 우리 백제를 치고자 할 것입니다.

나라가 안팎으로 큰 어려움에 놓였으니 어라하께서는 먼저 정신을 차리시어 조정을 깨끗이 하고 백성을 다스려야 합니다.

흥수가 아직도 정신을 차리지 못하고 헛소리를 하고 있다! 늙은이라 하여 크게 대접을 하였더니 남을 모함하고 시기함이 여기에 이르렀구나! 본을 보여야 하리라!

"홍수를 고마미지현(전남 장흥군)으로 보내라. 좌평 의직은 홍수의 쓸데없는 소리를 전하였으니 여섯 달 동안 조정에 나오지 말고 근신하라."

이제는 아무도 임금이 일을 잘못했노라 들고 나서지 못했다. 제가 다칠까 두려운 벼슬아치들은 모두가 눈을 감고 입을 다물었다.

그러나 못 살겠다는 푸념마저도 너무 기운이 없어 내뱉지 못하던 백성들이 무슨 기운이 뻗쳤는지 이리저리 몰려다니며 쑥덕거리기 시작했다. 너무 터무니없는 소리라 처음에는 아무도 믿지 않았으나 시간이 지남에 따라 조금씩 믿기 시작하였고, 마침내 제 눈으로 보기라도 한 듯이 그럴듯하게 말을 퍼뜨리기 시작했다.

"지난 2월에 여우들이 떼를 지어 궁중에 들어갔다더라."

"여우들은 금화라는 요물이 불러들인 것으로, 모두가 임금을 홀리는 궁녀로 변했고, 한 마리 흰여우는 상좌평이 써놓은 상소문 초안 위에 올라가 앉았는데, 다시 보니 그게 바로 상좌평 임자였다더라."

"4월에는 태자궁의 암탉이 작은 새와 흘레붙었다. 임금과 벼슬아치들이 음란하고 향락에만 빠져 있으니 어찌 이런 괴상한 일이 없겠는가?"

"5월에는 서남쪽 사비하에 큰 물고기가 나와서 죽었는데 길이가 세 길이나 되었다. 그렇게 큰 물고기는 용이라도 될 만큼 영물인데 어찌 뭍으로 뛰어나와 죽었단 말이냐?"

날이 가고 달이 갈수록 믿을 수 없는 소문이 생겨나 빠르게 번졌다.

"여인의 송장이 생초진에 떠내려왔는데, 그 길이가 18척이나 되었다 한다."

"밤마다 궁중의 느티나무가 우는데 마치 사람이 죽어서 슬피 우는 소리와 같다."

"밤이 깊으면 대궐 남쪽 길에서 귀신이 나타나 처절하게 울부짖으며 다닌다."

백성들은 어둡기 전에 저녁을 지어먹고 문을 닫아걸었으며 숨통이 막히는 더위에 시달리면서도 바람 쐬러 고샅길에도 나오지 않았다.

"귀신이 사람을 해칠 수도 있다. 밤에 나돌아다니지 마라."

"반드시 나라에 큰 변이 있을 것이다. 그래서 귀신들이 미리 알고 울고 있는 것이다."

가려운 등을 긁다 보면 시원한 맛에 피가 나는 것도 모르고 긁게 된다. 사람들은 무서움에 몸을 떨면서도 새로운 소문에 귀를 기울였다.

2993년(660), 신라에서는 상대등 금강이 죽고 김유신이 상대등이 되었다. 김유신과 신라 왕 김춘추는 서토 오랑캐를 끌어들여 백제를 치려는 계획에 박차를 가할 수 있게 되었다.

바깥에서는 백제를 치기 위한 군사를 일으키고 있는데, 백제는 안에서부터 부서져내리고 있었다.

"사비성의 우물물이 핏빛이 되었다."

"사비하의 물도 핏빛으로 변했다."

밑도 끝도 없는 말들이 골목골목을 돌며 사람들을 무서움에 떨게 했다.

"서쪽 바닷가에는 작은 물고기들이 뭍으로 나와 죽었는데, 어찌나 많은지 발 디딜 틈도 없었다."

"수만 마리의 두꺼비들이 나무 위에 모여들었다."

"저자에서 사람들이 아무 이유도 없이 놀라 달아났는데, 마치 잡으러 온 사람이라도 있는 것 같았다. 이에 넘어져 죽은 사람이 100여 명이 넘었으며 잃어버린 재물도 헤아릴 수 없이 많았다."

어디서 어디까지 믿어야 할지 몰랐으나 어지럽게 흔들리는 마음들은 자꾸 그런 소문들을 듣기 위해 귀를 쫑긋 세우고 듣자마자 다른 사람에게 달려가 신이 나서 떠벌렸다.

계백의 침묵

아이들이 선돌치기를 하고 있었다. 어른 손바닥만 한 돌을 세워놓고 또한 그만한 돌을 던져 맞춰서 쓰러뜨리는 것이다. 거리가 스무 걸음쯤으로 아이들에게는 꽤 멀었으나 아이들은 이골이 난 듯 잘 맞춰 쓰러뜨렸다.

처음에는 서서 던지고 다음에는 앉아서, 다시 일어서서 한쪽 다리를 들고 그 사이로 던지는가 하면, 뒤로 돌아선 채로 몸을 비틀며 선돌을 향해 돌을 던진다. 제자리에서 무릎 높이로 뛰어올라서 선돌을 맞춰 쓰러뜨린 사람은 한쪽 발등에 돌을 얹고 그 발을 뒤로 뺐다가 앞으로 힘차게 내질러 선돌을 맞춰 쓰러뜨린다. 다음에는 발을 뒤로 빼지 않고 반듯하게 서서 발등의 돌을 차 보냈으며 맨 나중에는 돌이 얹힌 발을 자기 무릎 높이까지 들어올린 다음에야 힘차게 차 보내는 것이었다.

거의가 맨 마지막의 무릎까지 올려 차기에서 낑낑거리기 마련이다. 돌이 선돌까지 잘 날아가지 않는 것이다.

마지막까지 끝낸 사람은 맨 처음의 서서 던지기로 돌아간다. 똑같은 몸놀림이 되풀이되는 것이었으나 이번에는 선돌을 모로 세운다. 선돌이 앞쪽을 보지 않고 옆쪽을 보고 서 있으므로 너비가 훨씬 줄어든 셈이다. 뿐더러 힘이 실리지 않고 슬쩍 스치는 것쯤으로는 선돌이 쓰러지지도 않았다.

선돌을 모로 세워놓고도 끝까지 해낸 사람은 선돌에서부터 다섯 걸음 더 떨어져서 처음의 몸놀림으로 돌아가게 되어 있다.

본디 배달들의 팔심을 기르고 다릿심과 발놀림을 강화하기 위해 만들어낸 놀이였으나 어린아이들에게도 칼싸움만큼이나 신나는 놀이였다. 군사놀음한답시고 나무칼 휘두르며 쫓고 쫓기는 아이들더러 다친다고 혼내던 어른들도 선돌치기만큼은 나무랄 일이 없었으니 아이들로서는 뉘 집 마당이든 어느 골목이든 아무데서나 마음대로 즐길 수 있는 놀이다.

말썽꾸러기 훼방꾼이었다. 일껏 세워놓은 선돌에 먼저 돌을 던져 쓰러뜨려버리니 귀찮기 짝이 없었다. 이쁜 아이는 그러지 않는다고, 착한 아이는 그러지 않는 거라고 경을 외워도 도무지 소용이 없었다.

"이놈, 맴매할 거야!"

눈을 부릅뜨고 땅땅 올러대도 헤~ 웃으며 바라볼 뿐 장난을 그치지 않는다. 세 살배기 아이를 때려줄 수도 없는 일, 마지못해 제 언니가 가지고 놀던 돌을 따로 세워주고 놀게 했으나 어느새 언니들한테 다가와 훼방을 놓는 것이다. 세 살배기라도 그 고집에는 견뎌낼 장사가 없었다.

아이는 명성이 동생 명규인데 고집쟁이 떼보로 이름이 나 있었다. 계백의 두 아들로 명성은 열한 살, 명규는 세 살이다. 명규는 제 또래 아이들처럼 흙장난이나 소꿉놀이를 하지 않고 제 언니 노는 것만 부러운가 보았다. 이따가 집에 가서 엿을 준대도 떡과 과일을 몽땅 다 준다고 해도 싫다고 도리질이었다.

"나무칼 줄게."

"싫어! 여기서 놀 거야."

언니는 큰맘 먹고 얘기했으나 철없는 아우는 그것도 싫단다. 제 나무칼을 아우녀석이 질질 끌고 다녀 속상했었는데, 이제 그것도 싫다니?

"그럼 뭐가 갖고 싶은데?"

"언니 활."

"안 돼!"

"명규도 싫어."

어이쿠, 이걸 그냥! 한 대 쥐어박을 수도 없고…… 재수에 옴 붙었다. 이 각다귀 떼보가 활을 맘에 두었다면 얼마 가지 않아서 빼앗기고야 말리라. 그 활을 얻어 갖느라 얼마나 고생했는데……. 어쩐다, 이 일을?

"좋아, 언니 활 너 줄게. 그 대신 너 나중에 언니 칼 만지면 안 돼. 그리고 언니 노는 데 와서 장난치지 말고 여기서만 놀아야 돼. 알았지?"

"응, 알았어. 명규는 언니 칼 안 만지고 여기서만 놀 거야."

그제야 명규는 혼자서 놀기 시작했다.

선돌을 세워두고 넘어뜨리다 나중엔 발등에 돌을 얹고 차냈으나 그건 시늉일 뿐이다. 발을 조금만 잘못 움직여도 돌이 흘러내렸다. 어쩌다 흘러내리지 않을 때는 힘껏 차냈으나 되레 제 힘을 이기지 못하고 털썩 주저앉기 마련이었다. 언뜻 보면 넘어지는 게 더 재미있는 것처럼 잇달아 엉덩방아를 찧었다. 흙 묻은 손으로 땀을 훔치다 보니 흙장난하는 아이들보다 더 흙투성이가 되었다.

다시 넘어진 흙강아지를 번쩍 들어올리는 이가 있었다.

"아, 아저씨 언니."

아이는 흙투성이 얼굴을 그대로 볼에 비벼댔다. 기호였다. 언니라고 부르라고 아무리 일러주어도 그때뿐이다. 어린아이에겐 기호가 나이 많은 아저씨로만 여겨지는가 보았다.

"언니랑 아빠한테 가자."

기호가 아이를 안은 채 가려 하자 아이가 도리질을 했다.

"아니야. 명규는 여기서 놀 거야. 언니가 활 준댔어."

무슨 소린가 하는데 명성이 달려와 소리쳤다.

"언니, 안녕하세요?"

"명성이도 선돌치기하고 있었구나. 아빠는 집에 계시지?"

"예, 언니 먼저 들어가세요. 저는 다 끝났지만 다른 아이들이 아직 덜 끝났거든요."

"끝까지 다 했어? 야, 우리 명성이가 제법이구나."

"뭘요. 날마다 하는 놀이인걸요."

쑥스러운 듯 녀석의 얼굴이 빨개졌다.

"그래, 명성이는 조금 더 놀다가 오고 명규는 언니하고 집에 가자."

"아니야, 명규는 여기서 놀 거야."

"명규야, 너는 언니하고 먼저 집에 가."

"명규는 여기서 놀 거야. 언니가 활 줄 거야."

"이따가 집에 가서 바로 줄게. 먼저 가."

"아니야, 아까 언니가 여기서 놀라고 했어. 여기서 놀 거야."

이 엉뚱한 떼보 녀석, 이쯤에서 돌아서는 게 낫다. 기호는 아이를 내려놓고 걸음을 옮겼다.

기호가 그렇게 겨울에 달솔 계백이 있는 발라군으로 두레를 갔을 때였다. 달솔 계백의 이름을 모르는 배달은 없었다. 그동안 들었던 말로는, 계백은 어린 배달들을 사랑하여 많은 배달들이 따른다고 했으나, 두레가 끝나도록 코빼기도 내비치지 않았다.

"장군님이 발라군에 계시는 것은 임자 등에게 밉보였기 때문이라고 한다."

"성이 가라앉지 않아서 우리를 만나지 않으려는 것인지도 모른다."

두레를 이끌고 가르치는 스승이 계백을 찾아갔다가 혼자서 돌아온 뒤로 갖가지 말들이 생겨났다. 스승이 전하는 대로 몸이 편치 않아서 두레에 나오지 못한다는 말을 믿는 사람은 하나도 없었다.

"나는 꼭 장군님을 뵙고야 말 것이다. 기호, 그대도 함께 가자."

마달이었다. 두 사람은 열다섯으로 같은 나이였고 두레에 나온 것도 처음이었다. 첫날 짝이 되었는데, 둘 다 처음이라는 이유 때문인지 쉽게 가까워졌다.

"제법 그럴듯한 소리를 할 줄 아는구나. 하지만 여기서 내뺀다고 해도 장군님이 만나주시지 않을 것이니 두레에서 달아났다는 흉만 잡힐 뿐이다."

"내빼기는 무엇 때문에 내뺀다는 말이냐? 미리 이곳에 먼 살붙이가 있다고 둘러대고 두레가 끝난 다음에 남으면 되는 것이지."

봄이 되어 두레가 끝났다.

"장군님은 우리 아저씨나 마찬가지다."

계백을 만나러 가는 길이었다.

"뭐라고? 왜, 진작 말하지 않았나?"

마달의 자랑에 기호가 팔짝 뛰었으나 마달은 되레 쑥스러운 듯이 머리를 긁었다.

"하지만 장군님께서는 내가 누군지 모르실 거야. 너무 오래 전 일이니 우리 아버지마저 잊으셨을지도 몰라."

마달은 삼신산 아랫마을에서 태어나고 자랐다. 아비 진영석은 산골짜기에서 숯을 구워가며 살았으나 계백한테서 글을 배우며 어울려 놀던 어린 날을 더없는 자랑으로 여겼다. 삼신산에서 내려간 계백은 다시 오지 않았으나 속함성 싸움에서 공을 세운 이야기며 왕족 부여정무의 조카사위가 되었다는 소문도 들려왔다.

무법 스님이 무진주 서석산에 절을 세우고 산신각을 지으면서 보림사에 사람을 보내 탱화를 그려갔다는 이야기도 들렸다. 진영석은 자주 산신각을 찾아가 돌봄으로써 계백에 대한 그리움을 달랬다. 계백이 은솔이 되고 달솔로 올라설 때마다 보림사 스님들은 계백을 위해 큰 제를 올렸다. 진영석이 보림사에 숯을 도맡아서 대고 몇몇 스님들과 동무처럼 스스럼없이 지내는 것도 모두 계백과의 만남에서 비롯되었던 것이다.

마달은 아버지한테서 '삼신산 도깨비'라 불리던 계백이 제집에 놀러 다니며 토끼풀을 뜯어 나르고 염소를 몰고 다니기도 했다는 소리를 들으며 자랐다. 그래서인지 계백이 피붙이 아저씨처럼 여겨졌고, 아비를 따라 산신각을 찾을 때마다 어서 자라 계백을 만날 수 있기를 빌었다.

　발라군으로 두레를 가게 되었다는 것을 알았을 때, 마달은 아버지에게 계백을 꼭 찾아가서 훌륭한 싸울아비가 되겠노라고 다짐했다. 그러나 계백이 옛일을 까맣게 잊었을지도 모르는 터에 '내가 삼신산 밑에 사는 진영석의 아들이오' 하고 나설 배짱은 아직 없었다.

　"장군님 문 앞에서 쫓겨나지 않으려거든 머리를 잘 써야 한다."

　사람들에게 물어보니 장군께서는 날마다 들에 나와서 활을 쏜다고 했다. 그곳으로 달려가 보니 계백은 젊은 장수 두 사람만 데리고 나와서 시위를 당기고 있었다. 과녁이라야 300여 걸음 떨어진 곳에 열 개의 짚단을 세워놓은 것이었을 뿐이다. 화살을 날려보내는 이쪽에도 짚단이 나란히 세워져 있는 것을 보니 맞터질을 하는 것으로 보였다. 한 사람이 과녁을 바꿔가며 열 개의 화살을 쏘고 나면 다음 사람이 똑같은 방식으로 화살을 날려보내는데, 두 장수도 활을 잘 쏘는 모양으로 빗나가는 것이 없었다.

"가자!"

화살을 다 쏜 뒤에 화살을 뽑으러 가는 것을 보고 두 사람도 함께 달려갔다. 맞터질을 하는 것이 분명했으니, 가만히 있다가는 과녁 곁에 서 있는 꼴이 될 것이기 때문이다. 뒤따라간 김에 함께 화살을 뽑았으나 아무도 배달들에게 누구냐고 묻지 않았다. 잠자코 건네주는 화살을 받아 세우더니 다시 활을 쏘기 시작했다.

쏘는 사람이나 지켜보는 사람이나 모두들 벙어리처럼 입을 꾹 다물고 있었다. 일정한 간격으로 시위가 우는 소리와 화살이 나는 소리만 바람을 가를 뿐이었다.

해가 설핏해서 활쏘기를 끝내고 성으로 들어가서야 계백의 입이 열렸다.

"저들을 따라가거라."

뒤돌아보지도 않고 하는 말이었다.

"이놈들! 함부로 두레에서 달아나면 어떻게 하느냐?"

멍청하게 서 있는 배달들에게 장수의 호통이 떨어졌으나 무서운 얼굴은 아니었다.

다음 날부터 두 배달은 계백을 따라서 활 쏘는 곳에 나갔다. 열흘이 지나자 계백은 활쏘기를 그만두고 밭을 일구러 갔다.

"마달은 괭이질이 손에 익었구나. 여느 솜씨가 아니야."

헛손질만 하는 기호와는 다르게 밭이랑을 죽죽 쳐나가는

마달을 추어주었다. 마달은 이때다 싶었다.

"장군님께서는 한겨울에도 토끼풀을 뜯어 나르고 고집 센 염소도 맘대로 타고 다녔다고 들었습니다."

"그 말이 하고 싶어서 늘 뭐 마려운 강아지처럼 돌아쳤구나?"

얼굴이 벌게진 마달을 보고 계백이 하하 웃었다.

"네 얼굴을 보고 이미 알았다. 큰스님도 네 아비가 너를 두레로 보내고 싶어 한다며 겨울 두레가 끝나면 네가 찾아올 것이라고 했다."

"큰스님요?"

그저 큰스님이라니, 보림사 어느 스님을 말하는지 알 수가 없었다.

"너는 잘 모를 게다만 이곳저곳 소식을 전해주는 스님이 한 분 계신다. 그 스님을 통해서 네 집안 소식도 듣고 있었다."

"저는 통 모르고 있었습니다."

"네가 나한테 자칫 어리광이라도 부릴까 봐 네 아비가 말을 하지 않았을 게다. 두레가 끝났으니 이제는 여름지기가 되거라."

말뿐이 아니라 계백은 정말 여름지기처럼 날마다 밭에 나갔다. 어느 날에는 여러 사람과 함께 밭 가운데 있는 돌을 들어내다가 발가락을 다치기도 했다.

그해 가뭄은 쉽게 잊을 수 없는 것이었다. 애써 일군 밭에는 씨앗을 뿌리지 못했고 미리 넣은 씨앗도 제대로 싹을 틔우지 못했다.

"하늘이 우리를 내버려두지는 않을 것이다!"

여름지기들은 두레질로 물을 퍼올려 논 어귀에다 못자리를 만들고 볍씨를 뿌렸다. 마달과 기호도 계백을 따라다니며 어느새 여름지기가 되어 있었다.

"못자리에서 가을걷이를 하겠다!"

애를 태우던 끝에 5월이 다 지나서야 비가 내렸다. 모내기가 끝나고 애벌김매기까지 마치고 나서야 마달과 기호는 사비로 돌아왔다. 다시 두레에 나갈 때가 되기도 했지만 계백의 부인과 아이를 사비성으로 모시고 가라는 명령이 있었던 것이다.

계백의 부인은 말수가 적었으나 매우 아름답고 바라보기만 해도 마음이 편안해지는 그런 사람이었다. 아홉 살 난 명성이도 어버이를 닮아서 슬기롭고 의젓한 아이였다.

그 뒤로 두 배달은 두레가 끝나면 곧바로 발라군으로 가서 여름지기가 되었다. 날이 가물 때에는 두레질로 물을 퍼올려 마른논에 물을 댔는데 기호도 어느새 한몫을 단단히 해냈다. 두레질을 할 때면 별빛마저 없는 캄캄한 밤에도 손발이 척척 잘 맞았다. 배달들로서는 계백 장군 곁에만 있어도 즐거운 날들이었다.

계백은 텃밭에 앉아 있었으나 김을 매는 것도 벌레를 잡는 것도 아니었다.

푸른 무밭에 앉아 무엇을 생각하는가? 계백은 지난해 가을부터 몸이 좋지 않았다. 지난겨울 이후로 자리에 눕는 일이 많더니 설을 지나면서부터는 뒤를 보러 가는 것도 힘들다고 했다. 엊그제야 발라군에서 사비성의 자기 집에 돌아왔다.

3월 말이지만 엊그제가 입하였으니 절기로는 벌써 여름이다. 서쪽으로 기우는 햇살이 아직 뜨겁다. 앓는 이에겐 이만한 햇살도 무리일 것이다.

"안녕하십니까? 장군님."

"기호 왔느냐? 그리 앉아라."

계백의 눈길은 다시 빼곡하게 들어찬 무밭으로 옮겨졌다. 함께 앉아서 자세히 들여다보아도 계백이 무엇을 보고 있는지 짐작이 가지 않았다.

"장군님, 무엇을 보고 계시는지 저로서는 알 수가 없습니다."

마침내 궁금함을 참지 못한 기호가 물었다.

"이 무를 언제쯤 솎아주어야겠느냐?"

"무를 솎아요? 제가 보기에는 아직 솎아줄 때가 먼 것 같습니다."

"이틀 안으로 솎아주어야 한다. 나흘만 더 지나면 이미 솎아주기에는 때가 늦지. 늦으면 제 몸을 이기지 못하고 쓰러지게 된다."

"이 무는 많이 자랐네요. 제가 밭에서 본 무는 손가락보다도 작았습니다."

"햇볕이 내려쬐고 밤에 찬이슬이 내리는 것은 같지만 들녘보다 찬바람이 불지 않아서다. 온통 담과 울바자로 가려진 집안이 아니냐."

계백의 손길이 무를 쓸었다.

"울안에서 키운 무는 밭에서 자란 것보다 약하다. 밭에서 자라는 무는 강하나 자람이 더디다. 강한 것은 더디고 이른 것은 약하다. 어느 것을 택하느니보다는 울안의 무를 자주 솎아 주어야 하는 것인지도 모른다."

기호에게 하는 말이었으나 계백의 말소리는 혼잣말처럼 낮았다.

계백은 오랜만에 찾아온 기호에게 와서 좋아라 웃고 떠들던 아이들을 제 어미한테로 보냈다.

"장군님, 명규가 커서 싸울아비가 된다면 아주 대단할 것입니다. 세 살배기 아이지만 보통 고집이 아닙니다."

"내 아이라 귀엽기는 하지만 아직 어린아이를 보고 나중 일까지 이야기할 수는 없지 않느냐?"

"될 성부른 나무는 떡잎부터 다르다고 하지 않습니까? 고집쟁이 떼보도 아무나 쉽게 할 수 있는 건 아닙니다."

"그보다 기호는 이번에 어디로 두레를 다녀왔느냐? 나는 이번에 봄갈이를 하러 돌아오는 배달들과 함께 돌아왔는데."

계백이 말머리를 돌렸다.

"이번에는 귀신사냥을 하고 싶어서 빠졌습니다. 마달도 지금 사비성 안에 있습니다만 어디로 싸돌아다니는지 모르겠습니다. 며칠 보이지 않는 것을 보니 어디 가서 귀신이 되었는지도 모릅니다."

그래? 계백이 싱긋 웃었다.

"그래, 귀신은 잡았느냐?"

"소문만 무성했지 흘러나온 곳을 알 수가 없습니다. 뿌리도 줄기도 없는 나무가 온통 잎만 무성하게 하늘을 가린 느낌입니다."

"그렇다. 뿌리와 줄기가 다 있는 나무를 누가 귀신이라고 하겠느냐. 내가 발라군에서 돌아온 것도 그 귀신이 씌운 악질 때문이다."

"예? 그러면 장군님께서도 귀신사냥을 하러 오셨습니까?"

반갑게 물었으나 계백은 머리를 저었다.

"귀신사냥을 하든 푸닥거리를 하든 무언가 해야겠지만, 내가 발라군에서 돌아온 것은 꾀병이 아니다. 정말 머리가 아프고 몸이 끝도 없이 가라앉는 것만 같구나. 한 발짝 움직이는 것도 무척 힘들다."

"저는 장군님께서 오셨다기에 못된 귀신들을 잡으러 오신 줄 알았습니다. 이런 때에 장군님께서 편찮으시다니, 정말 큰일입니다."

기호가 걱정스러운 얼굴을 했다. 지난해 가을에 만났을 때에도 온 나라에 번지는 못된 소문을 걱정하던 계백이었으니 어떻게 꾀병을 부려서라도 사비성에 돌아오리라 믿었다. 계백의 집에 들어설 때에도 이제 귀신 잡는 것쯤은 일도 아니라고 여겨져서 어깨춤이 절로 났다. 계백이 사비성에 돌아왔다는 소식에 마음이 급해 마달을 기다리지 못하고 먼저 달려온 것이다. 그런 기호를 보며 계백은 또 껄껄 웃었다.

"걱정 말아라. 적어도 푸닥거리를 하는 날까지는 살아 있을 터이니."

기호가 마달과 함께 다시 찾아온 것은 이틀 뒤였다.

"어제 성문이 닫힐 무렵에 돌아왔습니다만, 장군님께서 편찮다는 이야기를 듣고 밤이 너무 늦었기에 이제야 왔습니다."

아침을 먹은 계백이 텃밭으로 가려던 참이었다.

"한밤이라도 괜찮다. 일이 있다면 언제라도 들어오너라. 내가 다 죽어가더라고 기호 녀석이 엄살을 부린 게지."

계백의 눈이 기호를 보고 웃었다.

"잘했다. 누구에게도 이 계백의 병이 깊은 것으로 얘기해라. 일어나기 어렵다고 하는 것도 좋아."

"정말입니까? 장군님, 장군님은 건강하신 것이지요?"

소리치는 마달과 기호의 얼굴이 환해졌으나 계백은 머리를 저었다.

"멀쩡한 몸으로 꾀병을 부릴 내가 아니다. 내가 걱정하지 말라는 것은 병이 깊지 않아서가 아니다. 내가 이미 병이 온 곳을 알고 있으므로 나 스스로 몸을 추스를 수 있다는 말이다."

정말 장군의 병은 얼마만큼이나 깊은 것일까? 언제나처럼 계백은 눈을 반쯤 감고 온몸으로 웃고 있었다. 계백에게 감도는 기운은 언제고 여느 싸울아비처럼 날카롭고 억센 것이 아니라 들에 나선 여름지기처럼 모든 것에 대한 사랑이고 넉넉함이었다. 그러나 계백에게서 느껴지는 넉넉한 느낌이 이럴 때는 도리어 갈피를 잡을 수 없게 만들었다.

"성 바깥으로 나가 있었던 모양인데, 어디를 갔었느냐?"

"기벌포에서 사흘 동안 있었습니다."

"사흘씩이나? 무슨 일이기에?"

"왜 땅으로 떠나는 배가 있었는데, 식솔이 거의 70여 명에 이르는 대가족이었습니다. 배가 떠난 뒤에도 여기저기 알아보았지만 거의가 아무것도 모르고 있었습니다. 알 만한 구실아치들은 모두 쉬쉬하며 입을 다물고 있으니 더 이상 어째볼 수가 없었습니다."

"왜 땅으로 가야 한다는 말들이 떠도는가 보구나."

그쯤은 이미 생각하고 있었다는 듯, 계백은 아무렇지도 않은 얼굴이었다.

"그런 말들은 듣지 못했습니다. 성문이 닫히려는데 한집안 사람으로 보이는 이들이 열댓이나 바쁘게 빠져나가기에 웬일인가 싶어서 뒤쫓아가본 것뿐입니다."

"모르는 사람은 우리 셋뿐인지도 모른다. 저자에서 사람들이 놀라 달아나다가 100여 명이나 죽었다는 이야기도 어쩌면 사람들이 남모르게 사라졌다는 소리일 수 있다. 사라진 사람들이 하늘로 솟거나 땅속으로 꺼지지 않았다면 몰래 왜 땅으로 달아났다는 이야기가 된다. 일가족 모두가 왜 땅으로 가는 것쯤이야 흔한 일이지만, 구실아치들의 입을 다물게 했다면 그들이 여느 집안은 아니라는 이야기이고, 그보다 그들의 행동이 떳떳하지 못하다는 뜻이겠지."

대수롭지 않은 일일지도 모른다. 그러나 계백의 눈에는 그러한 것마저도 여러 생각을 불러일으키는가 보았다.

"왜 땅으로 가는 사람들은 그곳이 좋아서 가는 것입니다. 바다에서 멀리 떨어진 깊숙한 곳이 아니고는 겨울에도 눈 구경하기가 어려울 만큼 날씨가 따뜻한 데다 걸고 기름진 땅이 많고 물이 흔하다고 합니다. 또한 그곳 왜인들에게 빈틈을 주지 않고 잘 다스리기만 하면 크게 말썽을 부리지도 않는답니다."

기호가 말한 대로 왜 땅은 살기가 좋은 곳이었다. 왜 땅으로 가는 뱃길은 멀었으나 거친 풍랑을 헤치고라도 가볼 만한 곳이었다. 도무지 사람값에 넣을 수 없는 것들이라 도무지 그 속셈을 짐작할 길이 없고 언제 뒤꿈치를 물어뜯고 덤빌지 알 수 없지만, 놈들 눈앞에서 한두 놈만 베어버리면 아예 머리를 땅에다 처박고 입안의 혀처럼 재빠르게 잘 알아서 움직였다. 어쩌다 머리를 쳐들거나 감히 눈을 맞추려는 놈이 있다면 댓바람에 목을 날려버려야 했으니, 사람들은 언제나 칼을 허리에 차고 다녀야 했다.

난쟁이 왜인들이란 겉모습만 사람이지 짐승이나 다를 바가 없다고 했다. 생긴 꼴이 사람이고 백제말까지 알아듣고 잘 주워섬겨서 저것도 사람이겠거니 싶어 인정을 베풀었다가는 남아나는 것이 없었다. 하늘이 열리고 땅이 생겨난 뒤로 한 번도 사람짓을 하지 못하고 살아온 것들이라 아무리 가르쳐도 사람 꼴이 되지를 않았다.

백제 사람들은 드물게 구경거리로나 보던 원숭이들이 떼지어 사는 것을 왜 땅에 가서야 흔하게 보았다. 낯짝 생김이 털 많은 사람 꼴을 한 그것들은 숲에서 살며 나무에 오르고 나무에서 나무로 뛰기를 마치 말이 들을 달리고 새가 하늘을 나는 듯했다. 꽥꽥거리며 때로는 사람의 흉내를 내다 물건을 채서 달아났다.

백제인들은 아무래도 저 숲속의 원숭이가 왜인들의 조상이거니 했다. 억지로 사람새끼로 쳐준다고 하더라도 어미아비 둘다 사람일 수는 없었으니, 배를 타고 나갔다가 풍랑을 만나 미친 사람과 숲속의 미친 원숭이가 서로 흘레붙어서 생겨난 종자로밖에는 생각되지 않았다. 아예 부끄러움이라는 것을 모르는 짐승들이었으니, 아무리 옷을 입히려 해도 그마저 제대로 되지 않았다. 때 없이 암내 난 짐승들처럼, 암컷을 본 수컷들은 네 것 내 것 가리는 것도 없이 기어올라가 벌건 대낮에도 아무데서나 시시덕거리고 암컷들은 밑에서 좋아라 킥킥거렸다.

왜인들은 칼로 목을 베이고 발길에 걷어차여야만 벌벌 기면서 눈치를 살피고 사람 흉내를 냈다. 정말이지 사람의 눈치를 살피고 미리 알아서 잽싸게 움직이는 것을 보면 백제인들로서는 따를 수도 없을 만큼 재빨랐다. 왜인들의 잽싼 몸놀림을 볼 때마다 그만한 머리를 가지고도 왜 사람노릇을 하지 못하고 늙은 개처럼 눈치만 보고 사는지 도무지 알 수가 없었다.

"하는 말들을 터무니없이 부풀렸기에 그렇지 어찌 참으로 그렇겠느냐? 우리 백제와 고구려, 신라는 한 할아비의 자손으로 한 땅에 살면서도 모두가 한 풍습으로 살지는 않는다. 왜는 우리와 한 겨레가 아니고 물길로 천 리나 떨어진 곳이다. 사는 꼴이 다르다 해도 놀랄 일은 아니다."

"그래도 벌거벗고 미친 짐승처럼 날뛰는 것들을 제대로 된 사람으로 보기는 어렵지 않겠습니까?"

"그렇지 않다. 그들이 소문처럼 다루기 어렵다면 짐승들처럼 코를 꿰고 목을 매어놓거나 아예 한꺼번에 쓸어 없애자고 할 것인데, 어느 누구도 그런 말을 하지는 않는다. 말로써 일일이 일러 가르치기가 귀찮다고 여기는 자들이 지어낸 거짓말이라면 오히려 우리가 죄를 짓고 있는 것이다."

그럴지도 모른다. 왕인 박사가 저들한테도 글을 가르쳐야 한다고 했던 것이 고이임금 때였으니 이미 300년도 넘었다.

"우리는 그들을 짐승처럼 여기고 사람 꼴을 가르치려 하지만, 나는 오히려 우리가 그들에게서 사람의 삶을 배워야 한다고 생각한다. 옷으로 몸을 가리지 않으니 절로 거짓이 없고 크게 욕심이 없으니 서로 시새움하지 않고 따로 거짓을 배워 말하지 않는다. 헛된 이름을 모르니 군사를 일으켜 사람의 목숨을 해치지도 않는다. 날마다 몸과 마음을 닦아도 이르기 어려운 삶이 아니고 무엇이겠느냐."

짐승이나 다름없는 왜인을 사람값에 넣었을 뿐만 아니라 오히려 따라 배워야 한다는 소리는 정말 처음이었다. 두 배달은 아직 영문을 몰라 하는데 계백의 말이 다시 이어졌다.

"왜 땅도 우리 백제 땅일진대 백제 사람이 가서 살지 못할 까닭은 어디에도 없다. 나도 손이 닿는다면 꼭 한번 가보고 싶은 곳이었다. 왜 땅에서 벼슬살이하고 싶다고 청을 넣었다가 어느 분이 말려서 그만둔 일도 있었다."

"누구십니까? 그분이 말린 것은 무엇 때문입니까?"

급하게 묻는 기호에게 계백은 머리를 저었다.

"그분의 이름을 말할 수는 없다. 나무를 보겠다고 뿌리까지 들어낼 수 없듯이. 다만 그 까닭이 바로 오늘을 미리 내다보았기 때문이라고 생각하는 것이 너도 마음 편하지 않겠느냐?"

"미리 앞날을 내다보았다면 어찌 이 꼴이 되도록 손을 쓰지 않았습니까?"

"성충이 죽고 흥수가 죄인의 몸으로 멀리 쫓겨나 갇혀 있다. 말을 삼키고 눈을 감고 있는 사람도 하나쯤은 있어야 하지 않겠느냐."

"그래도 미리 손을 썼더라면 좋았을지도 모르지 않습니까?"

"그렇다. 미리 손을 썼더라면 일이 이에 이르지 않았을 것이다. 그러나 무언가 잘못되어가고 있다고 알아차렸을 때는 이미 때가 너무 늦어 있었다."

뒤늦은 후회

　사비성에 돌아온 지 한 달이 넘었으나 계백은 몸을 추슬러 일어날 수가 없었다. 신라에서는 김춘추가 즉위한 지 7년째인 지난 정월, 상대등 금강이 죽고 유신이 그 뒤를 이어 상대등이 되었다. 대규모 전쟁을 치를 만반의 준비가 끝났을 것이니, 언제라도 국경을 넘어 쳐들어올 것이다.

　날이 갈수록 계백뿐 아니라 백제 백성들의 마음자리까지 갈피를 잡지 못하고 어수선했다. 마달과 기호는 사비성의 골목을 돌아다니고 담장을 기웃거리며 사비성에 떠도는 풍문을 잡아왔으나 막상 어느 것 하나 손에 잡히는 것은 없었다. 사비성의 해괴한 소문은 아무래도 수상한 바람이 스치며 만들어낸 것인 듯했다.

　"천왕사와 도양사 두 절의 탑에 벼락이 떨어졌다기에 가보았더니 탑이 깨진 것은 아니었고 불에 까맣게 그을려 있었습니다. 아무래도 어느 나쁜 놈들이 탑에 불을 지르고 벼락이 떨어졌다고 떠들어댄 것이 분명합니다."

"백석사 강당에도 벼락이 떨어져서 모두 타버렸다는데, 조그마한 행자 아이에게도 벼락이 떨어져서 불이 났다고 입막음을 시킨 것으로 보아 누군가의 못된 짓인 것 같습니다."

알려고 들면 들수록 갑갑하기만 했다. 어쩌면 애당초 알려고 든 것부터가 잘못이었는지도 모른다. 한두 사람의 짓이 아닌 다음에야 그들을 잡아내도 미친바람은 그치지 않을 것이다.

그 무렵 또 하나의 무서운 이야기가 그럴듯하게 떠돌았다.

머리를 풀어헤친 귀신 하나가 궁중으로 들어오며 큰소리로 울부짖었다.

"백제는 망한다. 백제는 망한다."

군사들이 달려들었으나 바람같이 날아다니는 귀신을 잡을 수가 없었다.

"히히히, 히히히!"

머리끝이 쭈뼛하게 웃어젖혔다. 마침내 군사들도 오금이 얼어붙어서 가까이 가지도 못했다.

"어허이, 어허이."

이번에는 창자가 끊어질 듯 구슬피 울더니 또다시 두 눈에서 시뻘건 빛을 줄기줄기 내뿜으며 울부짖었다.

"백제는 망한다. 백제는 망한다."

궁궐 담 곁에서 한참을 울부짖던 귀신이 땅속으로 물이 스미듯 빠져들어가고 울부짖는 소리도 들리지 않았다.

"땅을 파보아라!"

임금의 명령에 따라 군사들이 귀신이 들어간 땅을 파헤쳤는데, 석 자쯤 파내려가자 거북 한 마리가 나왔다.

"무엇인가 이상한 글씨가 쓰여 있다."

군사들이 소리치기에 보니 오래된 갑골문자였다.

백제는 둥근 달과 같고 신라는 초승달과 같다.

알 수 없는 소리였으므로 무당을 불러 물었다.

"달이 둥근 것은 이미 가득 찬 것입니다. 달은 차면 반드시 이지러지고 나중에는 없어집니다. 달은 처음에 초승달처럼 작은 것으로 일어나나 점점 차오르게 되어 마침내 둥근 보름달이 되는 것입니다."

백제는 무너지고 신라는 크게 일어날 것이라는 말이다.

"미친 소리를 지껄이고 있구나. 이자를 끌어내 목을 베어라."

성난 임금은 무당을 죽여버렸고, 또 다른 무당이 불려왔다.

"둥근 달은 보름달이니 오로지 크고 왕성할 뿐이며, 초승달은 갓 태어난 작은 것이니 오로지 작고 기운이 없을 따름입니다."

임금은 기뻐하여 상을 내렸다.

"어라하께서도 그 귀신을 보았다네. 누가 생각해도 처음 무당이 한 소리가 맞는데 목을 베고, 나중에 거짓으로 지껄인 자에게는 오히려 상을 내렸으니, 그것이 바로 나라가 망할 조짐이 아니고 무엇이겠는가?"

"망할 조짐이라면 어디 그뿐이겠는가? 임금이 나랏일은 살피지 않고 못된 계집에게만 빠져 있으니 간신들이 들끓지 않겠는가? 바르게 말하는 사람이 없고 오직 거짓으로 둘러대어 말할 뿐이니 나라는 진작에 결딴이 난 것일세."

막상 귀신을 보았다는 사람도 없고, 초승달이니 보름달이니 하는 이야기도 꾸며낸 소리가 분명했다. 그러나 궁중에 드나드는 사람들이 부인하면 할수록 임금이 직접 함구령을 내렸기 때문이라는 소문까지 붙어서 널리 퍼져나갔다. 어쩌면 백성들이 나라가 망하는 것을 고소하게 생각하는 듯이 보였다.

어느 날 밤 계백의 집에 좌평 정무가 남몰래 찾아들었다.

"장군의 몸은 좀 어떠한가? 이렇듯 막중한 때에 장군마저 몸이 편치 않으니 걱정이 크구나."

정무는 계백을 제 피붙이처럼 살뜰하게 여겨왔다. 계백이 정무를 아저씨라고 부르기도 했었고 정무의 조카 아사녀와 혼인도 했었으니, 계백에게도 남은 사람 가운데서는 가장 가까운 사람일 수밖에 없다.

"장군을 만나는 것까지 저들의 눈치를 살피지 않으면 안 되는 세상이 걱정이다. 장군, 이렇게 자리에 누워 있자니 더욱 갑갑하겠지만 조금 더 바깥일을 잊고 몸조리에나 힘을 쓰거라. 장군의 얼굴도 보고 싶고 이 말 한 마디도 꼭 해야겠기에 여러 어려움을 무릅쓰고 찾아온 것이다."

웬일인가? 오늘은 말투까지 영 딴판이었다. 이제 머리에 흰 서리가 내린 계백에게 어린아이에게 말하듯 해라를 했다.

"굳이 어려운 걸음은 하지 마십시오. 오히려 아저씨가 걱정스럽습니다."

얼마 만인가? 계백도 정무를 아저씨라 불렀다.

"요즘에는 나로서도 악이라도 쓰고 싶을 뿐이다. 장군에게 말하여 저들을 한칼에 쓸어버릴 수 있다면 오죽이나 좋겠느냐만, 때가 너무 늦었다. 자칫 더 큰 화를 부를 뿐이니 이러지도 저러지도 못하고 일이 가는 데까지 그저 지켜볼 뿐이다."

좌평 정무도 저들이 누구인지 다는 모른다고 했다. 저들을 치려면 임금과 조정을 움직여야 하는데, 임금은 물론 조정까지도 저들의 손에 들어 있으니 어쩔 수가 없었다. 섣불리 말을 꺼냈다가는 도리어 이쪽이 역적으로 몰려 큰 화를 입을 것이다. 그렇다고 남몰래 싸울아비들을 움직여 저들을 베었다가는, 그렇지 않아도 어지러운 나라꼴이 더욱 걷잡을 수 없게 될 터이다. 뿐만 아니라 살아남은 저들이 곧바로 목숨에 위협을

오국지 5

느끼고 다른 사람들을 해치려 들어 백제는 하루아침에 난장판이 되고 말 것이다. 때를 노려온 신라에게 더없이 좋은 기회를 만들어 바치는 꼴이 될 뿐이다.

"다시 이렇게 둘이서 만날 기회는 없을 것이다. 장군, 무엇보다 몸이 건강해야 한다. 모든 것을 잊고 몸조리에만 힘쓰도록 하거라."

"예, 곧 몸을 추슬러 일어날 것입니다. 너무 걱정하지 마십시오."

계백은 새삼 늙은 정무의 모습에 눈이 갔다. 아직 허리가 꼿꼿하고 카랑카랑 힘 있는 목소리지만 이미 여든에 접어든 나이다. 칼을 뽑아들고 싸움판을 휩쓸어가던 기개는 변함없으되 몸이 한 자는 줄어든 듯했다.

"네 어미가 따라나서는 것을 억지로 말렸다. 어미를 보아서라도 훌훌 털고 일어나야 할 것이야."

정무가 서둘러 돌아갔다. 다른 말은 없었다. 계백에게 어서 건강을 되찾으라는 말 한 마디를 하기 위해 늙은 몸으로 혼자서 밤길을 더듬어 온 모양이었다.

계백은 가끔 그끄러께 죽은 고구려의 연개소문을 생각했다. 그는 100여 명의 벼슬아치와 태왕을 벨 때에 결코 머뭇거리지 않았으리라. 줏대 없는 태왕을 베는 것이 나라를 위한 길이라 생각했을 때 서슴없이 칼을 뽑았을 터였다.

임금이 금화에게 빠져서 나랏일을 돌보지 않고 이를 말리는 성충과 홍수를 조정에서 내쫓았을 때 곧바로 임금을 베고 임자를 잡아 죽였어야 했다. 그랬더라면 백제는 바르고 튼튼한 나라가 되었을 것이고 백성들도 이렇게 시달리지 않았을 것이다. 그날 밤 임자를 베려고 들썩거리던 젊은 장수들을 이끌고 왕궁에 쳐들어갔더라면 얼마나 좋았을까? 이 모든 것이 이 계백 한 몸의 죄였음을 무엇으로 사죄한단 말인가?

사비성에 돌아온 후 계백은 점점 기력을 잃어가는 자신을 보았다.

이래서는 안 된다! 계백은 마음을 굳게 다져먹었다. 이미 돌이킬 수 없는 지난 일에 얽매여 닥쳐올 일까지 망칠 수는 없다. 간신배들이 머리를 내밀고 신라군이 쳐들어온다 해도 칼을 들어 저들의 목을 칠 힘조차 없어서야 무엇을 어쩌겠는가. 아저씨의 말대로 모든 것을 잊고 먼저 내 몸을 추슬러야 한다!

온 하루를 생각하던 끝에 계백은 솟을뫼에 올라 하늘에 제사 지내고 천지신명에게 빌어 몸을 추스르기로 마음먹었다.

낮 동안 아이들을 데리고 정림사에 다녀온 계백의 부인이 이상스러운 일을 겪었다고 했다. 정림사는 어린 계백을 거두어 길러주신 세 스님의 은사스님께서 계시다가 입적한 절이다. 부인은 집에서 조금 멀기는 해도 이곳에 다니며 불공을 드려왔다. 부처님의 영험으로 계백이 빨리 자리에서 일어날 수 있게 되기를 빌고 나올 때 한 스님이 다가와 먼저 말을 걸었다.

"보살님, 아이들의 아버지는 군사들을 거느리는 장수가 아닙니까?"

"그렇습니다만, 스님께서는 아이들의 아비를 아시는지요?"

흔히 있을 수 있는 일이거니 싶었는데, 그게 아니었다.

"아닙니다. 알고 있다면 새삼스레 묻지 않았겠지요. 아이들을 보고 아이의 아버지가 장수인 줄 알았습니다. 어쩌면 이름만 대면 누구나 알 수 있는 이름난 장수일 것입니다."

그러고 보니 처음 보는 스님이었다.

"아이들을 보고 아비를 알다니, 혹 스님께서는 아이들의 관상을 보신 것입니까?"

"관상이 아닙니다. 아이들에게 드리운 검은 그림자가 너무 깊기에 불러세우지 않을 수가 없었습니다."

아이들에게 드리운 검은 그림자? 자리를 옮겨 아이들을 떼어놓고 두 사람이 마주하자 스님은 합장을 하고 깊이 머리를 숙였다. 뜻밖의 일에 놀란 부인은 미처 답례도 거절도 하지 못했다.

"보살님, 목숨입니다. 아이들의 목숨을 살려야 합니다."

부인은 꿈인가도 싶었다. 아이들에게 드리운 검은 그림자라는 것이 바로 죽음의 그림자였다는 말인가? 도무지 믿기지 않는 소리였으나 스님의 눈빛은 너무도 애틋했다.

"보살님만이 아이들을 살릴 수 있습니다. 처사님께서 아신 다면 호된 꾸지람을 들을 일이나 무엇하고도 바꿀 수 없는 것 이 아이들의 목숨 아닙니까."

"관상을 보신 것도 아니라면 무엇 때문에 아이들의 목숨을 이야기하시는지 알 수가 없습니다. 아이들 아비를 모른다 하시 면서도 잘 아는 것처럼 말씀하시는 것도 받아들이기 어렵습니 다."

"처음부터 말씀드리겠습니다. 아이들을 보았을 때 소승은 무척 놀랐습니다. 아이들에게 짙게 드리운 것은 죽음의 그림 자였습니다. 어둡고 짙은 그림자 속에서 언뜻언뜻 드러나 보이 는 것은 잘려진 목, 주인 잃은 팔다리가 허우적대며 아이들을 내리누르고 있는 모습이었습니다. 무서운 귀신들의 모습을 보 고 아이들의 아버지가 한낱 군사가 아니라 장수임을 알았고, 그것도 크게 전공을 세운 이름 있는 장수임을 짐작하는 것은 어려운 일이 아니었습니다. 그리고 보살님만이 아이들을 구할 수 있다는 것은, 그만한 장수가 어찌 소승의 말을 쉽게 믿으려 들겠습니까? 오히려 미친 중이 못 믿을 소리를 한다고 나무라 겠지요."

듣고 보니 참으로 그럴듯했다. 싸움터에 선 장수가 어찌 옳 고 그름을 가려 적을 베었겠으며, 그 자신 칼에 피를 묻히지

오국지 5

않았다 할지라도 그 군사들의 모든 잘잘못이 그에게 돌아올 것이다. 더구나 달솔 계백은 결코 누구의 아래에 서는 장수가 아니다.

마침내 부인은 흔들리는 마음을 가눌 수가 없었다.

"하오면 어찌해야 저들 원혼을 달랠 수 있겠습니까? 원혼들을 위해 천도제를 지내면 되겠습니까? 정성을 바란다면 백일 불공이라도 천일 불공이라도 마다하지 않겠습니다."

흔들리는 마음은 지푸라기라도 잡고 싶었으나 스님은 머리를 저었다.

"제사로도 불공으로도 원혼들을 달래기에는 이미 늦었습니다. 이제 아이들에게 그 화가 덮치려 하고 있습니다."

"아직 늦지는 않았을 것입니다. 정말 늦었다면 스님께서 이 말씀을 들려주시지도 않았겠지요."

"물론 방법이 아주 없는 것도 아닙니다. 다만 보살님이 소승의 말을 얼마만큼이나 믿어주시느냐에 달렸습니다."

"스님을 믿습니다. 자식들을 위해서라면 불속인들 마다하겠습니까. 제발 아이들이 해를 당하지 않도록 그 비방을 일러주십시오."

부인은 간곡히 매달렸다.

"화를 당하지 않으려면 우선 그 자리를 피해야 합니다. 부처님이 계시는 절에는 잡귀들이 함부로 날뛰지 못합니다. 깊은 산에 있는 절에 가서 화를 피해야 합니다. 새겨들으십시오. 절이라도 이곳처럼 혼탁한 곳에 있는 절은 안 됩니다. 반드시 깊은 산사를 택하십시오. 마침 소승이 좋은 곳을 알고 있습니다."

"그 절이 어디에 있습니까? 얼마 동안 그곳에 피해 있으면 되겠습니까?"

"멀지 않습니다. 솟을뫼에 있는 몽운사면 적당할 것입니다. 시간은 한 두어 달이면 될 것입니다. 보살님과 소승이 올리는 불공이 깊다면 한 달까지도 가지 않을는지 모릅니다. 소승이 때를 보아 말씀드리지요. 그보다는 화가 미치기 전에 하루라도 빨리 몽운사로 가셔야 합니다. 보살님도 함께 가셔서 아이들을 보살피는 것이 좋을 것입니다."

그리 어려운 일도 아니었다. 자식들의 목숨을 살리기 위해서라면 오히려 너무 가벼운 일이라서 믿기지 않을 정도였다.

그러나 부인은 한 가지 걱정이 들었다. 아무리 자식들을 위한 일이라고는 하지만 계백이 아이들을 절에 보내지는 않을 것이었다. 오히려 그따위 터무니없는 말이나 듣고 다닌다고 나무랄 것이다.

"아이들의 아비가 아이들을 솟을뫼에까지 보내는 것은 마다할 것입니다. 제가 날마다 아이들을 데리고 이 정림사에 와서 정성을 드리면 안 되겠습니까?"

"그렇기에 아이들의 목숨을 건지실 분은 보살님밖에 없다고 말씀드린 것입니다. 결국 보살님이 소승의 말을 다 믿지 않으신다는 말씀 아닌지요."

"그 말씀만은 거두어주십시오. 스님을 믿지 않는다면 어찌 이리 부탁을 드리겠습니까?"

"반드시 사람의 발길이 드문 깊은 산의 절이어야 합니다. 사비성 안의 절에서 화를 피하기에는 너무 늦었습니다. 아이들에게 드리운 그림자를 보니 이미 아이들의 아버지도 건강하지만은 않을 것 같습니다. 기운이 전보다 덜하고 머리가 맑지 못하며 잔병치레를 할 것입니다. 혹 수자리를 살고 계신다면 오늘이라도 사람을 보내 알아보십시오. 그런 뒤에 소승의 말이 옳게 여겨지시거든 곧바로 솟을뫼의 몽운사로 아이들을 데리고 가십시오. 소승이 몽운사 스님에게 말씀을 드려 다른 어려움이 없도록 하겠습니다."

사람을 보내고 말고 할 것도 없다. 계백은 발라군에서 돌아온 후로 아직껏 자리에 누워 있다.

부인은 어떻게든 지아비를 달래보리라 다짐했다. 더욱이 몽운사라면 계백을 길러주신 세 스님 가운데 맏이인 무착 스님께서 한뉘를 머물다 입적한 곳이다. 여느 사람들이 철 따라 어버이 무덤을 찾듯 계백네 식구도 무착 스님의 무덤을 찾고 있었다.

"소승은 아이들의 이름도 부인의 이름도 묻지 않았습니다. 보살님의 지아비 이름에 누를 끼치리라 생각할 수도 있거니와, 무엇보다 목숨을 보살피는데 그런 것들은 해를 끼칠지언정 조금도 도움이 되지 않을 것이기 때문입니다."

고마워하며 법명을 묻는 부인에게 스님이 남긴 말이었다. 부인은 땅에 발을 딛지 못하고 허공을 밟듯이 허위허위 집에 돌아왔다.

부인이 말을 전하는 동안 계백은 줄곧 머리를 끄덕였다. 그러나 부인의 말을 다 듣고 난 후에는 머리를 저었다.

"죽은 원혼들이 이 계백을 병들게 하고 아이들의 목숨마저 위협한다는 것은 그럴듯하다 해도, 그 스님의 말을 다 믿을 수는 없소. 그는 모른다 하나 나로서는 그가 이미 부인과 아이들이 누구인지 알고 있었다는 생각이 드오. 내가 모르겠는 것은 무엇 때문에 부인에게 그런 소리를 했으며 그가 얻고자 하는 것이 무엇인가 하는 것이오."

모를 것도 없었다. 모르는 것은 그 말을 전하는 사람일 뿐, 그 뜻은 잘 알고 있다. 머지않아 사비성에 피바람이 불 것이다. 그날이 가까워졌으니 아이들과 부인을 사비성에서 떠나도록 해 목숨을 살리자는 것이리라.

"의심하자면 아무것도 믿을 것이 없습니다. 지난해 봄 명규의 돌이 갓 지났을 때에도 아이의 기가 너무 세어 억누를 수 없으므로 어려서부터 절에 보내 그 기를 다스려야 한다고 해원 스님께서도 말씀하지 않았습니까? 명규의 당돌하고 고집 센 모습을 볼 때마다 큰스님의 말씀을 생각하지 않을 수 없었습니다. 한 달만이라도 좋으니 아이들을 솟을뫼의 몽운사로 데려가고 싶습니다."

부인의 애틋한 청이었으나 계백은 들어주지 않았다.

절에서 부처님과 스님의 보살핌으로 자란 계백이다. 그러나 종교처럼 무서운 독은 없다. 배달이 되어 하늘의 자손으로 하늘에 제사 지낼 때에도, 움트는 새봄의 새싹들을 보며 생명의 신앙을 가질 때에도 지그시 내려다보는 부처의 눈은 그를 쫓았다. 경전의 글자들 또한 꿈틀꿈틀 살아서 그의 머릿속을 내리누르고 있었다. 수천수만 군사를 거느리는 장수가 된 뒤에도 부처의 눈은 그를 쉽게 놔주지 않고 뒤를 따라다녔다.

무엇보다 장수들이 모여 임자를 베어야 한다고 했을 때, 그들을 이끌고 왕궁으로 쳐들어가지 못한 것도, 임금과 임자 등은 전생에 이미 그러한 복을 지었으므로 함부로 사람들이 나서서 목을 베어서는 안 되리라는 생각에서 망설이다 때를 놓쳤던 것이다. 그 한순간의 잘못과 망설임이 오늘에 와서 나라를 이 꼴로 만들어버린 것이다.

"부처님의 가르침이 싫어서가 아니오. 어떤 일이 있어도 나는 내 자식들에게 종교의 독을 먹이지 않을 것이오. 아무리 좋은 음식이라도 어려서부터 한 가지만 먹여 기른다면 그것은 음식이 아니라 독이 될 것이기 때문이오."

"아이들의 목숨이 달려 있습니다. 아주 절로 보내는 것도 아니고 한 달 정도만 이 어미가 데려가서 함께 있으려는 것입니다. 솟을뫼는 명산이고 몽운사에는 법력 높은 스님이 많다고 들었습니다. 그곳에서 한뉘를 계시다가 열반하신 무착 스님을 보아서라도 잘 대해줄 것입니다. 부디 들어주십시오."

어린아이들의 목숨을 살리려고 부인은 눈물로 빌었으나 계백은 듣지 않았다.

"솟을뫼에 올라 제사를 지낼 것이오. 그리 알고 준비해주시오."

"솟을뫼에 오르다니, 편치 않으신 몸이라 걱정이 됩니다. 혹 그만한 까닭이라도 있는 것입니까?"

"솟을뫼는 조상님들이 모셔온 검스러운 산이오. 솟을뫼에 오르는 것은 먼저 하늘에 제사 지내고 나라의 앞날을 빌고자 함이오."

솟을뫼는 제사터로 널리 알려져 있다. 옛날부터 이곳에 산성을 쌓아야 한다는 말이 나오기도 했으나 하늘에 제사를 지내는 검스러운 산에 부정한 짓을 할 수는 없는 일이었다.

"그래도 그 몸에는 버거운 일입니다. 조금이라도 우선해진 다음으로 미루는 게 좋겠습니다."

"이 몸의 병은 바로 나랏일 때문에 생긴 병이오. 사비성과 온 나라 안에 떠도는 이 어수선한 기운이 사라져야만 이 계백이 일어설 수 있을 것이오."

무엇이 어떻다는 것인지 알 수는 없지만, 지어미는 지아비의 뜻에 따르는 게 옳다고 여겼다.

"준비는 어떻게 해야 합니까?"

"내일 아침 배달들이 오거든 병부에 있는 어떤 사람에게 가만히 심부름을 보내겠소. 솟을뫼에 들어가면 제법 시간이 걸릴 것이니 그리 아시오."

"며칠이나 걸리겠습니까?"

"빨리 돌아오지 않아도 걱정하지 마시오. 마달과 기호는 똑똑한 배달이니 그대가 걱정하지 않도록 심부름을 잘 할 것이오."

천지신명이여, 단군 한아비여!

사흘째 되던 날 아침, 수레를 타고 집을 나선 계백은 마달과 기호만을 데리고 길을 떠났다. 사비하를 건너자 덕솔 진로가 가만히 보낸 사람들이 나타났다. 떡과 술은 물론 양과 소, 돼지까지 마련되어 있었다.

사비성에서 솟을뫼까지는 30리가 짱짱한 길이다. 계백은 솟을뫼에 이르자 타고 온 수레를 돌려보내고 걸어서 산을 올랐다. 사람들이 다른 수레에 싣고 온 작은 가마를 들이댔으나 오히려 꾸중만 들었다.

어찌 조상님들이 믿고 받들어온 산에 가마를 타고 오를 수 있으랴! 더구나 하늘에 제사 드리고 천지신명에게 빌러 온 몸이 아닌가?

기호들의 부축마저 물리치고 혼자 힘으로 산을 올랐으나 무척 힘들어 보였다. 몇 걸음 못 가서 숨이 가쁘고 땀이 비 오듯 흘렀다. 이제라도 쓰러질 듯 몸을 가누지 못했다. 누군가 달려가 물푸레나무를 잘라왔다. 곧잘 비틀거리던 몸은 중심을 잡고 서는 듯했으나 엄지손가락만 한 지팡막대마저도 무거워 보였다. 가파른 비탈길에서는 지팡이를 버리고 두 손으로 땅을 짚고 나무뿌리, 풀잎을 잡아당기며 기어올랐다.

"장군님, 몸에 해롭습니다. 잠깐만이라도 쉬었다 가시지요."

몇 번을 재촉했으나 늦은 점심마저 드는 시늉만 내었을 뿐 걸음을 멈추지 않았다. 이른 아침부터 서둔 길이었으나 몸이 약한 계백이 멧부리에 올랐을 때에는 5월의 긴 해도 두어 길밖에 남지 않았다.

햇살이 뜨거웠으나 바람은 더없이 시원하다. 사람들이 제단을 고쳐쌓는 동안 계백은 지팡이만 짚은 채로 아침에 건너온 들판을 내려다보았다.

들판 저 멀리에 사비하가 흐른다. 사비하는 사비성을 안고 흐른다. 큰비가 와도 넘치는 일이 없고 어떤 가뭄에도 마르는 일이 없었다. 산이 무너져내리는 시위에는 흙탕물이 되어 거칠게 흐르다가도 얼마 지나지 않아서 다시 예전처럼 맑은 물로 돌아간다. 논밭이 타는 가뭄에도 물이 조금 줄어들 뿐 가람이 바닥을 드러내는 일은 한 번도 없었다.

사비하에 안겨 있는 사비는 2871년(성임금 16년) 웅진에서 도읍을 옮긴 뒤 120여 해 동안 백제의 도읍이다. 사비성에는 백제의 모든 것이 모여 있었다. 이른 아침부터 어두운 밤까지 열심히 살아가는 백제의 백성이 있고 왕궁이 있다. 백성과 나라를 위해 잠 못 이루고 땀 흘리는 벼슬아치가 있는가 하면 제 한 몸 부귀를 위해 백성을 타고앉아 임금을 속이고 제 나라마 저 팔아넘기려는 자들이 있다.

뜨겁기만 하던 햇살이 약해지는가 싶더니 저녁 해가 붉게 물들기 시작했다. 바삐 돌아치던 기호가 다가왔다.

"제단을 깨끗이 치웠습니다. 아래에서는 밤샘 준비도 다 마련되었을 것입니다."

돌아다보니 어느새 제단은 붉은 황토로 새로 쌓은 것처럼 산뜻하게 꾸며져 있었다.

"모두들 수고했다. 내일 제사도 잘해야 한다."

계백이 고맙다고 하자 한 젊은이가 물었다.

"장군님, 제사를 밤에 드리지 않고 굳이 아침에 드리는 것 은 무엇 때문입니까?"

"하늘에 지내는 제사이기 때문이다."

"하늘에 지내는 제사는 반드시 아침 해가 떠오를 때 지내는 것입니까?"

"……?"

별생각 없이 대꾸하던 계백의 눈이 커졌다.

나이가 어린 탓인가? 그러나…… 곁에 있는 사람들도 궁금 한 얼굴이다.

"하늘의 빛깔은 희다. 흰빛을 뿜는 해는 곧 하늘의 상징이니 하늘의 자손인 우리가 흰옷을 입고 아침 해를 맞으며 하늘에 제사 지내는 것이 옳지 않겠느냐?"

"그래도 많은 사람들이 밤에 제사를 드리는데, 이것은 잘못된 것입니까?"

눈을 빛내며 묻는 젊은이에게 계백은 또 머리를 저었다.

"그렇지 않다. 하늘은 밝음이므로 낮에 지내는 것이 옳으나 천지신명은 땅을 딛고 바람을 타는 어둠이므로 밤에 지내는 것이 옳다. 귀신들도 낮에는 나돌아다니지 않고 땅거미가 내린 뒤에야 나타나지 않느냐?"

"예, 잘 알았습니다."

젊은이의 얼굴이 무척 밝았다.

젊음은 아름다운 것이다! 계백의 마음도 따라서 즐거워졌다.

골짜기로 내려오니 사람들이 모닥불 곁에 저녁을 차려놓고 기다리고 있었다. 낮보다는 기운이 나는지 맛있게 밥을 먹고 난 계백은 사람들에게 일러 나무를 많이 해오도록 했다.

"산바람이 차갑다 하나 이미 여름이니 되레 시원합니다. 모닥불은 마련해둔 나무만으로도 밤을 새우고 남을 것입니다."

그러나 계백에게는 따로 생각이 있었다.

"고작 모기나 쫓고 몸을 말리자는 것이 아니다. 어둠의 기운이 너무 크다. 튼튼한 사람이라도 자칫하다가는 이 어두운 기운에 다치게 된다. 사비성과 백제 땅 어디에고 어두운 기운이 넘치지 않는 곳이 없을 터이나 이 솟을뫼처럼 터가 센 곳에서는 더욱 조심해서 다스리지 않으면 안 된다. 밝고 뜨거운 불로 이 어두운 기운을 태워야 하는 것이다."

사람들은 횃불을 만들거나 별빛을 더듬어 화톳불을 피울 나무를 해 날랐다. 불 피우기에 좋은 손목만 한 나뭇가지에서부터 기둥감만 한 통나무까지 길 반이 넘게 나뭇벼눌을 쌓았다. 불길이 안으로 모이도록 마른나무 위에는 생나무를 찍어다 두텁게 덮었다.

횃불을 대어 불을 붙이자 나뭇벼눌은 기운차게 타오르기 시작했다. 불길이 나뭇벼눌을 휘감고 열을 내뿜기 시작하자 사람들은 대여섯 걸음씩 더 물러서서 불길을 지켜보았다.

혼을 부르듯 너울너울 불길이 춤을 추었다. 춤사위에 끌린 어둠이 스멀스멀 풀려나와 불길 속으로 타들어갔다. 툭, 툭, 어둠이 비명을 지르며 화악, 화악 불길을 뿜었다. 어둠은 둘러선 사람들 곁을 지나 쏜살같이 불길 속으로 빨려들어갔다. 돌아다보는 눈에는 등성이를 넘어 계곡으로 밀려드는 어둠이 보였다. 어둠은 꼬리를 물고 끝없이 산등성이를 넘어 밀려왔다. 하늘에서도 어둠이 풀려 내려왔다. 별들도 솟구치는 뜨거운 기운을 견디지 못하고 흔들렸다.

어느덧 별자리가 새벽이 머지않음을 알리자 사람들은 제물을 장만하느라 부산하게 움직이기 시작했다.

계백은 숲으로 스며드는 별빛으로 길을 더듬어 개울을 찾아서 몸과 마음을 정갈하게 씻었다. 물의 차가움이 뼈에까지 스몄으나 계백에게는 그 차가움마저 새벽의 기운이 되어 몸 안으로 스미는 듯했다. 머리를 풀어 감고 몸통과 팔다리를 문지를 때마다 계백은 온몸으로 싱싱하고 힘찬 기운이 퍼지는 것을 느꼈다. 싱싱한 기운을 골고루 나누어 넣기라도 하듯이 계백은 개울물을 끼얹어가며 찬찬히 몸을 닦았다.

계백이 몸을 씻고 물가로 나왔을 때 횃불이 어른거리는가 싶더니 기호의 목소리가 들렸다.

"장군님, 큰일입니다. 다른 제물은 다 마련이 되었는데 웬일인지 떡이 익지를 않습니다."

"아무리 불을 때도 김만 오를 뿐 떡쌀은 날것 그대로입니다. 모두들 어찌해야 좋을지 모르고 있습니다."

마달까지 뛰어와 떠들었으나 계백은 무어라 대꾸하지 않았다.

떡이 익지를 않는다? 무엇인가? 계백의 정성이 모자라서인가? 아니다! 그렇다면? 계백은 천천히 옷을 입고 그 차림을 단정히 했다. 언제 앓았던가 싶게 몸이 날아갈 듯 가벼웠다.

가마터에는 음식냄새가 가득했으나 사람들은 죄라도 지은 것처럼 몸을 사리며 어쩔 줄 모르고 있었다.

"모두가 몸을 깨끗이 하고 이곳에 왔습니다. 오늘도 몸과 마음을 깨끗이 하고 제물을 장만했습니다."

"하늘에 제사 지내는데 부정 탈 짓을 했다가는 천벌을 받습니다. 부정 탈 만한 짓을 한 사람은 아무도 없습니다."

모두가 자신들로서는 모르겠다는 이야기로 발뺌을 하는데, 계백은 그저 천천히 머리를 끄덕일 뿐이었다.

떡시루가 놓인 가마 앞에 이르자 계백은 솥뚜껑을 열도록 했다. 횃불에 비쳐 보이는 것은 시루 안에 가득한 날 쌀가루 그대로였다.

이럴 수는 없다! 괘씸한 것들! 계백의 얼굴이 서서히 노여움으로 타오르기 시작했다. 새들이 울음을 그치고 계곡물 소리도 잦아들었다. 나뭇잎을 스치며 지나가던 바람도 제자리에 얼어붙었다. 온 누리가 숨을 죽였다. 허깨비가 움직이듯 계백이 댓 걸음 뒤로 물러섰다. 이글거리는 두 눈에서는 불길을 얼려버릴 듯한 차가움이 함께 쏟아졌다.

"온갖 귀신들은 들어라!"

새파란 비수가 햇살처럼 쏟아져나갔다.

"아무리 하늘의 도가 흩어지고 어둠뿐이라 하나 감히 하늘의 자손 계백이 하늘을 받들어 지내는 검스러운 제사의 제물에까지 장난을 쳤으니, 너희는 무엇으로써 그 죄를 다 짊어지려 하느냐? 너희가 열 번을 찢기어 죽어도 그 죄는 그대로 남

을 것이다. 이제 곧바로 떡을 익혀서 제물 장만에 모자람이 없
도록 하라."

못된 귀신들을 무섭게 꾸짖은 다음 산신을 불러 나무랐다.

"솟을뫼의 산신 또한 잘 들으시오. 여태껏 검스러운 산을 잘
지켜온 공을 모르지 않으나 다시 한 번 못된 귀신들이 날뛰도
록 놔둔다면 곧바로 불을 싸질러 나무 하나 풀 한 포기 살아
남지 못할 것이며 물길을 잘라 숨줄을 막고 바윗돌은 물론 돌
멩이 하나까지 모두 깨뜨려 그 죄가 가볍지 않음을 알게 할 것
이오. 이 계백으로 하여금 솟을뫼를 모두 헐어내어 그 죄를 묻
지 않도록 하시오."

계백은 뒤돌아 사람들을 바라보았다.

"아무리 어리석은 귀신들이라 하나 귀가 있으면 이 계백의
말을 들었을 것이다. 여태껏 많은 불을 땠을 터이니 이제 작은
나뭇가지 하나라도 더 넣을 수는 없다. 차 한 잔 마실 때를 기
다렸다가 솥뚜껑을 열도록 하라."

사람들은 그 말을 믿을 수 없었다. 귀신을 나무랐으면 다시
불을 때 떡을 익혀야 하는 것이 아닌가. 그러나 계백의 시퍼런
서슬 앞이라 차마 입을 열 수가 없었다.

마침내 계백이 말했다.

"어서 떡을 나르고 제물을 차려주시오."

믿기지 않았으나 계백의 말을 어길 수도 없는 일이었다. 사

람들이 조심스럽게 솥뚜껑을 열었다. 그런데…….

"떡이 익었다!"

"산신님이 장군님의 말을 들은 것이다!"

사람들은 좋아서 어쩔 줄 몰랐다. 모두들 신바람이 나서 제물을 날랐다. 제물이 다 차려지자 아침 해가 솟아오르기 시작했다. 향을 피우고 술을 잔에 따른 계백이 하늘에 빌었다.

오호라, 하늘이여!

하늘에 구름이 있으되 바람이 흐르고

뜨거운 햇볕이 있으되 별은 이슬을 내리니이다.

제비는 가을을 맞아 떠나고 기러기는 눈을 기다려 날아오니이다.

서라벌의 어리석은 무리가 제 근본을 잊고

독사의 이를 빌려 제 살을 깨무니

백성은 놀라 제집에서 달아나고

북소리 일어나매 날랜 군사는 엎드려 숨죽이니이다.

이제 계백이 일어나 나가 싸우려 하나 계백의 몸은 병들었니이다.

하늘은 어찌하여 스스로 숨을 막아 계백을 달리지 못하게 하시니이까?

하늘은 계백으로 하여금 싸울아비가 되게 하였으니

이제는 나가 싸우라 명을 내려야 하나이다.

오호라, 하늘이여!

이제 계백이 홀로 드버티어 섰으니

이는 하늘이 더브러 계백을 길렀음이니이다.

사흘이 지났다. 아침마다 떠오르는 햇살 속에서 하늘에 제
사 드린 계백은 끝까지 남아 있던 마달과 기호까지 사비성으
로 돌려보냈다. 아직도 몸을 추스르지 못하는 사람을 남기고
떠나기 저어하는 그들에게 계백은 사나흘에 한 번씩 식량이나
사비성의 소식을 가져오라고 일렀다.

계백은 북쪽 골짜기로 내려가 손수 조그마한 단을 쌓았다.

숫을뫼에 밤이 내리자 골짜기 곳곳에서 기도를 올리는 촛
불이 밝혀지고 피워올린 향내음이 숫을뫼의 바람으로 몰리다
가 흩어졌다. 숨죽이고 있던 풀벌레들의 울음소리가 깨어난
계곡물 소리와 어우러졌다.

어둠이 내리면서부터 결가부좌를 하고 석상처럼 앉아 있던
계백은 북두칠성이 한밤을 가리키자 자리에서 일어나 몇 가
지 제물을 차린 다음 촛불을 밝히고 향을 피워올렸다. 술을
따라 올리고 천지신명에게 세 번 절한 계백은 그 자리에 무릎
을 꿇고 앉아서 머리를 숙인 그대로 다시 석상이 되었다.

삼가 천지신명과 벌려 서신 열조께 아뢰나이다.

아침에 피어난 꽃이 하루를 가지 못하여도 온 누리 가득히 천지화는 지지 않는 아름다움으로 피어 있습니다. 일찍이 단군 한아비께서 검스러운 땅 아사달에 나라를 여시고, 그 자손들은 서로 돕고 위로하며 번성해왔습니다.

돌이켜보건대, 온조 한아비께서는 차마 형제 사이의 의를 다칠까 두려워하여 고구려 태왕을 이어받지 않으시고 남쪽으로 내려와 나라를 세우시니 백제였습니다. 온조임금 뒤로 31대 의자임금까지 678년. 삼국으로 정립한 백제는 고구려, 신라와 더불어 때로 다투고 성을 빼앗고 빼앗기며 싸웠으나 이는 수컷의 본능, 사내의 기상이었습니다. 서로 싸울 때마다 붉은 피를 산과 들에 뿌려왔으나 배달얼은 잇달아 끊임이 없이 흐르고, 싸움터에서 굽힐 수 없는 배달의 용기는 괭이를 들어 밭을 일구는 여름지기가 되어 어떤 가뭄이나 큰 장마에도 굽히지 않고 곡식을 내었으며 가슴에 더운 불을 지폈습니다. 벗들의 쓰러짐을 내 죽음으로 맞서 싸우는 넋은 내 이웃을 돌아보며 함께 사는 두레가 되어 우리를 배달다운 배달, 사람다운 사람이 되게 하였습니다.

그러나 어느 때인가 들어온 불교와 유교는 슬그머니 우리를 타고앉아 우리의 풍습을 못난 것으로 몰아세우더니 마침내 제 뜻을 이루기 위해서는 아무리 못된 꾀라도 부리게 되었습니다. 이것은 또 저 신라인들이 오랑캐 군사를 이 땅에 불러들이는 것으로 나타나고야 말았습니다. 단군 한아비께서 한웅천황의 뒤를 이어 나라를 여신 지 3천 년, 어느 누가 함부로 제 배달 됨을 잊고 제 핏줄을 베고 짓밟기 위해 스스로 서토 오랑캐까지 불러들인단 말입니까?

이에 계백은 바람 앞에 선 등불 같은 백제를 지키고, 저 미치광이 신라 사람들에게 배달얼을 일깨워주고자 붉은 피로 맞서 싸우리이다.

하늘이여, 굽어살피소서!

천지신명이여, 단군 한아비여, 이 계백을 일으켜세우소서!

맺힌 꽃봉오리를 터뜨려 천지화로 피어나게 하소서!

어찌 신라여야 하는가?

　세 이레가 지났다. 계백의 몸이 눈에 띄게 튼튼해졌다. 어둠을 더듬어 몸을 씻고 새벽빛 속에서 숨을 고르면, 저녁에 다시 산신 기도를 올릴 때까지 낮 동안은 숫을뫼의 골짜기를 오르내리며 가쁜 숨을 다스리고 다릿심을 키웠다. 지팡이 따위는 예전에 내던져버렸다. 어제부터는 자그마한 바위에도 뛰어서 오르내렸으니, 사나흘 더 지나면 벼랑을 기어오르고 낭떠러지에서도 어렵지 않게 몸을 가누어 뛰어내릴 수 있으리라.

　이른 아침의 맑은 공기 속에서 명상에 잠겨 있던 계백은 문득 천천히 뒤돌아보았다. 누군가가 가까이 다가오는 것을 느꼈기 때문이다.

　해원 스님이었다. 너무 갑작스러운 일이라 믿어지지 않아서인가?

　"……?"

　계백은 잠자코 스님의 얼굴을 올려다보았다. 스님도 예전처럼 반갑게 달려들지 않고 서 있었다.

무슨 일인가? 그러나 무엇인가 벼랑 앞에 선 것처럼 계백은 입을 열지 못했다.

마침내······.

"이렇듯 건강한 모습을 보니 기쁘오."

해원 스님이 나란히 자리에 앉으며 말했다.

"웬일로 여기까지? 그보다 그간 어떻게 지내셨습니까?"

계백은 지난해 봄 해원을 만난 뒤로는 한 번도 그의 소식을 듣지 못했다.

그리 긴 세월이 아닌데도 스님의 옆모습은 무척이나 쇠약해 보였다. 봄가을에 한 번씩은 찾아와 함께 곡차를 즐기던 스님이었으나 지난해 가을에는 웬일인지 오지 않았다. 알 만한 스님들에게 물어도 어디 만행을 하다가 좋은 토굴에 들어앉은 모양이라는 말만 들었을 뿐이다. 사비성에 와서도 해원 스님의 소식이 많이 궁금했었다.

"지리산 토굴에 있었지요. 이승을 떠날 날이 가까운데 보고 싶은 얼굴들이 자꾸 앞길을 막는구려."

스님이 계백보다 열 살쯤은 많을 것이다. 계백을 길러준 스님들도 그만한 나이에 열반하셨다. 해원 스님에게 달리 가까이 지낸 사람도 없었으니 계백 자신의 가족들을 보려고 늙은 몸을 이끌고 먼 길을 오셨을 것이다. 계백은 무어라 입을 열지 못했다.

"먼발치에서나 뵈려 온 길, 무슨 낯으로 부인과 아이들 앞에 나설 수 있겠소?"

계백의 부인과 아이들을 볼 낯이 없다니, 도무지 영문 모를 소리였다.

"처음에는 장군의 뒷모습이나 보고 가려 했소. 그러나 장군이 성치 않은 몸으로 천지신명께 나라를 위한 기도를 올리는 것을 보고 무언가 장군에게 말하지 않고는 눈을 감지 못할 것 같아 이렇게 앞에 나서게 되었지요."

이미 지켜보고 있었더란 말인가. 해원 스님은 계백의 말대꾸를 기다리지 않고 앞을 보며 또박또박 말을 이었다.

"무엇부터 말해야 할지 모르겠으니 내 말에 앞뒤가 없더라도 잘 가려서 들으시오. 나는 본디 신라 사람으로 신라의 화랑이었소. 뒤에 장수가 되어 싸움에도 나갔으나 오랜 벗이던 김유신의 청을 거절하지 못하고 머리를 깎고 먹물옷을 입어 중이 되었소. 불경을 익히고 백제의 풍습과 말을 배워 백제에서 살다가 만덕산에서 장군을 만나게 되었던 것이오."

해원 스님이 신라의 화랑이었다니? 그렇다면 해원 스님은 중으로 거짓 꾸미고 백제에 들어온 신라의 간세였단 말인가? 비록 두 귀로 들었으나 뭐가 뭔지 도통 갈피를 잡을 수가 없었다. 만덕산에서 만난 뒤로 피붙이가 없는 계백에게는 그대로 뜨거운 정이 느껴지던 형님이 아니었던가.

그러나 믿기지 않아도 이미 눈앞에 드러난 일이다.

그랬었는가? 그래서 해원 스님은 때로 배달처럼 몸이 날래고 활달한 기상이 엿보였는지도 모른다.

"거짓으로나마 먹물옷을 입고 나니 부처님의 가르침에 닿게 되어 시름도 많았고, 한때는 참으로 중이 되려는 생각도 없지 않았소. 그러나 나는 끝내 중이 되지 못하고 말았소."

해원 스님의 말은 거짓이 아닐 것이다. 끝내 스님이 되지 못했다는 것까지도.

"만덕산을 떠난 뒤 이 나라의 여러 곳을 다니며 지리와 성과 군사의 배치는 물론 뛰어난 사람들의 품성까지 살펴서 김유신에게 알려주었소. 김유신은 그가 국선화랑이 되었을 때부터 삼국통일의 꿈을 키웠소. 다른 사람이라면 말도 안 되는 소리였겠으나 김유신의 품성을 잘 알고 있는 나로서는 그것이 헛된 꿈이라고만은 생각하지 않았소. 상대등 비담 등이 군사를 모으는 줄 알면서도 스스로 공을 세울 기회를 얻기 위해 모르는 척하고 있다가 뒤늦게야 반란군을 쳐부순 것은 그가 발뺌하여도 미루어 알 일이오. 변란 속에서 선덕임금이 돌아가실 때 믿거니 하며 따로 대책을 세우지 않았다 맥없이 당한 것을 두고두고 아쉬워하다가 뒤를 이은 진덕임금이 죽고 상대등 알천에게 임금의 자리가 넘겨지려 하자 알천을 찾아가 담판을 지은 일은 그가 자랑삼아서 말하였으므로 내 귀로 똑똑히 들었소. 나 같은 사람들을 백제와 고구려에 보낸 것은 물론이거니와 은밀한 곳에서 따로 어린아이들을 기르고 젊은 화랑들을 몰래 뽑아서 백제 사람, 고구려 사람으로 만들고 있는 것은 단지 백제나 고구려 군사만을 상대로 하는 것이 아니라 그가 끌어들일 당나라 군사를 염두에 두고 미리 준비하여 뒷날 이들과 싸우려는 것이오. 백제와 고구려의 백성들로 하여금 신라를 편들게 하려는 것이란 말이오."

오랜 세월 푸른 젊음을 번민으로 보내온 해원 스님의 긴 이야기가 끝났다.

우르릉, 우르르……. 어디서 천둥이 우는가? 계백은 천천히 숨을 들이쉬고 내뿜어 가슴을 가라앉혔다.

"지난달 정림사에서 제 안해를 보신 적이 있습니까?"

"부인께서 정림사에 다니는 것을 잘 알고 있었으므로 도반 스님을 시켜 사비성을 떠나게 하라고 일렀지요. 몇 해째 소식을 끊고 지냈으므로 다는 알 수 없지만 지리산 깊은 골짜기에까지 들리는 해괴한 소문들로 보아 김유신의 계획들이 다 이루어졌다는 것을 알았소. 이제라도 신라군이 국경을 넘고 당나라 군사가 배를 몰아 바다를 건너고 있을지도 모르는 일이오."

"백성들이 신라의 말발굽에 짓밟히는데 계백의 자식들만 난을 피해 숨으리라 여기신 것입니까?"

"많은 생각이 없지 않았소. 그러나 내가 장담하거니와 신라 군이 사비성에 들어온다 해도 애꿎게 다치는 백성은 그리 많 지 않을 것이오. 함부로 목 베거나 잡아다 종으로 삼는 일은 결코 없을 것이오. 당군과 싸우기 위해서는 백제 백성의 마음 을 얻어야 하므로 분명히 앞장서서 백성을 보호할 것이오."

"그러나 신라군이 백제 백성들을 싸고도는 것으로 보이려면 그만큼 당나라 군사들의 살육과 약탈이 커야 하는 만큼, 김유 신이 계략으로 오히려 그것을 북돋우고 키울 것이라는 점 또 한 불을 보듯 뻔한 일이 아니겠습니까?"

내가 알고 있던 해원 스님이 이렇게 어리석은 사람이었던가 생각하니 도리어 웃음이 나왔다. 그러나 그것은 비웃음이 아 니라 연민의 정에서 이어지는 한숨이었다. 이 늙은 스님이 한 뉘를 섬겨온 부처는 서역의 석가모니가 아니라 삼국통일이라 는 헛된 야욕에 미친 신라의 김유신이리라.

"무엇보다도 스님이 잘못 알고 있는 것이 있습니다. 오늘이 라도 신라가 오랑캐와 함께 쳐들어온다면 사비성이야 오래 버 티지 못하고 무너질지 모르지만, 이 백제가 그렇게 작은 나라 는 아닙니다. 오늘 이 나라는 임금부터 김유신의 손에 놀아나 조정이 문란하고 간신배들이 들끓는 듯이 보이지만, 한 나라 의 참된 힘은 어려움을 겪을 때에야 비로소 나타나는 것입니 다. 김유신의 계략에 따라 온갖 해괴한 소문이 난무하고 백성들이 갈팡질팡, 심지어 왜 땅으로 달아나는 사람까지 있지만, 이 나라 사람들은 모두 머리를 하늘에 두고 살아온 하늘백성입니다. 구름이 걷힌 뒤에야 햇살이 쏟아지듯이 조금만 정신을 차리게 된다면 모두가 한마음 한뜻으로 뭉쳐 저들을 몰아내고야 말 것입니다. 신라에서 화랑도로 인재를 길렀다면 백제에는 두레가 있어 배달들을 키우고 배달얼을 이어왔습니다. 여러 즈믄 해를 지켜온 단군겨레의 배달얼이 몇 사람의 속임수에 넘어가 겨우 몇 해 만에 그 빛을 잃는다는 것은 있을 수 없는 일입니다."

계백의 말을 잠자코 듣고 있던 해원 스님이 다시 입을 열었다.

"한낱 계집에게 놀아나고 몇몇 간신배에 속아서 나라를 요 모양 요 꼴로 만든 임금이라면 나라를 다스릴 자격이 없는 것 아니겠소?"

"스님은 이 나라가 임금 한 사람의 나라라고 잘못 생각하는 것이 아닙니까? 임금 한 사람이 잘못되었다고 나라가 없어지고 수많은 사람들이 죽거나 다칠 거라고 믿는다면 스님은 수백만 백성을 조금도 생각하지 않은 것이 됩니다."

할 말을 잊은 듯 잠시 앞을 보며 침묵을 지키던 스님이 입을 열었다.

"장군, 신라의 간세로서가 아니라 신라의 화랑으로서 백제

오국지 5

의 배달인 장군에게 묻겠소. 삼국정립이라고 하지만, 지난 수백 년 동안 세 나라는 줄곧 서로를 물고 할퀴며 살아왔소. 나라를 지킨다는 이름 아래 얼마나 많은 백성이 죽고 다쳤소? 이 땅 어디에 피로 물들지 않고 원혼이 없는 곳이 있소? 언제까지 자자손손 대를 물려가며 원수가 원수를 낳을 수는 없는 일, 우리 모두가 단군의 자손이므로 한 겨레가 한 나라로 되어야만 더 이상 죄 없는 백성이 피를 흘리는 일이 없을 것 아니오?"

"한아비의 자손들끼리 흘리는 피는 이제 멎어야 합니다. 짧은 생각으로는 삼국정립보다 삼국통일이 나을 수도 있습니다. 그러나……."

계백이 잠깐 숨을 가다듬었다.

"세 나라가 한 나라로 되어야 한다는 소리야 그렇다 치더라도, 세 나라를 아우르는 나라가 어찌하여 신라여야만 된다고 생각하십니까? 오랑캐 수나라는 운하까지 파는 등 엄청난 힘을 쏟아가며 고구려에 도전했으나 오히려 그때마다 떼죽음을 당하고 기력이 쇠진하여 결국 이세민 부자에게 나라까지 넘겨주고 말았습니다. 당나라 이세민도 안간힘을 다해 고구려 도전을 감행했지만 100만이 넘는 군사만 잃고 말았습니다. 당군을 밀어붙이기 시작한 고구려 군사들은 이제 하수에까지 쳐내려가 말에게 하수의 강물을 먹이고 있습니다."

해원으로서도 모르는 일이 아니었다. 그때 연개소문이 서토 오랑캐의 눈치나 살피는 어리석고 쓸개 빠진 태왕과 벼슬아치들을 제거한 지 얼마 되지 않았으므로, 지방 호족들의 반란을 두려워하여 온 힘을 다해 장안에까지 당군을 뒤쫓지 못하고 북평에서 멈추고 말았다. 그리하여 당나라는 여러 지방에서 일어나는 반란을 가까스로 막아내고 다시 살아남아 힘을 키울 수 있었던 것이다.

"고구려의 을지문덕이나 연개소문 등은 오랑캐들이 모두 두려워하여 그 이름만 듣고도 꼬리를 내리고 달아나는 무서운 장수들이었습니다. 그런 장수들이 서토 오랑캐들한테서 눈을 떼지 않고 있었으니 망정이지 신라로 눈을 돌려 군사를 휘몰아 쳐들어왔더라면 참으로 얼마나 맞버티어 싸울 수 있었을 것이라고 생각하십니까? 김유신과 김춘추한테 더러운 잔꾀 말고는 간도 쓸개도 없이 울며불며 서토 오랑캐들의 바짓가랑이에 매달리는 재주밖에 무엇이 더 있습니까? 툭하면 서토 오랑캐들한테 달려가 고구려와 백제가 신라를 괴롭히니 살려달라고 빌었지만, 한 번이라도 고구려에서 괘씸하기 짝이 없는 신라를 혼쭐내기 위해 군사를 보낸 일이 있었습니까? 백제가 신라를 괴롭힌다는 핑계로 오랑캐 군사를 끌어들였지만, 그동안 김유신이 두 손을 묶고 앉아서 백제에 당하기만 했습니까? 백제 임금의 잘못을 말씀하셨지만, 그가 누구의 덫에 걸려 저리 되었습니까? 뒤에 숨어서 충신들에게 없는 죄를 씌워 죽이게 하고 백성들을 도탄에 빠뜨린 김유신이라는 자가 어찌 함부로 남의 그릇됨을 말할 수 있으며, 삼국정립을 저버리고 삼국통일을 입에 올릴 수 있다는 말입니까?"

"……."

계백이 날카롭게 따져 나무라자 해원은 차마 입을 열지 못했다. 산 위에서 불어내리는 바람이 벅수처럼 앉아 있는 두 사람을 스치고 지나갔다.

"해원 스님, 목에 염주를 걸고 목탁을 두드리며 그만큼이나 시주밥을 먹어온 스님이 왜 아직도 스스로를 신라의 화랑이라고 일컫는지 이 계백은 알 수가 없습니다. 그들이 밥이 남아돌아서, 차마 버릴 데가 없어서 스님에게 공양한 줄 아십니까? 스님이 먹물옷을 입고 목탁을 울려 중생을 바른 길로 이끄는 중이기에 적은 음식이나마 나누어 즐거이 공양한 것입니다. 그들이 나누어준 공양의 뜻을 모르지 않겠거든 곧바로 부처님 앞에 나아가 피 흘리며 죽어 갈 중생들의 저승길이나 빌어주십시오."

피를 토하듯, 계백의 목소리가 떨렸다.

"아미타불!"

해원이 신음처럼 나무아미타불을 외웠다.

견디기 어려운 아픔이다! 만나지 말라 했던가? 태어나지도 말라 했던가? 다시금 바람이 쏟아져내렸다.

"부디 뜻을 이루시오."

"부처를 이루십시오."

두 사람은 가슴에 손 모아 절하고 헤어졌다.

낮이 되자 기호와 마달이 식량을 가지고 올라왔으나 계백은 두 배달을 바로 내려보냈다.

"가만히 내법좌평님께 일러라. 이 계백의 몸이 다시 튼튼해졌으므로 내일이라도 산을 내려가 잔치를 열고 실컷 마셔보고 싶으니 좋은 술 열 수레만 장만하여달라 이르고, 술을 마시고 취하거든 칼춤을 출 것인즉 흥이 더하도록 신라군의 허수아비를 200개만 서둘러 마련해달라더라고 여쭈어라."

늙은 장수의 궁여지책

임금이 무녀 금화와 간신들의 꾐에 빠져 밤을 새워 술을 마시며 나랏일을 돌보지 않으니 백성들의 삶은 날로 어렵고 고달파졌다. 거기에 어둠 속에서 빚어진 해괴한 소문들이 나라를 휩쓸었으니 백성들은 더욱 마음자리를 잡지 못했다.

세상이 어찌 되려고 이런 해괴한 일들이 벌어진단 말인가? 백성들은 뒤숭숭한 꿈자리에 잠을 이루지 못했으나, 조정에서는 이를 아는지 모르는지, 왕궁 앞에는 낮이 벌겋게 술 취한 벼슬아치들만 오갈 뿐이었다.

"썩어 문드러질 놈들, 콱 뒈져버려라!"

"이놈의 나라, 어차피 망할 거면 어서 망해버려라!"

임금과 조정을 향한 백성들의 원성이 그렇게 터져나올 수밖에 없었다.

기벌포에서 왜로 떠나는 뱃길이 바빠졌다. 많은 사람들이 살던 집을 버리고 왜 땅으로 삶터를 옮겨가는 것이다. 이들이 왜로 빠져나가는 것 또한 황당무계한 소문들 못지않게 뒤숭숭한 마음들을 들쑤셨다.

불안해진 사람들은 대부분 짐을 꾸려 왜로 가고 싶어 했다. 그러나 한두 사람도 아니고 많은 가족들까지 왜로 가는 배를 얻어타기는 그리 쉬운 일이 아니었다. 줄이 닿지 않으면 엄청나게 많은 뱃삯이 들었다. 뱃삯을 치를 돈이 있어 배를 타고 왜에 닿는다 해도 무엇을 해서 먹고산단 말인가? 배가 거친 풍랑을 만나지 않고 왜에 가 닿는 것 못지않게 커다란 걱정일 수밖에 없었다. 떠날 마음을 먹는다 해서 모두가 떠날 수 있는 것이 아니었으므로, 왜로 가는 사람들의 이야기는 다른 사람들을 움츠러뜨리고 불평을 자아냈다.

마침내 신라가 군사를 일으켰다는 소문이 돌고 이어 서토 오랑캐까지 쳐들어온다는 소문으로 바뀌었다. 어수선한 마음으로 떠도는 풍문에 귀를 기울이며 걱정하던 사람들은 눈앞이 캄캄해졌다.

갈피를 못 잡고 허둥거리기는 조정에서도 마찬가지였다.

"당나라가 신라를 도와주려고 군사를 일으킬 까닭이 없습니다. 당나라의 원수는 오직 고구려인데, 3년 전 연개소문이 죽어 국력이 약해졌으므로 신라의 지원을 받아 고구려를 공격하려는 것입니다."

"그렇지 않습니다. 만일 신라가 당나라를 도와주는 것이라

오국지 5

면 1~2만 군사로도 충분합니다. 신라가 국력을 다 쏟아 5만이나 되는 대군을 동원한 것은 분명 우리 백제를 침략하려는 것입니다."

"당군이 고구려를 공격하는 틈을 타서 신라군이 우리 백제를 공격한다고 해도 그저 시늉에 그치고 말 것입니다. 15년 전 당군이 고구려를 공격했을 때 신라 김유신이 우리 백제를 침략했지만 오히려 우리에게 일곱 개나 되는 성을 내주고 말았습니다. 설혹 일이 잘못되어 저들을 막지 못한다 해도 가장자리의 작은 성이나 몇 개 내주면 될 것이니 그다지 걱정할 일은 아닙니다."

"미리 군사를 한곳으로 모으는 것도 현명한 일이 아닙니다. 적들이 어디로 불쑥 나올지 모르는 터에 공연히 군사를 모았다가는 허점만 노출하게 됩니다. 어디에 있는 어느 성이건 일정한 시일은 버틸 수가 있으니, 신라군이 우리 국경에 나타난 뒤에 대책을 세워도 늦지 않습니다."

날마다 논의를 해도 어느 한쪽으로 의견이 모아지지 않았다.

당나라 군사가 많고 사나운 데다 신라와 서로 짜고 있어서 만약 들판에서 큰 싸움을 벌인다면 이기기 어려울 것이오. 기벌포와 탄현은 적군이 함부로 들어올 수 없는 가장 험준한 길목이니 그곳에서는 한 장수가 창을 들고 만 명을 어렵지 않게 지킬 수 있을 것이오. 미리 마땅한 군사를 보내서 당나라 군사가 백강으로 들어서지 못하게 하고 신라군은 탄현을 넘지 못하게 지켜야 하오. 그들의 군량이 떨어지고 지치기를 기다렸다가 나가서 싸우면 반드시 적을 깨뜨릴 수 있을 것이오.

내법좌평 정무가 고마지현에서 귀양살이를 하고 있는 흥수의 서찰을 보여주며 탄현과 기벌포로 군사를 보내야 한다고 했으나 병관좌평 상영은 오히려 흥수를 의심하고 있었다. 흥수의 주장이 전에 성충이 죽으면서 했던 말과 똑같은데, 그 두 사람은 조정에서 쫓겨난 자들이니 속에 원한을 품고 나라에 해가 되는 소리를 하고 있다는 것이다.

"이번에 출병하는 신라군은 모두 남천주로 집결하고 있습니다. 간세들의 첩보가 하나같이 똑같은데 무엇을 더 의심하겠습니까? 신라군은 고구려를 침략하는 당군을 지원하는 군사들입니다."

"15년 전 당나라가 고구려를 공격했을 때에도 신라는 지원군을 보내지 않았습니다. 우리 백제에게 일곱 성을 내주기는 했지만 당시 신라군이 최선을 다해 방어하지 않았고 패전 장수인 김유신은 어떤 문책도 당하지 않았습니다. 당군이 수로군 20만을 출병시키고 육로로 고구려를 공격할 것이라고 하지만, 아직 별다른 움직임이 없습니다. 당군이 대규모로 출병하지도 않았는데, 사냥터에도 따라가지 않던 신라 왕까지 직접 전장에 나섰다는 것은 매우 수상쩍은 일입니다. 신라군이 남천주로 집결하고 있다지만, 나·당 군사들의 목표는 고구려가 아닌 우리 백제가 확실합니다."

남천주는 고구려 남천현(경기 이천시)이었는데 진흥왕 때 신라군에게 점령된 후 남천주라고 했다.

5만 군사가 신라군의 전부는 아니다. 출병명령을 받지 않은 많은 부대가 있었고 이들도 비상시국에 맞추어 임전태세를 갖추고 있을 것이니, 언제 어디로든 백제의 취약 지역을 공격해 올 수 있는 것이다. 만에 하나 나당연합군의 목표가 백제라면, 배를 타고 움직이는 13만 당군은 며칠 만에 백제 해안 어디에든 닻을 내릴 수 있고 신라군과 합세해서 공격하거나 양동작전을 펼칠 수도 있는 것이다.

"신라군은 당군과 때를 맞추어 고구려를 공격할 것입니다. 신라 왕 춘추가 그의 맏아들 법민을 데리고 남천주로 간 것이 바로 그 증거입니다."

"적들이 고구려를 공격하는 척하다가 갑자기 우리 백제를 공격하려는 기만전술일 수도 있습니다."

상영과 정무가 설전을 벌였을 뿐 누구도 다른 의견을 내놓지 못했다. 어차피 적들의 속내를 모르는 바에야 정보를 분석하면 할수록 가닥이 잡히기는커녕 혼란스럽기만 한 상황이었다.

상영은 본디 무관이 아닌 문관 출신으로 병부의 물자관리를 담당하던 자였다. 싸움에 나가 공을 세운 일도 없었으나 상좌평 임자의 천거로 좌평에 올라 병권을 한 손에 쥐게 되었던 것이다.

"설혹 저들의 목표가 우리 백제라고 해도 그렇습니다. 당나라 군사는 멀리서 왔으므로 빨리 싸우려 할 것이니 그 날카로움을 막기가 어렵습니다. 그러니만큼 우리는 당군이 백강 깊숙이 들어와 아침저녁으로 바뀌는 물길에 놀라 허둥거리는 틈을 타서 공격하는 것이 좋습니다. 우리가 불화살로 공격하여 적의 배를 태우고 그 군사를 물에 장사지내는 것은 손을 뒤집기보다도 쉽습니다. 그리고 신라 사람들은 지난날 여러 번 우리에게 졌으므로, 우리의 군세를 보면 으레 두려워할 것입니다. 신라군은 더 가까이 오기를 기다렸다가 한꺼번에 무찌르는 것이 더 좋을 것입니다."

상영의 말은 나당연합군 수십만을 나라 한복판으로 끌어들여 싸우겠다는 소리였다. 눈치만 살피며 침묵을 지키던 내두좌평 충상도 상영을 편들고 나섰다.

"성충이나 흥수의 말은 병법을 모르는 사람도 얼마든지 할 수 있는 것입니다. 그 말이 틀려서가 아니라 아무나 쉽게 생각할 수 있는 것으로서, 앞뒤로 덤비는 많은 적을 막을 수가 없다는 말입니다. 저들이라고 탄현과 기벌포가 험한 것을 모르고 준비하지 않았겠습니까? 우리 군사가 탄현과 기벌포를 지키는 사이 적들이 다른 곳으로 돌아온다면 우리는 오히려 느닷없이 뒤통수를 맞는 꼴이 될 것입니다. 차라리 저들을 나라 안으로 깊숙이 끌어들인 다음 적의 보급로를 끊고 뒤에서부터 친다면 적들은 앞으로 달려올 수도 뒤로 물러갈 수도 없게 되어 마침내 싸움에 질 수밖에 없습니다."

"백강에까지 오랑캐를 끌어들여 싸우겠다는 것은 말이 되지를 않습니다. 오랑캐들이 곧장 사비하에까지 배를 저어올 터인데 사비성의 혼란은 무엇으로 막겠습니까? 반드시 적이 백강에 들어서기 전에 물리쳐야 합니다."

사비하와 백강은 서로 다른 강이 아니다. 백강이 사비성 곁을 지날 때에만 사비하라고 부를 뿐이며, 기벌포는 백강 어귀다. 백강에 들어선 당군은 한달음에 강을 거슬러올라와 사비성 곁에다 배를 대고 성을 공격할 수가 있다.

조정좌평 의직이 정무의 편에 섰다. 의직과 정무가 서둘러 군사를 내보내 적을 막아야 된다고 했으나 상영과 충상 등은 적을 깊숙이 끌어들인 다음에 쳐야 된다고 끝까지 우겨댔다.

"서토 오랑캐들이 대군을 휘몰아서 고구려에 쳐들어갔을 때 고구려군은 한 번도 밖으로 나가서 막지 않았습니다. 때로는 오랑캐들을 고구려 깊숙이 평양까지 끌어들여 크게 무찌르기도 했습니다. 많은 적을 칠 때에는 적을 칠 수 있는 나중

일을 생각해야지 적이 가까이 오는 것을 미리부터 두려워할 것은 없습니다."

"홍수는 죄지은 몸으로 조정에서 쫓겨나 귀양을 살고 있습니다. 내법좌평께서는 죄인과 가만히 연락했을 뿐 아니라 죄인의 말을 그대로 옮기고 있는 것이 아니오?"

상영의 하도 어처구니없는 소리에 정무가 쾅 하고 발을 굴렀다.

"조정에서 쫓겨났다 하여 나랏일을 걱정하는 마음까지 가두어둘 수는 없소이다. 그 마음이 나라를 걱정하고 그 말이 그럴듯하고 옳으면 받아들여 쓸 뿐이지 더 이상 무엇을 따진단 말이오?"

"글쎄, 그 마음이 나라를 걱정한다 하나 이때를 노려 제 원한을 풀고자 한다면 어쩌겠소? 뒤에 가서 땅을 치며 뉘우쳐도 이미 늦은 일이 아니오?"

"성충이나 홍수의 사람됨을 몰라서 그러는 것이오? 더 이상 소인배의 마음으로 그들을 헤아리려 하지 마시오."

"이 나라의 좌평더러 소인배라 일컫는 것이오? 죄지어 조정에서 쫓겨난 자들을 저리도 두둔하고 나서는 것을 보면 내법좌평에게 다른 마음이 있는 것이 아니오?"

바르르 소가지를 내며 상영이 을러댔다. 충상을 필두로 임자와 한통속이 된 자들도 정무의 말이 지나치다며 시끄럽게 떠들었다.

"다들 시끄럽소. 내일 아침까지 좋은 방법을 찾아보시오."

임금이 짜증을 내고 나가자 모두 벌떼처럼 일어나 정무의 잘잘못을 따지려 들었다. 그때였다.

"적들이 코앞에 이르도록 말다툼만 하고 있을 테요? 말꼬리를 붙잡고 내법좌평에게 함부로 덤비는 것은 또 무슨 꼴들이오? 이미 어라하께서 명을 내리셨으니 모두들 물러갔다가 내일 아침 일찍 나와야 할 것이오."

의직이 한칼에 자르듯 각단을 냈다. 시끄럽게 떠들던 자들도 그제야 하릴없이 조정에서 물러났다.

"내일 또 봅시다."

의직은 정무에게도 잘 가라는 말을 남기고 제집으로 돌아갔다. 하기야 둘이 만나서 이야기를 나눈다 해도 달리 뾰족수는 없을 것이다. 오히려 다른 사람들에게 눈엣가시가 될 뿐이다.

"이제 돌아오십니까?"

정무가 왕궁에서 물러나 집으로 돌아가자 계백이 문 밖에서 기다리고 있었다. 며칠 새 몹시 지쳐 있던 정무는 계백을 보자 차가운 샘물이라도 마신 듯 몸과 마음이 시원해졌다.

"반갑소, 장군. 건강을 되찾았구려!"

"걱정을 끼쳐드려서 죄송합니다."

"장군, 장군의 몸이 어디 장군 한 사람만의 몸이오? 나라의 앞날이 장군의 두 어깨에 실렸다 해도 지나친 말이 아닐 것이오. 어서 들어갑시다."

소매를 잡아끌었으나 말투만은 전에 없이 정중했다. 남의 눈을 생각해서인가?

"밖에 나가 싸우는 것은 어찌 되었습니까? 제가 오면서 보니 어디에도 군사들의 움직임이 보이지 않아 걱정했습니다."

"아직도 나가 싸울 것을 결정하지 못하였소. 이 어려운 때 모두가 몸을 사리고 입으로만 싸우려 드니 걱정이오."

방 안에 들어와 단둘이 마주 앉은 뒤에도 정무는 계백을 정중하게 대했다.

"한시가 급합니다. 사비성에까지 적의 말발굽 소리가 들린 뒤에는 어떤 계책도 소용이 없습니다. 먼저 나가 싸우면서 뒷일을 생각해야 합니다."

"내일 아침 조정에 나가서 장군의 입궐을 허락받을 터이니 내 집에 와서 기다려주시오. 한낮이 되어도 입궐하라는 연락이 없거든 내가 다시 이르는 대로 꼭 따라주시오."

"이르는 대로 따르라니, 어떤 것을 말씀하시는 것입니까?"

계백이 궁금하여 물었으나 정무는 말하기가 꺼려지는 듯 한참을 머뭇거리다 입을 열었다.

"이르는 대로 따르라는 것은 내가 장군의 의견을 묻지 않겠다는 것이오. 나를 믿거든, 죽기보다 힘들더라도 그대로 따라 주시오. 이 정무가 엎드려 부탁하오."

정무가 일어서더니 정말 계백에게 엎드려 절했다. 깜짝 놀란 계백이 엎드리는 정무를 부둥켜안았다.

"이 계백이 아저씨의 말이라면 무엇을 못 믿고 잠깐인들 망설이겠습니까? 섶을 지고 불에 뛰어들라 하여도 서슴없이 따를 터이니 마음 놓으십시오."

그러나 정무는 고개를 저었다.

"장군이 죽음을 겁내는 사람이라고는 꿈에도 생각해본 일이 없소이다. 내가 장군의 됨됨이를 몰라서가 아니라, 나와 생각하는 바가 같지 않다 하여 그대로 따르지 않을 것을 걱정하는 것이오."

정무는 무슨 이야기를 하고자 이리도 말을 길게 하며 다짐을 받고자 하는가? 계백으로서는 자꾸 망설이는 정무가 오히려 갑갑했다.

"숯을 일러 희다 해도 그대로 믿을 것입니다. 아저씨께서 오히려 계백을 믿지 못하는 듯하니 섭섭합니다."

"살다 보면 죽음보다 힘들고 어려운 일이 없지 않겠지만, 장군에게는 이 일이 열 번 죽는 것보다도 힘들 것이기에 이렇듯 다짐을 받은 것이오."

늙은 좌평의 눈에 눈물이 고였다. 계백이 자꾸 아저씨라 부르며 옛정에 기대었으나 끝내 정무는 말을 놓지 않았다. 함께 늙어가는 나이를 생각해서가 아니다. 계백을 기른 것은 나라를 위한 큰 그릇으로 보았기 때문이지, 피지 못하고 죽은 조카들을 보아서가 아니었다.

"참으로 고맙소이다, 장군. 이제는 이 몸도 기쁘게 저승에 갈 수가 있겠소."

그러나 정무는 그 일에 대해서는 끝내 말하지 않았다.

집으로 돌아가는 계백은 가슴이 답답하고 쓸쓸했다. 젊은 날 무행 스님은 내게 눈물을 보이며 어서 가라고 내보냈었다. 열흘 전에는 해원 스님이 눈물을 보이며 돌아섰다. 정무는 왜 눈물을 보이는가? 내게 바라는 것이 무엇이기에 늙은 좌평이 눈물을 다 보였단 말인가?

그러나 내일 임금의 부름을 받아 조정에 서게 되면 더 이상 필요없는 것이 된다. 계백은 애써 궁금한 생각을 멀리했다.

다음 날 계백은 동이 트기도 전에 정무의 집에 들어섰다.

"내 힘써서 장군의 입궐을 청할 터이나 간신들이 많아 뜻을 이루기 어렵소. 한낮이 되면 내가 장군에게 따로 이를 터이니 꼭 그리하여 주시오. 거듭 부탁하오."

"예, 기다리겠습니다."

늙은 좌평은 다시 간곡한 부탁을 남기고 수레에 올랐다.

대문을 나선 정무의 수레가 호위군사들에게 둘러싸이며 멀어졌다.

"어기지 않을 것이오."

계백이 나지막이 되뇌었다. 그때였다.

"간밤엔 잘 잤는가?"

"안녕히 주무셨습니까, 어머님."

장연의 어머니였다.

"함께 뒤꼍에 가보세. 어젯밤 곳간에서 내다가 모두 수레에 실어두었네."

뒷마당에 들어서자 향긋한 냄새가 코를 찔렀다. 술 수레다. 계백은 술 수레 사이에 있는 두 개의 옷 수레를 몸소 열어보았다. 옷궤에는 신라 군사들의 옷이 가득히 들어 있었다.

"신라 군사들의 옷도 그렇거니와 장군이 술까지 따로 마련하는 것도 전에는 없던 일이 아닌가?"

궁금하기보다는 걱정이 앞서는 얼굴이었다.

"여러 군사들과 함께 하늘에 큰 제사를 드리고 싶었습니다, 어머님."

"참으로 큰 싸움이 되겠구려. 어려움도 클 것이고."

"그렇지는 않습니다. 수많은 목숨을 죽이는 싸움을 하면서도 하늘에 제사 지내지 않는 것은 잘못이라는 생각이 들어서 그러는 것입니다."

늙은 장수의 궁여지책

"그럴 것이오. 늙은 어미가 괜한 걱정을 하였구려."

집 안에 들어앉아 있어도 까맣게 모르지는 않을 것이다. 좌평 정무의 집이고 보면 드나드는 사람들도 나라꼴이 어떻게 되어가는지 잘 알고 있을 것이었다. 그러나 어머니는 조금도 걱정하는 말을 하지 않았다.

"아이들이 보고 싶어도 부르지 못하는 것이 늘 마음에 걸렸었소. 지난해 가을 절에 가서 보았으니 아이들도 많이 자랐을 것이오. 다른 이들도 둘째아이 명규가 장군을 그대로 닮았다고들 말하더이다."

"어린아이치고 귀엽지 않은 아이는 없지 않습니까, 어머님."

어머니는 엉뚱하게 아이들 이야기를 꺼냈으나 아이들을 데려오라는 소리는 하지 않았다. 바깥이 어수선하니 이리 와서 함께 있으면 서로 의지가 되어 좋을 것이다. 이처럼 뒤숭숭하고 어수선한 때에 계백마저 없으니 오라버니도 더 말하지 않을 것이다. 하지만 말이 씨가 된다. 마음이야 이 자리에서 사람을 보내 계백의 아내와 아이들을 불러오고 싶었지만, 자칫하여 싸움터에 나가는 사람의 마음을 건드려서는 안 된다. 어머니는 계백이 싸움터로 간 뒤에 계백의 처자를 불러오리라 마음속으로 다짐했다.

계백이 초조하게 왕궁에서 달려올 전령을 기다렸으나 한낮이 되어도 소식이 없었다.

점심을 마치자 은솔 병찬이 달려왔다. 계백이 벌떡 일어서서 밖으로 나가려 하자 병찬은 서두를 것 없다는 듯이 팔을 잡아 자리에 앉혔다.

"건강을 되찾으셨다니 반갑기 그지없습니다. 내법좌평님의 명령을 받고 오는 길입니다."

병찬이 자기가 바로 정무의 전령임을 말하자 계백도 늦은 인사를 건넸다.

"안녕하셨소? 그보다 장군은 언제 이곳에 오시었소?"

병찬은 마로현(전남 광양)의 여러 성을 맡아 지키는 것으로 알고 있었던 것이다.

"그저께 밤에 내법좌평님의 급한 부름을 받고 쉬지 않고 말을 달려 얼마 전에야 궁성에 닿았습니다. 좌평께서는 장군의 건강함을 말하고 입궐을 청하였으나 간신들의 방해로 입궐이 어렵게 되었습니다. 좌평께서 장군에게 따로 이르는 말씀이 있다고 하셨습니다."

이어 병찬은 정무의 방으로 들어가더니 서찰을 가지고 나와 계백에게 건네주었다. 좌평 정무가 계백에게 보내는 것으로 미리 써두었던 것이다.

장군이 건강을 되찾고 있다는 소식은 들었으나 튼튼한 모습을 내 눈으로 보게 되니 기쁘기 짝이 없소.

조정에서는 백제의 신하라는 자들이 모두 썩어서 장군의 입
궐조차 막을 것이 불을 보듯 뻔한 일이오. 적들이 국경을 넘
어 쳐들어오고 있는데도 모두들 쓸데없는 소리만 지껄여 군
사를 일으키지 못하게 하고 있으니 이들이 누구의 신하인지
알 수가 없소. 장군이 이 글을 읽게 되는 것은 더 이상 조정
에서 아무것도 할 수 없다는 것을 뜻하오.

나는 이 나라의 신하로서 누구에게 말하지 않고 내 뜻대로
하는 것이 백제를 위하는 길이라 생각하오. 혹시나 해서 그동
안 빠른 배 하나를 마련해두었는데 이제 그 배를 띄울 때가
되었소.

장군, 곧바로 왜로 달려가 우리 군사들을 데려오시오. 왜에
는 풍 왕자가 가 있으니 적이 몰려오는 것을 듣는 대로 군사
를 모아서 달려올 것이오. 굳이 내가 배를 띄우지 않더라도
왜로 간 많은 사람들이 나랏일을 걱정하여 이미 그곳에서 군
사를 모으고 있을 것이오.

달솔 지수신과 사탁상여가 용맹과 지략을 갖춘 장수임에는
틀림없으나 수만 군사를 이끌고 큰 싸움을 치르기에는 모자
란 점이 많은 데다 이곳 사정에 밝지 못하여 마땅치 않소이다.
풍 왕자가 비록 무장으로서도 뛰어난 사람임에는 틀림없으나
아직 수만 군사를 이끌고 적을 맞아 싸우기에는 어렵소. 또한
풍 왕자를 모시며 따르고 있는 달솔 흑치상지도 한 사람의 뛰

어난 용맹에 그칠 뿐 수만 군사를 이끌 재목은 되지 못하오.

장군이 오래 병을 앓고 있었으므로, 내 이를 마음에 두고 마땅한 사람을 널리 찾았으나 아직 이렇다 할 사람을 찾지 못하였소. 은솔 병찬이 무장의 그릇이고 똑똑하나 이 또한 아직 다듬어지지 않았으니 이처럼 무거운 임무를 맡을 수가 없소.

장군, 이제는 아무리 많은 군사를 모아도 기벌포나 탄현으로 나가서 적을 막기에는 때가 늦었소. 사비성은 머지않아 적에게 떨어지게 될 것이오. 임금과 많은 사람들이 싸움에서 죽거나 적에게 잡혀갈 것이오.

그러나 임금이 죽고 사비성이 떨어졌다 해서 나라를 잃을 수는 없는 일이오. 장군은 이 길로 왜에 가서 군사를 훈련하고 다시 돌아와 저들을 몰아내주시오. 장군, 장군이 왜로 가는 것은 약한 군사를 강하게 하고 돌아와서는 슬기롭게 쓰기 위함이니 마음 한쪽에라도 꺼려해서는 안 되오. 장군이 헛된 용맹이나 자랑하는 못난 사람이 아니니, 이 나라를 위하여 이보다 다행한 일이 없소.

곧바로 기벌포로 말을 달리시오. 병부에 있던 덕솔 진로가 기벌포에 배를 띄우고 장군을 기다릴 것이오. 장군이 이 정무의 말을 듣기로 다짐하였으니 이 늙은이는 저승에 가서 조상님들과 여러 벗들에게도 즐거이 장군의 일을 자랑할 것이오.

탄현과 기벌포로 군사를 보내기에는 이미 때를 놓쳤다고 한다. 정무는 임금 곁에서 적의 움직임을 살피고 있었으니 맞는 말일 것이다. 일이 이토록 어렵게 되었을 줄은 미처 몰랐다.

한참을 선 채로 침묵을 지키고 있던 계백이 다시 정무의 서찰을 폈다. 나라를 위하고 걱정하는 늙은 좌평의 마음이 그대로 보인다. 이미 때가 늦었으니 헛된 용맹을 자랑하지 말고 왜에 가서 군사를 데려오라는 것도 참으로 옳은 소리다.

그러나 계백은 머리를 저었다.

"왜에 있는 군사를 데려와 싸우는 것도 좋은 일이오. 장군은 어서 달려가 풍 왕자와 함께 군사들을 이끌고 달려오시오."

"좌평께서는 왜에 가서 군사들을 이끌고 올 사람은 장군님밖에 없다고 하셨습니다. 늦기 전에 어서 떠나십시오."

"간신들이 나라를 이 꼴로 만든 터에 군사들마저 창을 거꾸로 잡고 돌아선다면 왜에 있는 우리 군사들이 오기도 전에 백제는 끝장나고 말 것이오. 나는 이곳에 남아 군사들을 이끌고 싸우며 장군이 왜에 있는 군사들을 데리고 오기를 기다릴 터이니, 어서 달려갔다가 바삐 돌아오시오."

이미 계백은 마음을 굳혔다. 그렇다면!

"좌평님께 그렇게 말씀드리겠습니다."

은솔 병찬이 돌아서고 계백도 말을 달렸다.

정무의 집을 나온 계백은 외성의 모든 병무를 다스리는 병부로 달려갔다. 병을 얻어 발라군에서 돌아온 뒤로 따로 맡은 직무가 없었지만, 궁성에만 마음대로 드나들지 못할 뿐이다. 병부에서까지 달솔 계백을 막을 수는 없었다.

병관좌평 상영과 자간 등 병부의 많은 장수들은 아침부터 궁성에 들어갔으므로 혼자 남아 있던 달솔 진평이 계백을 반갑게 맞았다. 두 사람이 그다지 가깝게 지내온 것은 아니나, 진평은 나라가 어수선하고 일이 손에 잡히지 않는 터에 계백이 나타났으므로 그지없이 반가웠다.

"어서 오시오, 장군. 건강한 모습을 보니 기쁘오. 문안도 가지 못해 늘 마음에 걸렸었소."

그저 인사치레로 해보는 말은 아닌 것 같았다.

계백이 이것저것 물었으나 병부에서도 무엇이 어떻게 되는지 모른다 했다. 며칠 전부터 병부의 모든 일은 병관좌평 상영과 달솔 자간이 궁성에서 처리하므로 이곳에서는 적들의 움직임조차 제대로 알 수 없노라고 답답한 소리를 했다.

"신라가 당나라를 끌어들여 쳐들어오는데 병부에는 군사들이 보이지 않는구려. 어디 따로 모아서 어명을 기다리는 것은 아니오?"

"병관좌평이 자기의 명이 없이는 누구도 군사의 일에 나서지 못하게 하니 답답할 따름입니다. 어젯밤에도 집으로 찾아가 말했으나 어라하가 계시는 조정에서 모두 알아 처리할 터이니 병부나 지키고 있으라는 말을 들었을 뿐이오."

"어라하의 명령으로 군사를 일으켜 적을 막으러 간다면 오늘 안으로 얼마나 모을 수 있다고 생각하시오?"

"요 몇 해 사이 병부의 모든 얼개가 허술하게 되어 있는 데다 온 나라에 이상한 소문까지 나돌고 있소. 명령을 내려 군사를 모은다 해도 처자와 함께 숨어 나오지 않는 자들이 적지 않을 터이니 무어라 장담하기가 어렵소이다."

말하는 이나 듣는 이나 답답하기는 마찬가지다. 그러나 하릴없이 앉아서 노닥거리려고 찾아온 것이 아니다. 계백은 진평과 함께 장비와 군량을 살펴보았다. 군사를 모아도 먹을 식량이 없고 창칼이 녹슬어 있으면 안 되는 것이다. 계백이 서둘러 병부에 들른 것도 군사를 모으는 일 못지않게 장비가 중요했기 때문이다.

곳간마다 군량이 가득하고 창칼도 날카롭게 번쩍이고 있었다. 참으로 다행이다! 맡은 사람들이 게을러서 이마저 제대로 보살피지 않았더라면 어찌할 뻔했는가?

"고맙소이다. 이만하면 얼마든지 싸울 수 있을 것이오."

활에 시위를 걸고 힘을 가늠해보던 계백이 새삼스레 고마움을 담아서 말하자 진평이 쑥스러운 듯이 웃었다.

"따로 할 일이 없어 곡식을 내다 말리고 창칼을 닦게 했을 뿐이오. 요즈음 일들을 보아서는 장수들보다 도리어 군사들이 더 나라를 걱정하고 힘껏 제 일을 하고 있다는 생각이 드오."

어디 진평뿐이겠는가? 나라꼴이 말이 아니어도 흔들리지 않고 제 맡은 일을 하는 사람이 많을 것이다. 어수선한 바람만 가라앉는다면 사람들은 모두 정신을 차리고 힘껏 떨쳐나설 것이다. 참으로 다행이다!

"술은 얼마나 가지고 있소?"

"아직 이른 시각이지만 오랜만이니 한잔 나눕시다."

진평이 바로 계백의 말을 받았으나 계백은 고개를 저었다.

"내가 마시려는 것이 아니고 군사들에게 나누어줄 것이오."

"그렇게 많은 양은 없소이다. 모두 보태야 한 수레도 채 되지 않을 것이오."

"달솔께서는 되는대로 술을 많이 모아서 수레에 실어주시오. 그리고 곧바로 병부의 명을 내려서 군사를 모이게 하시오."

계백의 부탁에 달솔 진평의 낯빛이 어두워졌다.

"군사들을 시켜 술을 모으는 것은 어렵지 않으나 내 마음대로 병부의 명을 내려 군사를 모을 수는 없소이다. 까닭이야 어찌 되었건 반역을 꾀했다고 곧바로 목이 달아날 것이오."

"적이 코앞에까지 쳐들어왔는데 군사를 모을 수 없다니, 그것은 또 무슨 말이오?"

"예전처럼 쉽게 병부의 명을 내려 군사를 모을 수 있다면 벌써 군사를 모았을 것이거니와, 적들이 함부로 쳐들어올 생각도 하지 못했을 것이오."

"병부를 지키는 달솔이 군사를 모으지 못한다면 누가 군사를 모을 수 있단 말이오?"

"병관좌평 상영이지 누구겠소? 밴댕이 소갈머리 같은 상영과 쥐새끼 같은 자간이 아니고는 누구도 병부의 일을 처리할 수가 없게 되어 있으니, 이 진평 따위는 겨울 들판에 서 있는 허수아비에 지나지 않소. 탄현을 넘은 신라군이 단 한 번의 접전도 없이 곧장 몰려오고 있다는 것도 귀동냥일 뿐 제대로 아는 것은 아무것도 없소. 병관좌평이 병부에 나타나기도 전에 신라군이 먼저 들이닥칠 것이고, 그때서야 비로소 나도 신라군의 움직임을 알게 될 것이오."

"적들이 벌써 탄현을 넘어? 단 한 번의 접전도 없이?"

"그렇소. 우리가 군사를 보내 막지 않고 있으니 신라군에게는 백제군이 나서서 곧장 사비로 오는 길을 닦아준 것이나 마찬가지 아니겠소?"

적의 동태를 주시하고 있다가 적이 국경에 이르기 전에 군사를 보내 막는 것이 상식인데도, 적들이 국경을 넘은 뒤에도 군사를 보내 막지 않으니 신라군이 하릴없이 꾸물거리며 국경에서 시간을 허비할 일도 없을 것이라는 소리다.

진평이 계속해서 상영과 자간의 눈치만 살피느라 꼼짝 못하는 자신과 병부의 답답한 속사정을 늘어놓고 있었으나, 계백은 낯빛이 문득 밝아지더니 자리에서 일어났다.

"내가 이 길로 직접 조정에 가서 어라하께 출전하라는 명을 받아올 것이니, 달솔은 걱정하지 말고 군사를 모으시오."

"장군이 병을 얻어 돌아왔음에도 많은 사람들이 저들의 눈을 꺼려하여 문안도 가지 못했던 것이오. 어라하께서 부르기 전에 궁성에 들어가는 것부터 위험한 일, 모든 것이 예전 같지 않으니 장군께서는 자칫 화를 입지 않도록 조심하시오."

"적이 코앞에 다가오는데 언제까지고 궁성만 쳐다보며 어라하께서 부르시기를 기다릴 수는 없는 일이 아니오? 이 계백이 궁성에 들고자 한다면 누구도 쉽게 막을 수는 없을 것이오. 내 반드시 어라하를 뵙고 군사를 이끌고 출전하라는 명령을 받아올 터이니, 달솔께서는 서둘러 군사를 모아주시오."

"장군께서 그리 말씀하니 이 진평도 어쩔 수 없소이다. 병부의 명으로 군사를 모을 수는 없으나 병부를 내세우지 않고 병부의 일을 의논하기 위해 장수들을 모으고 장수들에게 얼마쯤 군사를 데려오도록 하겠소."

병부의 명을 내릴 수는 없으나 나름대로 군사를 모으겠다고 한다. 계백도 더는 고집을 부릴 수가 없었다.

"그렇게라도 해주시오. 내 곧장 궁성에 다녀오겠소."

임금의 칼

어느새 여름의 긴 해가 지고 어둠이 내리고 있었다. 곧바로 군사를 모아도 어둠을 더듬어 갈 수는 없는 일이다. 마음이 바쁜데 웬놈의 시간은 이리도 줄달음을 치는가?

계백이 궁성으로 말을 달리는 사이, 조정에서 임금을 모시고 지루한 회의를 하고 있던 병관좌평 상영은 크게 놀랐다. 병부에서 숨 가쁘게 달려온 자가 말하기를, 계백이 낮부터 나타나 이곳저곳 기웃거리며 진평과 함께 숙덕거리기를 그치지 않더니 이제는 임금의 명을 받으러 스스로 궁성에 달려올 것이라고 했다. 상영은 왕궁의 호위를 맡은 위사좌평 현철을 불러서 빨리 나가서 계백이 궁성 안으로 들어오는 것을 막으라고 했다. 현철이 곧바로 조정에서 빠져나와 궁성 문으로 달려갔다.

말을 몰아간 계백이 궁성 문 앞에 이르렀을 때는 마침 문이 열려 있었다. 여기저기서 숨 가쁘게 날아드는 보고와 뻔질나게 드나드는 사람들 때문에 아예 문을 열어놓은 채 경비만 엄중히 하는가 보았다.

대낮처럼 불을 밝혔으나 어둠이 눈에 익지 않아서인가, 군사들은 다가오는 사람이 계백임을 알고서도 절하지 않고 멍하니 서 있었다. 느닷없이 나타난 계백을 믿을 수가 없어서인지도 모른다.

"달솔 계백이다. 어라하의 부름을 받고 왔다."

말에서 내려 말고삐를 건네주자 군사는 얼결에 계백에게 절하고 말고삐를 받아 쥐었다.

계백이 궁성 안으로 바쁜 걸음을 옮길 때 현철이 허겁지겁 달려나와 앞을 가로막았다.

"기다리시오, 장군! 허락이 내릴 때까지 아무도 들이지 말라는 명령이오."

"명령? 누가?"

되묻는 말이 곱지 못했다.

"어라하의 명령이 없이는 누구도 왕궁에 들 수 없음을 몰라서 묻는 말이오? 나는 어라하가 계시는 궁성을 지키는 시위부 위사좌평이오. 결코 달솔 계백 장군의 아래가 아니란 말이오. 문 밖에 나가 어라하의 허락이 내릴 때까지 기다리시오."

"나는 싸움터에 나가기에 앞서 어라하의 명령을 받기 위해 온 것이오. 어서 비키시오!"

비키지 않으면 제치고라도 들어갈 듯한 기세였으나 좌평 현철도 만만치 않았다.

"싸움터에 나가려거든 성문 밖에서 군사를 모으고 병장기를 다시 살피며 출전명령이 내리기를 기다리면 될 것이오. 병이 났다는 핑계로 성 하나도 지키지 못하고 돌아온 뒤로 한 번도 입궐하지 않다가 이 밤중에 어라하의 부르심도 없이 궁성에 뛰어드는 것은 무슨 짓이오? 여봐라, 달솔 계백을 문 밖에서 기다리게 하라."

군사들을 시켜 밖으로 내쫓겠다는 것이다. 곁에서 지켜보던 열댓 명의 군사가 뛰어들어 둘 사이를 가르며 계백을 에워쌌다.

뒷걸음치는 현철을 노려보는 계백의 낯빛이 싸늘하게 굳었다. 계백은 허리에 찬 칼을 천천히 뽑아들며 목청을 높였다.

"나라가 어려움을 만나 어라하의 출전명령을 받고자 입궐하는 장수를 막는 것은 바로 어라하의 앞을 가려 나라에 죄를 짓는 것이다. 나 달솔 계백은 좌평 현철을 역적의 죄로 목 벤다."

척, 척, 척. 둘러싼 호위군사들의 창이 낮게 겨눠지고 궁성을 지키는 많은 군사들이 몰려왔다. 여차하면 한꺼번에 뛰어들 것이었다. 위사좌평 현철이 칼을 빼며 다시 몇 걸음 뒤로 물러났다.

큰 걸음으로 열셋! 계백의 높게 빼어든 칼이 화톳불에 번들거리며 천천히 앞으로 내려오자 군사 넷이 한꺼번에 창을 내질렀다. 군사들의 창날이 몸에 닿는가 싶은 순간, 계백의 몸이 솟구쳐오르며 덤비는 군사의 머리를 박차고 그대로 솔개처럼 날았다.

군사들에게 겹겹이 둘러싸인 사람이 몸을 위로 뽑아 그 먼 거리를 한숨에 날아올 줄 누가 어림짐작이나 했겠는가.

"으헛!"

놀란 현철이 엉겁결에 칼을 휘둘러 막았으나 그 팔과 목이 한꺼번에 주인을 떠나 날아가버렸다. 한줄기 빛이 흐르듯 날쌘 몸놀림. 엄청난 힘이었다.

땅에 내려선 계백은 뒤돌아서서 군사들을 무서운 눈으로 쓸어보았다. 그 엄청난 기세에 눌려 궁성 호위군사들은 숨도 크게 쉬지 못했다.

"달솔 계백이 대역죄인 현철의 목을 베었다. 죄인을 따르는 자는 하나도 용서치 않을 것이다."

이때 뒤에 있던 한 장수가 궁성 안으로 바람처럼 내달렸다.

계백이 천천히 허리에 칼을 찬 다음 조정으로 걸음을 옮겼다. 돌개바람이 휩쓰는 듯한 기세에 눌려 다가서지 못하는 군사들이 거리를 두고 뒤를 따랐다.

조정에서는 하루 내내 입씨름만 하느라 나가 싸울 것인지 어쩐지 갈피를 잡지 못하고 모두들 크게 지쳐 있었다. 한 장수가 내달아와 달솔 계백이 위사좌평 현철을 베었음을 알렸다. 모두가 놀라는 사이 밖이 시끄러워지는가 싶더니 계백의 쩌렁

쩌렁한 호통소리가 조정에까지 들려왔다.

"나 달솔 계백은 싸움터에 가기 전 어라하를 뵙고 출전명령을 받기 위해 왔다. 함부로 내 앞을 가로막는 자는 역적의 죄로 다스려 한칼에 그 목을 자를 것이다."

이어서 드잡이질하는 소리가 들리는가 싶더니 '비켜라!' 하는 호통소리와 함께 계백이 조정으로 날아들었다. 뒤따라 다섯 장수가 날아들어 칼바람을 일으키며 다시 어우러졌다.

이때……

"멈춰라!"

조정이 쩌르릉 울렸다.

"모두 제자리에 멈춰라! 어서 칼을 거둬라."

좌평 정무가 달려가 드잡이질을 맨몸뚱이로 막았다. 계백은 피 흐르는 칼을 허리에 다시 차고 임금 앞으로 뚜벅뚜벅 나아갔다.

"달솔 계백입니다."

계백을 모르는 사람은 하나도 없었으나, 정무는 크게 소리를 높여 계백임을 알렸다. 계백은 들어선 그대로 임금 앞에 나가 한쪽 무릎을 꿇고 군례를 올렸다.

"달솔 계백, 싸움에 나가기에 앞서 어라하의 출전명령을 받고자 합니다."

임금의 싸움명령을 받고자 한다? 궁성과 임금을 지키는 위

사좌평을 베는가 하면, 칼을 풀고 조정에 들기는커녕 임금의
눈앞에 와서도 큰 소리로 악을 쓰며 칼을 휘둘러 피바람을 불
러일으키는 자다. 그러나 그 뜻을 모를 만큼 어리석은 임금은
아니었다. 달솔 계백이 이러한 장군이었다니, 이를 일찍 알아
보지 못한 자신이 한스러웠다. 돌이켜보면 어디 계백뿐이랴.
임금이 어리석어 상좌평 성충이 죽고 흥수가 죄인의 몸으로
멀리 쫓겨나 갇혀 있다.

뉘우쳐도 이미 늦었다. 적들의 말발굽 소리가 들리는 듯하
다. 내가 어리석어 일이 여기에 이르렀다! 임금이 손을 내밀며
일어서자 시종이 곧바로 임금에게 칼을 넘겼다.

임금의 칼이다! 이 자리에 모인 사람치고 기상이 활달한 임
금이 시종을 시켜 언제나 칼을 받들고 뒤따르게 하고 있음을
모르는 이가 없다.

숨이 탁 막혔다. 요즘 들어 성정이 더욱 불같이 급해진 임금
이다. 달솔 계백은 임금의 명령 없이 조정에까지 날아들어 호
위군사를 베고 임금의 호위를 맡은 위사좌평 현철을 베어버렸
다. 얼마든지 임금이 목숨의 위협을 느끼고 칼을 잡아 계백을
베어버릴 수 있는 일이었다.

계단을 내려선 임금이 계백 앞에 섰다.

촤―악! 눈부시게 흰빛을 뿜어내며 칼이 뽑혀져 나왔다.

츠―츠―츠. 서릿발처럼 날카로운 칼이 허공을 베며 살기를

뿌려냈다. 그 살기가 모든 숨소리마저 잘라냈다.

임금의 칼이 높이 솟아올랐다. '얏!' 하는 기합과 함께 계백의 목이 구르는 헛기운에 사람들은 부르르 몸을 떨었다.

"모두들 잘 보시오."

숨 막히는 긴장을 깨뜨리며 임금의 목소리가 조정을 떨어울렸다.

"짐이 보위에 오른 이듬해 신라의 40여 성을 쳐 무찌른 바로 그 칼이오. 앞임금 때부터 적을 치고 백제를 지켜온 칼이니 이번에도 반드시 적을 쳐 무찌를 것이오. 장군, 장군은 어서 군사를 이끌고 달려나가 저 신라의 무리들을 쳐 무찌르시오."

임금이 천천히 손을 내려 계백에게 칼을 주었다. 계백이 두 손으로 공손히 칼을 받들었다.

싸움터에 나가는 대장에게 의례적으로 주는 칼이 아니다! 두 손에 칼을 받쳐든 채 계백이 일어서서 조정에 늘어선 벼슬아치들을 돌아보았다. 칼을 받는 이도 바라보는 이도 모두 벅찬 감격을 느꼈다.

"하늘과 조상님의 가호를 받들어 반드시 적을 쳐 무찌를 것이오. 어라하, 지금 백제의 모든 군사들이 사기가 땅에 떨어지고 조정에서도 갈피를 못 잡고 허둥지둥 혼란에 빠져 있지만 우리가 반드시 승리할 까닭이 있습니다."

출전하는 장수의 장담이 없을 수 없다. 벼슬아치들의 눈길도 계백에게 모아졌다.

"우리 백제가 바람 앞의 등불처럼 위험에 처한 것은 사실입니다. 그러나 불행 중 천만다행으로 김유신과 신라 도적들은 오랑캐와의 야합으로 간이 배 밖으로 나와 국경에 있는 모든 성과 군사들을 그대로 둔 채 우리의 심장부로 뛰어들고 있습니다."

보급로 확보는 무엇보다 중요한 것인데, 김유신은 백제 국경의 모든 성들을 그대로 둔 채 백제의 심장부인 사비성으로 뛰어드는 엄청난 실수를 범하고 말았다. 무녀 금화 등 여러 간세들을 이용해 백제 임금의 정신을 흐리게 하고 조정을 손에 넣은 뒤 백제 백성들을 도탄에 빠뜨리고 군사들의 사기를 떨어뜨리는 데 성공한 것에 대한 자부심 때문이었다. 이대로 빠른 시간 안에 전쟁이 끝난다면 모든 것이 김유신의 계책대로 되겠지만, 늦기 전에 백제 조정이 정신을 차리고 군사들의 사기를 끌어올릴 수 있다면 신라군은 말 그대로 독 안의 쥐 신세가 되어 굶어죽거나 항복해서 목숨을 살릴 수밖에 없게 된다. 이제 백제가 해야 할 일은 모두가 제정신을 차릴 수 있는 시간을 벌고, 땅에 떨어진 군사들의 사기를 끌어올릴 수 있는 묘안을 찾아내는 것이다.

당면 문제의 핵심을 정확하게 설파한 뒤 곧바로 결사대를 이끌고 나가 신라군을 막아 시간을 벌 것이라는 계백의 말에 침울했던 조정이 환하게 밝아졌다.

이때…….

"어라하, 좌평 의직으로 하여 백제의 모든 병마를 다스리게 하고 좌평 상영과 충상, 달솔 자간 등은 싸움터에 나가 결사대의 대장을 돕게 하십시오."

좌평 정무의 목소리가 조정을 울렸다.

"좌평 의직에게 병권을 맡기고 두 좌평을 결사대에 내보내라 하였소?"

"예, 그렇습니다. 두 좌평이 조정에 있기보다는 싸움터에 나가서 대장을 돕는 게 더 좋을 것입니다."

말도 되지 않는 소리다! 묻는 임금뿐이 아니었다. 누구도 결사대가 나가 적을 물리칠 것이라고는 생각하지 못했다. 결사대에 나간 사람이 다시 살아 돌아오기를 바랄 수도 없다. 백제군이 다시 정신을 차리고 정비할 수 있는 얼마 동안의 시간을 버는 것만으로도 충분한 것이다.

어찌 되었거나 한 나라의 병권을 쥔 사람을 미리 아무런 준비도 없이 그 자리에서 말 한마디로 바꾸고, 더욱이 병권을 맡고 있던 좌평으로 하여금 그 아래의 달솔을 돕게 하다니, 좌평 정무는 제정신인가?

임금이라 해도 함부로 할 수 있는 말이 아니었다. 두 좌평더러 나가 죽으라는 말이나 다름없었으니, 좌평 상영과 충상은 아예 숨이 탁 막혔다. 상좌평 임자도 정무의 눈빛이 사납게 스치자 그만 자라목처럼 모가지가 쑥 들어가버렸다. 임자로서는 그 불똥이 아직 자기에게 튀지 않는 것만도 천만다행이었다.

다른 사람들도 모두 놀란 눈으로 임금과 좌평 정무를 갈마보았다. 군사를 맡은 병관좌평을 함부로 바꾸는 것은 엄청난 혼란을 초래한다. 또한 나라 곳곳에 있는 곳간 사정을 내두좌평 충상보다 더 잘 아는 사람은 또 누구인가? 더구나 신라와 오랑캐 당나라가 함께 대군을 이끌고 쳐들어오고 있다. 나라의 앞날이 캄캄하여 보이지 않는 지금, 두 좌평을 바꾸는 것은 스스로 눈을 가리고 손발을 잡아매는 것이나 다를 바가 없다.

그러나…… 임금은 망설임 없이 허락했다.

"이 나라에 장군의 명을 받지 않을 사람이 없을 것이오. 어느 누구건 데려가고 필요한 것은 무엇이든 가져가시오."

갑옷을 떨쳐입고 싸움터에 나서서 말을 달리던 젊은 날의 임금을 보는 듯했다. 지금 신하들을 한눈에 쓸어보는 임금은 총명을 잃고 무녀 금화에게 놀아나 나랏일을 돌보지 않고 날마다 술에 절어 게슴츠레 풀린 눈으로 술김에 호통만 치던 포악하고 무능한 임금이 아니었다. 정무가 독 오른 매의 눈으로 간신배들을 노려보고 임금이 싸움터에 선 장수처럼 명령을 내리는 이때 함부로 입을 놀리다가는 벌린 입이 닫히기도 전에 목이 날아갈 판이다. 뒤가 구린 사람일수록 제 목을 간수

하기에 바빴다.

"힘껏 싸워 반드시 적을 물리치겠습니다."

좌평 상영과 충상의 뒤를 따라 자간 등 10여 명 병부의 달솔 은솔 장수들이 달려나와 계백과 함께 임금에게 군례를 올리고 여러 사람들과 작별했다.

계백이 장수들을 이끌고 병부로 달려갔을 때 병부에는 진평의 전갈을 받은 장수 50여 명이 모여 있었다. 이들이 데려온 군사도 800여 명이 되었다. 계백은 진평 등 모인 장수들과 군사들을 단 앞에 세운 다음 단 위에 올라서서 큰 소리로 명령을 내렸다.

"이제부터 백제의 모든 군사들은 좌평 의직의 명을 받아야 한다. 좌평 의직은 조정에서 적을 물리칠 계책을 세운 뒤 이곳에 올 것이다. 의직이 올 때까지 병부의 모든 지휘는 어라하의 명을 받아 달솔 계백이 맡는다."

무엇이? 달솔 진평의 부름으로 달려왔다가 병관좌평 상영의 명을 받기 위해 서 있던 장수들과 군사들이다. 아닌 밤중에 홍두깨가 따로 없었다. 달솔 계백이 단 위에 나서서 병부의 좌평이 바뀌었음을 말하고 임금의 명령이라 일컬으면서 스스로 병부의 모든 지휘를 맡는다고 하니 모두가 벌린 입을 다물 수가 없었다. 그러나 군사들의 놀람에는 아는 척하지 않고 계백은 말을 이었다.

"어라하께서는 군사를 이끌고 나가 먼저 신라군과 싸우라고 하셨다. 장수들은 날이 밝자마자 적을 치러 갈 수 있게 저마다 준비하고, 달솔 진평은 곧바로 병부의 명을 내려서 앞으로 나가 싸우고자 하는 군사들을 동문 바깥에 모이도록 하라."

비록 신라군과 싸우러 간다고는 하여도 너무나 제멋대로 군사를 지휘하고 있는 것이다.

달솔 계백과 좌평 의직이 반란을 일으켰나? 모여선 사람들은 이를 어떻게 받아들여야 할지 몰랐다. 그러나 자기들이 몇 해를 받들어모시던 병관좌평 상영이 계백의 뒤에 말없이 서 있었다. 무엇 때문인지는 모르나 내두좌평 충상도 병부에까지 나타나 계백을 호위라도 하듯 서 있다. 큰소리 잘 치고 아랫사람 괴롭히기 좋아하던 달솔 자간도 벌레 씹은 낯짝이 되어 꼼짝 못하고 서 있지 않은가.

계백이 뒤를 돌아보았다.

"지휘부의 일은 두 좌평이 잘 아실 터이니 좌평 의직이 병부 일을 잘 할 수 있도록 남은 일을 처리하고, 일이 끝나는 대로 달솔 진평과 함께 동문 밖으로 달려와주시오."

계백은 굳이 진평과 함께 오라고 한다.

"장군께서는 마음 탁 놓으시오. 틀림없이 두 좌평을 모시고 가겠소이다."

상영이 뭐라고 대꾸하기도 전에 군사들의 맨 앞에 서 있던 진평이 큰 소리로 계백의 명령을 받았다. 계백이 좌평 상영에게 이르는 말이었으나, 달솔 진평의 앞지른 대답으로 두 좌평을 감시했다가 데려오라는 꼴이 되고 말았다. 그러나 좌평 상영 또한 벌겋게 달아오른 낯으로 달솔 계백의 명령을 받았다.

"일을 마치는 대로 동문 밖으로 갈 것이오."

이제는 믿지 않을 수가 없게 되었다. 사람들은 조정에서 무언가 큰 일이 있었음을 알아차렸다.

병관좌평 상영이 계백의 아래가 되었다! 내두좌평 충상 또한 계백의 명령을 받드는 몸이 되었을 것이다! 군사들은 놀란 눈으로 다시 장군 계백을 바라보았다.

계백은 달솔 진평에게 다시 명령을 내렸다.

"성을 나가 적을 맞으러 갈 군사는 장수들까지 3천 300여 명이 될 것이오. 달솔께서는 이제부터 서둘러서 이들에게 필요한 장비와 군량을 준비하여 모두 수레에 실어서 동문으로 보내주시오."

"3천 명에게 필요한 장비와 군량은 며칠치를 수레에 실어야 하는 것이오?"

"가볍게 달려야 할 군사들이니 이틀치면 충분할 것이오. 다음부터는 달솔께서 몸소 보급대를 보내 물자를 나르도록 하시오. 그리고 모아둔 술이 있거든 모두 함께 실어 보내주시오."

"잘 알았소이다. 이제부터 병부의 일에는 조금도 어긋남이 없을 것이오."

진평이 병부의 너른 마당이 쩌렁쩌렁 울리게 큰 소리로 대답했다. 못된 자들에게 억눌려온 설움이 그렇게 터진 것이다.

병부에서의 일이 끝나자 계백은 달솔 강주를 따로 불렀다.

"장군은 군사 100명을 이끌고 나와 함께 갑시다."

달솔 강주는 곧바로 군사들을 뽑아 계백과 함께 동문으로 달렸다. 동문에서는 난데없이 군사들이 달려와 성문을 열라고 하자 숙직하던 은솔 국지원이 놀라 달려나왔다가 달솔 계백 등을 보고 군례를 올렸다.

"어라하의 출전명령에 따라 군사들이 싸움터로 떠날 것이오. 지금부터 군사들이 성문 바깥에 모일 터이니, 장군은 성문을 활짝 열고 곳곳에 횃불을 밝히고 모이는 군사들의 질서를 잡아주시오."

계백의 명을 받든 국지원은 그 자리에서 군사들에게 명령을 내렸다.

"성문을 활짝 열어라."

"어서어서 화톳불을 피워라."

성문을 지키던 군사들도 군사들이 싸우러 나간다는 말에 신바람이 나서 바삐 뛰었다.

계백은 데리고 간 군사를 반으로 나누어 한쪽은 은솔 국지원의 명을 받아 문 바깥의 일을 돕게 하고, 나머지 군사들을 데리고 강주와 함께 좌평 정무의 집으로 갔다.

"수레를 가져가려고 왔습니다."

늦은 밤, 정무의 가족들은 급하게 들이닥친 군사들을 뒤꼍으로 데려갔다. 군사들이 뒤꼍에서 열두 대의 수레를 끌어내오자 향긋한 술냄새가 퍼졌다.

"어서 말을 매고 수레를 끌어라!"

이때, 누군가가 바삐 움직이는 계백의 팔을 잡아당겼다.

"아니, 어머님!"

장연의 어머니였다.

"드디어 싸우러 나가는가 보구나. 부디 몸조심하거라."

어머니는 늙은 계백을 어린아이 타이르듯 했다.

"어머님께서도 편안히 계십시오."

계백의 대답도 여러 십 년을 두고 변함이 없었다.

그러나 두 사람의 이야기는 거기서 끝났다. 계백은 어머니의 작은 모습이 모퉁이를 돌아서 사라지는 것을 보았다. 언제나 눈물을 보이지 않기 위해 먼저 뒤돌아서는 어머니였다.

"장군이 먼저 가시오."

강주에게 군사를 맡긴 계백은 말을 달려 집으로 갔다.

장수의 안해가 받아들여야 하는 운명

무잎을 갉아 먹던 벌레들도 뜨거운 햇살을 견디지 못하고 이파리 뒤에 숨었다. 무잎을 낱낱이 뒤집어보며 벌레를 잡던 어린심이는 문득문득 일손을 놓았다. 일이 손에 잡히지 않았다. 그러나 흐트러지는 마음을 잡기 위해서라도 다시 무잎을 뒤집고 샅샅이 살펴야 했다. 한낮이 되어서도 굳이 뜨거운 햇볕에 나앉아 벌레를 잡는 것은 밖으로 내달아가는 조바심을 견딜 수 없어서였다.

병든 몸을 이끌고 솟을뫼에 제사를 지내러 갔던 계백이 차츰 몸을 추스르고 있다는 소식을 전해오더니, 두 달이 지난 어젯밤 늦게 돌아왔다.

한바탕 꿈이었던가? 계백은 언제 앓았던 사람이냐 싶게 기운이 넘쳤다.

"그대가 보고 싶어 일찍 산을 내려왔소."

앞뒤가 뻔한 거짓말이라 해도 부인은 기뻤다. 이제라도 신라군이 사비성을 에워쌀 듯이 어수선한 날들이었다. 서토의 오랑캐들도 함께 쳐들어온다고 했으니, 백제의 으뜸 장수 계백이 손을 맞잡고 있을 까닭이 없다. 지아비 계백은 새벽에도 전에 없이 잠든 아이들을 안아주고 말발굽 소리를 울리며 어둠 속으로 사라져갔었다.

벌레잡이에만 정신을 쏟아부으려 해도 뒤숭숭하기만 했다.

"엄마, 덥다."

언제 다가왔는지 명규가 조그마한 손으로 어미의 이마에 흐르는 땀을 훔쳐냈다. 까맣게 그을린 아이도 여태 땡볕에서 놀고 있었던 듯 온통 땀투성이다.

"꽃나무 그늘에 가자."

부인은 아이를 덥석 들어안고 숲그늘로 들어갔다. 천지화는 오늘도 온통 숲을 뒤덮으며 아름답게 피고 있었다. 계백이 솟을뫼에 오른 지 세 이레 되던 날, 부인은 나무마다 가득히 피어난 천지화를 보고 계백이 건강한 몸으로 일어날 것을 알았다. 앞날만 해도 겨우 손톱만 한 꽃망울을 보았던 듯싶은데 하루아침에 어느새 활짝 피어난 것이다. 천지화가 여느 해보다 철늦은 것마저 계백의 건강과 고리지어 은근히 걱정했는데, 이처럼 한꺼번에 피어 감동을 준 것이다.

"오늘이 세 이레, 장군께서 건강을 되찾으신 것이다!"

지어미 어린심이는 하늘처럼 믿었다.

천지화는 어려서부터 좋아했던 꽃이다. 또한 혼인을 위해 무법 큰스님과 함께 가잠성에까지 갔을 때에도 어린심이는 가득히 피어난 천지화를 보았었다. 얼음처럼 굳어 있던 계백의 가슴을 녹여서 혼인에까지 이르게 한 것도 서석사 산신각에서부터 길러온 천지화 덕분임을 믿었다.

혼인한 이듬해 가을 가잠성에서 돌아왔을 때였다. 금산 남쪽 기슭에 자리한 이 집에 들어서 보니, 열다섯 해가 넘게 비워두었던 마당에는 수풀이 우거지고 방에까지 짐승들이 드나들어 집안을 치울 엄두도 나지 않았다. 우두커니 서 있는 지어미는 아랑곳없이 혼자 신바람 나 있던 지아비가 텃밭을 일궈야 한다며 뒤꼍으로 잡아끌었을 때였다.

"아, 천지화!"

이번에는 지어미가 지아비의 손을 잡고 달렸다. 제철 맞은 천지화가 가득 피어나 눈부시게 아름다운 자태를 자랑하고 있었다. 아사녀가 어린 나무모를 옮겨심었으니 계백도 미처 모르고 있었던 것이다. 계백이 아사녀 생각에 잠겨 있는 사이, 어려서부터 줄곧 살았던 것처럼 어린심이는 이 집에 흠뻑 정이 들었다.

어린심이는 집안을 치우고 나자 곧바로 텃밭을 가꾸려고 달려들었다.

"씨앗 넣기는 봄을 기다려야 할 것이니 내가 틈나는 대로 조금씩 해도 넉넉할 것이오."

"텃밭을 가꾸지 않고 천지화를 내버려두는 것은 어린아이를 닦아주지 않고 내버려두는 것이나 다를 바가 없습니다. 이제는 집에 사람이 들었으니 텃밭도 다시 만들고 천지화도 보기 좋게 가꾸어야지요."

나랏일에 매인 계백이 돕지 못하는 마음을 담아 말렸으나 어린심이는 제 하는 일이 마냥 즐거웠다.

"나는 밭을 일구는 것이 좋아서 너른 텃밭을 두었던 것이오. 내게서 밭 가는 즐거움을 빼앗을 셈이오?"

"하루 내내 멍하니 앉아서 장군님이 돌아오기만을 기다리라는 말씀인가요? 설마, 나랏일을 보는 동안에도 제 생각을 하신다는 말씀은 아니겠지요?"

아이가 생긴 뒤에도 어린심이는 혼자서 밭을 가꾸다시피 했다. 어쩌다 동무들과 놀던 명성이가 일찍 돌아와서 어미의 일을 거들 때면 가슴이 더욱 뿌듯했다. 더욱이 계백이 발라군에 가 있는 동안에는 아이들과 함께 시름을 달래는 텃밭이었다. 계백이 발라군에서 밭을 일구고 곡식을 가꾸듯이 어린심이도 텃밭에 엎드려 시름을 잊었다. 때로는 김을 매다가, 때로는 아이들과 함께 천지화나무 그늘에 앉아 있을 때면 그 환한 꽃처럼 아무 근심 걱정도 없이 행복한 마음이었다.

"우리 엄마 이쁘다. 꽃보다 이쁘다."

잠깐 딴생각을 하는 사이 심심해진 아이가 어미의 뺨을 비비며 기어들었다. 때마침 명성이가 달려와 어미의 팔을 잡아끌었다.

"어머니, 밖에 나가보아요. 사람들이 피난 가고 있어요."

어미는 마지못해 아이를 안고 일어섰으나 빠른 걸음으로 문을 나섰다. 골목길로 들어서자 많은 사람들이 보따리를 꾸려서 길을 가는 것이 보였다. 사람들은 이제라도 오랑캐 군사들이 성을 에워싸기라도 하는 듯이 바쁘게 서둘렀다.

적군이 내달아오는데 임금이 계시는 사비성에서 피난을 가야 한다면 그곳은 어디인가? 앞날에 정림사에서 스님이 말하던 죽음의 그림자는 귀신들의 원혼이 아니라 군사들이 쳐들어오는 오늘을 미리 내다보았기 때문일 것이었다. 계백 또한 그것을 알았기에 자식들을 몽운사로 내보내지 않았을 것이다.

여느 때와 다른 어수선한 분위기에 들떠서 철없는 아이들은 길 가는 사람을 구경하기에 바빴다.

"엄마, 우리도 이사 가자."

명규가 언제 집에 다녀왔는지 제 장난감들을 끌고 나왔다.

"바보녀석 같으니, 저 사람들은 이사 가는 것이 아니라 도망가는 것이야."

"명규는 바보 아니야!"

명규는 대뜸 대들었으나 그보다는 궁금한 것을 참을 수가 없었다.

"왜 도망가?"

"그야 나쁜 놈들이 쳐들어오니까 그렇지."

명성이가 퉁을 주었으나 세 살배기 아이가 알아들을 리 없었다.

"그럼 우리도 도망가자. 멀리 도망갔다가 밤에 깜깜해지면 오자."

아이는 숨바꼭질이라도 하는 줄 아는가 보았다.

"장난이 아니야. 지금 나쁜 놈들이 창을 들고 쳐들어오니까 무서워서 도망가는 것이야."

"나쁜 놈들하고 싸우러 가자. 나는 언니들도 이길 수 있다."

"아이들이 아니야. 갑옷을 입은 군사들이 피 흘리며 싸우는 것이야."

"그러면 할아버지한테 가자. 할아버지한테는 장수들도 꼼짝 못한다."

아이는 언니한테서 얻어들은 정무를 떠올리고 자랑스러워 하는 것이다. 아이의 눈에 비친 싸움이란 이런 것이다. 정말 이런 싸움이라면 얼마나 좋으랴. 그러나 이 아이들도 피를 뿌리는 싸움 속으로 던져질 것이다. 어미는 가슴이 아팠다.

마달과 기호가 아침부터 여러 번 계백을 찾아왔으나 부인은 아이들 앞에서 아버지의 이야기를 꺼내지 못하게 했다. 왜인지는 몰라도 아이들은 아직도 아버지가 병이 깊어 일어나지 못하는 것으로 알고 있어야 된다는 생각이 들었기 때문이다.

점심을 먹은 뒤 다시 골목길에 서 있던 부인은 깜짝 놀랐다. 이삿짐을 가득 실은 소수레가 길을 거슬러 오는 것이 보였다. 보따리를 이고 진 사람들이 뒤따르고 있었는데, 옷차림새를 보아 성 바깥에 사는 여름지기들이 틀림없었다. 사람들이 성 밖으로 빠져나가지 않고 성안으로 들어온다는 것은 이미 적군이 가까이 왔음을 뜻하는 것이다.

바깥으로 나가려던 사람들이 이들을 보고 놀라 어우러져 웅성거렸으나 곧 저마다 갈 곳으로 흩어졌다. 한 패가 지나자 뒤이어서 또 한 패가 나타나고…… 바깥에서 들어오는 사람들이 차츰 늘어났다. 길에는 바깥으로 나가는 사람과 안으로 들어오는 사람들로 붐볐으나 모두들 입을 다물고 바쁜 길을 재촉할 뿐이었다.

모두들 어디로 가는가? 바라보는 이의 가슴도 납덩이처럼 무겁다.

해가 질 무렵이 되어서야 피난 가는 사람들의 행렬이 멎었다. 이들이 보이지 않자 거리는 곧 텅 비었다. 여느 때와 달리 뛰노는 아이들마저 없이 조용하기만 했다.

초롱불을 내걸고 들어와 저녁을 먹으려는데 한 손님이 찾아들었다. 은솔 병찬이었다. 좌평 정무의 심부름을 왔다는 그는 계백이 아침부터 밖에 나갔다는 말을 듣고 갈 만한 곳을 물었으나 부인이 아는 것이라고는 좌평 정무의 집에 있을지도 모른다는 것뿐이었다. 너무도 어수선한 때인지라 부인도 궁금함을 참지 못했다.

"일이 바쁠 터인데 무슨 일로 찾으십니까?"

"내법좌평님의 명을 받고 장군님을 왜까지 모시고자 왔습니다."

"왜 땅으로 가신다는 말씀은 듣지 못하였습니다. 이 어려운 때에 굳이 왜로 가셔야 하는 까닭은 무엇입니까?"

무슨 일인가 다시 묻는 부인에게 병찬이 대답했다.

"잘 알 수 없는 일이나 백제가 위급하다는 소식이 전해지면 왜에서도 곧바로 수만 군사를 모아 달려올 것입니다. 장군님이 이들 군사를 훈련하고 지휘해야 하는 것으로 알고 있습니다."

"뛰어난 장수 없는 군사들이 있습니까? 달솔 지수신과 사탁 상여는 왜 땅에서 자랐지만 사비성에서도 모르는 사람이 없는 홀륭한 장수입니다. 또한 지난해 가을부터 왜의 여러 곳을 살펴보고 계시는 풍 왕자님도 장수로서 많은 군사를 이끌 수 있으며, 더욱이 달솔 흑치상지가 왕자님을 모시고 있지 않습니까?"

부인은 장군 계백의 안해답게 많은 것을 알고 있었다.

"왜 땅에도 많은 장수들이 있으니 장군께서 가신다면 오히려 군사들이 혼란을 일으키게 될 것입니다. 장군께서도 왜에 가려고 왜의 말과 풍습을 익힌 일은 있습니다만 오래지 않아 그만두었으므로 그것도 적잖은 걸림돌이 될 것입니다."

"부인의 말씀도 옳습니다. 그러나 달솔 사탁상여와 지수신은 남달리 부하를 사랑하고 용맹과 지략을 갖추었으나 큰 싸움을 겪어보지 못했고, 왜를 잘 아는 만큼 이곳에 대해서는 모를 수밖에 없습니다. 풍 왕자 또한 군사를 이끌고 싸움에 나서본 일이 없을뿐더러 아직 왕자의 위엄만으로 군사를 이끌기에는 모자람이 있습니다. 달솔 상지는 뛰어난 칼질과 몸놀림으로 용맹을 보이고 있으나 군사를 다스리고 이끎에 있어서는 장군님과 견주어보기도 어렵습니다."

병찬은 저도 모르게 신이 나서 계백의 칭찬을 늘어놓았다.

"장군님은 젊어서부터 뛰어난 슬기와 용맹으로 숱한 공을 세웠을뿐더러 절로 사람을 따르게 하는 힘이 있습니다. 이는 부하를 사랑하는 것만으로는 되지 않는 것입니다. 비록 장군님이 왜의 군사를 처음으로 이끌게 되더라도 그들은 기꺼이 따를 것입니다."

"그것은 모르겠습니다만, 그렇다 하여도 장군께서는 왜에 가지는 않을 것입니다."

"알고 있습니다. 낮에도 내법좌평님의 서찰을 전해드렸으나 장군님께서는 듣지 않았습니다."

"소문에 오랑캐 군사가 뱃길로 온다고 들었습니다. 어차피
장군께서는 가지 않을 것이니, 저들 때문에 뱃길이 막히기 전
에 길을 서두르는 것이 옳을 것입니다. 성문이 닫히고 나면 헛
되이 하룻밤을 보내야 하지 않습니까."

병찬도 저 좋아서 떠나는 길이 아니었다. 군사를 데리고 와
적을 몰아낸다는 핑계가 있어도 제자리를 지키지 못하고 달아
나는 것과 무엇이 다르겠는가. 그러나 자신이 다시 계백을 찾
아온 것은 계백의 마음이 움직일 것으로 믿어서가 아니었다.

"따로 서찰을 가지고 있으므로 언제든지 성을 나설 수 있습
니다. 필요하다면 성벽을 뛰어넘는 것도 어려운 일은 아닙니
다."

병찬이 말을 이었다.

"좌평님께서는 장군님이 가시지 않는다 하여도 부인과 아
이들은 반드시 왜로 데리고 가라고 하셨습니다. 좌평님의 말
씀이 아니더라도, 부인께서는 장군께서 가시지 않아도 아이들
을 데리고 나와 함께 왜로 가는 것이 좋을 것입니다."

"……?"

부인은 계백이 함께 가는 것도 아닌데 그 처자가 왜 땅으로
가다니 말이나 될 소리냐는 듯이 쳐다보았다.

"나가 싸우려는 군사들이 없으니 사비성은 쉽게 떨어질 것

입니다. 그러나 언제까지 우리 군사들이 눈을 감고 숨어 있지
만은 않을 것입니다. 혹시라도 저들이 부인과 아이들의 목숨
을 위협하여 장군님을 핍박한다면 저들과 싸우는 장군님에
게 큰 짐이 됩니다. 장군님은 그렇지 않을 것이나 장군님을 따
르는 군사들의 손발을 묶어 제대로 싸울 수 없게 할 것입니다.
장군님이 싸우다 죽는다 해도 마찬가지입니다. 저들이 장군님
의 핏줄을 내세워 위협한다면 장군님을 모셨던 장수나 군사
들은 적의 손에 있는 장군님을 대하는 것보다 더 마음이 약해
지게 됩니다."

어쩌면, 그럴 것이다. 아니, 틀림없는 소리다. 계백의 부하장
수나 군사들은 계백의 아이들을 제 아이처럼 귀엽게 여겼다.
계백을 아버지같이 형님같이 믿고 따르는 군사들이니 계백의
아이들도 제 아이처럼 귀여워하는 것이다. 적군이 계백의 아
이들을 볼모로 위협한다면 많은 백제 군사들이 멈칫거리며 싸
우지 못할 것이다.

그러나 나는 백제의 으뜸 장수 계백의 안해다! 결코 지아비
의 짐이 되지는 않을 것이다! 문득 숫을뫼의 몽운사가 생각났
다. 그리로 가서 숨으면 된다. 머리를 깎고 먹물옷을 입고 있으
면 그 달라진 모습에 가깝게 지내던 사람들도 얼른 알아보기
어렵다. 그러고 보니 지난날 정림사에서 만났던 스님은 결국
오늘의 일을 미리 내다보고 그리로 가라고 일러주었을 것이다.

"내일 날이 밝으면 솟을뫼에 있는 몽운사로 가겠습니다. 그곳에 아는 스님이 있으니 저와 아이들 걱정은 하지 않아도 될 것입니다."

"그곳이라 해서 신라 군사의 발길이 닿지 않을 리가 없습니다. 더구나 솟을뫼는 성도 없는 곳입니다. 아이들의 입까지 다 물게 할 수는 없습니다. 결국 신분이 드러나고 저들에게 붙잡힐 것입니다."

"……."

"장군님은 백제의 으뜸 장수입니다. 부인께서는 아이들을 데리고 왜로 가셔서 장군님과 많은 군사들의 짐이 되지 않도록 해야 합니다."

그렇다. 내 아이를 살리기 위해서가 아니다. 많은 군사들의 손발을 묶는 죄를 짓지 않기 위해서라도 아이들을 왜로 보내야 한다. 어쩌면 지아비도 아이들만이라면 왜로 보내는 것을 허락할지도 모른다. 우리 아이들이 백제 군사들의 손발을 묶게 될 것을 모르지 않을 터이므로.

"먼 길을 가야 할 것이니 어서 저녁을 들고 쉬십시오. 장군께서는 가지 않을 터이나 아이들은 보낼지도 모르겠습니다. 아이들 이야기는 제가 말하는 것이 좋을 듯싶습니다."

병찬은 마로현에서부터 쉬지 않고 달려온 피로가 한꺼번에 몰려들었다. 갑작스럽게 눈꺼풀이 내려앉고 몸을 가누기가 어렵다. 부인의 말도 그럴듯했다. 병찬은 다짐 삼아 정무의 서찰을 꺼내 건네주었다.

"여기 내법좌평님의 서찰이 있습니다. 장군님은 가지 않는다 해도 부인과 아이들은 저와 함께 길을 떠날 수 있도록 준비해주십시오."

"장군께서 언제 오실지 알 수가 없습니다. 이제 아이들을 재우겠으니 장군님께서도 어서 저녁을 들고 잠깐이라도 눈을 붙이십시오. 장군께서 오시면 제가 깨워드리겠습니다."

아이들은 저녁을 먹자 곧 곯아떨어졌다. 은솔 병찬이 있는 사랑에도 불이 켜져 있으나 오래지않아 코고는 소리가 들리는 것으로 보아 잠깐 눈을 붙인 모양이었다.

어떻게든 아이들만은 왜로 보내야 한다! 남달리 튼튼하고 슬기로운 아이들이니 아비처럼 훌륭한 장수가 될 것이다!

계백은 밤이 깊어서야 돌아왔다. 계백이 들어서자 부인은 일어서서 손 씻을 물을 가져왔다. 마음이 바빴으나 계백은 부인이 시키는 대로 갑옷을 벗은 뒤 손을 닦고 낯을 씻었다.

부인은 수건을 건네주지 않고 직접 계백의 낯을 닦아주었다. 여느 때와는 다른 보살핌이었으나 계백은 부인의 손길을 즐기기라도 하듯이 가만히 있었다. 꼼꼼히 낯을 닦고 나자 계백은 부인에게 물을 달라고 했다. 대접의 물을 모두 마신 계백이 찬찬히 부인의 얼굴을 들여다본다. 지아비의 눈길을 받던

지어미가 문득 생각난 듯 좌평 정무의 서찰을 내어주고 계백
의 눈치를 살폈다.

　장군, 아무리 생각해보아도 이제는 장군이 군사를 이끌고 달
려나가도 때가 늦었소. 그러나 늦었다고 내일 일을 준비하지
않으면 안 되오. 더 이상 쓸데없는 고집을 부리지 말고 곧바
로 기벌포로 말을 달리시오. 내일 낮부터는 배 한 척도 빠져
나가기 어려울 것이오.
　장군, 제발 고집부리지 말고 곧바로 떠나시오.
　장군, 내가 장군을 나라의 기둥으로 생각해온 것은 장군의
생각이 올바르고 자신의 헛된 이름을 위하는 사람이 아니라
고 여겼기 때문이오. 나라꼴이 여기에 이르렀는데 장군이 곧
바로 왜로 떠나지 않는 것은 장군 한 사람의 아름다운 이름
을 위하여 나라의 앞날을 저버리겠다는 것이오.
　장군, 장군은 장군 한 사람의 이름을 위하여 숱한 백성들의
가슴에서 피를 뿌려낼 만큼 모진 사람이었소? 이 정무에게
피지 못하고 죽은 조카 장연과 아사녀에 대한 인정에 속아 쓸
모없는 사람을 나라의 기둥으로 길러왔다는 크나큰 죄를 짓
게 하지 마시오.
　장군, 이 늙은이가 부끄럼 없이 죽을 수 있게 곧장 기벌포로
말을 달리시오. 이렇게 엎드려 빌겠소. 어서 떠나시오.

계백은 촛불에 서찰을 살랐다. 좀처럼 장연과 아사녀의 일을 입에 올려본 일이 없던 정무다. 배달이었을 때부터 그를 보살펴준 정무가 눈물을 보이고 피를 토하며 계백더러 왜로 떠나라고 종용하고 있다.

아저씨, 이 계백이 헛된 이름을 위하여 나라를 저버릴 만큼 못난 사람은 아니오! 아저씨께서 어여쁘게 보아주셨던 그대로 이 계백은 이 나라에 쓸모 있는 사람이 될 것이오!

"마침내 군사를 이끌고 출전하라는 어명이 내렸소. 날이 밝자마자 군사들이 성문을 나설 것이오."

지어미는 잠자코 다음 말을 기다렸다.

"군사들이 나가 싸울 것이나, 이 사비성마저 며칠이나 버틸지 미리 말하기 어렵소."

"……"

"많은 사람들이 죽고 더 많은 사람들이 저들의 종으로 잡혀갈 것이오."

자꾸 말의 언저리를 맴돌던 계백이 마침내 신음을 토해냈다.

"부인, 나는 내 자식들이 저들의 종이 되어 살기를 바라지 않소."

쫘앙! 벼락이 떨어졌다. 그러나 어림잡아 생각하지 못한 일이 아니었다.

힘껏 부딪쳐야 한다! 아이들을 살려야 한다! 부인은 마음을 굳게 먹고 계백을 쳐다보았다.

"지금 기벌포에는 장군이 오기를 기다리는 배가 있습니다. 왜도 예부터 백제 땅이니 아이들을 그곳으로 보내고 싶습니다. 서찰을 가져온 이가 장군께서 남는다면 아이들이라도 데려가기 위해 기다리고 있습니다."

"아이들을 왜 땅으로?"

뜻밖에 계백의 말소리가 낮았다. 성난 사람의 목소리는 조금도 아니었다. 그러나…….

"머지않아 이 사비성까지 적들에게 떨어질 것이나 그것으로 백제의 운명이 끝나는 것은 결코 아니오. 곳곳에서 백제의 싸울아비들이 들고일어나 저들을 몰아내고야 말 것이오. 오랜 시간이 필요하다면 저 아이들도 훌륭한 싸울아비로 자라서 적들과 싸울 것이오. 그러나 신라의 짐승들은 백제군의 저항이 크면 클수록 더욱더 어린 싹을 자르기 위해 왕손이나 이름난 장수들의 자식을 찾아 죽이려고 할 것이오. 죽지 않은 아이들은 저들의 종이 될 것이오. ……저 아이들은 백제의 으뜸 장수 계백의 아들이오. 내가 참으로 두려워하는 것은 이미 배달의 혼을 잃은 저들이 어린아이들의 목숨을 가지고 숱한 군사들의 손발을 묶으려 할지도 모른다는 것이오. 저들이 어린아이들의 목숨을 가지고 정 많은 군사들을 위협한다면 내 아이들은 얼마나 많은 죄를 짓게 될지 모르오. 아이들을 왜로 보낸다면 내 아이들은 살 수 있겠으나 모든 사람들이 내 아이들의 얼굴을 알고 있는 것이 아니니, 내 아이들을 잡기 위해 죄 없는 아이들이 얼마나 많이 희생당하겠소. 나는 깨끗하게 내 아이들의 주검을 내주어 많은 어린 목숨을 건지고자 하는 것이오."

남편의 말뜻을 몰라서가 아니다. 그러나 어찌 저 어린것들의 산목숨을 끊을 수 있단 말인가!

"명규는 아직도 어미의 젖을 찾는 젖먹이 아기입니다. 저들이 짐승이라 해도 차마 저 어린것의 목숨만은 노리지 않을 것이니 명규만은 이승에 남겨두고 가는 것이 어떠합니까?"

일렁이는 부인의 눈빛.

안해여, 안해여! 어찌 모르겠는가. 수많은 목숨을 끊어내고도 조금도 흔들림 없이 칼을 닦았으나, 한 꺼풀 갑옷 속엔 뜨거운 피가 흐르는 나 또한 어쩔 수 없이 사람이다. 눈에 넣어도 아프지 않을 아이들의 가슴에 시퍼런 칼날을 박아야 하는 것은, 나 또한 뼈와 살을 저며 만든 아이들의 아비로서 다른 아이들의 소중한 목숨을 살려야 하기 때문이다. 안해여, 안해여! 우리는 모두가 한목숨이다!

"저승에도 나라와 나라가 있어 서로 다투고, 또한 애꿎은 죽음이 있다는 말을 듣지 못하였소. 젖먹이 명규는 더욱더 어미의 품이 그리워 날마다 울며 어미를 찾을 것이오. 부인, 먼저 가거든 부디 이 못난 사람을 기다려주시오."

장수의 안해가 받아들여야 하는 운명　　　　　　　319

어찌 모르랴! 젖먹이로 난을 만나서 세 살 때부터 어미 없이 자라온 지아비가 아니던가.

젖먹이는 날마다 울며 어미를 찾을 것이오! 새삼스럽게 가슴이 저려왔다.

눈물을 보일 수는 없는 일, 부인은 선뜻 일어서서 아이들 방으로 들어갔다. 잠든 아이들 사이에 앉아 두 아이의 손을 잡고 남편을 올려다보며 머리를 끄덕였다.

모든 것이 헛기운처럼 지나갔다. 부인이 스르르 눈을 감았다. 온 얼굴에 미소가 번졌다.

마침내, 계백이 굳은 팔을 풀고 부인을 아이들과 함께 뉘고 이불을 꺼내어 덮어주었다. 어미와 아이들이 곱게 잠들었다.

방문을 나선 계백은 안해와 아이들의 피로 흥건히 물든 옷 위에 그대로 갑옷을 걸쳐입고 말을 달렸다.

마침내 황산벌에 서다

저녁을 먹고 계백을 기다리던 병찬은 깊은 잠에 떨어져 있었다.

문득, 말발굽 소리에 소스라치듯 퉁겨 일어나 바깥으로 나왔으나 아무 소리도 들리지 않았다. 대문이 열려져 있다.

이제 들렸던 말발굽 소리는 장군의 것이었는가? 잠에 떨어졌던 자신을 나무라며 안채로 다가갔다. 부인에게 방금 달려나간 사람이 계백이었는가 확인하려는 것이다.

계백의 방으로 들어가려던 병찬이 순간적으로 숨을 멈추고 칼을 빼들며 마루로 날아올랐다.

훅 끼치는 피냄새. 그러나……

아무도 없다! 조금도 살기가 느껴지지 않는다. 숨소리도 들리지 않는다.

"……?"

문을 열었다.

"……!"

병찬은 처마에 걸린 초롱불을 내려 손에 들었다.

참으로 끔찍한 광경이다. 온통 흥건한 피못 속에 잠겨 있다.

끝났다! 아무것도 없다. 무엇이 어떻게 된 일인지 궁금할 것
도 없다. 그저 끝났을 뿐이다. 모든 것이.

그러나 병찬은 굳이 이불을 걷어냈다. 부인과 아이들의 몸
에서는 아직도 더운 피가 흐르고 있었다. 병찬은 잠든 이들의
모습을 찬찬히 들여다보았다. 함께 이야기를 나눴던 부인이
아직도 곱게 웃고 있다. 아이들은 눈을 감아도 꼬집어 주고 싶
게 귀여운 모습이다.

"편히 잠드시오!"

다시 이불을 덮어주었다.

병찬은 바람처럼 말을 달렸다.

어서 배를 몰아 왜에 닿아야 한다. 계백이 아니어도. 달솔
흑치상지나 지수신 또는 풍 왕자가 아니어도 좋다. 이 진병찬
이 군사를 지휘하리라! 이 몸이 다시 돌아오는 날 원수들은
그 씨가 마르리라!

병찬은 눈에 불을 켜고 말을 달렸다.

동문에 이르자 믿을 수 없게도 환하게 화톳불이 타오르고
활짝 열린 성문으로 군사들의 움직임이 부산했다.

드디어 나가 싸우라는 명령이 내렸구나! 저들 속에서는 장
군 계백이 군사를 지휘하고 있을 것이다.

달려가던 병찬이 잠깐 말머리를 돌려 한쪽에 쌓여 있는 횃더미로 가더니 홰 몇 개를 낚아챘다. 말고삐를 잡은 왼쪽 옆구리에 갈무리한 다음 홰 하나만 화톳불에 대 불을 붙였다. 밤길을 밝힐 횃불이었다.

　나가 싸우는 것은 장군, 당신의 몫이오. 나는 한시 바삐 군사를 데려올 것이오. 부디 잘 싸워주시오. 횃불을 든 진병찬이 나는 듯이 어둠 속으로 사라졌다.

　마달과 기호는 온종일 계백을 만나지 못했다. 계백이 갈 만한 곳을 여기저기 싸돌아다녔으나 어디 있는지 도통 알 수가 없었다. 계백이 결사대의 대장으로 임명되었으며 군사들은 동문 바깥에 모이라는 소식을 안 것은 말을 타고 달리며 알리는 군사들의 고함소리를 듣고서였다.

　"우리도 빨리 동문으로 달려가자."

　기호가 재촉했으나 마달은 들뜨지 않고 차분했다.

　"나는 집이 멀리 있으니 어쩔 수 없지만 그대는 어머님께 인사를 드리지 않으면 안 될 것이다. 마지막 길이 될 터인데 그냥 갈 수는 없지 않은가?"

　그도 그렇다! 아무리 바빠도 마지막 인사는 올려야 한다.

　기호의 집에 닿은 두 배달은 나란히 절하고 계백이 결사대의 대장으로 적을 맞으러 나가는데 두 사람도 계백을 따라 싸움에 나가게 되었다고 말씀드렸다. 어머니는 말리지 않았다.

"군사들이 외치는 소리를 나도 들었다. 장군께서 이 싸움에 너희를 데려가겠다더냐?"

"예, 어머님께 인사를 올리고 오라 하셨습니다."

아직 계백을 만나지도 못했으나 때가 때인 만큼 둘러대는 것도 잘못은 아닐 것이었다.

"좋겠구나. 좋아하던 장군을 따라가게 되었으니."

"예, 장군께서 저희를 잘 보살펴주실 터이니 안심하십시오."

"어린아이 같은 말을 하는구나. 장군께서 너희를 보살펴줄 것이라니, 장군을 도우려는 것이 아니라 짐이 되려고 따라간 다는 말이냐? 이 어미를 안심시키려는 소리는 하지 않아도 좋 다. 어서 가거라. 나라를 지키기 위해 떠나는 너희에게 자칫 눈물을 보일까 두렵구나."

기호의 아비 부여승주는 의직을 따라서 신라의 요거성 등 10여 성을 빼앗은 뒤 적을 쫓다가 옥문곡에서 김유신의 매복 에 걸려 싸우다 죽었으니 꼭 열두 해 앞의 일이었다. 젊은 여인 의 몸으로 남편을 잃은 뒤 열두 해, 오직 기호 하나만을 바라 고 살아온 어머니였다. 이제 마흔이 넘어 흰머리가 하나둘 비 치는 어머니, 다시 흰 머리카락을 찾아 뽑아드릴 날은 오지 않 으리라.

절을 올리고 돌아서 나가는 아들을 어머니가 다시 불렀다.

"잠깐 넋이 나갔었나 보구나. 너희에게 주려고 어미가 만든 것이다."

각시풀로 머리를 꼼꼼히 땋아내린 풀각시였다. 풀각시는 제 웅이다. 횡액을 물리쳐준다. 오늘 저녁때 만든 듯 풀각시에서 는 진한 풀냄새가 났다.

"어미의 손길인 듯 여기거라."

풀각시를 하나씩 둘의 앞섶에 넣어준 어머니는 두 개의 풀 각시를 더 내놓았다. 생김새는 같았으나 좀 더 작고 귀여웠다.

"장군의 아이들에게 주어라. 아직 어리지만 장군의 아들들 이니 더욱 험난한 세월이 될 것이다. 부인에게는 이 어미의 안 부도 전해주고, 꼭 놀러 오시라고 일러라."

"곧바로 달려가겠습니다. 안녕히 계십시오."

두 사람은 등 뒤에 어머니의 눈길을 달고 말을 달렸다.

아이들에게 풀각시를 전해주기 위해 먼저 계백의 집에 간 두 배달은 기겁을 했다.

허억! 숨이 막혔다. 자객이 들었는가? 아니다! 아이들 손을 잡은 부인이 아직도 웃고 있었다. 아이들도 서로 장난치다 잠 시 쉬는 듯한 모습이었다.

아아, 장군이다! 장군이 몸소 부인과 아이들을 죽인 것이 다! 얼이 빠진 두 배달은 한참이 지나서야 정신을 추스르고 풀 각시를 아이들의 가슴에 넣어주었다.

대문을 나설 적에 비로소 눈물이 흘렀으나 두 배달은 흐르는 눈물을 느끼지 못하고 그대로 동문을 향해 말을 몰았다.

성문은 활짝 열렸고 너른 마당은 밤새 화톳불과 횃불로 대낮처럼 밝았으며 저자처럼 떠들썩했다. 바삐 길을 가며 솥을 걸 수는 없는 일, 한쪽에서는 주먹밥을 뭉쳐 점심을 나누어주고 한쪽에서는 국을 끓여 새벽밥을 든든히 먹도록 했다.

날이 밝았다.

젊은 군사들은 모두 어디로 갔는가? 모여든 군사들 가운데는 나이 든 이와 어린 배달이 많았다.

"왜 안 된다는 것이오? 비록 늙었으나 누구 못지않게 달릴 수도 있고 창을 들고 겨루어도 지지 않을 것이오."

"저 사람들은 되는데 왜 나는 안 되오? 나도 열아홉 살이란 말이오."

나이 많은 이거나 어린 배달일수록 더욱 기를 쓰고 결사대에 나가겠노라 우겼다. 이들을 한쪽으로 가려놓아도 어느 틈에 끼어들어 함께 가겠다고 떼를 썼다. 성문 안으로 밀어넣으면 성벽에 밧줄을 걸고 넘어왔다. 도무지 일이 되질 않았다.

마침내, 계백이 성문으로 올라갔다.

"여러 군사들은 들어라. 여러분이 모두 나라를 위하여 떨쳐나서고 있으니 매우 고마운 일이다. 그러나 모두가 결사대에 가겠다고 나서니 도리어 결사대가 나가지 못하게 막고 있는 것이나 다름이 없다. 이미 날이 밝았어도 결사대가 나가지 못하고 있으니 모두 덤벼들어 나라를 망치겠다는 것인가? 지금부터 명령에 따르지 않고 따라나서는 사람은 곧바로 목을 벨 것이며 죽은 자에게는 나랏일을 망쳤다는 죄가 남을 것이다."

계백의 호령에 장수들이 칼을 빼들었다. 당장에 피를 뿌려 낼 듯이 얼러서야 비로소 갈피가 잡혔다.

달솔 진평이 결사대가 쓸 장비와 군량을 수레에 싣고 왔다. 계백이 따로 일렀던 좌평 상영과 충상 등도 함께였다.

"고맙소. 달솔께서는 곧바로 돌아가서 병부의 일을 보시오. 좌평 의직은 달솔밖에 믿을 사람이 없을 것이오."

"장군, 뒷일은 걱정하지 마시오. 마음껏 싸워주시오."

진평이 병부의 군사들과 함께 돌아갔다.

결사대 3천 333명이 다 뽑혔다. 남은 이들과 혹 늦게라도 달려오는 자들은 절대 결사대를 뒤쫓지 말고 사비성에 남아 성을 지키도록 하라 이르고 군사들은 줄을 지어 길을 재촉했다.

결사대가 사비성 밖 15리에 있는 낮은 산에 이르렀을 때였다.

"와아!"

숲이 흔들리며 군사들이 뛰쳐나왔다. 무려 2천이 넘는 수였다. 맨 먼저 동문 밖으로 달려왔으나 그곳에서 기다리라는 말을 듣지 않고 슬금슬금 빠져나와 미리 길을 떠난 자들이었다.

결사대 군사를 3천 300으로 제한한다고 한다. 군사들이 많이 모이면 결사대에 끼기 어렵다. 멀리 가서 결사대를 기다린다면 차마 돌려세우지는 못할 것이다.

특히 나이 든 군사들과 어린 배달이 많았는데, 이들은 결사대에 끼워주지 않을 것을 미리 짐작하고 슬그머니 동문 밖에서 빠져나와 미리 와서 결사대가 다가오기를 기다린 것이었다.

명에 복종하지 않은 자들을 나무라지 않고 계백은 젊은 군사들을 함께 출전하도록 했다. 늙은 군사들과 어린 배달들은 따로 모았다. 그중 몸이 크고 튼튼한 배달 100여 명을 뺀 나머지 500여 배달은 모두 다시 사비성으로 돌아가 성을 지킬 것을 엄하게 명령했다. 그리고 늙은 군사 200여 명에게는 이들을 데리고 돌아가도록 했다.

"저 어린 배달들이 다시 도망쳐온다면 이는 어린 목숨을 부질없이 버리는 것이오. 나이 든 군사들이 아니면 저들이 말을 듣지 않을 터이니 여러 군사들은 저들을 잘 달래어 사비성으로 데려가시오. 적을 막아내는 것 못지않게 어린 목숨을 지키는 것도 중요하오."

500여 명이나 되는 어린것들의 목숨을 놓고 말하는 데야 늙은 군사들도 더 할 말이 없었다. 그들은 어린 배달들을 재촉해서 사비성으로 돌아갔다.

밤잠을 제대로 자지 못한 이들에게 7월의 붉은 해는 땡볕을 쏟아부었으나 군사들은 한 걸음이라도 더 멀리 나가 적을 맞으려고 쉬지 않고 길을 재촉했다.

황산벌은 낮은 언덕과 들로 이루어진 너른 벌판이라 적을 맞아 지킬 곳이 못 된다. 어서 바삐 황산벌을 벗어나고자 달리다시피 걷는데, 정찰대로 나갔던 군사 하나가 나는 듯이 달려 돌아왔다. 백제 정찰대가 신라군 정찰대를 먼저 발견했으므로 기습하여 쓸어버리고 적 본진까지 살펴보고 올 것이라 했다.

장수들이 급히 모여 의견을 나눴다. 이제부터 힘껏 달린다 해도 황산벌을 벗어나기가 어렵거니와, 거기서 마주칠 적을 밤잠도 제대로 자지 못하고 달려온 군사들로써 공격하기는 어렵다. 적을 공격하지 않고 기다리는 것에는 뜻을 같이하였으나 적을 어디서 기다리느냐에서 서로 생각이 엇갈렸다.

달솔 강주, 영현 등은 제자리에 진을 치자고 했으나, 상영과 충상 등은 뒤로 물러나 황산벌 바깥에서 적을 기다리자고 했다. 아무것도 가릴 것이 없는 황산벌보다는 낮은 언덕이나마 산을 의지하여 싸우는 것이 옳다는 것이다.

장수들의 갑론을박을 듣지 못하는 것처럼 계백의 시선은 허공을 달리고 있었다. 처음에는 너무도 빠른 신라군의 진격 속도에 놀랐지만, 오히려 번개처럼 진격해온 신라군의 약점이 눈에 보이는 것 같았기 때문이다. 보급로를 확보하며 행군하지 않고 너무 깊숙이 백제의 심장부까지 쳐들어온다는 것은 있을 수 없는 일이었으나 이미 그렇게 되어버린 것이다.

"스스로 함정을 만들어주고 그 안에 들어온 꼴이다!"

단 한 번의 접전도 없이 황산벌에까지 다다른 신라군은 전력 손실이 전혀 없었지만 백제군의 전력도 그대로인 것이다. 신라군이 파죽지세로 휘몰아올 수 있었던 것은 김유신의 치밀한 사전공작에 의해 전의를 상실한 백제군이 막아서지 못했기 때문이지, 백제군이 약해져서가 아니다. 흩어진 백제 백성들의 마음을 모으고 군사들의 전의를 불태울 수만 있다면 모든 것은 수년 전 강성했던 백제로 되돌아간다. 그리 된다면 백제 심장부까지 깊숙이 들어온 나당연합군이 오히려 꼼짝없이 독 안에 갇힌 쥐 꼴이 되고 마는 것이다.

얼마나 버틸 수 있을까? 두어 달도 되지 않을 것이다. 사비성을 견고하게 지킨다면 저들은 두어 달도 버티지 못하고 군량 부족에 시달리게 될 것이다. 설혹 사비성이 떨어진다고 해도 나당연합군은 두 달도 못 되어 스스로 달아나고자 할 것이다. 전력 손실이 거의 없는 백제군은 나당연합군을 백제 깊숙한 곳에 가두고 서서히 숨통을 조여갈 수 있기 때문이다.

속전속결이다! 신라군의 전략은 어처구니없게도 속전속결이었다. 느긋하게 버티면 된다! 차라리 황산벌을 비워주고 사비로 돌아가 도성을 지키는 것이 안전할 것이다.

그러나 계백은 돌아서지 않았다. 그것은 유감스럽게도 김유신의 간계에 놀아나 어지러워진 조정을 정리하고 추스를 시간이 필요한 데다가, 너무 신속하게 쳐들어온 신라군 때문에 놀란 군사들의 사기가 너무나 떨어져 있었기 때문이다. 정신을 차리고 사기를 북돋울 동기와 시간이 절대적으로 마련되어야 하는 것이다.

황산벌에서 신라군의 공세를 막아내면서 시간을 벌고 5만 대군도 별것 아니라는 확신을 심어주어야 한다. 5천 결사대만으로도 저지시킬 수 있을 만큼 신라군이 오합지졸이라는 것만 보여주면 된다.

대장 계백이 결정을 내렸다.

"군이 진을 벌일 때에는 마땅히 산을 의지하고 물을 이용함이 옳소. 그러나 우리는 적과 엇비슷이 어울려 싸우는 군사가 아니라 적의 기세를 꺾고 발을 묶기 위한 결사대이니, 한 발이라도 군사를 물리는 것은 아니 되는 일이오. 우리가 이 황산벌에서 물러난다 해도 사비성까지 크게 의지할 만한 산은 하나도 없소이다. 이 마당에 그냥 뒤로 물러나는 것은 다만 우리군사의 사기를 꺾을 뿐이오."

물러나봐야 사비성에 이르기까지 기대어 싸울 만큼 큰 산이나 가람은 없다. 그대로 사비성에까지 쫓겨 들어가게 될 것이 뻔했다. 그러나 좌평 상영은 제 생각을 고집했다.

"조금이라도 이로움이 있을 때는 마땅히 따라야 할 것이오. 더욱이 우리는 저들보다 크게 군사가 적으니 산을 의지하고 진을 벌여야 하는 것은 다시 말할 것도 없소이다. 또한 장군은 5천 결사대를 이끌고 싸움에 나왔으나 적에 대하여 얼마나 알고 계시오?"

백제의 모든 군사를 부려온 병관좌평의 몸이니, 어제까지만 해도 아랫사람이었던 계백의 부림을 받아야 하는 상황에서 원한이 없을 수 없었다. 얼떨결에 병권을 빼앗기고 싸움터에 끌려나와 아랫사람의 부림을 받는 초라하고 가엾은 꼬락서니가 된 것도 모두 계백 때문이었다. 비록 수모를 당했으나 언제까지 업신여김을 받고 살 수는 없는 일이다. 상영은 계백이 그동안 병이 깊어서 몸조리를 하느라고 나라 안팎의 일에 어두움을 빌미 삼아 비웃는 것이다.

두 사람의 다툼이 재미있다는 듯이 장수들의 눈길이 두 사람의 얼굴을 갈마보았다.

"좌평에게 아는 것이 있다면 알려주고 이 계백에게 모르는 것이 있다면 바로 가르쳐주기 바라오. 싸움터에서는 조그마한 것이라도 큰 결과로 나타날 수 있으니, 이 계백이 어찌 함부로 마음을 놓을 수 있겠소?"

계백도 묻지 않을 수가 없었다.

"적 신라는 무려 10만의 군사를 이끌고 오고 있소. 몸을 가릴 바위나 나뭇등걸 하나 없는 이 벌판에서 어떻게 그 많은 적을 막아내겠다는 것이오? 더구나 적들에게는 적어도 2천여 기로 이루어진 개마대가 있소. 이 벌판에서 적의 개마대를 만난다면 우리 5천 결사대는 한번 싸워보지도 못하고 저들의 말발굽에 짓밟혀 흩어지고 말 것이오. 개마대의 날카로움을 피하기 위해서라도 우리는 뒤로 물러서야 할 것이오."

2천이나 되는 개마대라니? 개마대가 대를 지어 벌판을 달린다면 어떤 용맹으로도 맞설 수가 없다. 이런 벌판에서 적의 개마대를 막기 위해서는 이쪽에서도 다만 얼마라도 개마대를 내보내야 했으나 백제 결사대에는 개마대를 이룰 만한 말도 말에게 입힐 갑옷도 없다. 차라리 군사를 뒤로 물려 적의 개마대가 날뛰지 못하게 하고 군사들끼리만 싸우는 게 나을 것이다.

"신라가 온 힘을 다해 쳐들어왔음을 모를 사람은 없소이다. 그쯤을 가지고 새삼스럽게 놀랄 것도 없는 일 아니오?"

계백이 너무 쉽게 대꾸하자 상영의 얼굴이 벌게졌다.

"벌판을 달리는 개마대가 얼마나 무서운지 몰라서 하는 말이오? 산에다 진을 치고 싸운다면 저들의 개마대도 함부로 날뛰지 못할 것이오. 그만한 병법마저 모르고 그저 제 한 몸의 용맹만을 믿고 군사들을 죽음으로 몰아넣는다면, 아무리 임금님의 명령을 받았다 해도 군사들을 이끌어 싸울 수는 없을 것이오."

계백의 명령을 받지 않겠노라고 내놓고 선언하는 것이다. 이곳에 모인 장수들 중에는 상영을 깊이 따르는 사람이 더 많을지도 모른다. 그러나 계백에게는 조금도 꿀리는 눈치가 없었다. 도리어……

"물론 병법을 모르면 임금님이라 해도 군사를 이끌어 싸울수가 없을 것이오. 그렇다고 이 싸움터에서 어린아이라도 병서만 앞에 놓고 명령을 내린다면 좌평은 따르겠다는 것이오?"

"뭣이?"

좌평 상영의 손이 부르르 떨리며 칼자루를 잡았다.

엄청난 모욕이다! 상영뿐이 아니다. 자간을 비롯한 몇몇 장수들도 칼자루를 잡으며 몸을 낮췄다. 당장에라도 칼을 뽑으며 짓쳐들 기세다. 그러나 계백은 물러서기는커녕 한 걸음 앞으로 나섰다.

"흥, 용기가 있거든 칼을 빼보시오. 싸움터에 나와서 감히 대장의 명령에 따르지 않는 자가 있다면 비록 그가 임금이라 해도 한칼에 그 목을 베어 대장의 위엄을 알게 할 것이오."

성난 계백의 호통이 쩌렁쩌렁 울렸다. 계백의 허리에 매달린 칼이 어떤 칼인지 모르는 장수는 없다. 더욱이 조정에 가는 것을 막는다고 제멋대로 임금을 호위하는 위사좌평 현철의 목을 베어버린 계백이다. 임금도 그런 계백에게 반해 친히 임금의 칼을 내리고 격려하지 않았던가.

상영을 도우려던 장수들은 시퍼렇게 불길을 뿜어내는 계백의 눈이 스치자 등골이 서늘했다. 맨 먼저 자간이 눈을 내리깔고 슬그머니 꼬리를 말았다. 좌평 충상과 다른 장수들도 엉거주춤 칼자루에서 손을 떼고 눈길을 돌렸다.

"여태껏 시시콜콜 따지고 말만 앞세워 공을 다투었기 때문에 탄현에서부터 적을 막지 못하고 여기까지 불러들이고 말았소. 산을 만나면 산의 이로움을 얻고 물을 만나면 물을 쓸모 있게 만들어 싸우는 것이 바로 병법의 바탕이 아니겠소. 벌판을 만났으면 들판에서 얻는 이로움을 생각해야지 해로움만을 따져서는 안 될 것이오. 어떤 이는 적의 개마대를 걱정하나. 적들이 함부로 개마대를 앞세운다면, 바로 이 계백이 기다리는 바요. 여러 장수들은 무엇 때문에 허수아비 같은 신라 개마대를 걱정하는 것이오? 쓸데없는 걱정일랑 접어두고 한 발짝이라도 물러나지 않겠다는 굳센 마음가짐을 보여주시오."

계백이 신라 개마대를 자기 집 마구간에라도 가두어둔 듯이 땅땅 큰소리를 쳤다.

오호라, 하늘이여!

　해가 아직 두 길이 넘게 남았으나 백제군은 서둘러 자리를 잡고 군사를 벌려 세웠다. 본진 2천 군사는 창을 세워놓고 잡초를 베어 뉘었다. 군포를 깔아 재빠르게 바오달을 치고, 더러는 곳곳에 우물을 파고 솥을 걸었다.

　멀리 언덕바지에 무언가 환하게 빛나는 것이 보였다. 2장이 넘게 크고 우람한 천지화 한 그루였다. 흰 꽃으로 온통 덮여 있으니 눈이 부셨다. 어디라고 천지화가 없으랴만 이처럼 크고 아름다운 천지화는 쉽게 볼 수 있는 것이 아니었다.

　"하늘이 우리에게 내리신 신단수(神檀樹)다."

　계백은 몸소 군사들을 이끌고 그곳에 제단을 쌓았다.

　달솔 강주는 여기저기 다니며 무어라 이르더니 나이 든 군사 200명을 가려내 한곳으로 모은 다음 그들을 이끌고 내일 싸움터가 될 곳을 꼼꼼하게 살피며 돌아다니고 있었다.

　달솔 영현은 간솔, 내솔, 장덕, 시덕 품의 장수들이 2천의 군사를 나누어 맡게 하고 이를 다시 넷으로 크게 나누어 은솔, 덕솔 품 장수의 지휘를 받게 했다.

"장군들은 군사들과 함께 달려가서 참호를 덮을 나무를 구해오시오. 굵기는 세 치가 모자라지 않도록 하고, 여서 자에서 일곱 자 길이로 잘라오시오."

남은 장수들에게도 명령을 내렸다.

"장수들은 군사들을 한곳에 모아 참호를 팝시다."

영현이 군사들을 네 줄로 세웠다. 줄과 줄 사이의 거리는 네 걸음으로 했다. 줄을 맞춘 군사들이 명에 따라 저마다 땅을 파기 시작했다.

참호는 폭을 다섯 자로 하고 옆 사람과 그대로 이어지게 했으니, 하나의 길이가 500걸음에 이르렀다. 그리고 열 사람에 하나꼴로 뒤쪽으로 드나들 수 있는 구덩이를 파게 했다. 드나드는 문은 팔 때는 열 사람에 하나였으나, 나중에 참호를 드나드는 사람은 다섯이 되므로 서로 뒤섞여 어지럽게 되는 일은 없을 것이다. 마침 땅이 차진 황토였으므로 쌓은 흙이 무너지지 않아 파낸 흙을 구덩이 곁에 그대로 쌓아서 쓸 수가 있었다. 땅을 파는 일은 조금 더디었으나 수고는 거의 절반으로 줄어든 셈이었다.

계백이 장수들과 함께 본진에서 700명의 군사를 데리고 왔다. 장수들은 참호 앞에서 저마다 자기 부하군사들에게 창을 세워 묶는 것을 가르쳤다.

"명령이 내리거든 곧바로 달려와 제자리를 찾아 이렇게 네 개의 창을 밖으로 내놓고 나무에다가 창자루를 단단히 묶어라."

창을 뒤쪽으로 비스듬하게 눕혀 세우게 했다. 적의 갑주가 세차게 부딪쳐도 그냥 미끄러져 지나게 하여 창이 부러지지 않게 하려는 것이다. 뒤로 눕혀진 창날은 갑주를 흘려보내고 곧장 말의 배나 다리를 베어낼 것이다.

"창을 내놓고 자루를 묶는 일이 끝나면 적이 오기를 기다렸다가 적 개마대가 다가오면 십장들의 명령에 따라 한꺼번에 창을 세운다. 창을 세울 때는 창자루를 비끄러맨 나무를 끌어내려서 앞 벽 쪽 바닥에 밟고 있으면 된다. 적이 창끝을 지나 달려가면 다시 명령을 기다려 창을 눕혀 다시 참호 속으로 하나씩 끌어들인 다음 밖으로 나오라는 명령에 따라 밖으로 나와 함께 싸운다."

이어 군사들은 창을 단단히 묶어 세워서 움직이지 않게 참호 벽에 나무기둥을 박고 참호 위에 서까래를 덮었다. 서까래는 두 자마다 창구멍을 내고 깔았으며, 각기 열 사람을 통제할 십장들은 머리를 내밀어 적이 달려오는 것을 볼 수 있게 구멍을 냈다. 위에는 흙을 덮고 풀을 베어다 깔아서 적의 눈에 띄지 않게 했다.

명령이 내리면 빈 몸으로 곧바로 뛰어들 수 있도록 한 사람

앞에 네 개씩의 창을 참호 속에 넣어두었다. 두 자 정도로 벌려 세우면 적이 조심스럽게 천천히 말을 몰아도 창날의 울짱을 무사히 넘어가지는 못할 것이다.

어느새 어둠이 내리고 하늘에 걸린 반달이 빛을 뿜기 시작했다. 하늘에 걸린 반달이 환하게 빛을 뿌리고 있으나 참호 안은 칠흑같이 어둡다.

"내일은 동이 트자마자 제자리를 찾아가는 연습을 하겠다. 저녁을 먹고 나서 곧바로 제사를 지낼 터이니 몸을 깨끗이 씻어야 한다."

참호 속에 들어갈 군사들은 서둘러 늦은 저녁을 먹었다. 땀에 전 몸을 씻고 제단 앞에 갔을 때는 모든 군사들이 이미 제단 앞에 줄지어 서서 이들이 오기만을 기다리고 있었다.

제단 앞에는 까마귀와 오리, 기러기가 앉아 있는 크고 작은 솟대 수십 개가 세워져 있었다. 솟대는 소도(蘇塗)이니, 솟대가 서 있는 곳은 부정한 것들이 감히 침범할 수 없는 검스러운 영역이다. 솟대들 가운데에는 멀리서도 한눈에 들어오게 커다란 푸른색 공이 하나 있고, 그 위에는 울긋불긋 화려한 깃털을 뿜내는 커다란 장닭이 금방이라도 날아오를 듯 힘차게 활갯짓하고 있었다. 둥그런 공은 하늘을 상징한다. 장닭의 턱밑에 붉은 해가 매달려 있는 것은 장닭이 지금 힘차게 홰를 치며 해를 부르고 있기 때문이다.

비록 사람이 맡아서 기르는 짐승이지만 장닭은 해를 불러오는 신령스러운 날짐승이다. 고요한 적막 속에서 뭇 짐승들의 단잠을 깨워가며 새벽이 오고 있음을 요란하게 알려주는 것이 아니다. 삼라만상이 잠들어 있는 깊은 밤, 온 동네 온 고을 장닭들이 일시에 온 힘을 다해 목청껏 외쳐 부르는 소리가 하늘 끝 저쪽에 닿아, 어둠 속에 잠긴 해를 불러오는 것이다.

붉은 황토를 가려서 쌓은 제단은 모두 세 단으로 되어 있는데, 한 단의 높이가 7척이었으니 단의 높이는 모두 21척이었다. 단의 밑둘레가 16장 8척이니 한 면은 군사 일곱 명이 팔을 벌려 서야 하는 42척이었다(1장은 10척이며 1척은 10촌이다. 검지 가운뎃마디를 1촌으로 하며, 손목에서 팔꿈치까지의 길이를 1척으로 한다. 어른의 키를 6척으로 셈한다).

동북 간방에는 일곱 개의 푸른 깃발을 청룡의 형세로 세웠다. 각항저방심미기(角亢氐房心尾箕)의 별자리로, 교룡학호토호표(蛟龍貈狐兎虎豹 : 도룡뇽, 용, 오소리, 여우, 토끼, 호랑이, 표범)를 나타낸다.

북서 간방에는 일곱 개의 검은 깃발을 현무의 형세로 벌려 세웠다. 두우여허위실벽(斗牛女虛危室壁)의 별자리로, 해우복서연저유(獬牛蝠鼠燕猪揄 : 해태, 소, 박쥐, 쥐, 제비, 돼지, 이리)를 나타낸다.

서남 간방에는 일곱 개의 흰 깃발을 백호의 위세로 세웠다.

규루위묘필자삼(奎婁胃昴畢觜參)의 별자리로, 낭구치계오후원
(狼狗雉鷄烏猴猿 : 이리, 개, 꿩, 닭, 까마귀, 원숭이, 긴팔원숭이)을 나
타낸다.

남동 간방에는 일곱 개의 붉은 깃발을 주작의 형상으로 벌
려 세웠다. 정귀유성장익진(井鬼柳星張翼軫)의 별자리로, 안양
장마녹사인(犴羊獐馬鹿蛇蚓 : 들개, 양, 노루, 말, 사슴, 뱀, 지렁이)을
나타낸다.

제단 위에는 소, 양, 돼지의 3생(三牲)과 함께 밤, 대추, 곶감
을 올렸다. 밤나무는 뿌리가 썩지 않으니 제 겨레의 뿌리를 지
킨다는 뜻이요, 대추나무는 열매가 많으니 자손이 번성할 것
을 이르며, 감나무는 고욤나무에 좋은 가지를 접붙여서야 비
로소 좋은 열매를 맺으니 옳은 가르침으로 어진 사람이 되는
것을 의미한다.

맨 마지막에 세발솥에 찐 떡이 시루째 올려졌다. 시루는 제
기(祭器)다. 시루에는 아홉 구멍이 있다. 둥글게 돌아가면서 뚫
린 여덟 개는 사정(四正, 四方 : 동서남북)과 사유(四維 : 四間方)
로, 하늘과 땅 사이의 방위를 표시한다. 가운데 뚫린 큰 구멍
은 그것을 거머쥐는 벼리이니 이는 모두 부적의 도형이다. 또
한 시루는 떡을 찌기 위한 그릇이다. 날것을 머금지만 익혀서
내놓는다. 헌 쇠가 풀무간에 들어가면 쓸 만한 새 연장이 되
어 나오듯, 시루는 쉬게 된 음식이나 자칫 버리게 되는 부스러

기 음식을 모아서 찌면 금방 새 음식을 만들어내는 참으로 훌륭한 그릇이다.

제사가 시작되었다.

흰 전포를 입은 달솔 강주가 제사의 시작을 알리자 흰 비단 옷을 입고 놋쇠로 만든 칼과 방울을 손에 든 계백이 천천히 걸어나왔다. 가슴과 등에는 세 개의 거울과 얇은 놋쇠를 오려서 만든 여러 가지 날짐승과 들짐승, 물고기들이 주렁주렁 매달려 있어 눈부신 빛을 어지럽게 흩뿌려내고 있었다. 뿐만 아니라 너른 허리띠에도 갖가지 짐승과 물고기가 수놓여 있다.

"아니?"

"장군님이?"

단 아래 모여선 장수들과 군사들은 모두 놀랐다. 장군 계백이 언제 무당이 되었는가?

군사들의 눈길을 한 몸에 모으며 제관 계백이 신단수로 세운 천지화 앞에 섰다. 천지화는 낮의 그 아름다운 모습을 감추고 있다. 그러나 보라! 나무 가득히 매달려 있는 크고 작은 꽃망울을! 낮에는 환하게 핀 꽃에 가려 보이지 않던 꽃망울들이다. 저 꽃망울들은 내일 아침이면 다시 눈부시게 피어나서 나무를 온통 뒤덮을 것이다.

군사들도 계백의 눈길을 따라 천지화를 바라보았다.

걸음을 옮긴 계백이 제단 앞에 서서 북쪽 하늘을 올려다보았다.

"……!"

언제부터인지 북두칠성에는 달무리처럼 상서로운 기운이 어려 있었다.

하늘이 지켜보고 있다! 북두칠성님이 우리를 보살펴 주신다! 군사들도 이 제사를 하늘과 천지신명이 기쁘게 받을 것을 굳게 믿었다.

한동안 하늘을 보던 계백이 신발을 가지런히 벗어놓더니 머리에 쓴 관을 벗었다. 무엇을 하려는가 싶은 순간, 계백은 품에서 작은 칼을 꺼내 상투를 싹둑 잘라냈다. 다시 머리에 관을 쓰고 향로 앞으로 가더니 무릎을 꿇고 향로에 자른 상투를 넣었다. 이어 향을 사르고 술을 따른 다음 엎드려 세 번 절했다.

"음- 아아아. 아-흐-으. 으-으-음. 음- 아……."

무당 계백이 숨결에 맞추어 노래를 불렀다. 군사들도 우주의 숨결에 맞추어 큰 숨을 쉬었다.

"음- 아아아. 아-흐-으. 으-으-음. 음- 아……."

쩔렁, 쩔렁, 쩔렁. 방울이 울렸다. 계백의 몸이 가늘게 떨기 시작했다.

쩔렁, 쩔렁, 쩔렁. 방울소리를 따라 차츰 크게 떨리던 계백의 몸이 왼쪽으로 넘어질 듯 기울며 돌았다. 두 팔을 들어올리자 소매에 달려 있던 기다란 천조각들이 나풀거리며 마치 황금으로 치장한 거대한 새가 날개를 펴고 날아오르는 듯했다.

춤사위다. 제자리에서 맴돌던 계백의 몸이 차츰 왼쪽으로 큰 동그라미를 그리고 있었다. 바람을 타고 날개를 툭툭 치며 유유히 하늘을 맴도는 매처럼 무당 계백의 춤사위는 매끄럽고 당당했다.

하나, 둘, 셋. 하나, 둘, 셋. 나가다가 멈칫 서고 다시 나간다. 우주의 숨결을 따르는 움직임이다.

쿵, 쿵, 쿵. 쿵, 쿵, 쿵. 삼라만상이 흔들리며 함께 춤사위에 녹아들었다.

쿵, 쿵, 쿵. 쿵, 쿵, 쿵. 땅이 흔들리고 하늘의 별들도 천천히 흔들리며 헤엄치기 시작했다.

"음— 아아아. 아—흐—으. 으—으—음. 음— 아……."

군사들도 어느새 우주의 호흡에 따른 몸놀림이었다.

쿵, 쿵, 쿵. 쿵, 쿵, 쿵. 오랫동안 춤추며 헤엄치던 우주가 고른 숨을 쉬었다.

흔들리던 별들이 붙박이로 섰다. 군사들도 땅에 발을 디디고 섰다.

무당 계백이 하늘에 아뢰었다.

오호라, 하늘이여!

생명은 차고 이우는 데에서 성쇠(盛衰)가 의논되고

무너지고 쌓는 것으로 성패(成敗)를 삼나니

겨레의 피할 수 없는 이 결단을 장차 어디에 두려 하시니이까?

한웅(桓雄) 한아비께서 신시(神市)를 여실 때에 동아리 지어진

삼천단부(三千團部)의 무리가 순전한 혈손이었다면 더브러 정립(鼎立)한

오늘의 삼국(三國) 또한 신시(神市)에서 내림한

단군왕검(檀君王儉)의 자손이 분명하니이다.

돌이켜보건대

세월 따라 불어난 자손들이

골짜기와 능선으로 대(隊)를 나누어 흩어지고

거기서 제가끔의 살림을 붙여가다 더러 친분으로 모이고

혹 어떤 배반으로 싸운 일은 있었으나

못생긴 절의(節義)를 내세워 공분(公分)을 저버린 일은 일찍이 없었더니이다.

이제 신라의 김춘추가 제 딸의 사사로운 원념(冤念)으로

통일의 명분을 도적질하고

유자(儒者) 김유신이 서토(西土)의 사서(蛇鼠) 무리를 불러

신시(神市)의 강역(疆域)을 유린하니 이는

하늘과 사람이 함께 숨 막히는 무서운 일입니다.

오호라, 하늘이여!

하늘의 생각는 바를 사람은 점(占)으로 헤아렸나니

자성(觜星)과 삼성(參星)의 붉은 기운이 점차 진성(軫星)과 각
성(角星)을 위협하는 서징(庶徵)은

오조선(吾朝鮮) 근역(槿域)의 세(勢)가 저들의 위협을 무릅씀
인 줄 압니다.

이에 하늘의 자손 계백은 검은 수소를 잡아 삼신(三神)의 단
(壇)을 쌓고

오직 한 번의 검(儉)스러움으로 나아와 사뢰나니

하늘에 벌려 서신 열조(列祖)께서는 들어 증명하소서.

아침에 피었다 저녁에 지는 천지화는

쉼 없이 즈믄 해를 꽃피워왔나이다.

오호라, 하늘이여!

이제 하늘이 있고 땅이 있고 사람이 있으되

오직 계백이로소이다.

제사가 끝나자 수레째 바쳐졌던 술이 군사들에게 나누어졌
다. 장수와 군사들이 하나로 어울려 서로 권하며 제삿술을 마
셨다. 그저 마시는 술이 아니었다. 큰 싸움을 앞둔 군사들이
하늘과 천지신명에 제사를 드리고 나누어 마시는 음복주였
다. 하늘 숨을 마시듯 술을 마시고 별을 쓸어내듯 숨을 불어
냈다. 밤이 깊을 때까지 군사들은 쿵쿵 발을 굴러 북을 울리

고 덩실덩실 춤추며 노래를 불렀다.

　20리 저쪽 백제군 진영에서는 밤늦게까지 불이 환하게 밝혀져 있었다. 적을 살피고 돌아온 장수는 백제군이 모두 불을 밝히고 술을 마시며 노래를 부르고 춤을 추고 있다고 한다.

　"저들이 모두 크게 취했다 하니 야습을 하기에 좋소이다. 군사를 보내야 할 것이오."

　좌장군 품일이었다.

　"제법 커다란 제단이 보였습니다. 우리를 끌어들이려고 속임수를 쓰는 것 같지는 않았습니다."

　살피고 온 장수가 품일의 말에 맞장구를 쳤으나 김유신은 허락하지 않았다.

　"저들이 참으로 술을 마시고 취하였다고 보기는 어렵소. 우리는 오늘에야 이곳에 이르렀으니 오히려 저들의 야습을 조심해야 할 것이오."

　"그렇지 않소이다. 저들이 아마도 제사를 지내고 마신 술에 크게 취한 듯하니 이때를 틈타서 치는 것이 옳을 것이오. 시험 삼아 가보는 것도 나쁘지 않을 것이오."

　품일은 좋은 기회를 놓치고 싶지 않았다.

　"저들이 우리를 끌어들이기 위한 계책이 아니더라도 굳이 군사를 내지 않아도 좋을 것이오. 겨우 5~6천에 지나지 않는 적이라면, 이런 들판에서는 조금도 어려운 일이 아니니 말이오. 오히려 저들에게 야습을 당하지 않도록 조심하고, 저들은 내일 아침에 싸워서 흩어버려도 충분할 것이오."

김유신은 끝내 야습을 허락하지 않았다. 앞으로 내보냈던 군사들이 모두 죽었다는 것을 알았을 때는 김유신의 본진도 황산벌에 들어선 뒤였다. 김유신은 앞쪽에 나타난 백제군보다 뒤쪽 산을 경계하며 진을 벌이고 군사를 쉬게 했었다. 앞쪽에 모습을 드러내고 막아선 백제군은 그리 걱정할 만한 것이 아니었기 때문이다.

그런데 저들이 술을 마시고 취하여 춤추고 있다니 께름칙한 느낌이 앞섰다.

무엇인가? 저들이 우리를 끌어들이기 위한 것이 아니라면 저들은 제대로 된 산등성이나 깊은 강물 하나 없는 이런 벌판에서, 겨우 5~6천에 지나지 않는 적은 군사로써 신라의 5만 대군을 맞아서도 천지신명에 제사를 지내고 술에 취하여 밤이 깊도록 노래를 부르고 춤을 추는 것이다.

사실이라면, 저토록 취하여 춤추는 것이 사실이라면, 우리는 전혀 짐작할 수조차 없는 적과 싸우게 된다.

백제에 저만한 장수가 있었던가? 아무리 머릿속을 더듬어도 짚이는 사람이 없었다.

그러나……! 김유신은 머리를 흔들었다. 죽었던 성충이 되살아나고 쫓겨났던 홍수가 돌아와 함께 군사를 이끌어도, 이 마당에서 군사들이 저토록 신바람 나게 노래를 부르고 춤을 추게 할 수는 없을 것이었다. 아무리 술을 마셔도 전세가 크게 불리한 전투 직전에 군사들이 마음껏 취할 수는 없기 때문이다.

의지할 곳 없는 벌판에서, 열 배나 많은 적을 맞고도 저리 마음껏 취할 수 있는 군사들이라면, 신라군은 싸울 상대를 크게 잘못 고른 셈이다. 까닭 모를 두려움이 일어났다.

할 수 있다면, 물릴 수 있다면, 돌아서야 한다! 그러나 김유신은 피식 웃었다.

내가 무슨 방정맞은 생각을 하고 있는가? 쓸데없는 걱정을 하는 것부터 잘못이다! 적군이 아무리 많다 해도 외눈 하나 깜짝하지 않을 내가 아닌가?

2993년(660) 7월 9일, 달솔 강주는 다른 군사들이 잠에서 깨기도 전에 새벽밥을 먹은 200명의 군사를 이끌고 계백 앞에 섰다. 모두가 나이 먹은 늙은 군사들이었는데, 횃불에 드러난 모습은 하나같이 신라군 차림이었다.

"오늘 첫 싸움이 앞으로 벌어질 모든 싸움의 승패를 가르게 될 것이오. 오늘 첫 싸움의 승패는 모두 여러분 200 사람의 어깨에 걸려 있으니, 절대로 욕심을 부리지 말고 필요한 만큼만 움직여야 할 것이오. 싸움이 끝났다고 생각되면 미련 없이 빠져나오시오."

"모두가 이 자리에 뽑힌 것을 다시없는 자랑으로 알고 있소이다. 잘은 못해도 반드시 나잇값은 하겠다고 벼르고 있으니 마음 놓으시오."

강주가 여러 군사를 대신하여 힘껏 싸울 것을 말했다.

"마음 놓으시오!"

군사들도 큰 소리로 굳센 각오를 다지며 어둠 속으로 달려나갔다.

별빛이 하나둘 스러지며 날이 밝았다.

다른 한 무리의 군사들도 빨간 토끼눈을 하고 일어났으나 모두들 잽싸게 몸을 놀렸다. 이들은 새벽 어스름부터 달솔 영현의 명에 따라 다시 한 번 제자리를 찾아 참호에 들어가 싸우는 연습을 했다. 적이 가까이에서도 쉽게 눈치채지 못하게 몸에 풀을 덮고 줄지어 천천히 참호에 들어갔다. 참호에 들어가서는 조심스럽게 창날을 밖으로 내밀고 준비된 나무에 창자루를 단단히 묶었다. 묶을 때에는 창날에 달려든 적이 찢기고 잘리며 지나가도록 미리 자루에 창날의 방향을 표시해두었다가 그대로 묶었다.

준비가 끝나면 편히 앉아서 적이 오기를 기다리다가 제가속해 있는 십장의 명령에 따라 한꺼번에 재빨리 창을 세운다.

십장들은 적이 스무 걸음 앞에 달려왔을 때 창을 세우도록 명령을 내린다. 창날이 서는 것은 대충 열 걸음 앞까지 온 다음일 것이다. 달려온 적들이 솟아오르는 창날을 발견한다 해도 힘껏 달리던 말을 세울 수는 없다. 말은 그대로 창날을 스치고 지나가 다리를 찔리고 배가 찢겨 멀리 달리지 못하고 쓰러지게 된다.

아침 해가 떠오른 뒤에야 군사들은 묶었던 줄을 끌러 창을 안으로 들여놓고 군막으로 돌아가 밥을 먹었다.

신라 선봉군과 백제 결사대

황산벌 싸움에서 김유신은 선봉장을 소삼정(召參停)의 장수 찰명에게 맡기고 휘하 군사 3천을 선봉군으로 세웠다. 유신이 굳이 찰명을 선봉장으로 발탁한 것은 옥두리가 마흔둘에 낳은 막내아들로 죽을 때까지 잊지 못했던 아들이기 때문이었다.

오랜 세월 옥두리는 미워하려야 미워할 수 없는 사람이었다. 춤새와 다시 맺어지고, 아비가 미워서 숯이나 굽고 살겠다는 유신과 춤새의 아들 군승을 달래 사람꼴을 만든 것도 옥두리가 아니면 불가능했을 것이다. 무엇보다 벗골을 세워 음양도를 훈련시키고 백제 조정을 손아귀에 넣은 것이 모두 옥두리한테서 비롯되었다고 할 수 있으니, 어쩌면 삼국통일의 대장정에 나설 수 있게 해준 스승이고 끝까지 서로 독려하며 달려온 동반자였다.

수십 년 세월 색공을 주고받으며 공적으로 사적으로 얽히고설킨 옥두리, 삼국통일의 첫 번째 전투에서, 옥두리가 막대한 사재를 들여가며 따로 키운 소삼정과 찰명을 선봉으로 세우는 것이 저승사람이 된 옥두리에게 보답하는 길이었다. 삼국통일의 대장정에서 큰 공을 세우는 자들에게는 신분을 넘어서는 포상이 주어지리라는 것은 생각해보나마나였다. 골이 없는 찰명이 두품을 넘어서 진골귀족으로 신분상승을 할 수도 있는 것이다.

색사의 달인 옥두리가 유신을 비롯한 여러 상선들한테 색공을 바칠 때 낳은 아들이었으므로 찰명의 아비가 누구인지 정확히 알 수는 없지만, 옥두리가 열 달 동안 배 아파 낳은 자식인 것만은 분명했다. 누구에게 어떤 부탁도 하지 않고 모두가 스스로 알아서 도와주게 만들던 처세의 달인 옥두리가 저승길을 떠나며 유신에게 눈물로 부탁했던 막내아들이다.

찰명은 명석하고 학문과 무예에도 고루 뛰어났으나, 아쉽게도 옥두리가 걱정했던 것처럼 너무 곧고 바른 것이 탈이었다. 적당히 굽히고 타협할 줄도 알아야 할 터인데 나이가 들어서도 혈기왕성하고 거침이 없던 화랑 시절 그대로였다. 그러나 모든 것은 생각하기 나름이고 제각각 쓰임새가 있기 마련이다. 삼국 가운데 제일 약한 신국 신라에서는 눈치 빠르고 권모술수에 능한 자가 많이 필요하지만, 삼국을 통일한 뒤에는 소신이 뚜렷하고 올곧은 인재들이 나라의 동량으로 크게 쓰일 것이다.

설혹 세인으로부터 찰명이 유신의 자식이라는 의심과 손가락질을 받는다고 해도, 유신으로서는 찰명에게 삼국통일 첫 싸움의 선봉장이라는 영예를 주어 저승에 있는 옥두리에게 보답하고 싶었다. 삼국통일의 대장정이 끝나고 새로운 신국의 동량이 될 인재가 첫 싸움에서 선봉장으로 나서는 것도 의미 있는 일일 것이다. 또한 어려서부터 삼국통일의 대업을 꿈꾸며 혹독한 훈련으로 일당백의 전사가 된 소삼정의 많은 군사들에게 맨 먼저 기회를 주고 싶었다.

소삼정을 선봉으로 세운다는 소리에 잠깐 뜨악해진 것은 서당과 낭당의 장군과 장수들이었다. 개마대나 기마대도 없이 급조된 보졸 5천이라면 서당과 낭당 하나만으로 충분했다. 병법이고 뭐고 따질 것 없이 개마대와 기마대를 앞세워 짓밟고 달려간다면 한나절도 안 되어 개미새끼 한 마리 남기지 않고 쓸어버릴 것이다.

그러나 생각해보니 소삼정의 군사들이 선봉으로 서는 것도 나쁠 것은 없었다. 오직 등에는 활을 메고 허리에는 칼을 차고 창을 치켜든 보졸만으로 구성된 소삼정의 3천 군사는 하나하나가 일당백의 용맹과 무술을 지니고 있다고 큰소리쳐왔으니 이번 기회에 그 실력을 구경하는 것도 좋을 듯했다. 조직적인 개마대나 기마대가 없어도 육정을 뛰어넘는다고 자랑해온 소삼정의 전력이 궁금한 것도 사실이었다.

또한 첫 싸움부터 너무 싱겁게 끝나면 삼국통일의 대장정에 나선 신국의 군사들에게 자칫 오만을 심어주게 될 것이다. 너무 싱거운 싸움보다는 조금 우세한 군사를 선봉으로 내보내 여유 있게 즐기는 편이 훨씬 나을 것이다.

이번 출정의 좌장군은 상주정의 대장군 품일이었고 우장군은 귀당의 대장군 흠순이었다. 대장군 흠순은 한산정의 대장군이었으나 지난해 봄 귀당으로 자리를 옮겼다. 유신으로서는 누구보다 지략과 용력을 갖춘 데다 인품까지 남다른 아우 흠순이 필요했으므로 부임한 지 1년밖에 안 되는 한산정의 대장군 흠순을 빼내 귀당으로 배치한 것이었다.

3년 전 대막리지 연개소문이 갑자기 죽었는데, 그의 아들 남생은 아직 고구려의 모든 권력을 완벽하게 장악하지 못하고 있었다. 고구려군이 백제를 도우러 출병하지 못할 것으로 판단하고 있지만, 만일을 위해 한산정과 우수정, 하서정의 군사를 그대로 주둔시켜야 했기 때문에 서북쪽 국경에서는 귀당과 상주정, 한산주(경기 이천)에 있는 남천정(南川停) 정도밖에는 동원할 부대가 없었다.

대당과 귀당, 낭당, 상주정, 하주정, 남천정 등의 군사에다 사설당(四設幢)의 군사까지 4만여 명이 본진으로 남고, 대장군 문품이 이끄는 서당의 5천여 군사가 중군으로 나갔다.

찰명은 소삼정의 3천여 군사를 이끌고 선봉에 서서 적진을 향해 힘차게 북을 울리며 보무도 당당하게 행진해나갔다.

"모두 멈춰라. 여기서 병진을 다시 갖출 것이다."

찰명이 명을 내리자 둥, 둥, 둥, 북소리가 급하게 울리고 뒤따르던 군사들의 발걸음이 빨라졌다. 신라 선봉군 소삼정 3천 군사는 힘차게 휘두르는 깃발에 따라 백제군을 바라보고 나란히 마주 섰다.

중군에서도 문품의 지시에 따라 북이 빠르게 울리자 서당 군사들이 장수들의 뒤를 따라서 힘차게 내달렸다. 중군이 선봉 바로 뒤에서 병진을 이루는 동안 먼저 준비를 마친 선봉 소삼정 군사들은 차츰 입을 벌려 떠들기 시작했다.

"도대체, 저것들은 무엇하러 나온 놈들이냐?"

"꼴에 창을 들고 있는 것을 보면 우리와 싸우러 나온 군사들이 아닌가?"

"엊저녁 퍼마신 술이 아직도 깨지 않았단 말이냐?"

"얼빠진 놈들 같으니라고. 낮잠을 자려거든 그늘을 찾아갈 것이지 이 뜨거운 땡볕 아래서 무슨 꼬락서니란 말이냐?"

백제군에게는 싸울 뜻이 없다는 말인가? 선봉이라는 것들이 천 명이나 겨우 되겠는데 그나마 싸움새도 이루지 않고 아무렇게나 되는대로 언덕바지에 앉아 있었다. 넋이 나간 듯 멍하니 앉아 있는가 하면 창을 잡은 채 잠을 자다가 아직 정신이 돌아오지 않은 듯 잇달아 머리를 끄덕이기도 했다. 아예 길게 드러누운 자들도 많았다.

"아무래도 미친놈들 같다."

찰명이 중얼거리자 곁에 선 장수들도 모두 머리를 끄덕였다.

"우리가 대낮에 꿈을 꾸고 있는 것이나 아닌가?"

"정말 이상하다."

장수뿐 아니라 군사들도 서로서로 얼굴을 쳐다보며 머리를 갸웃거렸다. 수상쩍게 여기는 자들도 적지 않았다.

"아니다. 무슨 꿍꿍이가 있을 것이다."

"여기는 싸움터다. 우리가 싸움새를 다 갖춘 것을 보고도 꿈쩍도 하지 않으니 더욱 수상하다."

"그렇다. 아침 햇살이라도 제법 뜨겁다. 그것을 참고 저렇게 미친 짓을 하고 있다면 무언가 노리고 하는 짓이 틀림없다."

그러나⋯⋯.

"꿍꿍이는 무슨 꿍꿍이란 말이냐? 눈으로 보면 모르겠는가?"

"저것들이 어디에 군사를 숨겨두었댔자 외팔이가 활 들고 나서기일 뿐이다. 모두 보태야 5천밖에 안 되는 군사로 무엇을 어쩌겠다는 것이냐?"

그렇다! 군사들이 몸을 숨길 만한 바윗돌 하나 없는 황산벌이다. 드문드문 무리를 이룬 나무숲도 많은 군사를 숨길 수 있을 만큼은 못 되었다. 어디에도 후미진 곳이 없으니 작은 도랑이나 풀숲에 군사들이 엎드려 숨어 있다 해도 몇 명이나 되겠는가?

이 허허벌판을 지나는데 걸림돌이라고 막아선 것은 오직 백제의 5천 군사뿐이다. 선봉이래야 야트막한 언덕 위에 길게 나자빠져 있는 적들이 모두 다인 듯, 따로 숨겨둔 군사가 있을 것 같지도 않았다. 천여 명 선봉 뒤에 2천여 중군이 보이고, 본진을 이룬 군사도 2천을 넘지는 않을 것이다.

흐트러지고 느즈러진 것은 중군이나 본진도 마찬가지였다. 군데군데 모여서서 웅성거리거나 무리를 지어 앉아 있었다. 도저히 싸움터에 나온 군사들의 짓거리가 아니었다.

마침내 신라군의 싸움새가 다 이루어졌다. 싸움새라고 해야 3천 선봉을 앞으로 하고 뒤로는 5천 명의 중군이 나란히 늘어섰을 뿐이었다. 본진까지 칼을 뽑아들 일은 없을 것 같았다. 이렇듯 작은 적한테는 싸움새를 따지고 말 것이 없는 일이었다.

대장 김유신은 싸움에 나가는 선봉과 중군 장수들에게 다짐을 두었다.

"적은 모두 5천여 명에 지나지 않는다. 그대들 8천 군사로 본진까지 깨뜨릴 수 있다. 그러나 공을 다투다가 적의 속임수에 넘어가서는 안 된다. 어떤 일이 있어도 달아나는 적을 뒤쫓

지 말라. 적의 뒤를 쫓는 자는 잘잘못을 가리지 않고 무거운
죄로 다스릴 것이다."

싸움에서 많은 사상자가 나는 것은 군사들이 맞닥뜨려 싸
울 때가 아니다. 기세에 밀린 어느 한쪽이 등을 보이고 달아날
때 엄청난 사상자가 나기 마련이다. 그러나 김유신은 그 좋은
기회를 접어두라고 했다. 혹시라도 적의 꾐에 넘어갈까 걱정해
서였다. 진짜 싸움터는 허겁지겁 결사대가 막아선 허허벌판이
아니라 백제의 수도인 사비성이기 때문이었다.

선봉에 선 장수들이 다시 군사들에게 큰 소리로 외쳤다.

"적의 선봉만 깨뜨리면 된다. 절대로 적의 뒤를 쫓아서는 안
된다."

군사들은 서로 킬킬거리며 수군거렸다.

"가만히 서 있어도 더워 죽겠는데 누가 땀 흘려 쫓아가?"

"에구, 오랜만에 몸이나 좀 풀려고 했는데……!"

태반이 어려서부터 벗골에서 자라며 엄격한 규율과 혹독한
훈련 속에서 생활해온 소삼정 군사들이다. 전투나 훈련이 아닌
일상생활에서도 게으르거나 나태한 모습은 상상도 못했던 소
삼정 군사들인 만큼, 싸움이 시작되는 순간에도 정신 못 차리
고 언덕 위에 아무렇게나 널브러져 있는 오합지졸들을 보는 순
간 너무도 어이가 없어 저도 모르게 마음의 탕개가 풀려버렸다.

둥, 둥, 둥. 중군까지 모두 싸움새를 갖추자 선봉군은 힘차게

북을 울리며 앞으로 나아갔다.

백제군은 죄다 눈깔이 멀었는지 아직도 움직이지 않고 처음 그대로였다. 몇 개의 돌로 거세게 소용돌이치며 흐르는 강물을 막을 수는 없다. 얼마나 간덩이가 부었는지는 몰라도 조금 뒤에는 꽁지가 빠지게 달아나고 말 것이다.

"제발 멀리 달아나거라."

"아무것도 아닌 것을 일이랍시고 이 더위에 칼을 휘두르고 싶지도 않거니와 항복해온다 해도 거두기가 짜증날 일이다."

"어서 달아나 사비성에나 꼭꼭 숨어서 소삼정 군사들의 일당백 용맹을 지켜보아라."

"7월의 햇살은 벌써부터 뜨겁다. 이 더위에 땀을 흘리고 싶지 않으니 냉큼 달아나거라."

탕개가 풀린 소삼정 군사들은 슬그머니 짜증까지 날 지경이었다.

황산벌에 이를 때까지 신라군은 막아서는 백제군을 보지 못했다. 탄현을 넘는 길은 험한 산과 벼랑으로 싸여 있으나 신라군이 넘지 않을 수 없는 길목이었다. 백제군이 떼로 몰려와 험한 곳에 기대어 막아서기 전에 서둘러 탄현에 이르자 그곳을 지키던 수백여 백제 군사들은 감히 돌 하나 던지지 못하고 그대로 달아나버렸다. 탄현을 넘은 뒤에도 신라군은 몰래 숨어 있을 백제군을 걱정했으나 어디에서도 감히 모습을 드러내는 적은 하나도 없었다. 큰 강물처럼 밀려가는 5만 신라군의 위세에 눌려 맞닥뜨리기도 전에 꽁지가 빠지게 달아나던 백제 군사들이었다.

　─백제에는 발 달린 허수아비가 많기도 하구나.

　신라 군사들은 맘껏 비웃어왔다. 논밭에 선 허수아비라면 제자리에 서 있기라도 할 것 아닌가.

　아나나 다를까! 신라군이 가까이 다가가도 백제군에서는 화살 하나 날아오지 않았다. 그렇다고 벌떡 일어나 뒤로 내빼는 자도 없었다. 차츰 거리가 가까워질수록 도무지 갈피를 잡을 수가 없었다.

　싸우려는 것도 아니고 달아나려는 것도 아니라면? 선봉장 찰명은 종잡을 수 없는 의문으로 혼란스러웠다.

　마침내, 썩은 물고기 눈깔마냥 멍하니 넋이 빠진 백제 군사들의 얼굴 표정까지 똑똑히 눈에 들어왔다. 백제군은 본진까지 다 보태도 5천에 지나지 않았다. 신라 선봉군만으로도 얼마든지 본진까지 휩쓸어버릴 수 있었다. 더구나 천여 명에 지나지 않는 선봉쯤이야 하는 생각이 들었지만, 어쨌거나 차려 놓은 밥상도 숟가락을 들어야 했다.

　촤─악, 눈부시게 흰빛을 뿜으며 찰명의 칼이 뽑혔다. 척, 척, 척. 선봉장의 칼이 높이 솟아오르자 선봉장을 주시하던 깃발들도 함께 나란히 솟아올랐다. 선봉장 찰명의 입에서 호통이 터지며 100여 개의 깃발이 함께 백제군을 내려쳤다.

"쳐라!"

그러나 그 소리는 비명이었다.

"헉!"

느닷없이 날아든 살 아래 여기저기서 말 탄 장수들이 얼굴을 움켜쥐고 넘어졌다. 개마대를 잡기 위해 참호를 파고 숨어 있던 백제군 십장들이, 작은 구멍으로 동정을 살피다가 신라 선봉장의 공격 신호에 맞추어 화살을 날렸던 것이다.

"와-아!"

일어나던 함성이 곧 숨 막히는 외마디 비명으로 바뀌었다.

"아-앗!"

신라군은 내달리던 발걸음이 절로 흐트러졌다.

백제 선봉군은 무덤에서 나온 주검처럼 한마디 함성도 없이 한꺼번에 신라 선봉군 속으로 날아들었다. 신라군의 옷을 입고 풀을 뜯어 몸을 가리고 숨어 있던 강주의 200 군사도 선봉군을 뒤따라 달렸다.

둥, 둥, 둥. 둥, 둥, 둥. 싸움을 돋우는 북소리가 다급하게 울렸으나 눈 깜짝할 사이에 신라 선봉군은 엄청난 혼란에 빠졌다. 죽은 듯이 꼼짝도 않고 있던 백제 선봉군들이 어느새 코밑에 달려들며 목에 창칼을 그어대는 것이다. 죽은 시체들이 벌떡 일어나 달려든 꼴이다.

이놈들! 막아라! 질겁해서 허겁지겁 막아내는데, 이것은 또 웬일인가?

"크악!"

외마디 소리를 지르던 군사의 눈이 휘둥그레졌다.

"왜?"

제 옆구리에 창을 박은 군사는 다름 아닌 제 편 신라 군사였다. 어이없다는 듯 묻던 군사는 아무런 대꾸도 듣지 못한 채 피를 뿜으며 넘어졌다. 신라군의 옷을 입은 백제 군사들이 날뛰고 있는 것이다. 여기저기서, 허둥대는 신라 군사의 옆구리에는 제 편 신라 군사들의 창이 깊게 쑤셔박혔다.

웬일인가? 눈앞에서는 백제 군사들이 악귀나찰처럼 날뛰는데 미친 신라 군사의 창은 옆에서 뒤에서 제 편 신라 군사를 노리고 정신없이 날아들고 있다. 벌건 대낮에 귀신을 만난 것이다. 팔짝 뛰다 까무러칠 일이었다. 창칼이 부딪치는 소리보다도 비명소리가 높은 싸움판이 되었다. 누가 적군인지 가늠할 수도 없이 불쑥불쑥 튀어나온 창칼에 앞에서 뒤에서 제 편 군사들이 쓰러졌다.

마침내, 보이지 않는 적으로부터 제 목숨을 지키기 위해서도 신라 선봉군들은 미친 듯 칼춤을 추면서 제 편 군사를 베었다. 선봉군 소삼정의 복색에는 검은 흑색이 많았지만, 단일 부대 소삼정에 복색이 다른 대당과 상주정 등 복장이 조금씩 다른 군사가 섞여 있다는 것도 제대로 알아차리지 못했다. 선봉군 모두가 오랜 세월 생사고락을 같이해온 소삼정의 군사들이라 투구 속의 얼굴이라도 서로 못 알아볼 까닭이 없었지만, 평정심을 잃자 모두가 적군만 같았던 것이다.

"비켜라!"

누구를 만나든 호통보다도 먼저 창날이 뻗쳐갔다. 제 옆으로 다가서기만 하면 앞뒤 가릴 것 없이 칼로 내리쳤다. 어마지두에 혼겁을 먹고 보니 모두가 적으로만 여겨졌다.

"귀신이다!"

누군가 소리쳤다.

"귀신이다, 귀신!"

귀신 소리에 먼저 정신을 차린 자들은 뒤로 돌아서 중군을 향해 내뺐다. 한번 터지기 시작한 둑은 걷잡을 수 없이 무너졌다. 신라 선봉군은 둑을 터뜨린 밀물처럼 모두 다 중군 속으로 죽어라 내달렸다.

"어찌 된 일이냐?"

중군 군사들은 선봉군의 혼란이 무엇 때문인지 알아내기도 전에 다급히 도망쳐오는 선봉군을 맞았다.

"서라!"

"물러서지 마라!"

그러나 그 소리도 곧바로 제가 지르는 외마디 비명으로 바꿰었다.

"크악!"

"악!"

뒤엉켜 쏟아져 들어온 백제군과 그 귀신들이 피바람을 몰아온 것이다. 중군은 선봉군보다 더 쉽게 혼란 속으로 빠져들었다. 귀신에 놀란 군사들은 쉽게 안정되지 않았다.

"귀신이다, 귀신!"

중군 군사들도 입으로 귀신이라고 떠들며 제 편 군사를 향해 창칼을 그어댔으니, 귀신들은 저절로 엄청나게 불어났다. 여기저기서 불쑥불쑥 튀어나오는 창칼에 모두들 함께 미친 듯이 칼춤을 추었다. 네 편 내 편을 나눌 새도 없이 자기 쪽으로 창칼을 번뜩인 자는 용서 없이 찌르고 베었다. 온몸에 피칠한 악귀처럼 짓쳐들어오는 백제군은 오히려 나중 문제였다.

내가 살아야 한다! 오직 애꿎은 내가 죽을 수는 없다는 생각만으로 신라 군사들은 신들린 무당처럼 정신없이 칼춤을 추었다.

본진 언덕에서 싸움판을 내려다보던 대장 김유신은 크게 놀랐다.

"저것이 어찌 된 일이냐?"

천 명도 되지 않을 적의 선봉에 신라의 3천 선봉이 흩어져 무너지고 5천이나 되는 중군마저 저토록 엄청난 혼란을 보이다니, 믿어지지가 않았다. 그뿐 아니었다. 백제 중군 2천이 창날을 번뜩이며 싸움판으로 달려들고 있지 않은가.

비록 수로는 8천을 넘게 헤아렸으나 싸움새가 흐트러진 신라 군사들은 적의 좋은 먹이일 뿐이었다. 백제 중군이 혼란에 빠진 신라의 중군 속으로 짓쳐들기 전에 막아야 했으나, 이미 때가 늦었다.

"상장군, 빨리 개마대를 보내야 합니다."

우장군 흠순의 재촉에 유신은 머리를 저었다. 개마대를 보내기에는 너무 늦었다. 이미 백제 본진도 싸움판으로 내달려 오고 있다. 이제 개마대가 달려가보아야 백제 본진이 싸움판에 닿기 전에 막아서지 못한다.

지금은 안 된다! 개마대가 적을 휩쓸 기회는 얼마든지 있다. 선봉과 중군의 피해를 줄여야 한다. 이번 싸움만은 피해야 한다! 그러나 어떻게 저들을 떼어낼 수 있단 말인가?

문득, 상장군 김유신의 명령이 우레처럼 터져나왔다.

"싸움을 멈춰라! 군사들은 모두 제자리에서 움직이지 마라!"

둥, 둥, 둥. 신라 군영의 북들이 터져나갈 듯 울리며 전투 중지를 알렸다. 둥, 둥, 둥.

어서 달려라! 한 무리의 기마대가 나는 듯 전장으로 흩어지며 내달렸다.

"싸움을 멈춰라!"

"신라 군사는 한 발짝도 움직이지 마라!"

이리 뛰고 저리 달리면서 목이 터져라 상장군 김유신의 전투 중지 명령을 전했다. 갑작스러운 명령이었으나, 얼마 지나지 않아서 싸움터는 물을 뿌린 듯 가라앉았다. 호통소리는커녕 부상자들의 신음마저 멈춘 듯했다.

신라군으로서는 천만다행이었다. 더위와 종잡을 수 없는 싸움에 지쳐 있던 군사들이 싸움을 멈추라는 명령을 기다리기나 했다는 듯 쉽게 받아들이니 말이다.

어디 그뿐인가? 징소리 하나 없는데 무슨 흥이 있어 무당이 춤을 추랴! 악귀나찰처럼 날뛰던 백제 군사들도 싸움을 멈추고 자기들끼리 하나둘 모여 싸움터를 빠져나갔다. 신라의 창칼이 되어 피맛을 즐기던 귀신들도 설자리를 잃고 그들을 따라 하나씩 신라군 틈새를 빠져나갔다.

움직이지 말라는 대장의 명령이 아니라도 누구도 나서서 막으려 들지 않았다. 신라 군사들은 실컷 두들겨맞고도, 제 곁을 스쳐 지나가는 백제군과 귀신들을 진저리치며 바라볼 뿐 손끝 하나 까딱하지 못했다. 악귀 같은 백제 군사와 눈이 마주칠까 봐 지레 얼굴을 돌리는 자들도 있었다. 어쨌거나, 귀신들이 알아서 떨어져나간 것만으로도 큰 다행이었다.

난전 중에도 선봉장 찰명의 주검이 돌아왔다. 깊은 부상에
도 대장의 주검을 업고 오던 소삼정 군사는 이쪽 진영에 닿기
도 전에 절명했다고 한다. 이미 부러졌지만 찰명의 목에 꽂힌
화살을 빼든 유신의 눈에서 불길이 뚝뚝 떨어졌다.

어리석은 놈! 대장이란 자가 정통으로 목에 화살을 받다니!
찰명의 전사는 애써 기른 소삼정 부대의 손실보다도 큰 충격
이었다. 옥두리가 부탁했던 아들, 옥두리는 오직 찰명 하나를
위해 막대한 재물을 들여가며 3천이나 되는 최정예 소삼정 부
대를 길러냈다.

옥두리는 아니라고 했지만, 옥두리의 아들 찰명은 유신의
가슴속에서 자라온 아들이었다. 반백 년 가까운 지난 세월 어
쩌면 지어미 영모보다도, 첫사랑 춤새보다도 더 유신의 마음
속 깊이 자리하고 있었던 여인 옥두리, 세상의 어떤 사내보다
도 영리하고 과감했던 옥두리, 다행스럽게도 남녀로 달리 태
어나 서로 색공을 주고받으며 정을 나누었으니 망정이지, 그
가 만일 사내였다면 서로가 질시하는 평생의 숙적이 되었을
것이다.

마지못해 아비라고 부르나 아직도 마음을 열지 않고 있는
군승도 가슴 시린 자식이지만, 옥두리를 닮은 찰명도 어느새
유신의 가슴속에서 명치끝이 먹먹해지는 자식이 되어 있었다.
찰명의 주검 앞에서 유신은 서른다섯 헌헌장부로 자란 자식

을 잃은 평범한 아비에 지나지 않았다. 대장인 상장군의 몸으로 오열할 수도 없어 가슴 깊이 흐르는 피눈물.

이렇게 허무하게 스러지고 말다니! 찰명이 옥두리나 유신처럼 권모술수에 능했더라면, 전쟁터의 변수를 경계했더라면, 이처럼 허무하게 당하지는 않았을 것이다.

그러나 찰명의 전사는 누구보다 김유신 자신의 잘못이었다. 올곧기만 한 성품인 줄 뻔히 알면서도, 자식사랑에 눈먼 아비처럼 전공을 세울 기회를 주려는 욕심에서 찰명을 선봉에 세우는 실수를 범하고 만 것이다. 이제 대장정의 첫걸음을 시작하면서 마치 삼국통일의 숙원을 이룬 것처럼 축배를 들어버린 것이다.

그렇다! 이제 시작이다. 온갖 계책과 권모술수가 피바람으로 난무하는 전쟁이 이제 시작된 것이다. 다시는 이런 과오를 반복하지 않을 것이다. 잔인하고 철저하게 승리를 확인한 뒤에야 비로소 승리한 자의 여유를 즐기고 아량을 베풀 것이다.

대장 된 자가 언제까지 넋두리만 하고 있을 수는 없었다. 잘못에 대한 끝없는 반성보다 다음 전투의 현명한 대책을 마련하는 일이 먼저였다.

"이 싸움에서 개마대를 먼저 내보내야 합니다"

우장군 흠순의 말에 따라 많은 장수들이 한목소리로 개마대를 맨 앞에 세우자고 주장했다.

"개마대로 휩쓸어버린다면 싸우고 말 것도 없을 것이오."

"개마대가 적의 본진까지 휩쓸고 난 뒤에 선봉군과 중군이 뒤따라가 흩어진 적을 모두 척살하도록 합시다."

개마대는 낭당과 서당에 800과 600, 대당과 귀당에 400과 300이 있었는데, 지난봄부터 유신이 따로 모아 훈련시켜왔다. 통합된 개마대는 한 대에 30씩 일곱 대로 이루어져 있었는데, 대마다 한 줄에 열 명씩으로 30명이 어깨를 나란히 하고 커다란 솔개처럼 싸움판을 누비게 된다. 처음부터 개마대로 휩쓸었다면 귀신놀음이고 뭐고 할 것 없이 한달음에 적의 본진까지 깨끗하게 짓밟았을 것이다. 더구나 이곳은 개마대가 내달리기에 더없이 좋은 허허벌판이 아닌가.

개마대를 내보내야 하는 까닭은 또 있었다. 이 싸움은 백제를 아우르기 위한 것이었지만, 백제는 이미 구새 먹은 고목나무나 마찬가지다. 무엇보다 고구려와의 큰 싸움을 머릿속에 두고서 길러온 개마대다. 이 벌판에서 마음껏 달리게 하여 싸움을 익히는 것보다 더 좋은 일은 없을 것이다.

"좋소이다. 개마대를 내보내도록 하시오. 또한 적의 눈에 띄지 않게 뒤로 멀찍이 물러가서 준비하시오."

상장군 김유신의 명령에 따라 2천 100기의 개마대가 준비를 마쳤다. 개마대가 적을 짓밟으며 휩쓴 뒤에는 제 발로 뛰어다니는 군사들이 이삭을 줍듯, 운 좋게 살아남은 적을 깨끗이 없애야 한다. 개마대를 따라 달려갈 선봉군 군사들도 부산을 떨었다.

"모두 흰 헝겊조각을 투구에 두르고 팔에도 묶으라고 했다."

"헝겊을 두르지 않은 자는 죽어도 할 말이 없을 터이니 단단히 잘 묶어라."

투구에 흰 헝겊을 두른 것은 백제군의 귀신놀음을 막기 위해서였다. 팔에까지 흰 헝겊을 두른 것은 투구가 벗어져도 쉽게 귀신들을 가려내기 위한 것이었다.

개마대 뒤에 싸움새를 벌임에 있어서 유신은 추화군(推火郡, 경남 밀양군)에서 온 삼량화정(三良火停) 3천을 선봉에 세웠다. 비교적 전력이 약한 삼량화정을 선봉에 내보낸 것은 이번 전투의 성패를 개마대와 중군에 두었기 때문이다.

상오에 중군으로 나갔던 서당의 군사를 본진으로 돌리고, 상주정의 3천 700여 명과 귀당의 3천 700여 명이 중군으로 배치되었다. 상주정은 좌장군으로 본진에 합류한 대장군 품일을 대신해서 장군 문충이 이끌었고 귀당은 우장군으로 합류한 대장군 흠순을 대신해서 장군 천존이 이끌었다.

중군에 두 부대를 배치한 것은 진의 가운데를 비우고 둘로 나눔으로써 솔개품세를 이루도록 하려는 작전이었다. 솔개는 먹이를 잡을 때 억센 발톱으로 움키고 날카로운 부리로 쪼아대나, 마땅치 않으면 곧바로 두 날개를 쳐서 뒤로 물러난다. 솔개품세로 싸움새를 이룬 것은 만에 하나라도 첫 싸움과 같은 혼란이 일어나게 되면 곧바로 선봉이 본진으로 내달려올 수 있게 하려는 것이었다. 본진까지 섞여 따라온 적은 이 잡듯 잡아버릴 것이다.

둥, 둥, 둥. 북소리와 함께 준비를 마친 개마대가 갑옷을 번쩍이며 나타났다. 군사들은 물론 말까지도 두 눈만 내놓고 온통 갑옷으로 감쌌으니 갑옷에 달린 미늘이 햇빛에 번쩍거려 온통 눈이 부셨다.

"이렇게 장관일 줄은 몰랐다!"

"개마대를 보기만 해도 적들은 흩어져 달아나버릴 것이다!"

개마대는 우레 같은 박수를 받으며 천천히 앞으로 나갔다. 선봉군 3천과 7천 400명의 중군 군사들도 솔개품세로 싸움새를 갖춘 채 드높이 북을 울리며 뒤를 따랐다.

신라 군사들은 백제군이 참호를 파놓은 줄도, 군사들이 이미 참호 안에 들어가 창을 내놓고 손에 침을 발라가며 신라 개마대가 다가오기를 기다리는 줄도 까맣게 모르고 있었다. 뒤에서 지켜보는 군사들은 그저 들판이 가득하게 나아가는 개마대를 보면서 이미 다 이겨놓은 싸움이라는 생각뿐이었다.

"백제놈들, 너무 놀라서 생똥을 쌀 것이다!"

"어서 달려가 신나게 짓밟아버려라!"

둥, 둥, 둥. 백제 군사는 아침때처럼 흐트러진 모습으로 신라군을 맞았으나 두 번씩이나 속을 신라군은 아니었다.

"힘껏 달려 모조리 짓밟아라!"

300여 걸음 앞에 이르자 둥둥둥 급하게 울리는 북소리에 따라 개마대 군사들은 힘껏 말을 달렸다. 거센 싹쓸바람이 들판을 가로질렀다. 백제 선봉 50여 걸음 앞에 이르렀을 때 맨 앞을 달리던 신라 개마군사들은 무엇인가 코앞에서 번쩍거리는 것을 보았다.

그러나 그게 뭔지 이상하다 싶은 순간 말은 그 위를 달렸고, 몇 발짝 가지 않아 군사들은 허공을 짚으며 말과 함께 나뒹그러졌다. 발이 잘리고 배가 갈라진 말들이 더 이상 달릴 수는 없는 일, 눈 깜짝할 사이에 말과 사람의 비명소리가 일어나며 모두 고꾸라지고 말았다.

"위험하다!"

"옆으로 달려라!"

뒤따르던 두 대의 개마군사들은 둘로 쫙 갈라지며 그대로 달렸으나 이들도 맨 앞을 달리던 자들이 무언가 반짝이는 것을 보았을 뿐, 의심을 가졌을 때는 이미 말과 함께 나뒹그러진 뒤였다. 몸을 가누고 일어서야 한다고 생각할 새도 없었다. 뒤따르던 개마대가 엄청난 무게로 덮치며 눌러버렸다. 산사태처럼 밀어덮치는 말과 사람에 치여서 목이 부러지고 배가 터졌다.

자욱한 흙먼지 속에서 피가 튀고 저승길을 달리는 외마디 비명이 터졌다. 맨 뒤쪽에 있던 개마군사들이 가까스로 말을 멈추고 돌아서서 물러났으나 100명을 겨우 넘는 정도였다. 대열의 뒤쪽에 섰던 자들은 그 어지러움 속에서도 크게 다치지 않아 몸을 일으켰으나 이들에게는 백제군이 벌떼처럼 덮쳐왔다.

개마대를 뒤따르던 신라 군사들은 개마대가 눈 깜짝할 사이에 물거품처럼 꺼져버린 것을 믿을 수가 없었다. 그러나 그것을 믿고 말고는 나중 일이었다. 순식간에 무너져내린 개마대의 주검을 밟고 백제군이 눈을 까뒤집고 달려들었다. 참호 속에 숨어서 창날을 세우고 있던 군사들도 바깥으로 뛰쳐나왔다.

"적을 막아라!"

뒤따르던 선봉군 장수들이 호통을 치며 싸움명령을 내렸으나, 넋이 나간 군사들은 이미 오금이 얼어붙었다. 신라 군사들은 허둥지둥 창칼을 들어 짓쳐드는 백제군을 막았으나 이미 싸움을 하는 군사의 그것은 아니었다.

아악! 헉! 곳곳에서 외마디 비명을 지르며 백제군의 마구잡이 칼질에서 벗어나려고 몸부림쳤다. 문득, 어지러운 싸움이 잠시 멎는가 싶었으나 그것도 한순간, 둑이 터진 봇물처럼 신라 군사들은 뒤돌아서서 중군을 향해 도망쳤다.

"저쪽으로 달려라!"

"본진으로 달아나라!"

첫 싸움 때 신라군으로 모습을 바꾼 적에게 걸려 혼이 난 신라군은 선봉군이 중군으로 도망쳐오자 질겁했다. 미리 짜놓은 대로 본진 쪽으로 가라고 외쳤으나, 이미 뒤통수에 죽음을 달고 도망치는 군사들이었다. 한목숨 건지려고 달아나는 군사들에게는 뒤따라오는 제 편마저 저승사자로 느껴졌다. 마음이 바쁜 대로 가까운 제 편으로 숨으려는데 창칼을 휘저으며 저쪽으로 가라고 아우성이니, 혼이 나간 군사들은 제 편으로 달려들며 저도 모르게 마주 창칼을 휘둘러댔다.

"이놈들이 바로 신라군으로 꾸민 귀신이다!"

"백제놈들을 물리쳐라!"

중군 군사들도 엉겁결에 창칼을 휘두르며 너와 나를 가를 수 없는 싸움으로 말려들었다. 투구와 팔에 두른 흰 헝겊 따위는 보이지도 않았다. 아니, 흰 헝겊을 둘렀으면 무엇하겠는가. 자신을 노리고 창날이 찔러오는 것을! 서로가 제 한목숨 살아남기 위해, 신라 군사는 모두 꼼짝도 하지 말라는 명령이 내릴 때까지 다시 한 번 신들린 무당처럼 칼춤을 추었다.

해 질 무렵, 제단 뒤에는 10여 장의 무덤이 생겨났다. 한 사람씩 따로 묻을 수 없었으므로 천이나 옷가지로 얼굴이나 감싼 뒤 10여 명씩 한곳에 묻은 것이다. 장례를 치르고 무덤이 다 이루어진 뒤에도 군사들의 발걸음은 끝없이 이어지고 있었다.

내일은 누가 나를 이 흙 속에 묻어줄 것인가. 어느새 무덤은 군사들이 내려놓는 온갖 들꽃으로 뒤덮이고 있었다. 내일이면 모두가 한 줌 흙으로 쓰러져 백골로 흩어질 것을 생각하면, 어쩌면 오늘 이렇게 누워 있는 자들이 더 행복한지도 몰랐다.

한 줌 흙이 될 것을 묻힌들 어떻고 흩어진들 어떠랴!

다시 제단 앞으로 돌아온 이들은 제단에서 활활 타오르는 불길을 보았다. 그렇다! 어제 피운 제단의 연기가 오늘도 하루 내내 피어오르고 있었다. 제단의 연기는 하늘과 이 세상을 이어준다. 하늘님이 내려다보고 조상님과 천지신명이 살피는 한 이 백제가 무너질 수 없으며, 저 신라놈들 또한 꼬리를 말고 도망칠 것이다.

군사들은 다시 제단에 엎드려 절했다. 그렇다! 이 제단은 하늘에 바친 하늘의 제단이다. 어떤 일이 있어도 이 제단의 불길을 꺼뜨려서는 안 된다! 이 제단을 지키는 백제 군사는 하늘님의 도우심을 받아 저 신라놈들을 몰아내고야 말 것이다.

제단에서 돌아선 군사들의 눈에 우뚝 솟아 있는 장닭이 들어왔다. 솟대들 가운데 장닭은 여전히 의연하게 버티고 서서 당당한 자태를 자랑하고 있었다. 일렁이는 화톳불의 그림자들 속에서 마치 살아서 날아오를 것만 같았다.

오늘 황산벌 가득히 울려퍼진 승리의 함성은 해를 부르는 장닭의 울음소리가 될 것이다. 우리가 내지르는 우렁찬 외침을 따라 칠흑 같은 어둠을 헤치고 마침내 붉은 해가 솟아오를 것이다. 다시 떠오르는 그 해를 따라 아득하게 어둡던 하늘이 밝아지고 백제는 세세천년 세세만년 찬란하게 빛날 것이다. 이 땅 구석구석을 밝히는 맑은 기운이 하늘 끝까지 퍼져나가고 백제는 누구도 감히 넘볼 수 없는 강대한 나라가 될 것이다.

꼬끼오~.

환청인가? 어디선가 홰를 치며 해를 부르는 장닭의 울음소리가 들려왔다.

꼬끼오~.

꼬끼오~.

해를 부르는 장닭의 울음소리는 어느새 오롯이 백제 군사들의 숨결이 되었다. 어둡게 가라앉았던 군사들의 가슴속에도 작은 불덩이 하나가 서서히 달아오르는 것이다. 너무도 오랜 세월 너무나 많은 날들을 얼음장처럼 싸늘하게 굳어 있던 배달의 붉은 피가 뜨겁게 뜨겁게 용솟음치며 흐르기 시작했다. 뜨겁고 강렬한 희열이 온몸 구석구석 퍼져나가고…… 백제 군사들은 이제 하나하나 모두가 해를 부르는 장닭이었다.

꼬끼오~.

꼬끼오~.

꼬끼오~.

대장 김유신

아아! 싹쓸바람처럼 나아가던 2천여 개마대가 덫에 걸려 약속이라도 한 듯 한순간에 나란히 드러누워 송장이 되어버렸다. 내보냈던 2천여 개마군사는 이 싸움에 데려온 신라 개마대의 전부였다. 양동작전을 위해 남천주로 출정해서 머물고 있는 임금을 지키는 사자금당에도 개마대 300여 기가 있었지만, 이들은 개마대끼리의 접전이나 적진을 깨뜨리고 적병을 척살하려고 기른 것이 아니라 왕궁의 위엄을 세우는 의장대로서의 군사들일 뿐이다.

2천여 개마대가 달리기에는 황산벌이 다 좁을 터인데, 그 아까운 개마대가 한번 제대로 달려보지도 못하고 영문도 모른 채 놀랄 사이도 없이 죽어버렸다.

"이것이 무슨 꼴이란 말이냐? 어찌, 이런 황당한 일이!"

유신은 잇달아 신음을 흘렸다. 믿을 수 없는 일이었으나 믿지 않을 수도 없다. 내보낼 때는 일찍 내보내지 않은 것을 아쉬워하더니 이제는 덜컥 내보낸 것을 뉘우치고 있는 것이다.

도대체 어떤 자가 이곳에 나왔다는 말이냐? 김유신은 머리를 저었다. 아무리 되새겨보아도 하나도 짚이는 장수가 없었다.

적장이 누구기에 이렇듯 신산묘계로 신라군에게 치명상을 입힌단 말이냐? 아무리 생각해도 백제에 이만한 사람은 없었다. 성충과 윤충 형제는 죽은 지 이미 오래였고 흥수는 아직도 귀양을 살고 있다. 그밖에 쓸 만한 장수들은 모두 왜 땅이나 남쪽 바닷가 쪽으로 나가 있다.

신라군이 단 한 번도 싸우지 않고 국경을 지나고 탄현을 넘어 이곳 황산벌에 이른 것은 김유신이 미리 손을 써서 백제군 장수들의 자리를 바꾸어놓았기 때문이었다. 밖으로 나갔던 자들 가운데서 오직 한 사람 달솔 계백이 발라군에서 돌아왔으나 병이 깊어서였으니 군사를 이끌 수는 없다.

김유신의 생각대로라면, 신라군을 맞는 백제 장수들이란 신라의 대군에 놀라 싸우는 척하다가 달아나는 정도이지 정말 창을 들어 싸우지는 못할 것이었다.

그러나 어젯밤부터 이 황산벌에서는 무언가 안 좋은 느낌에 께름칙하고 울가망했다. 백제 군사들이 5만 대군을 눈앞에 두고도 밤이 깊도록 술을 마시고 맘껏 취해 춤추고 노래한다는 것을 알았을 때부터 자리 잡고 움튼 어지러운 생각이었다. 그 방정맞은 느낌이 어느새 눈앞에 모습을 드러내고 있는 것이다.

하오에 시작된 두 번째 싸움도 크게 밀리고 있는데, 그제야 사비성에서 임자 곁에 있던 음양도 하나가 싸움터를 멀리 돌아 김유신에게 왔다.

"달솔 계백이 임금의 호위를 맡은 위사좌평 현철을 베고도 더욱 임금의 신임을 얻어 임금의 칼까지 받았으며, 병관좌평 상영과 내두좌평 충상 등을 거느리고 장수 33인에 3천 300의 군사를 이끌고 7월 8일 아침에 성을 나섰습니다."

"무엇이?"

김유신의 몸이 휘청 기울었다.

"다시 말하라. 무엇이 어찌 된 일인지 낱낱이 고하라!"

"솟을뫼에서 기도를 드리고 있던 계백이 아무도 모르게 사비성으로 돌아와서는 임금의 명령도 기다리지 않은 채 궁성으로 들어왔습니다. 이에 위사좌평 현철이 임금의 명령을 내세워 막았으나 한칼에 베어버리고 피묻은 칼을 휘둘러 호위군사들을 베어가며 조정에까지 들이닥쳤습니다. 그러나 백제 임금은 계백의 용기를 높이 칭찬하고 결사대의 대장으로 군사들을 이끌게 하였을 뿐만 아니라, 친히 아끼던 칼마저 계백에게 내렸습니다. 게다가 내법좌평 정무의 한마디 말에 따라 좌평 상영과 충상 등이 계백을 도와 싸움터에 나서게 되었으며 조정좌평 의직이 병부를 맡게 되었습니다."

"흐음!"

김유신이 저도 모르게 앓는 소리를 냈다. 좌평 현철이 아까워서도 아니고 상영과 충상 등의 자리가 낮아져서도 아니다. 보고하는 음양도의 말이 사실이라면, 좌평 정무는 그동안 김유신이 백제 조정에서 꾀어들인 사람들을 손바닥 들여다보듯이 알고 있었으며, 백제 임금도 드디어 제정신을 차리기 시작했음이 틀림없었다.

그러나 그것도 그리 중요한 일은 아니었다. 백제에 쳐들어갈 때까지 모든 비밀이 다 지켜지리라고는 처음부터 생각하지 않았으며, 지금까지 백제 조정을 안에서 무너뜨린 것만으로도 생각했던 것보다 많은 보람이 있었다고 보는 것이 옳았다.

아쉬운 일이라면, 해원 스님으로 행세해온 벗 달마지는 그렇다 하더라도 그가 손발처럼 움직여온 음양도마저 계백 한 사람에 대해서만은 이렇듯 까맣게 모르고 있었는가 하는 것이다.

"계백이 병이 깊어 일어나지 못할 것이라 하지 않았느냐?"

이를 갈며 물었으나 음양도로서도 어찌 된 감투끈인지 알 수가 없는 노릇이었다.

"틀림없이 계백은 병이 깊어 발라군에서 돌아온 것이지 꾀병이 아니었습니다. 한눈에도 곧 죽을 것처럼 보였으며, 몸이 대쪽처럼 마르고 기운이 없어 몇 걸음 걷지도 못하는 것을 여러 차례나 똑똑히 보았습니다. 집에 돌아와서도 꼼짝하지 못하고 자리를 지키고 있었습니다. 두 달 전 산신에게 기도를 드려 병을 고치겠다고 솟을뫼에 가서도 병든 몸으로 내내 한자리에 앉아 빌고만 있었습니다. 며칠 전까지만 해도 솟을뫼에서 꼼짝하지 못하고 있었는데, 어떻게 갑자기 왕궁에 나타나 현철을 벨 수 있었는지 도무지 모르겠습니다. 그렇게 죽을 것 같던 사람이 팔팔하게 살아 움직이다니, 모두들 기적이라고 말하고 있습니다."

"장수 33인에 군사가 3천 300명이라고 했는데, 그 숫자는 어디서 나온 것이더냐?"

"계백이 병부에서 장비와 군량 등을 받아갈 때에 내보인 숫자였을 뿐만 아니라, 동문 밖에서 떠날 때에도 장수 33인과 3천 300 이외의 군사들은 모두 남아서 사비성을 지키도록 했습니다. 이들이 떠나는 것을 제 눈으로 똑똑히 보았으므로 틀림이 없을 것입니다."

들을수록 기가 막힐 일이었다.

신라군에서 헤아린 백제 군사는 분명 5천이었다. 신라군을 보기가 바쁘게 달아났던 군사들은 받을 죄가 무서워서라도 백제군 결사대에 끼지 않았을 것이다. 허수아비를 세워서 군사를 불릴 수 있는 것도 아니다. 계백은 무엇을 숨기느라고 5천 군사를 데리고 나오면서 3천 300이라 임금에게 보고하고 몰래 2천여 명을 더 데리고 나왔단 말인가?

음양도의 보고가 잘못된 것이 아니라면 도저히 풀 수 없는 수수께끼가 된다. 모두가 계백을 제 발로 움직이지 못하는 중환자로 여겨왔다면 그만큼 계백의 위장술이 완벽해서였을 것이다. 계백은 처음부터 백제 조정을 속이고 신라의 간세들을 속이기 위해 지난가을 이후 꾀병을 앓았다는 말인가? 말처럼 쉬운 일이 아니다.

좌평 현철이 신라의 간세에게 포섭된 것을 확신하지 못했다면, 아니 틀림없는 증거가 있다고 해도 어느 누가 감히 임금의 호위를 맡은 시위부 좌평을 제멋대로 베어버리겠는가? 백제 조정은 이미 김유신의 조종을 받는 상좌평 임자의 부하들로 가득 차 있다고 해도 지나치지 않을 이때 말이다. 달솔의 신분으로 두 좌평을 거느리고 싸움터에 나올 수 있다는 것도 말이 되지를 않았다. 계백이 이러한 장수인 줄 알았더라면 일찌감치 없애야 했을 것을, 오랜 벗 달마지의 말을 너무 믿었던 것이 큰 잘못이었다.

─계백은 장수라기보다 밭 갈고 김매는 여름지기가 더 어울리는 사람이오. 계백은 나라에서 내주는 종들도 마다하고 따로 부리는 사람도 쓰지 않고 있소. 마음이 여리고 정이 많으니 몇몇 사람을 깊이 사귀어 마음을 움직일 수는 있어도 많은 사람을 한 마디 호령으로 움직이기는 어려울 것이오.

─그래도 계백은 싸움에서 져본 일이 없소. 벼슬이 자꾸 높아진 것도 그만큼 뛰어난 장수라는 말이 아니오?

—그를 아끼는 조정의 벼슬아치들이 어려운 일을 맡기지 않기 때문이오. 늙은이들은 정이 그럽기 마련 아니오. 계백은 모나지 않고 정이 많은 사람이니 어찌 그들의 아낌을 받지 않겠소?

—오히려 그대가 계백에게 반해 감싸고도는 것이 아니오?

—그렇소. 그대는 나를 보아서라도 그를 다치지 마시오. 그가 걸림돌이 되지 않으리라는 것은 내가 보장하겠소.

—화랑 때부터 벗으로 사귄 우리요. 설사 그가 걸림돌이 된다고 해도 그대를 나무라지 않을 것이오. 달마지, 그대가 나더러 벌거벗고 싸움터에 나가라 해도 그대로 따르겠소.

달마지도 삼국통일을 위해 한뉘를 바쳐온 사람이다. 화랑 김유신은 한차례 크게 웃고 계백에 대한 걱정을 저만치 밀어 놓았었다.

부계는 가야 왕족으로 모계는 신라 왕족으로 태어나 품위와 격식을 무엇보다 중요하게 여겨온 김유신이다. 저도 모르게 근본도 모르는 고아 출신의 계백을 업신여기고 있었다. 기껏해야, 봄이면 괭이를 들어 밭을 갈고, 군사를 훈련하기보다도 밤을 새워 두레질로 물이나 푸는 것은 슬기로운 장수가 할 일은 아니었기 때문이다. 종은 물론 따로 부리는 사람조차 두지 않고 안해까지 밭을 갈고 김매게 하는 것도 벼슬하는 자의 품위를 떨어뜨리는 짓이다. 더구나 성충과 흥수를 조정에서 밀어

널 때 임자에게 밉보여 발라군으로 쫓겨갔으니, 굳이 마음에 담아둘 까닭도 없었던 것이다.

그런데…… 좌평 정무의 조카사위로서 높은 벼슬을 얻고, 조정 늙은이들에게 곰살궂게 굴어서 얻은 이름이 아니었다! 정말이지 이렇게까지 크게 걸림돌이 될 자라고 여겨졌더라면 달마지가 무어라 해도 일찌감치 음양도를 움직여 계백을 없애 버렸을 것이다. 계백은 여태껏 거미줄처럼 빈틈없이 벌려놓은 모든 그물의 더듬이를 하나도 건드리지 않고 용케도 벗어나 있었던 것이다.

이것이 바로 계백의 본디 모습이었고 뛰어난 지혜였다고 생각하니, 김유신은 갑자기 계백이 두려워졌다. 마치 고양이새끼 쯤으로 알고 내버려두었는데 갑자기 어미호랑이가 되어 물려고 덤벼드는 것만 같았다. 생각할수록 무서운 자가 아닌가! 여태껏 계백이 어둠 속에 숨어서 밝은 곳에 드러난 자기를 쏘아 보고 있었던 것만 같아서 등골이 오싹해졌다.

그러나 언제까지 제 잘못을 나무라며 풀이 죽어 있을 김유신이 아니었다. 개마대는 그리 되었다 해도, 군사들이 대장의 명령을 지키지 않았다는 것을 떠올리자 이글이글 눈에 불길이 올랐다. 그렇게 일렀거늘, 신라군은 또다시 자기들끼리 어울려 피가 튀는 칼춤을 추고 만 것이다. 더욱이 선봉이 적에게 쫓기더라도 절대로 중군에 섞이지 말고 곧바로 본진으로 내달아 오라고 타일렀음에도, 모두 중군으로 도망쳐가 중군마저 함께 뒤섞여 서로 죽이게 했으니, 아이들 장난도 이렇지는 않을 터였다.

머리끝까지 성이 치밀어오른 김유신 앞에서 장수들은 숨도 크게 쉬지 못했다. 백제군과 맞부딪쳐 싸웠던 장수들은 하나같이 하고 싶은 말이, 아니, 반드시 아뢰지 않으면 안 될 일이 있었으나 모두들 목구멍 깊이 눌러 삼키고 말았다.

몸서리쳐지는 백제 군사들, 그들은 도무지 사람이 아니었다. 배에 가슴에 창날을 박고도 눈알을 까뒤집고 달려들었다. 한 팔을 끊어내면 남은 팔로, 그 팔마저 쳐내면 아프다는 비명 소리 대신 물어뜯겠다고 악을 쓰며 달려드는 것들, 지옥에서 뛰쳐나온 악귀도 저렇지는 않을 것이었다.

땅바닥에 쓰러진 주검을 보아도 백제 군사의 것이라면 저도 모르게 질겁해서 펄쩍 뛰어 피했으니, 무어라 입을 열어 아뢴다는 말인가. 적이 악귀나 짐승처럼 사납다고 치켜세우는 것은 곧 스스로를 업신여기고 낮추는 것이 아니겠는가.

입을 꾹 다물고 머리 숙인 장수들을 노려보던 김유신이 입을 열었다.

"오늘 우리는 두 번이나 밀리고 말았소. 비록 크게 졌으나 싸움터에서 이기고 지는 것은 흔한 일이니 더 이상 잃은 군사를 아까워하거나 여러 장수들을 나무라지 않겠소."

대장 김유신은 입을 굳게 다물고 앞을 노려보았다.

어찌 아깝고 성나지 않으랴. 두 눈에 시뻘건 불길이 이글거리는 것을!

한참이 지나서야 김유신의 입이 열렸다.

"개마대를 잃고 군사를 잃은 것은 큰 것이 아니나, 내일도 한 싸움에 저들을 물리치지 못한다면 우리는 앞으로 엄청나게 비싼 값을 치러야 할 것이오. 사비성에 이르지도 못하고 이 벌판에서 겨우 5천여 적들에게 쩔쩔매고 있다면 백제를 모두 아우르기까지 우리 신라군은 수렁에 발이 빠진 듯 두고두고 지지리 고생할 것이오."

아까워 않고 나무라지도 않겠다고 했으나 입을 열고 보니 힘들게 참았던 말들이 잇달아 뛰쳐나왔다.

"저들이 엉뚱한 짓으로 우리 선봉을 어리둥절하게 하고, 우리 신라군의 옷을 입고 싸움에 뛰어들어 혼란을 일으켰다 하나 그것이 승패를 가름할 만큼 대단한 것은 아니었소. 그런 것에 휘말릴 군사라면 적이 뒤를 돌아 야습이라도 해오면 모두 땅에 엎드려 목숨을 구걸하지 않을 수 있겠소? 그토록 일렀건만 두 번째 싸움에서조차 혼이 달아나, 이리저리 떼를 지어 몰리며 제 한목숨이 아깝고 제풀에 놀라 앞뒤를 가리지 못하고 서로를 죽였으니, 어찌 이를 훈련받은 군사의 행동이라 하겠소? 적 선봉은 기껏해야 1천에서 1천 500명이었소. 모두가 제 자리를 지켜 허수아비처럼 서 있기만 했어도 저들은 스스로 지쳐 달아났을 것이오."

누가 모르겠는가. 신라의 대군이 이곳 황산벌에까지 이르렀으나 백제군과의 싸움은 처음이라는 것을, 첫 싸움의 승패가 두고두고 군사들의 사기에 커다란 영향을 미친다는 것을……. 그러나 오늘 백제군을 겪어본 장수들로서는 신라군이 열 배나 군사가 많아도 함부로 큰소리를 칠 수 없다는 것 또한 잘 알았다.

"저들이 죽음을 무릅쓰고 덤비기 때문에 우리 신라군이 힘을 내쓰지 못하고 있는 것입니다. 우리 신라군이 죽음을 두려워하지 않고 싸움에 나서기만 한다면 저들은 섶으로 만든 울타리처럼 무너지고 말 것입니다."

모두들 입을 다물고 있는데 좌장군 품일이 큰 소리로 말했다.

"바로 그것이오. 스스로 싸움에 나서고자 하는 마음이 없다면 장군들이 아무리 힘껏 싸워도 군사들은 몸을 사리고 오늘 같은 꼴을 되풀이할 뿐이오."

잇달아 두 번이나 싸움에 진 군사들에게 죽음을 무서워하지 않도록 북돋운다는 것은 구름 잡는 소리나 다를 바가 없었으니, 하나마나한 소리가 아닌가. 그러나 쓸데없는 소리를 함부로 푸념처럼 뇌까리기만 할 수 있는 자리가 아니었으므로 귀가 번쩍 뜨인 장수들은 목을 빼 품일의 다음 말을 기다렸다.

"이미 겁을 먹은 군사에게서는 용맹이 나오지 않습니다. 제 몸을 사리지 않고 죽음마저 영광으로 여기며 싸움터에 뛰어들 수 있는 자들은 화랑도밖에 없습니다. 이들에게 선봉을 맡긴다면 한달음에 적의 본진에까지 내달아 적진을 무너뜨릴 수가 있습니다. 싸움터에 나왔으나 막상 싸움을 할 때에는 본진에 남아 빈주먹만 쥐고 떠는 화랑낭도들에게 선봉을 맡겨야 합니다."

"화랑낭도들을 선봉에? 물론 그들 가운데는 한 군사로서 모자람이 없는 자들도 많을 것이오. 그러나……"

대장 김유신이 말끝을 흐리자 좌장군 품일이 곧바로 말을 받았다.

"여러 장수들도 보았겠지만, 오늘 혼자서 적진에 날아들어가 돌개바람처럼 휩쓸었던 화랑이 누군지 아시오?"

본진에 남아 있던 장수들은 거의 모두가 다 보았다. 대장 김유신의 싸움 중지 명령이 내린 뒤 오히려 격분을 참지 못하고 혼자서 말을 달려 적의 중군에 뛰어들어 적진을 휘젓던 자를, 투구 대신 꿩의 깃을 꽂은 화랑의 모자를 쓰고 달려나갔던 화랑을.

그게 누구였는가? 그 씩씩하고 용맹한 화랑이 누구였단 말인가? 혹 풍월주였는가 해서 돌아보았으나 풍월주 흠돌은 자기들 틈에 의연히 버티고 서 있었다.

"바로 우장군 흠순의 아들 반굴이었소. 화랑으로 죽으라는 아비의 한 마디 명령에 투구까지 벗어던지고 홀로 적진으로 달려간 것이오. 모두가 망설이고 물러설 때 앞으로 달려나가는 것이 어찌 화랑 반굴 한 사람뿐이겠소? 신국의 화랑도 모두가 즐거이 몸을 던질 것이요, 날카로운 적의 창을 두려워하기는커녕 오히려 싸움터에서 몸을 바치는 것을 영광으로 알며 뛰어들 것이오."

그렇다! 자랑스러운 조카이자 사위인 반굴! 품일의 입에서 반굴이라는 이름이 나오자 유신의 시선은 자신도 모르게 허공을 쫓고 있었다. 반굴은 유신의 동생 흠순의 아들이니 유신의 친조카다. 또한 반굴은 유신의 넷째딸 영광과 결혼했으니 사위이기도 하다. 적진 깊숙이 뛰어들어 시신조차 찾을 수 없는 반굴을 따라 반굴의 아들 영윤의 모습이 떠올랐다. 이제 열다섯, 여드름으로 벌게진 얼굴로 할아버지 유신을 찾아와 참전하게 해달라고 떼를 썼었다. 이미 제 어미와 외할머니 영모를 통해 영윤의 참전을 허락하지 말라는 압력이 없었더라면, 기꺼이 허락했을 것이다.

그 어린것들을 출전시키자고? 유신의 시선이 허공을 쫓는 사이 장수들은 어안이 벙벙해져서 서로를 쳐다보았다. 화랑도에 어리거나 젊은 청년들만 있는 것은 아니다. 그러나 장수들이 화랑도가 어리다고 생각하는 것은, 늙을 때까지 화랑도에 남는 자들도 있었지만 대개 나이가 들면서 벼슬길에 출사하거나 군사로 뽑혀나갔으므로 자연스럽게 화랑도에는 젊거나 어린 자들이 많았기 때문이다.

비록 용력이 있고 창칼을 잘 쓴다 해도 싸움터는 기술을 겨루는 시합장이 아니다. 싸움터에서 스스로의 몸을 지키고 적을 치는 데에는 무엇보다 싸움터에서 오랫동안 다져진 감각이 중요한 것이다. 물론 화랑의 이름으로 출전한 화랑도가 없었던 것도 아니다. 이미 오래전 화랑 사다함이 500여 화랑도를 이끌고 출전해서 큰 공을 세우고 당당히 개선해 화랑의 신화가 된 것을 모르는 사람이 없었다. 그러나 그때는 처음부터 적수가 되지 않는 허약한 가야의 잔당들을 소탕하는, 삼척동자도 신국 신라의 승리를 장담하는 절대우세의 싸움이었다. 오늘처럼 연속 패배를 당하는 불리한 싸움이 아니었던 것이다.

화랑도에도 무예가 뛰어난 자들이 많았고, 김춘추가 보위에 오른 뒤 김유신은 화랑도들에게 더욱 무술수업을 독려해왔다. 그러나 화랑도(花郎徒)는 선도(仙徒)이니 목숨을 다투는 싸움판을 제대로 경험해본 일이 거의 없었다. 아무리 화랑도의 용력과 무술이 뛰어나도 서로 기량을 겨루는 무술대회라면 모를까 전쟁터에서는 무용지물이나 마찬가지였다.

사다함의 화랑도는 전장의 화려한 꽃으로 피어났으나, 정예 군사들도 속절없이 당하는 이 황산벌에 전투경험이 없는 화랑도를 세운다면 모두가 처참한 주검으로 흩어지고 말 것이다. 도저히 어찌해볼 수 없는 적을 맞아 싸우는 절박한 상황도 아니고, 열 배나 많은 군사로 작은 무리를 공격하는 싸움에서 화랑도를 내보내는 것은 있을 수 없는 일이다. 더구나 선봉에 세운다는 것은 바로 죽어달라는 말이나 다름이 없다. 화랑낭도들의 죽음을 보고 군사들이 제 몸을 돌보지 않고 싸우게 하려는 것이다. 어쩔 수 없이 선택하는 고육지책이 아니라 용맹을 과시하기 위해 갑주를 벗어던지고 싸움판에 나가는 것만큼 무모한 짓일 뿐이다.

무거운 침묵이 흘렀다. 대장인 상장군 김유신의 시선은 아직 허공에 고정되어 있었지만 그의 머릿속에서는 13년 전 무산, 감물, 동잠 세 성을 구원하러 나갔을 때 일어난 비녕자와 거진, 합절의 의로운 죽음을 떠올리고 있었다. 비녕자의 뒤를 이어 아들 거진까지 적진에 뛰어들 것으로 예상하고 내린 명령이었지, 합절까지 생각한 것은 결코 아니었다. 그러나 생각지도 못했던 종 합절이 주인들의 죽음에 참지 못하고 달려나가 죽음으로써 일시에 전군의 사기를 북돋우게 되었다. 자칫 헛된 죽음으로 끝나고 말았을 주인들의 고육지계를 전혀 예상치 못했던 종이 나서서 완성시켜준 것이다.

오국지 5

화랑 반굴의 고육지계를 완성시켜야 한다! 화랑도를 화려하게 꽃피워 삼국통일 대장정의 서막을 장식해야 한다! 그렇지만 어찌해야 가장 효과적으로 화랑도를 꽃피게 할 것인지, 그 방법을 알아내기가 쉽지 않은 것이다.

그러나 도열한 장수들의 생각은 대장 김유신과 달랐다. 아무리 땅에 떨어진 군사들의 사기를 올리기 위한 것이라지만, 굳이 그 어린것들을 앞장세워야 한다는 말인가? 거의 모든 장수들이 아니라고 머리를 저을 때였다.

번쩍! 대장 김유신의 눈이 빛을 뿜었다.

"화랑도를 내보내는 것은 심사가 편치 않으나 아군의 사기를 위해서라면 해볼 만한 일. 풍월주, 그대는 내일 아침에 화랑낭도들을 모두 모아두시오."

"예, 상장군! 내일 아침까지 화랑낭도를 모두 집합시키겠습니다."

상장군 김유신이 명을 내리고 풍월주 김흠돌이 목청껏 그 명을 받았다. 아직 합의도 이루어지지 않았고 어떤 결정도 내리지 않았으나, 유신은 그 자리에서 화랑도 동원을 명령한 것이다. 놀란 장수들이 무어라 말을 꺼내기 전에 김유신이 말을 이었다.

"이 사람을 믿어주시오. 화랑도에게 준비하라 일렀을 뿐 아직 출전명령을 내린 것은 아니오. 내일 싸움도 버겁게 여겨 화랑낭도들이 나서지 않으면 아니 되겠다고 판단될 때 비로소 싸움명령을 내릴 것이오. 어린 낭도들에게까지 출전명령을 내리는 일이 없도록 여기 있는 모든 장수들이 전력을 다해주기를 바랄 뿐이오."

언뜻 그럴듯했다. 그러나…… 이만한 어려움도 스스로 뚫지 못해 어린것들의 목을 바치느니 차라리 무릎 꿇고 항복해서 목숨을 구걸하는 것이 더 떳떳하리라!

"오늘 하루 적에게 밀렸다 해서 화랑낭도들을 싸움에 내보낼 수는 없습니다. 야습을 해서 얼마든지 적을 칠 수도 있고, 그 야습이 실패한다고 해도 잠을 자지 못해 고단해진 적을 치게 되므로 내일은 반드시 이길 수 있습니다."

한 장수가 말을 맺기도 전에 장수들이 한목소리로 외쳤다.

"그렇습니다!"

"옳소이다!"

그러나 대장 김유신이 한번 세운 뜻에는 흔들림이 없었다.

"적이 기다리고 있는 야습은 열 번을 해도 실패할 뿐이오. 야습일수록 군사의 많고 적음이 싸움을 판가름하지 않는다는 것을 장군들이 몰라서 하는 말이오? 벌건 대낮에도 귀신놀음에 말려들어 우리 군사끼리 죽이는 것을 두 번씩이나 보고서도 야습을 말하는 것이오? 그리고 내일 싸움에서 반드시 낭도들을 내보내겠다는 것은 아니라고 하였소. 장군들이 군사들을 이끌어 한달음에 적을 친다면 모인 화랑낭도들에게 좋은 본보기가 될 것이오. 다시 말하겠소. 화랑낭도들에게 싸움명령을 내리지 않도록 힘껏 싸워주시오."

이미 명령은 내려졌다. 대장 김유신은 한번 내뱉은 말을 주워담는 사람이 아니다. 부하장수들은 스스로를 굽혀서 따르지 않으면 안 되었다.

모두가 죽기를 무릅쓰고 싸운다면 백제 결사대쯤은 아무것도 아니다. 그렇다! 어린 화랑낭도들에게까지 싸움명령을 내리는 일은 없을 것이다. 어린 너희들을 제물로 삼느니 차라리 내 목을 바칠 것이다!

장수들은 모두 죽음을 무릅쓰고 싸울 것을 굳게 다짐했다. 그렇게 마음을 다잡으니 반드시 이길 수 있다는 굳센 믿음이 가슴 뜨겁게 용솟음쳤다.

이튿날 이른 새벽, 화랑도를 모두 집합시켰다는 보고에 김유신이 말을 달려왔다.

곧바로 단 위에 올라선 상장군이 직접 명을 내렸다.

"이중 아직 열아홉이 안 된 자들은 모두 앞으로 나오라."

보나마나 어리다고 제일 먼저 출전에서 제외시키려는 것이다. 순진하게 앞으로 나섰다가는 그걸로 끝이다. 전쟁이 끝날 때까지 두 번 다시 올 수 없는 천재일우의 좋은 기회가 아닌가.

턱수염까지 나기 시작했으니 나가지 않고 버티면 바쁜 중에 슬쩍 통과될지도 모른다. 그러나 재수 없게 걸리면 속였다고 경을 치게 될 것이다. 나갈까 말까, 동무들보다 나잇살 들어 보이는 화랑낭도들은 쉽사리 결정을 하지 못하고 망설였다.

갑작스럽게 고민 속으로 떨어진 화랑낭도들 못지않게 심한 갈등에 시달리는 자가 있었다. 바로 화랑 중의 화랑 풍월주 김흠돌이었다. 유신의 막내여동생 정희가 달복과 결혼하여 딸흠신과 아들 흠돌을 낳았으니, 흠돌은 유신의 조카다. 또한 흠돌은 유신의 큰딸 진광과 결혼했으니 유신의 사위로도 얽혀 있다.

흠돌은 진공과 사이가 좋았다. 흠돌의 누이 흠신이 보로전군에게 시집가서 두 딸을 낳았는데 매우 아름다웠으므로 흠돌이 꾀를 써서 두 딸이 모두 진공과 정을 통하도록 했다. 흠돌은 한 걸음 더 나가 흠신까지 진공과 사통하게 하였고, 흠신이 보로전군을 버리고 진공과 결혼하도록 했다. 26세 풍월주에 오른 진공은 흠신을 화주로 삼고 흠돌을 부제로 삼았다. 보로전군은 진평왕과 보량궁주의 아들이므로, 김유신은 홀아비가 된 보로전군에게 셋째딸 작광을 아내로 주었다.

흠돌은 호원(好元)의 아들 흥원(興元)과도 가깝게 지냈는데, 흥원의 누이를 첩으로 삼았다. 풍월주에 오른 흠돌이 흥원을 부제로 둔 뒤로 유신이 뭐라고 내놓고 말은 안 했지만 어쩐지 그때부터 은근히 거리를 두고 있다는 것을 느끼고 있었다.

그러나 아무리 상장군이라도 풍월주에게 하명을 해서 화랑도를 움직이지 않고 풍월주를 허수아비처럼 앞에 세워둔 채 직접 화랑도들에게 명령을 내린다면 풍월주의 체면이 깎여 두고두고 풍월주의 명이 제대로 서지 않게 된다. 어떤 첩을 얼마나 두거나 말거나 같은 사내끼리 상관할 바가 아니다. 그런데도 딸 사랑에 눈이 어두운 장인 유신이 고의로 화랑도들 앞에서 면박을 주는 것이라고 생각할 수밖에 없었다.

"상장군, 하명하오시면 제가 상장군의 명을 받들겠습니다."

"그대도 아직 열아홉이 되지 않은 것인가? 그래서 앞으로 나서는 것인가?"

"예?"

"아니거든 썩 물렀거라. 여기는 화랑도 수련장이 아니다."

흠돌이 대꾸도 못하고 비실비실 물러났으나 상장군 김유신의 노기는 가라앉지 않았다.

"모두들 귓구멍을 후비고 잘 들어라. 여기는 화랑도 훈련장이 아니라 전쟁터다. 이 시각부터 그 누구건 단 한 마디라도 항거하는 자는 그 자리에서 목이 날아갈 것이다."

무예의 수준을 묻는 것도 아니었다. 어린 화랑도들을 세워놓고 지나가며 가려 뽑아내는 화랑들을 보면 아무래도 상장군의 선택 기준은 아름다운 용모인 듯했다.

무엇하자는 것인가? 어리디어린 화랑도들 중에서도 예쁜 아이들만 솎아내는 것은? 혹, 어리고 용모가 아름다운 화랑도만 목숨을 아껴두려는 것인가? 아니면, 따로 제사를 지내는 등 무슨 특별한 행사에 어리고 예쁜 아이들이 필요해서인가?

뽑혀나와 따로 모이는 어리고 아름다운 화랑과 낭도들을 보며 사람들은 부지런히 염두를 굴렸으나 자신들의 어떤 추리에서도 스스로 만족한 대답을 찾지 못했다. 그런데 이들을 모아놓고 다시 단 위로 올라선 상장군 유신의 입에서 놀라운 명령이 쏟아졌다.

"그대들 50명은 오늘 이 전장에서 신국의 화랑도를 대표하게 될 것이다. 그대들은 화랑 역사상 가장 아름다운 꽃으로 피어날 것이며 신국 화랑의 표상이 될 것이다. 모두들 전장으로 달려들어가 가슴속에 들어 있는 아름다운 화랑의 꽃봉오리를 활짝 피워내거라. 찬란하게 빛나는 신국의 화랑이 되거라."

화랑의 꽃으로 활짝 피어나라! 그것은 가슴에 들어 있는 붉은 피를 모두 전장에 뿌려내라는 주문이었다. 너무도 놀랍고 갑작스러운 명령에 모두들 어안이 벙벙했다.

무엇이 급해 저리 서둘러 죽으라는 명령을 내리는 것인가? 그것도 하필 제일 어린 아이들에게?

그러나 모든 것은 순간이었다.

"와!"

말뜻을 알아들은 50인의 화랑들한테서 환성이 터져나왔다.

"와아아!"

감동을 주체하지 못하고 환호성을 지르며 펄펄 뛰어오르는 50인의 화랑도를 보며 머리가 둔한 자들도 상장군 김유신의 명령이 무엇인지, 의도가 무엇인지 분명히 알아챘다.

따로 군사를 선발할 때에는 반드시 의견을 물어야 했다. 나가 죽기 싫은 자는 빠져도 좋다는 여유를 보이고 스스로 나가 죽겠다는 자발적인 다짐을 받아내야 한다. 그러나 김유신은 너무나 당연한 질문마저 빠뜨리고 아무런 다짐도 받지 않은 채, 영문도 모르고 선발된 모두에게 곧바로 나가 죽으라는 명령을 내렸다. 그것은 이곳이 오직 명령과 복종만이 존재하는 전쟁터라는 것을 새삼 일깨워주기 위한 명령이었고, 아무도 상장군의 명령을 거역하지 못한다는 확신에서 나온 전략이었다.

"화랑 관창, 그대를 이 화랑대의 대장으로 세운다. 지금부터 화랑의 꽃으로 천지신명에게 제사를 지내고, 신국의 화랑으로서 적진을 마음껏 유린하라."

"존명!"

관창이 칼을 잡고 한쪽 무릎을 꿇는 군례를 갖추어 명을 받았다. 관창은 좌장군 품일의 아들로 올해 열여섯, 막 피어나려는 꽃봉오리였다.

돌격대로 뽑힌 화랑도들은 거의가 화랑이나 낭두도 아닌

하급 낭도들이었으나 모두가 직위와 출신에 관계없이 화랑의 옷을 입고 화랑으로 곱게 단장했다.

전쟁터에서 갑작스럽게 지내는 제사였으나 상장군의 명이니만큼 소를 제물로 바치는 성대한 의식이 거행되었다.

꽃을 아름답게 여기는 것은 그 짧은 수명 때문이다. 이른 봄 마른 가지에서 눈을 틔우는 새 움도, 마른 대지에서 돋아나는 새싹도 꽃처럼 보는 이의 탄성을 자아낸다. 그러나 우거진 숲이나 무릎까지 풀들이 자라 올라온 초원을 보며 아름답다고 말하는 사람은 없다. 온 산을 물들이는 가을단풍이 사시사철 울긋불긋하다면 사람들이 찬탄하기는커녕 진저리를 낼 것이다. 단비에 목말라하던 사람들도 이어지는 장마에는 진저리를 내고 만다.

아침놀이 아름답고 저녁놀에 취하는 것도 그 짧은 아쉬움 때문이다. 진정 아름답게 여기는 것은 아쉬움의 꽃이다. 이 자리에서 화랑은 꽃이어야 한다. 가슴이 찢기는 아쉬움의 꽃! 아쉬움에서 완성되는 찰나의 미학! 상장군 유신이 어린 화랑도를 아름답게 치장해서 싸움터로 내보낸 것은 그 아쉬움의 꽃을 피우려는 것이었다.

둘째 날의 접전이 시작되었다. 신라군은 다시 1만 5천 군사로 두 번째 싸움 때처럼 솔개품세로 싸움새를 이루어 세 번째 싸움을 걸었고, 백제군도 앞날처럼 신라군을 맞았다.

　신라 선봉군은 앞날보다도 더 쉽게 무너지는 듯했으나 크게 걱정할 것은 못 되었다. 선봉군은 곧바로 본진 앞으로 내달려가 300명씩 작은 무리로 나눠져서 뒤섞여 들어온 백제 선봉군을 이 잡듯 잡아버릴 것이다.

　둥, 둥, 둥. 뒤죽박죽되어 어지러움에 빠진 선봉군이 앞다퉈 본진을 향해 달려오기 시작하자 신라 중군은 힘찬 발걸음을 내디뎠다. 백제군은 싸움 잘하는 군사들을 뽑아서 선봉으로 세웠을 것이니, 아무래도 중군이나 본진은 선봉보다 전력이 약할 것이었다. 한달음에 중군을 짓밟아버리고 본진까지 깨끗이 휩쓸어버릴 것이다. 신라 중군은 어지럽게 뒤섞여 뒤쪽으로 내달려가는 선봉군은 거들떠보지도 않고 앞으로 나갔다.

　백제 중군에서도 북을 울리며 다가오는 것이 보였다. 그러나 제대로 줄도 서지 못하고 어칠비칠 떼거지로 다가오는 어중이떠중이에 지나지 않았다.

　둥, 둥, 둥. 어우러지는 북소리는 신라 군사들에게 뜨거운 기운을 끌어올렸다. 한 줌도 안 되는 적들이야 한달음에 쓸어버리리라!

　신라 중군을 이끌며 앞장서 나가던 두 대장은 백제 중군과 차츰 가까워지자 싸움명령을 내릴 때를 가늠하며 큰 숨을 쉬었다. 그때였다.

"와!"

느닷없이 함성이 터졌다.

"뒤쪽이다!"

돌아다보는 눈에 중군 뒤쪽을 향해 내달아오는 수십 개의 그림자가 보였다. 웬일인가 놀라는 사이, 본진으로 밀려가던 선봉군에서 빠져나온 그림자는 수십에서 수백으로 불어나 중군 뒤쪽을 덮치기 시작했다.

괘씸한 놈들! 눈에 불이 튀었다.

"쳐라!"

그러나 그 소리는 또다시 일어난 함성에 묻혀버리고 말았다.

"와!"

이번에는 앞에서 부딪쳐오는 적의 중군이었다. 신라 중군은 어느 쪽으로도 힘차게 내닫지 못하고 엉거주춤한 채로 앞뒤에서 적을 맞았다. 적을 맞았다는 것도 순간적인 느낌일 뿐이었다. 장수들의 지휘 아래 앞뒤로 군사를 나누어 적을 막으려 했으나 벌떼처럼 달려든 적들은 신라 중군에게 닿기가 무섭게 모래에 물이 스미듯 속으로 파고들었다. 적은 눈앞에 보이지 않고 어느새 뒤쪽에서 창칼을 그어대고 있는 것이다.

혼란은 파도처럼 이어졌다. 백제 군사들은 잠깐 사이에 가운데까지 깊숙이 파고들어 미친 듯 칼춤을 추었고, 신라 군사들은 미쳐 날뛰는 백제 군사들을 감히 막아낼 엄두를 내지 못했다.

정작 놀라운 것은 백제 군사들의 날카롭게 달려드는 용맹이 아니었다. 백제 군사들은 모두가 죽지 않는 불사신이었다. 창칼에 찔려도 죽지 않았고 비명소리도 없었다. 두 팔을 모두 잘라내도 물어뜯겠다고 짐승처럼 사나운 이빨을 드러내고 달려들었다. 주검도 손을 벌려 신라 군사의 다리를 잡아끌었다.

백제 것이라면 죽은 송장까지도 악귀나찰처럼 덤비니 진저리를 치지 않을 수 없었다. 엄청난 혼란 속에서 신라 군사들은 정신없이 "악귀야, 물러가라" 소리치며 칼춤을 추었다.

문득, 신라군 본진에서 징소리와 북소리가 요란하게 일어났다. 웬일인가 바라보는데, 잠시 뒤 신호를 알리는 깃발 대신 한 무리의 아름다운 꽃무리가 달려나왔다. 최고의 아름다움으로 치장한 50인의 화랑대였다. 이들이 탄 말까지 모두 화려한 비단전포를 둘렀으니, 멀리서 바라보거나 곁에서 지켜보거나 말 그대로 아름다운 꽃무리였다.

자욱한 먼지 속에서 터져나오는 비명과 고함소리만 요란한 싸움터에서 너무도 뜻밖의 광경이 펼쳐진 것이다. 아름다운 유화들이 말까지 곱게 치장하고 떼지어 달려나가는 듯했다.

모두가 번쩍이는 긴 창을 치켜들었음에도 장구채를 든 것처럼, 무희들이 부채를 빼들고 달리는 것처럼 아름다운 풍경으로만 보였다.

화랑대는 양옆에서 벌어진 싸움판은 거들떠보지도 않고 시위를 떠난 화살처럼 백제군 본진으로 내달렸다. 중군 속에서 몇몇 백제 군사들이 달려들어 막아섰으나 그대로 말발굽으로 깔아버리고 거침없이 달렸다.

화랑대의 앞길에는 거칠 것이 없었다. 백제 본진의 혼란이 신라 지휘부에서도 똑똑히 보였다.

"잘한다!"

누군가가 소리쳤다.

"역시 화랑낭도다!"

보는 이들도 가슴이 벅찼다.

"마음껏 내달려라!"

"돌개바람처럼 휩쓸어버려라!"

모두가 한목소리로 기운을 북돋웠다.

그러나 그것은 너무도 잠깐 동안이었다. 이리저리 마음껏 치닫던 화랑대가 잠깐 주춤거리는가 싶더니 백제군 본진은 이내 조용해졌다.

꽃이 떨어졌다! 거세게 타오르던 불길 하나가 어이없이 꺼지고 만 것이다. 이마에 손을 얹고 바라보던 이들은 손을 내릴 생각도 잊은 채 멍하니 서 있었다. 괜한 짓을 했다는 뉘우침이 물밀듯이 밀려왔다.

그러나 잃은 화랑대만 아쉬워하고 있을 때가 아니었다. 신라 중군이 뒤로 밀리기 시작한 것이다. 신라군은 본진에도 싸움명령을 내리고 불길을 잡으려 했으나 어디서부터 손을 써야 할지 몰랐다.

백제군은 병법도 모르는 떼거지들이었다. 지휘를 하고 있는 장수도 어디에 있는지 알 수 없었다. 대장의 지휘 아래 여럿의 힘을 한꺼번에 한쪽으로 내쏟는 것이 아니었다. 모두가 어지럽게 뿔뿔이 흩어져서 저마다 미친개처럼 신라군을 물어뜯으며 돌아다니는 것이다.

예의는 인륜을 아는 자에게만 통한다. 그러니 어찌해야 하는가?

"으음!"

김유신은 잇따라 앓는 소리를 흘려냈다. 백제 군사들은 백제군 지휘부로부터 아무런 명령도 받지 않고 신라군 속으로 파고들어 곳곳에서 피를 뿌리고 있다.

적이 보이지 않는다! 김유신은 비로소 백제 군사들의 무서움을 알았다.

백제군이 원하는 것은 싸움에서의 승리가 아니다! 저승길에 동무 삼을 신라 군사의 목숨을 하나라도 더 끊어내고 싶어 할 뿐이다. 이미 저승길에 들어선 자들에게 어찌 두려움이 있을 것이며, 팔다리가 끊기는 아픔인들 느끼기나 하겠는가.

싸움의 소용돌이에 깊숙이 휘말린 뒤에야 비로소 김유신은 백제군의 참모습을 알아본 것이다. 김유신은 제 가슴을 찧고 싶었다. 어제 싸웠던 장수들은 모두 눈을 감고 있었는가? 백제 군사들이 싸움터에서 싸움을 하는 것이 아니라 지옥에서 벌이는 악귀나찰들의 미친 춤사위였다는 것을 알았더라면, 오늘 이렇게 어처구니없는 싸움은 하지 않았으리라. 얼마쯤 시간이 더 걸리더라도 싸움을 질질 끌어서 백제군의 독기를 뺀 후에야 전면전을 펼쳤을 것이다.

그러나 뉘우치기에는 너무 늦은 뒤였다. 이미, 벌어진 춤사위다!

신라 지휘부까지 들쑤시는 적을 막느라 김유신의 호위장수들도 정신없이 돌아갔다. 백제 본진마저 북을 울리며 싸움터에 달려왔으나 김유신은 아무런 싸움명령도 내리지 못했다. 누구라 할 것 없이 정신없이 돌아가는 판에 어디 남겨둔 군사가 있어 저들을 막으러 간단 말인가.

백제군 진영에는 빈 깃발만 나부낄 뿐 따로 지키는 군사도 없었다. 적장 계백까지 싸움판에 뛰어든 것이 틀림없었으나, 아무리 눈을 크게 뜨고 찾아도 백제군 지휘부의 위치를 알아낼 수가 없었다.

그러나 느긋하게 적 지휘부나 찾고 있을 때가 아니었다. 백제군의 위세에 놀란 신라 군사들이 뿔뿔이 흩어져 달아나는 것이 한눈에 보였다.

"이놈들!"

머리끝까지 화가 치민 김유신이 말을 달리자 허겁지겁 몇 장수가 뒤를 따랐다. 덤벼드는 백제군 본진 앞에까지 다다른 김유신이 보는 대로 적의 목을 쳐냈으나 그 수는 다섯을 넘지 못했다. 그 많은 적들이 눈 깜짝할 사이에 어디로 갔는지 보이지 않는 것이다.

한 무리의 신라 군사들 속에서 칼춤 추는 낮도깨비 같은 백제 군사가 눈에 띄었다.

"비켜라!"

우레가 우는 듯한 호통소리에 신라 군사들이 멈춰서자 김유신은 솔개같이 날아들어 한칼에 적의 목을 쳐냈다.

"비켜라!"

백제 군사와 싸우는 군사들을 향해 김유신은 목이 터져라 악을 썼고 그때마다 그의 칼은 피보라를 뿜어냈다. 그러나…….

어디로 갔는가? 부릅뜬 눈에는 백제 군사가 보이지 않았다. 하지만 보이지 않는 적들은 곳곳에서 신라 군사들의 살점을 뜯어내고 피를 즐겼다.

"헉!"

"크악!"

모두가 신라 군사들의 처절한 비명이었다.

"이놈들!"

김유신은 이를 갈았다. 다시 말고삐를 잡아채며 유신은 신들린 무당처럼 칼춤을 추었다.

"비켜라!"

촤-악, 촤-악. 화랑 김유신은 갈대를 베어넘겼다. 곪힌 상처가 아리다. 햇볕이 너무 뜨겁다. 목구멍에 불덩이를 삼킨 듯하다. 단 하나의 갈대, 단 하나의 적도 남겨두지 않으리라. 비켜라! 비켜라!

"장군!"

"상장군!"

뒤를 돌아다보는 김유신의 눈에 여러 장수들의 모습이 들어왔다.

"상장군께서는 적의 군사를 베고 계실 때가 아닙니다. 늦기 전에 후퇴명령을 내리십시오."

후퇴명령? 늦기 전에? 김유신의 찢어질 듯 부릅뜬 눈에도 아랑곳없이 장수들은 서둘렀다.

"이대로 가다가는 군사들이 모두 죽습니다."

"군사를 뒤로 물리십시오."

그렇다! 군사를 물리기에는 너무 늦었다. 뒤를 보인 군사는 이미 군사라 할 수 없다. 발이 빠른 자들만 살아남을 터. 그러나 지금 이 순간에도 신라 군사들은 헛된 죽음을 계속하고 있다. 어쩔 수가 없다!

"군사를 뒤로 물려라!"

드디어 후퇴명령이 떨어졌다. 장수들은 어지러운 싸움판을 헤쳐가며 신라 군사들에게 물러나라고 외쳤다.

"뒤로 물러나라!"

"싸우지 말고 물러서라!"

싸움터에 돌개바람이 일듯 흙먼지를 일으키며 신라 군사들은 뒤로 내달렸다. 거센 소용돌이는 공격군에게만 있는 것이 아니었다.

걸음아, 날 살려라! 하나뿐인 목숨을 건지기 위해 내달리는 신라 군사들. 엄청난 기세, 무서운 소용돌이였다.

누가 목숨을 내던지고 흙탕물이 넘실거리는 강에 뛰어들어 큰 물살을 막으랴! 백제군은 흙먼지구름을 일으키며 달아나는 신라군을 멀거니 바라보다 다친 군사들을 추슬러 돌아갔다.

화랑 관창

이 영광 다시 있으랴! 꿈이 아니다! 드디어, 때가 왔다! 백제 군 본진을 향해 말을 달리는 화랑낭도들의 가슴은 벅찬 감동으로 터질 듯했다. 애써 따라나선 싸움이었으나 아직 적을 베기는커녕 적과 마주쳐보지도 못한 사람이 거의 다였다.

적과 겨룰 수만 있다면, 적의 대장이라도 한칼에 베련마는 낭도들을 숫제 어린애처럼 여겨버리는 싸움터에서는 언제 싸울아비로 대접받을지 까마득했다. 따라온 장수들의 뒤치다꺼리나 하고 전령 일이라도 얻어걸리면 스스로 군사 된 듯 신바람 나서 달렸지만, 막상 싸움이 벌어지면 본진에 남겨져 싸움판에는 구경꾼일 수밖에 없었다. 어쩌다 적병 한 놈을 베었노라고 자랑하는 낭도들의 이야기를 들을 때에는 입안의 침이 다 말랐다.

이번 싸움도 그러했다. 바다를 건너온 당군과 손을 잡고 백제를 치는 이번 싸움은, 그동안 성이나 하나둘 빼앗는 것과는 아예 다른 것이었다. 이 싸움이 끝나고 나면 어디에도 창칼을 맞대고 싸울 백제 군사는 없을 것이다.

마지막으로 백제군과 겨루는 싸움에 발자취를 남기려고 모든 일을 제쳐놓고 기를 써서 따라왔으나, 날이 갈수록 도무지 신바람이 나지를 않았다. 백제 땅에 들어설 때에도 탄현을 넘을 때에도 백제 군사들은 낯짝도 내밀지 않았다.

나이 든 군사들이 이곳은 어떻고 저곳은 어쨌다며 옛날 싸우던 이야기를 들려주었으나 낭도들은 산기슭이나 숲속에 숨어 있을 적을 찾는 데만 정신이 팔려 있었다. 눈에 띄기만 하면 몇 놈이든 한달음에 달려가 한칼에 베리라. 번개 같은 화랑 낭도의 솜씨에 놈들은 저승에 가서도 벌린 입을 다물지 못하리라. 서로 자지 않고 지키겠다고 버티다가 제비를 뽑아 번갈아가며 잠을 잤다.

"혼자 가면 안 된다. 발로 차서라도 꼭 깨워라."

"맘 놓고 푹 자거라. 반드시 너부터 깨울 터이니."

낭도들은 동무들에게 몇 번씩 다짐을 받고서야 억지로 눈을 감았으나 쉽게 잠들지 못했다. 누가 적을 지키라고 시켜서가 아니다. 낭도들은 군사들 몰래 끼리끼리 속닥이며 백제군의 야습을 기다리는 것이었다. 비겁한 놈들의 짓이란, 낮에는 감히 덤비지 못하고 어둠을 틈타서 잠든 신라군을 공격해올 것이 뻔했다.

"오너라, 이놈들! 내 눈에 띄는 순간 네놈들은 저승에 있는 할아비를 만나게 될 것이다."

그러나 동이 터와도 백제군은 감감하니 나타날 낌새조차 없었다. 낭도들은 이곳이 참으로 백제 땅인가 믿어지지가 않았다.

어제 겨우 조무래기 적을 만났으나 낭도들은 처음부터 본진에 남아서 멀리 싸움터에서 이는 먼지나 구경했을 뿐이었다. 멀리서 구경이나 하는 낭도들의 눈에는 2천 개마대가 눈깜짝할 사이에 물거품처럼 사라져버리는 것도, 잇달아 두 번이나 밀리는 불리한 전황도 걱정거리가 되지 못했다. 힘겹게 싸우는 신라군을 보면서도 저따위 적에게 밀려 쫓기는가 싶어서 가슴을 쳤다.

백제군은 귀신이라느니 악귀나찰이라느니, 어쩌고저쩌고 쓸데없이 지껄이는 소리를 들으면서도 저따위 못난이들이 어쩌자고 싸움터에 나와 신라군을 부끄럽게 하는가 속으로 비웃었다. 싸움판에 낄 수만 있다면 목 몇 개쯤은 맡아놓은 것이나 다름없으니 차라리 중군이 더 밀려서 본진까지 싸움에 뛰어들 수 있기를 바랐다.

어제 저녁나절 싸움이 끝나기 직전에 혼자서 말을 몰아 적진에 뛰어들었던 사람이 자기들과 같은 화랑이라는 것이 알려졌을 때, 그 얼마나 가슴이 벅찼던가!

"신하 된 사람에게 충성만 한 것이 없고 자식 된 사람에게 효성만 한 것이 없다. 오늘 이처럼 어려운 때 남 앞서 목숨을 바친다면 충성과 효성 두 가지를 한꺼번에 이루는 것이 아니겠느냐."

두 번째 싸움에서도 신라군이 어렵게 되어가자 우장군 흠순은 곁에 있던 아들 반굴을 앞으로 불러세운 뒤 넌지시 속뜻을 내비쳤다. 화랑 반굴은 기다렸다는 듯이 씩씩하게 대답했다.

"신국의 화랑 된 몸으로 어찌 모르겠습니까? 삼가 아버님 말씀에 따르겠습니다."

아비에게 마지막 절을 올리고 나서 곧바로 말을 달려 화살처럼 날아가 여러 명의 적을 베고 값지게 죽었다. 보고 듣는 이마다 가슴이 울렁거리지 않을 수 없었다.

나 또한 화랑낭도일진대 어찌 싸움터에 나서지 못하고 뒷전에서 구경만 하랴. 그러나 그들에게는 반굴의 아비처럼 싸움 명령을 내려줄 아비가 없었다. 이미 몇 번씩이나 제가 모시는 장수들에게 매달려보았지만 하나같이 눈을 부릅뜨며 안 된다는 호통뿐이었다.

"쓸데없는 소리는 하지 말라고 하지 않았느냐?"

"자꾸 보채면 서라벌로 쫓아버릴 것이니 그리 알아라!"

오늘 안으로 백제를 빼앗아 아우르고 북을 크게 울리며 서라벌로 돌아간들 백제 군사와 창칼 한 번 부딪치지 못한 그들로서 어찌 자랑이 되며 무슨 얘깃거리가 있으랴.

그런데 오늘, 이 아침에 바라마지않던 때가 왔다.

"화랑낭도의 이름으로, 적을 마음껏 짓밟아라!"

낭도들의 가슴은 터질 듯했다.

"아아, 싸움이라니! 그것도, 화랑낭도의 이름으로!"

싸움판에 나서는 군사들 틈에 끼워주는 것만으로도 마른 땅에 비 내린 듯 더없이 고맙게 여겼을 터였다. 더러는 꿈이 아닌가 싶어 제 살을 꼬집어보기도 했다.

뽑힌 화랑낭도 50명은 벅찬 가슴을 어떻게 견뎌야 할지 몰랐다. 주먹을 불끈 쥐고 줄줄이 흐르는 눈물을 참다못해 흐느껴우는 사람도 있었으나, 서로의 어깨를 두드리며 호탕하게 웃는 화랑들의 눈에서도 자꾸만 눈물이 넘쳤다.

자신들이 나이가 어리다고 생각하는 화랑도는 하나도 없었다. 색사의 달인 미실의 첫사랑이자 유일한 연인이었으며 화랑의 전설이 된 사다함이 화랑도를 이끌고 전쟁터를 휩쓸었던 것도 열여섯 살 때였다.

국선화랑이 된다 해도 이보다 기쁘지는 않으리라! 아침에 올린 제단 앞에서 화랑낭도들은 삼국통일을 위해 몸을 바치기로 맹세했다. 신국의 영광을 위해 화랑의 꽃으로 피고 화랑의 꽃으로 질 것을 굳게 다짐했다.

출전명령을 기다리는 화랑도들은 갑옷도 투구도 착용하지 않은 채 제사를 지낸 복장 그대로였다. 15년 전 요동성에

서 100명밖에 안 되는 고구려 화랑들이 수십만 당군의 포위망
을 뚫을 때에도 갑주로 무장하지 않고 모두가 조의선인 복장
으로 달려나갔다고 했다. 자신의 집단을 나타내는 자랑스러운
상징인 복색은 말까지 갑주로 완전무장한 개마대보다도 더 강
한 것이다.

싸움이 벌어지고 선봉이 물러나는가 싶자 이내 중군마저
어지럽게 흐트러졌다. 선봉군이 쫓겨오고 중군까지 어지럽게
말려드는 것을 보는 화랑낭도들의 가슴은 차츰 힘차게 뛰기
시작했다.

화랑대에게도 싸움 명령이 내리리라! 말에 올라 고삐를 잡
은 손이 부르르 떨렸다. 그리고 마침내!

"화랑대, 나가 싸워라!"

입속의 침이 다 말라가는데 드디어 출전명령이 내렸다.

가자! 어서 달려라! 화랑낭도들은 싸움터 속으로 번개같이
내달려갔다. 싸움판을 지날 때 백제 군사 몇이 달려나왔으나
그대로 말발굽 아래 깔아버리고 거침없이 백제군 본진을 향
해 말을 달렸다.

용서하라, 벗이여! 신의를 위해서라면 내 목숨마저 내어줄
수 있으나 오늘 적장의 목만큼은 내 것이다! 닭을 본 솔개가
하늘에서 내리꽂히듯 화랑대는 눈 깜짝할 사이에 백제군 본
진 속으로 뛰어들었다.

성난 파도처럼 덮쳐가는 화랑대 앞에서 백제 군사들은 허겁지겁 갈라지며 길을 내주었다. 뒤돌아 피하는 자의 등을 베고 겁 없이 창을 내뻗는 자는 창자루와 함께 그 팔을 잘랐다.

놀란 송사리떼처럼 길을 틔워주던 백제 군사들이었으나, 어느새 한꺼번에 "와아아!" 하며 몰려들었다.

잡졸보다는 적장을! 겹겹이 막아서는 군사들을 헤치고 앞으로 나가려 했으나 말도 주인도 그 자리에 쓰러지고 말았다.

"적장을 베어라!"

잘려진 목이 피를 뿜으며 외쳤다. 등에다 창날을 받은 화랑은 이미 잘리고 없는 팔을 흔들어댔다.

계백은 군사들에게 이끌려오는 적장을 보았다. 백제군 본진을 잠깐이나마 크게 어지럽혔던 그 돌격대의 대장이다. 적장은 몸집이 컸으나 범처럼 날뛰던 장수라기보다 아직 어린아이의 앳된 모습이었다.

더구나 전투에 나선 자가 여인들처럼 분 바르고 화장한 꼴이라니! 땀과 흙먼지로 얼룩덜룩 지저분하고 우스꽝스러운 몰골이었지만 웃음보다는 깊은 한숨이 먼저 나왔다.

그렇다! 오늘 백제 본진에까지 들어와 날뛰던 이들은 모두가 솜털도 채 가시지 않은 어린 배달들이었다.

어제 불나방처럼 혼자서 중군에 뛰어들었던 젊은 장수가

전포도 입지 않고 투구도 쓰지 않은 배달 차림이었다는 말을 들었을 때에 뭔가 께름칙한 느낌이 들었었다. 한데 오늘은 이처럼 50명이나 되는 아이들이 연지 찍고 분 바르고 곱게 화장한 뒤에 갑옷이나 전포는커녕 투구도 쓰지 않고 한꺼번에 날아들어 흙먼지 속에 붉은 피를 뿌리고 만 것이다. 그런 아이들이 네다섯도 아니고 50명이나 대오를 갖추어 싸움터에 뛰어들었다면, 이는 어린 배달들의 우쭐한 생각만으로 되는 일이 아니다.

신라군 대장 김유신의 명령 없이는 있을 수 없는 일이다! 곱게 화장했던 것은 아이들이 모두 제단에 바치는 제물이기 때문이었다. 제단에 소나 말을 바치듯 적장 김유신은 어린아이들을 전쟁터의 제물로 바친 것이다.

어린아이들을 희생으로 바치다니! 계백으로서는 도무지 풀 수 없는 수수께끼였다. 그러나 언제까지 침묵만 지키고 있을 수는 없는 일, 굳게 닫혔던 계백의 입이 열렸다.

"네 이름이 무엇이냐?"

"사로잡힌 장수를 부끄럽게 만드는 것이 백제의 화랑얼은 아닐 것이다. 어서 베어라."

어리나 그 짓거리는 드레지고 의젓했다.

"나는 백제군의 대장 계백이다. 스스로 이름을 부끄럽게 여기는 것은 그대가 싸움에 졌기 때문인가?"

"나는 신국의 화랑 관창이다. 더는 묻지 마라."

"어쩌다 적에게 사로잡혔다 해서 부끄러울 것은 없다. 함께 왔던 사람들도 모두 신라의 배달들인가?"

"그렇다. 함께 신국의 산과 들을 누비며 함께 죽고 함께 살기를 다짐했던 화랑낭도들이다. 어서 나를 베어 그들 곁으로 가게 하라."

처음 말투로 보아서는 한마디도 입을 열 것 같지 않았으나 오히려 관창은 큰 소리로 또박또박 계백의 물음에 대답하고 있었다.

"관창, 그대들은 오늘 신라 배달의 씩씩함을 잘 보여주었다. 그것으로 되었다. 이제 그만 돌아가거라."

무엇이? 듣고 있던 장수들은 놀랐으나 입을 열지는 않았다.

"저 신라 배달을 말에 태워 보내시오."

"안 된다. 어서 나를 베어라! 계백, 그대는 장수 된 사람으로서 부끄러움도 모르는가? 나를 더 이상 욕보이지 마라!"

관창은 묶인 몸으로 길길이 뛰었다.

"사람의 목숨은 하늘이 내려주신 것, 싸움터라고 목숨을 가벼이 여겨서는 안 된다. 그만 돌아가거라."

두 사람의 입씨름을 보며 장수들은 쿡쿡 웃었다. 아무도 신라 배달을 돌려보내는 것을 막지 않았다.

"백제의 화랑얼이란 이런 것이었느냐? 개돼지처럼 살려주면 모두 다 생명의 은인으로 받들 터이냐? 계백, 이 부끄러움도 모르는 놈아! 나를 살려보낸다면 너는 이 일을 뼈저리게 뉘우치게 될 것이다."

온갖 욕을 다 퍼부으며 버둥거렸으나, 안장에 묶인 관창을 싣고 말은 신라 진영으로 달려갔다.

신라 배달 50인의 묘. 나무를 깎아 만든 묘비였다. 뒤에는 이를 슬퍼하는 백제군의 이름으로 거침없이 짓쳐들던 나이 어린 신라 배달들의 이야기가 쓰여 있었다. 제단 뒤에 있는 백제군 전사자들의 무덤 곁에 함께 자리한 신라 화랑낭도들의 무덤이었다.

장수들이 향을 사르고 수두에 술을 부어 제사를 지내고 이들의 혼을 위로하고 간 뒤에도 백제군 무덤을 찾아온 많은 백제 군사들은 걸음을 옮겨 이들의 무덤에도 절을 하고 저승길을 빌었다. 이들의 무덤에도 온갖 들꽃이 빼곡하게 덮여져 있었다. 배달들은 몇 사람씩 무리를 지어 와서 엎드려 절하고 신라 화랑낭도들의 저승길을 빌었다.

화랑 된 자가 살아서 오다니! 낭도를 모두 잃고 혼자서 돌아오다니! 관창이 풀죽어 바오달에 들어서는 것을 본 좌장군 품일은 불덩이처럼 달아올랐다.

촤아악! 칼이 뽑혔다. 성큼 다가서는 품일. 칼은 이미 높이 솟아 있었다. 관창의 목은 피보라를 뿜으며 날아갈 것이다!

"잠깐!"

내리치는 칼날을 한 장수가 몸을 던져 막아섰다.

"비키시오!"

품일이 호통을 치며 한 손으로 막아선 장수를 밀쳤으나 곧바로 여러 장수들에게 휩싸이고 말았다. 장수들은 품일의 소매를 붙잡고 말렸다.

"잠깐 기다리시오. 목을 자른다 해도 군사들이 해야 할 것이오."

"그렇소이다. 아비가 아들의 목을 자를 수는 없는 일이오."

장수들이 모두 나서자 품일도 물러서지 않을 수가 없게 되었다.

"좋소이다. 어서 저 못난 것을 군사들에게 내주어 내 칼을 더럽히지 않게 하시오."

여럿에게 다짐을 두고 제자리로 돌아갔다.

무어라 입을 열 수가 없는 관창은 얼굴을 들지 못하고 서 있었다.

일찌감치 군사의 칼을 빌려 죽는 것이 옳았으나 사람들에게 끌려 이미 대장 김유신의 앞에 서고 말았다. 죽지 못하고 여기까지 끌려온 다음에야 함부로 제 발로 걸어나가 군사의 칼 아래 죽을 수도 없는 일이었다. 죽으려 해도 대장 김유신의 명령이 떨어져야 죽을 수가 있기 때문이다.

무슨 명령이 내릴 것인가? 사람들이 김유신을 바라보았으나 그는 관창을 멀거니 쳐다보기만 했다.

죽이라고 하지는 않을 것이다! 어째서 상장군은 말이 없는 것인가?

"어서 목을 베어 화랑대를 잃은 죄를 물어야 할 것이오."

마침내 품일이 입을 열어 재촉했으나 김유신은 못 들은 척 관창에게만 눈길을 던지고 있었다. 이때, 우장군 흠순이 앞으로 나섰다.

"화랑의 목을 베는 것은 언제라도 쉬운 일이오. 그러나 함부로 베었다가는 가슴을 치며 뉘우치게 될 것이오."

가슴을 치며 뉘우치게 될 것이라니? 비록 어리기는 해도 대장의 명령을 받고 화랑대를 이끌고 갔던 장수가 아닌가?

"묶여 돌아온 화랑의 목을 벤다면 군사들의 사기가 땅에 떨어질 것이오. 모처럼 눈부시게 적을 짓밟던 화랑대의 대장이 백제군의 너그러운 마음씨로 보살핌을 받아 살아 돌아왔다면 군사들의 마음속에서 무슨 생각이 싹트고 자라겠소?"

흠순의 말대로 적장 계백이 못된 꾀를 부리고 있는 것이다! 그제야 계백에게 놀림당한 것을 알아차린 장수들이 이를 갈았다.

"그렇소. 어린 화랑들을 내보냈다고 비웃는 것이오."

"우리 군사들의 사기를 떨어뜨려 제놈들의 콧대를 높이려는 것이오."

마침내, 잠자코 듣기만 하던 김유신의 입이 열렸다.

"적장은 화랑대의 대장을 살려보내 우리 군사들의 사기를 꺾으려고 했소. 앉아서 구경만 할 것이오? 우리도 빚을 갚아주어야 할 것 아니오?"

그렇다! 도리어 이를 뒤집어 이용해서 혼뜨검을 내주어야 한다! 생각이 여기에 미치자 여기저기서 그럴듯한 이야기가 나왔다.

"오늘 화랑낭도들의 활약은 눈부신 바 있었소. 화랑대가 백제군의 본진을 풀밭 달리듯 짓밟는 것을 본 군사들치고 가슴 벅차게 느끼지 않은 사람이 없소."

"일껏 돌아온 화랑을 베는 것은 모처럼 일어나는 불씨에 물을 끼얹는 것과도 같을 뿐이오. 관창이 비록 적에게 잡혔으나 지키던 군사들을 때려눕히고 빠져나온 것으로 소문을 낸다면 그야말로 전화위복이 되는 것이오."

"그렇소. 관창이 말안장에 묶인 것을 본 사람도 몇 되지 않을 것이오. 서둘러 군사들에게 관창이 많은 공을 세우고 제 힘으로 적진을 빠져나온 것으로 알려야 하오."

그리하여 신라군에서는 묶여 돌아온 관창을 몇 마디 말로 아름답게 꾸며서 이롭게 쓰기로 했다.

그날 밤, 화랑대의 이야기는 호랑이 아가리에서 빠져나온 관창의 용감한 이야기와 함께 밤새워 신라 군영을 돌며 사기를 북돋웠다.

천지화 무덤

날이 밝았다. 신라군은 발걸음도 씩씩하게 싸움터로 나갔다. 힘찬 북소리가 황산벌에 울려퍼졌다. 북소리는 군사들의 가슴에서도 힘차게 메아리쳤다. 뜨겁게 가슴이 뛴다. 땅을 밟는 발걸음에서도 힘찬 기운이 솟구쳐 온몸으로 퍼진다. 이제 신라군은 지난 이틀 동안 잇따라 세 번이나 싸움에 져서 쫓기던 무리가 아니었다. 미치광이 백제 군사의 눈빛에 질려 이리 몰리고 저리 쫓기던 군사들의 그것은 더더욱 아니었다.

신라 군사들은 어린 화랑도들이 아름다운 꽃무리가 되어 달려나가던 광경을 똑똑히 기억하고 있었다. 갑옷은커녕 투구마저도 쓰지 않고 아름답게 꽃단장한 채 달려갔던 어린 화랑도들의 눈부신 무용을 제 눈으로 보았고 몇 번씩 귀로 들어 확인했다.

어제 싸움에서는 본진까지 어지러운 소용돌이 속을 헤매다 가까스로 달아났으나, 이제 그것은 전혀 대단하게 느껴지지 않았다. 지옥에서 나온 악귀들처럼 날뛰던 백제 군사도 무섭지 않았다. 우리가 잠깐 넋이 빠져서 놈들에게 어이없는 꼴을 겪었던 것이다.

백제 본진에 뛰어든 화랑도는 겨우 50명이었다. 그러나 그 50 화랑도의 성난 창칼 아래 피를 뿌리며 죽은 자는 500이 넘는다 했다. 아직은 군사 하나도 맞서 겨루어 이기기 어려운, 열아홉 살도 안 된 어린 화랑도들이 노련한 군사들조차 해내지 못한 엄청난 일을 해낸 것이다.

"어디 그뿐이냐? 맞서 싸우기는커녕 정신없이 도망치다 말발굽에 밟혀 죽은 자만도 수십 명이었다 한다."

"그따위 것들이 군사랍시고 싸움터에 나왔다니, 웃기는 놈들 아니냐?"

"참으로 어이없는 일이다. 우리가 어쩌다 그런 놈들한테 쫓겨다녔는지 모르겠다."

미친 짐승 같은 백제 군사의 눈을 피해 이리저리 몰려다녔던 자들이 더욱 침을 튀기며 열을 올렸다.

"적의 장수들의 목만 해도 열이 넘는다더라."

어린 화랑대가 풀밭을 달리듯 백제 진영을 유린하던 이야기는 그냥 듣기만 해도 가슴이 후련했다. 더욱이 화랑대의 대장이었던 화랑 관창이 싸우고 돌아온 이야기는 사뭇 싸움터의 신화라도 듣는 듯했다. 화랑대의 맨 앞에서 갈대밭을 헤쳐 나가듯 적을 베어가던 관창은 뒤따르던 낭도들이 모두 쓰러지자 머리끝까지 성이 솟구쳐서 적진을 누비고 다녔다. 마침내 적장 계백 앞에 이르렀을 때 호위하던 두 놈이 한꺼번에 내달았으나 대번에 두 개의 목에 구멍을 내버렸다. 그 기세에 놀란 놈들이 흩어져버리고 적장 계백이 급히 창을 들어 맞서왔으나 헛된 이름이나 자랑해오던 자가 어찌 신라 화랑을 이겨내겠는가? 맞서 싸우던 적장 계백은 오래잖아 몸을 돌려 달아날 생각을 했고, 그 빈틈을 노린 관창의 창이 말을 돌리던 적장의 옆구리를 번개같이 찔렀다. 화랑 관창의 창은 대번에 계백의 옆구리를 꿰뚫어야 했으나 아쉽게도 단단한 갑옷에 부딪혀 번갯불을 일으켰다.

갑옷 때문에 목숨을 건졌으나 그가 어찌 무사하랴! 힘껏 내지른 창을 받고 적장 계백은 말에서 그대로 굴러떨어졌다. 이를 놓칠세라 관창은 솔개같이 말에서 뛰어내렸다. 날이 망가진 창을 내던지고 칼을 뽑아 적장의 목을 베려는 사이, 적의 장수 하나가 관창의 등에 쇠몽치를 던졌고, 관창의 칼은 헛되이 적장의 투구에서 또 한 번 번갯불을 일으켰을 뿐이었다. 그 찰나적인 순간이 관창을 쓰러뜨리고 적장 계백을 살려낸 것이다.

참으로 안타까운 일이었으나 이야기를 전해듣는 신라 군사들은 신바람이 났다. 적장 계백의 목에 칼이 떨어질 뻔했다고 한다. 비록 어제의 일이었으나 오늘의 싸움까지 다 이겨놓은 듯한 생각마저 들었다. 신라 군사치고 지난날 자랑스러운 화랑으로서, 낭도로서 산과 들을 누비며 창칼을 익히고 큰마음과 큰 생각을 기르지 않은 사람이 몇이나 되겠는가.

모두가 화랑이요, 낭도였다. 어리디어린 화랑낭도들이 짓밟은 적을 어른이 된 화랑낭도들이 어찌 이기지 못하랴! 어제의 화랑낭도들은 주먹을 불끈 쥐고 큰 숨을 몰아쉬었다. 눈에 넣어도 아프지 않을 어린 꽃봉오리들을 무참히 쓰러뜨린 백제군에 대한 증오심도 거세게 타올랐다.

비록 적에게 잡힌 몸이었으나 관창은 과연 자랑스러운 화랑으로서 모자람이 없었다. 미쳐 날뛰는 백제 군사에게 몰매를 맞다 몇 번씩이나 까무러친 관창은 마침내 정신이 돌아온 다음 목이 잘리기 위해 칭칭 동여묶여 한구석에 처박혔다.

사나운 범보다 더 단단하게 결박된 몸이었으나 관창은 다시 정신이 들기가 무섭게 오랏줄을 이로 끊어냈다. 억지로 오라에서 빼내느라 양손은 껍질이 다 벗겨져 피가 줄줄 흘렀다.

마침내, 오랏줄이 풀린 관창은 자기를 지키던 군사 두 놈을 대번에 발로 차 숨을 끊어버리고 말을 빼앗아 신라군 진영으로 바람같이 내달렸다. 꿈에도 생각지 못한 신라 화랑의 탈출에 백제 군사들은 꿈인 듯 어안이 벙벙해서 관창이 신라군 진영에 들어설 때까지 정신을 차리지 못했다.

뒤쫓는 말 한 마리, 화살 하나가 없었으니 더 말해서 무엇하랴! 꺾일 수 없는 화랑얼을 누가 함부로 의심하는가?

짐승 같은 백제놈들의 몰매로 갈비가 부러지고 온몸의 뼈마디가 물러앉은 관창이다. 비록 신음소리 한 번 없었으나 그 또한 나무나 돌이 아닐진대 어찌 아픔이 없으랴. 마땅히 의원의 보살핌 속에 몸을 추슬러야 할 것이다.

그러나 보아라! 말 위에 높이 앉아 선봉장과 함께 나가는 화랑 관창을! 신라 화랑의 모습을!

차츰차츰 백제군과의 거리가 가까워지자 신라 군사는 조금씩 기가 꺾이기 시작했다. 오는 동안 들판 가득히 널브러져 있는 것은 모두가 신라 군사들의 주검이었다. 싸움 때마다 달아나기에 바빴으니 신라군은 주검을 거두지 못했다. 싸움에 이긴 백제군은 느긋하게 주검을 거두어갔으니 눈에 띄는 주검은 모두가 신라군의 것일 수밖에 없었다. 들판에 널린 신라군 주검들은 신라군의 앙가슴을 두드려 깨우기보다는 께름칙하게 군사들의 가슴을 억누르고 온몸에서 힘을 빼내고 있었다.

언덕에 되는대로 늘어앉은 1천여 명 적의 수는 하나도 줄지 않은 듯했다. 중군 2천도, 본진 2천도 언제나처럼 그대로였다. 무엇보다도 들에 나와 제멋대로 낮잠을 자다 잠이 덜 깬 듯한 저 무리들의 모습이 조금도 달라지지 않고 있었다. 저 썩은 물고기 눈깔들은 피에 굶주린 악귀에 씌운 것이 틀림없다. 신라

군사들은 차츰 백제 군사들의 그 광기 어린 눈을 또렷이 기억해냈다.

미친 짐승들! 저 미친 짐승들과 멀쩡한 사람이 싸우는 것은 처음부터 잘못이라는 생각이 들었다. 배에 창을 쑤셔박고 팔을 잘라내도 물어뜯겠다고 이빨을 벌리고 달려드는 것들, 저것들이 어찌 사람이냔 말이다.

소름이 쭉 끼쳤다. 이제 곧 저 악귀들이 꿈에서처럼 달려들 것이다.

맞다, 저 언덕! 저놈들은 언제나 저 언덕 위에 앉아서 우리를 기다리고 있었다. 저 언덕은 아무래도 저주받은 땅임에 틀림없다! 아무것도 아닌 것까지 되생각해내고 신라 군사들은 절로 몸이 굳었다.

둥, 둥, 둥. 북이 울리고 먼저 적진으로 달려들었지만 적과 싸우는 신라 군사들의 몸짓은 적을 치기보다는 자꾸 '악귀야, 물러가라!' 하는 칼춤이 되었다.

이날도 엉터리 싸움은 신라군의 본진으로까지 이어졌다. 백제군 본진까지 싸움판에 뛰어들어 피를 뿌리며 날뛰었다. 신라 군사들은 이리저리 내달리며 싸웠으나 눈을 감고 창칼을 휘두르는 사람들의 몸짓에 지나지 않았다. 마침내 또다시 후퇴명령이 내리고 10리나 정신없이 도망쳐서야 겨우 악귀 같은 백제군을 떼어냈다.

화랑 관창은 선봉장과 함께 맨 앞에서 말을 몰았다. 비록 어제 용맹을 떨친 화랑대의 대장이었으나 아직 열여섯 나이의 화랑으로서는 더할 수 없는 영광이었다. 선봉장과 말머리를 나란히 하고 나아가는 것이 바로 선봉장의 영예가 아니고 무엇이랴!

화랑대를 모조리 죽이고 혼자 살아 돌아온 죄, 백 번을 목이 잘리고 온몸이 찢긴다 해도 부끄러워 저승에도 가지 못하리라. 비록 선봉과 함께 나가 싸우라는 명령이 없었어도 혼자서 말을 몰아 열 번 백 번 적진에 뛰어들었을 터였다.

화랑낭도들이여, 조금만 기다려라. 여기, 그대들의 벗 화랑 관창이 간다. 오늘은 기어이 적장 계백의 목을 들고 저승에 가서 관창이 하루 늦었음을 빌리라. 신국 화랑이 비겁하지 않았음을, 관창이 신의 없는 자가 아니었음을 그대들은 알리라. 조금만, 조금만 더 기다려다오.

화랑낭도들 생각으로 두 볼에 흐르는 눈물조차 느끼지 못했으나, 이내 관창의 두 눈은 분노로 시퍼렇게 타올랐다.

네놈 말마따나 싸움에서 죽지 못하고 사로잡힌 것이 부끄러움이 아니라 하자. 그렇다면 깨끗이 내 목을 베어 부끄럽지 않은 죽음이 되도록 해야 하였을 것이다. 네놈 입으로 부끄러움이 아니라고 떠들면서 부끄러워 죽을 수조차 없게 만들었으니, 계백 너 이놈, 그러고도 네놈이 싸울아비요, 장수인가? 너

이놈! 너는 오늘 이 하늘 아래 부끄러워 차마 죽을 수조차 없는 관창이 있음을 피눈물로 뉘우칠 것이다. 계백, 네놈이 내목을 베었다면 나는 아무런 부끄러움 없이 화랑답게 죽었을것이다. 한칼에 목을 잘라내는 백제의 칼을 나는 맘속으로나마 칭찬했을 것이다. 너 또한 백제의 화랑으로서 화랑얼을 배웠다는 놈이, 차마 적의 장수를 살려줄 테니 돌아가거라? 그러고도 네놈은 부끄러움을 말하고 싸울아비의 얼을 입에 올리는가? 그리도 목숨이 아깝다면 처자식과 함께 엎드려 있을일이지, 무엇하러 싸움터에는 기어나왔느냐?

둥, 둥, 둥. 싸움을 알리는 북이 빠르게 울리자 선봉장과 함께 나아가던 관창은 쏜살같이 내달렸다.

"관창아!"

선봉장이 큰소리로 부르짖었으나 관창은 이미 백제 선봉군속으로 날아들고 있었다.

"비켜라, 잡졸들!"

앞길을 막아서던 백제군이 허수아비처럼 쓰러지고 관창은백제 본진을 향해 미친 듯 창을 휘두르며 내달렸다.

"마달, 저길 보아라."

기호가 손을 들어 싸움판을 가리켰다. 백제군 지휘부, 대장계백의 앞이었다.

둥, 둥, 둥. 신라군의 공격을 알리는 북소리가 멎기도 전에 벌써 백제군의 선봉을 비껴 중군으로 뛰어드는 자가 있었다. 혼자서 뛰어든 자의 용맹은 한눈에 들어왔다. 막아서는 군사를 잇달아 셋이나 찔러 쓰러뜨리더니 그 기세에 밀린 군사들이 잠깐 멈칫하는 사이 대번에 중군을 꿰뚫었다.

"네 이놈!"

중군에서 말 탄 군사 하나가 옆에서 달려들며 창을 날렸으나 그자는 몸을 틀며 창으로 맞받아 팅겨버렸다. 창을 던진 군사가 칼을 빼어 달려들었으나 그자는 달려드는 군사의 말을 창으로 찌른 뒤 그대로 본진을 향해 내달아오고 있었다. 멋진 솜씨, 뛰어오르는 호랑이같이 날쌘 몸놀림이었다.

"가자!"

마달과 기호는 나란히 말을 달렸다. 뛰어든 자는 어느새 본진에 이르러 막아서는 군사를 둘이나 죽이고 있었다.

"멈춰라!"

호통과 함께 마달이 창을 던졌다. 군사를 향해 찔러가던 창을 멈추고 그자는 몸을 뒤틀었다. 창이 그자의 옆구리를 스치며 날았다.

"웬놈이 여기가 어디라고 함부로 날뛰느냐?"

큰 소리로 나무라며 기호의 창이 목을 찔러갔으나 그자는 가볍게 팅겨냈다.

"비켜라, 잡졸들!"

그자는 그 싸움에는 재미가 없는 듯 창을 휘두르며 자리를 뜨려 했다.

"네놈은 관창이 아니냐! 기껏 살려보냈더니 무엇하러 다시 왔느냐?"

뭣이? 관창의 눈에 불이 일었다.

이놈들 잘 만났다! 나를 알아본다면 틀림없이 어제 그 자리에 있었던 놈들. 모두 똑같은 놈들이다.

"이 부끄러움도 모르는 놈들, 네놈들도 싸울아비랍시고 싸움터에 나왔느냐? 목숨이 아깝거든 썩 물러가거라."

"부끄러움을 모르다니, 그것은 관창 네놈에게 해야 할 소리가 아니냐? 사로잡혔다가 돌아간 자가 다시 싸움터에 나와 우쭐거리다니, 네놈은 이것이 아이들의 군사놀음인 줄 아느냐? 그것이 신라 배달의 용맹이라니, 젖먹이 아이가 다 웃을 일이다."

배달 기호의 서릿발 같은 나무람이었다.

어찌 부끄럽지 않겠는가. 그러나 이미 불덩어리처럼 달아오른 관창에게는 그대로 섶을 던지고 기름을 끼얹는 소리였다.

"닥쳐라! 싸움터에서 아가리만 벌리고 떠드는 놈들, 한 창에 꿰어버리겠다."

대번에 쳐죽일 듯이 짓쳐들어갔으나 기호는 빙빙 돌며 막아내기만 할 뿐 힘껏 어우러져 싸우려 들지 않았다.

"네놈 낯짝을 보니 부끄러운 줄은 아는 모양이다만, 부끄러운 줄 알면 이제라도 돌아가 숨어 있어라. 그것이 신라 배달의 참된 용기가 아니겠느냐? 붙잡지 않을 터이니 어서 돌아가거라."

"이놈, 백제 화랑놈들은 도망치는 것만 배웠느냐? 어서 덤벼라!"

미친 듯이 찌르고 후려쳤으나 적이 제대로 맞서지 않으니 싸움이 이루어지지 않았다. 싸울 생각은 않고 이리저리 피하며 욕지거리를 퍼붓고 비웃어대니 관창은 마음이 바빴다. 아예 못 본 척하고 적장 계백을 찾아가려는데, 마달이 거들고 나섰다.

"신라 여자들은 동네 개처럼 이놈저놈 마구 붙어서 새끼를 낳는다던데, 너의 어미도 그런 것이냐? 너도 애비를 모르는 후레자식이라서 그렇게 낯짝이 두꺼운 것이냐? 아니면 너의 어미가 동네 개하고 붙어서 만든 개자식이라서 아예 수치를 모르는 것이냐?"

구레나룻이 고슴도치같이 일어서기 시작한 텁석부리 마달이 뻘건 입을 쩍 벌리고 목구멍을 보이며 크게 웃었다. 말도 안 되는 격장지계였지만, 젊은 관창은 그만 이성을 잃고 말았다.

"이놈!"

염통이 목구멍으로 튀어나올 것만 같다. 마달을 겨냥하고 죽어라 힘껏 창을 휘둘렀으나, 그게 잘못이었다. 마달을 향해 왼쪽으로 몸을 트는 사이 여태껏 싸우던 앞쪽에 빈틈이 드러났다. 기호의 창이 말의 눈을 찌르자 말은 그대로 땅에 나동그라졌다.

땅에 떨어진 관창이 몸을 일으키자마자 마달의 창이 벼락치듯 관창의 투구에 떨어졌다. 머리를 맞고 쓰러진 관창을 둘이서 달려들어 꽁꽁 묶었다.

관창은 말 잔등에서 끌려내려질 때에야 정신이 들었다.

"이놈들, 무엇 때문에 나를 여기까지 끌고 왔느냐? 이 관창 하나 쓰러뜨린 게 그렇게 자랑스러우냐? 부끄러움을 모르는 백제놈들이니 둘이서 싸우고도 자랑이 되겠구나?"

"신라 배달놈이야말로 입으로만 싸우는구나. 우리 두 사람한테 잡힌 것이 억울하다면 조금만 기다려라. 나도 네놈이 무엇을 믿고 그렇게 날뛰는지 겨루어보고 싶었다. 나중에 몸이 지쳐서 졌노라고 발뺌하지 말고 푹 쉬기나 해라."

기호가 다짐을 두었다. 더 이상 입씨름할 겨를이 없었다. 싸움에 들어간 중군을 따라 백제 본진도 싸움판으로 달려가고 있었다.

적지 않은 군사가 죽고 다쳤으나 오늘도 크게 이겼다. 오늘 싸움을 돌이켜보고 내일 있을 싸움에 대해서도 말을 나눈 뒤, 한 장수가 나섰다.

"혼자서 본진에까지 뛰어들었던 배달은 바로 어제 왔었던 관창이란 자였습니다."

뒤이어 묶인 관창이 군사들에게 이끌려왔다. 관창은 어제보다는 풀이 죽었으나 그래도 하늘을 버티듯 의젓하게 서 있었다.

계백은 아무것도 묻지 않았다. 이미 마달과 기호한테 들어서 그가 누군지 알고 있었으니, 그가 왜 다시 왔는지를 생각해보는 것이다. 계백이 잠자코 있자 장수들은 두 사람의 얼굴을 갈마보았다.

마달과 기호가 함께 들어와서 관창 곁에 나란히 섰다.

"장군님, 이 신라 배달과 맞서 겨루는 것을 허락해주십시오. 이미 이 배달과 겨루기로 다짐을 했습니다."

장수들의 눈에 호기심이 일었다. 서로 머리를 끄덕이며 낮게 소리 내어 웃는 사람도 있었다. 그러나 계백은 듣지 못한 듯했다. 두 팔이 뒤로 묶였으나 의젓하게 서 있는 관창을 지그시 바라보고만 있었다. 기호는 한 걸음 더 나섰다.

"마달과 함께 둘이서 붙잡자 이 신라 배달은 우리 백제 배달이 함께 싸운 것을 비웃었습니다. 그래서 다시 겨루기로 다짐하였습니다. 이 신라 배달과 다시 겨루고 싶습니다."

오국지 5

"저 신라 배달이 백제 배달과 겨루기 위해 왔다고? 그렇다면 일껏 찾아온 손님을 저리 꽁꽁 묶어두는 것이 백제 배달의 손님맞이란 말이냐?"

마침내 계백이 입을 열었으나 누구도 그 뜻을 알 수 없었다. 기호가 다시 말했다.

"신라 배달을 붙잡을 때 둘이서 서로 도와가며 함께 싸웠으므로 이 배달은 우리를 비웃었습니다. 이제 떳떳하게 겨루어 이 신라 배달을 꺾겠습니다."

"저 신라 배달을 꺾겠다? 무엇으로써 말이냐?"

"신라 배달을 꺾지 못한다면 백제 배달의 이름을 더럽힌 죄 죽음으로써 빌겠습니다."

"신라 배달은 제 목숨도 받아내려 할 것입니다. 저 또한 백제 배달의 이름을 지키겠습니다."

마달도 나섰다. 같은 또래의 적 하나를 둘이서 잡아온 것이 못내 부끄러운가 보았다.

"관창, 이 배달들은 신라 배달인 그대와 한 사람씩 겨루고 싶어 한다. 그대도 그러한가?"

계백이 관창에게 물었다.

"나는 신라의 화랑, 어찌 백제 화랑과의 싸움을 피하겠소? 백제의 온 화랑이 몰려온다 해도 숨이 다할 때까지 맞서 싸울 것이오."

"맞서 겨루어 저 두 배달을 벤다면 그대는 신라 진영으로 돌아가도 좋다."

다시 돌려보낼 것을 말했으나 관창은 도리질했다.

"두 번이나 사로잡힌 몸, 다시는 살아남지 않을 것이오. 장군의 목이라면 먼저 간 벗들을 찾아 춤을 추며 저승으로 달려가겠소. 부끄러워 저승에도 가지 못하는 나에게 장군의 목을 빌려주시오."

"하하하!"

문득, 계백의 맑은 웃음소리가 바오달을 울렸다. 황산벌에 선 뒤로 항상 밝은 얼굴이었으나, 잇달아 네 번이나 싸움에 이기고서도 한결같이 웃음소리가 없었던 계백이다. 한번 터져나온 계백의 웃음소리는 쉽게 그치지 않았다.

"하하하!"

몇 장수가 함께 웃음을 쏟아내자 덩달아 끼어든 소리까지 보태져 봇물이 터지듯 웃음바다가 되었다. 하하하, 하하하……. 언제 이렇게 시원스럽게 웃어본 적이 있었던가. 들썩거리던 바오달은 한참이 지나서야 가라앉았다.

"보라, 저 신라 배달의 용기를!"

웃음이 언제라도 다시 터져나올 듯 아직 눈가에 눈물이 번지는 그 얼굴, 그 목소리로 계백은 아낌없이 칭찬했다.

"다시 왔으나, 묻지 않겠다. 꺾이지 않는 신라 배달의 용기를 높이 받든다. 마달, 기호! 그대들은 저 신라 배달과 겨루기를 다짐했다 하나 나는 허락하지 않는다. 이곳은 배달과 배달이 맞서 겨루는 겨룸터가 아니라 군사들이 나라의 존망을 걸고 싸우는 싸움터다. 한 사람을 놓고 여럿이 싸울 수 있는 곳이 바로 이 싸움터이니, 너희들의 겨룸은 오히려 이 싸움을 욕되게 하는 것이 된다. 그대 배달들은 목숨을 두고 서로 겨루기를 바라나, 나는 허락하지 않는다. 창칼로써 배달얼까지 겨룰 수 있는 것은 아니기 때문이다. 배달얼은 참으로 목숨을 사랑하는 맑은 용기여야 한다."

계백은 잠깐 말을 끊었다. 어느새 배달뿐 아니라 장수들도 몸가짐을 바르게 하고 있었다.

"맑은 용기는 불나방 같은 것도 아니고 호랑이 같은 용맹도 아니다. 불나방 같은 용기는 어리석은 자의 철없는 짓이며, 손에 칼을 잡은 자가 짐승처럼 날뛴다면 무릇 목숨은 남아나지 못할 것이다. 맑은 용기는 저 사비하처럼 잠깐 동안도 멈춤이 없이 흘러야 하는 것이다. 어제 신라의 배달들은 어리석은 듯하였으나 어린 그들의 꽃다운 죽음은 헛되지 않았다. 오늘도 우리는 크게 이겼으나, 오늘 싸움터에 나선 신라군의 기세는 어느 때보다 컸다. 우리 백제 군사들이 한 몸 한 마음이 되어 죽음을 돌보지 않고 싸우지 않았다면, 그래서 조금이라도 빈틈이 있었더라면 우리 백제군은 모두 저들의 칼 아래 죽고 말앗을 것이다. 언제고 어린 배달들의 죽음을 생각할 때마다 신라 군사들은 잃었던 용기를 되찾고 힘을 내어 싸울 것이다."

장수들도 안다. 비록 한꺼번에 무너지기는 했으나 오늘 아침 싸움터로 달려오던 신라군의 기세는 이틀 동안 세 번이나 크게 지고 달아나던 자들의 그것은 절대로 아니었다. 내 죽음은 당연한 것이며 오로지 죽기에 앞서 하나라도 더 적을 베겠다는 굳센 맘으로 뭉친 백제군이 아니었다면 승리는커녕 몰살당하고 말았으리라.

"신라의 배달 관창. 어린 배달을 베는 것은 차마 못할 일이나 신라 배달의 용기를 위해서 싸울아비의 예로써 목을 베겠다. 그대는 참된 배달이었다. 잘 가거라."

반듯하게 서서 듣고 있던 관창이 계백을 향해 깊게 머리를 숙였다.

머리를 든 관창의 눈길이 늘어선 장수들을 따라 흘렀다.

헤어짐을 말하는가? 티 없이 맑은 얼굴, 고요한 눈빛이었다.

장수들도 머리를 끄덕여 어린 배달을 떠나보냈다. 잘 가거라!

다시 한 번 머리를 숙여 답례한 관창이 뒤돌아 뚜벅뚜벅 걸어나갔고 군사들이 뒤를 따랐다.

오래지 않아 한 군사가 쟁반에 목을 받쳐들고 돌아왔다. 모두가 피를 뒤집어쓰고 아수라 싸움터를 달리던 장수들이었으나 눈을 돌리는 사람도 있었다.

"눈을 감겨주어라. 그리고 말안장에 곱게 싸서 신라 바오달로 보내주어라."

무엇이? 계백의 느닷없는 말에 장수들은 크게 놀라지 않을 수 없었다.

"적장의 목을 돌려보내는 것은 있을 수 없는 일입니다. 마땅히 군문에 매달아야 합니다."

"저자에게 다친 군사가 열이 넘습니다. 군사들에게 내어주십시오."

장수들은 하나같이 계백을 말렸다. 상영과 충상, 자간 등 몇 사람만 입을 꾹 다물고 서로 곁눈질을 하고 있었으나 거기까지 돌아보는 사람은 없었다.

"저 아이가 어린 배달이라 해도 이미 장군께서는 싸울아비의 예로써 목을 베었습니다. 적장의 목을 군문에 높이 내거는 것 또한 적장에 대한 모욕이 아니라 바른 대접입니다."

"저 어린 배달의 목은 피투성이가 되어 싸운 우리 장수들마저도 눈을 돌리게 합니다. 저 어린 배달의 목을 본 신라 군사들이 어떻게 될지는 불을 보듯 뻔합니다."

장수들이 외치는 소리는 불처럼 뜨거운 쇠몽치가 되어, 얼음처럼 날카로운 비수가 되어 계백을 자르고 산산이 부숴냈다. 그러나……!

끝내 계백은 제 생각을 저버릴 수가 없었다.

"장수 여러분, 이 계백은 다만 한 어린아이의 목을 그 아비에게 돌려보내고자 하는 것이오."

"장군, 우리가 어찌 장군의 뜻을 모르겠습니까. 장군의 칼에 부인과 어린아이들의 피가 배어 있음도 잘 압니다. 그러나 장군! 장군도 말했듯 이곳은 싸움터입니다. 더구나 적을 공격하는 싸움이 아닙니다. 성 하나둘을 지키는 싸움이라면 혹 모르겠거니와 우리 백제 나라가 이 땅에 남느냐 없어지느냐를 판가름하는 싸움입니다. 우리 뒤에는 싸울 준비도 갖추지 못한 사비성이 맨몸으로 드러나 있습니다. 나라의 운명과 수많은 백성들을 저들의 칼도마에 올려놓을 수는 없습니다. 이 황산벌에 선 우리 5천 군사는 한 사람 한 사람 모두가 결사대입니다. 이미 바친 목숨이 새삼 아까워서가 아닙니다. 남은 군사들의 목숨과 먼저 간 이들의 죽음을 헛되게 해서는 안 됩니다. 적의 사기를 불러일으킬 일은 하지 않는 것이 옳습니다. 신라 배달의 목을 돌려보낼 기회는 얼마든지 있습니다. 싸움이 끝날 때까지 신라 배달들의 무덤에 함께 두십시오."

모두가 옳은 소리였다. 그러나⋯⋯!

"여러 장수들의 뜻을 모르지 않소이다. 이 계백 또한 명령 하나로 수천 군사의 목숨을 죽이고 살리는 싸움터의 장수로서 적장 김유신의 시꺼먼 뱃속 또한 손바닥 들여다보듯 잘 알고 있소이다. 어제 어린 배달의 무리가 우리 본진에 뛰어들어 꽃잎으로 떨어질 때 나는 어린 배달들의 용기를 칭찬했고 어린 목숨들을 끊으면서까지 군의 사기를 돋우려는 적장의 고뇌를 생각하지 않을 수 없었소. 그러나, 오늘 배달 관창이 다시 불나방처럼 날아들었을 때 나는 김유신을 도저히 용서할 수가 없었소."

가슴을 눌러 가라앉히는가? 계백은 말을 끊고 숨을 길게 내쉬었다.

"관창이 어린 나이라 하나 배달 된 자로서 어찌 부끄러움이 없었겠소? 아무리 군사들의 사기를 위해서라 하여도, 어린 배달의 부끄러움마저 저버리고 다시 싸움에 앞장세워 죽어주기를 명령하였을 때 신라의 배달얼은 다시 죽어 없어진 것이오. 저 어린 배달의 목이 신라군에게 어떤 영향을 줄지 몰라서가 아니오. 독이 오른 적과 싸우는 우리는 그만큼 더 힘이 들 것이고, 자칫 백제군의 전멸로까지 이어질 수 있소. 그러나 우리 5천 군사는 한 사람 한 사람 모두가 백제의 앞날을 걸머진 결사대로서 이 황산벌에 서 있는 것이오. 우리가 지켜야 할 것은 얼핏 백제의 사직과 저들에게 잡혀 죽을 백성만으로 알기 쉬우나 가장 두렵게 지켜야 할 것은 바로 우리의 배달얼이오."

장수들은 잠자코 듣고 있었다.

옳고 그름은 무엇인가? 여기는 싸움터, 기벌포로 들어온 서토의 오랑캐들은 이미 사비성을 치고 있는지도 모른다!

"속임수를 써서 적을 치는 것은 옳은 일이나 싸움에 이기기 위해서 함부로 배달얼을 저버리는 것은 차마 할 수 있는 일이 아니오. 김유신은 지난날 신라 배달의 으뜸인 국선배달이었소. 그의 몸속에 조금이라도 배달의 피가 흐르고 있다면, 그 피는 분명 제 짓거리의 큰 부끄러움을 알게 될 것이고 바른 배달얼을 일깨울 것이오. 우리가 이토록 낭떠러지 끝에 서서도 끝내 부끄러운 짓을 하지 못하는 것은, 우리 한 사람 한 사람 모두가 배달얼을 이어받은 백제 싸울아비이기 때문이오. 신라 군이 우리의 흩어진 뼈를 밟고 나아가 사비성을 휩쓴다 해도, 우리 배달얼이 꿋꿋하게 살아 있다면, 그들은 이 땅에 발을 붙이지 못할 것이며 서라벌로 달아나지 않을 수 없을 것이오. 온 백제가 저들의 말발굽에 짓밟힌다 해도 백제 싸울아비의 넋은 마침내 저들을 몰아내고야 말 것이오. 우리 모두 거두지 않는 백골로 흩어진다 해도, 우리가 지킨 배달얼은 이 땅에 비를 내리고 우리의 자손들이 길이 밝은 배달이 되게 할 것이오. 이처럼 힘들고 벅찬 싸움터에 서서도, 어느 한 순간이라도 배달얼을 저버릴 수 없는 우리는 자랑스러운 백제 싸울아비요."

계백의 말이 끝났으나 장수들은 아무도 입을 열지 않았다. 모두가 눈을 내리뜨고 깊은 생각에 잠겨 있었다.

배달얼을 저버리고 나라를 지켜야 할 것인가, 나라가 망하더라도 배달얼을 지키고 바른길을 가야 할 것인가?

그렇게 오랜 시간이 지났다. 마침내 번쩍 번쩍 눈빛이 빛나기 시작했다. 그리고 모든 장수들은 한목소리로 외쳤다.

"보냅시다!!"

그렇다! 우리는 자랑스러운 백제 싸울아비다! 온몸이 찢기고 뼈가 바숴진다 해도 우리가 배달임을 잊어서는 안 된다. 저 어린 배달의 목이 신라군에게 어떤 영향을 준다 하여도. 어머니 가슴에 피를 뿌리고 내 어린아이들이 저들의 종이 된다 하여도.

"천지화다!"

마달과 기호는 관창의 주검을 무덤으로 가져갔을 때 활짝 핀 천지화 수십 그루가 무덤을 온통 뒤덮고 있는 것을 보았다. 그러고 보니 아직도 많은 배달과 나이 든 군사들이 천지화를 옮겨심고 있었다. 무리지어 피어 있는 천지화의 화려함은 무덤을 만드는 군사들까지 꽃놀이 나온 사람처럼 보이게 했다.

마달과 기호는 천지화를 건드리지 않도록 조심하면서 신라 배달들의 무덤 곁에 주검을 널 작은 구덩이를 팠다. 마음 같아서는 널이라도 마련하고 싶었지만 널은커녕 전포를 깔기도 어려운 처지였으므로 풀을 베어다 바닥에 깔았다.

목이 없는 주검은 허전해서 더욱 서글프다. 목 없는 주검에는 나무로라도 목을 깎아 달아야 했으나 이곳은 싸움터. 관창이 쓰고 있던 화랑의 모자로 목을 대신할 수밖에 없었다.

목 없는 주검을 내려다보던 마달이 품속을 더듬어 풀각시를 꺼냈다. 기호의 어머니가 제웅으로 준 풀각시였다. 마달은 풀각시를 한번 가만히 손으로 쓸어보고 나서 주검의 품속에 넣었다. 지켜보던 기호도 어머니가 준 풀각시를 꺼내 관창의 가슴에 넣고 옷깃을 여며주었다.

우리 어머니의 마음이 깃든 풀각시다. 벗이여, 그대는 자랑스러운 배달이었다. 고이 잠들어라. 찬찬히 주검을 바닥에 내려뉘고 다시 풀을 덮었다. 잠든 이가 깨지 않게 조금씩조금씩 흙을 덮었다. 마침내 둥그렇게 무덤이 솟았다.

벗이여, 고이 잠들어라! 두 손으로 꼭꼭 흙을 눌러 다졌다.

신라군의 진영은 무겁게 가라앉아 있었다. 그 한가운데 신라군의 지휘부. 골목을 도는 저녁연기처럼 숨 막히는 침묵만 흐르고 있었다. 특히 상장군 김유신의 얼굴은 죽은 사람의 그 것처럼 어두웠다.

황산벌 허허벌판에서 신라군 5만이 백제군 5천 명과 싸워 절반이 넘게 목숨을 잃었다. 2천 개마대는 달려보지도 못하고 전멸당했고 신라군은 도망치기에 바빴다. 살아남은 2만여 군사도 크게 다쳐, 창을 들어 싸울 수 있는 군사는 1만 5천 명도 되지 않는다.

뒤로 물러나고 싶지만, 다시는 백제 정벌의 기회가 오지 않을 것이다. 임금 의자가 정신을 차리기 시작했으니 백제는 엄청나게 강해질 것이다. 여기서 물러나면 신라는 망하고 만다. 서라벌을 울리는 계백의 호령소리가 들리는 것만 같다.

강한 것은 계백 하나뿐이다. 이 황산벌만 비켜가면 당군 15만과 힘을 합해 사비성을 치는 것은 식은 죽 먹기다. 그런데…… 도대체 무슨 수로 눈앞의 적 3천여 명을 뚫고 나가야 하는가?

마침내 굳게 닫혀 있던 대장 김유신의 입이 열렸다.

"저들이 비록 죽기로써 덤빈다 하나, 어제 백제군을 짓밟던 어린 화랑낭도들을 보았을 것이오. 고작해야 모두 쉰 명이었소. 겨우 쉰 명의 어린 화랑도가 여러 장군들도 다가서지 못한 적의 본진을 헤치고 들어가 풀밭을 달리듯 짓밟았단 말이오."

성난 김유신의 눈에서는 뚝뚝 불이 떨어졌다.

"더구나 그들은 아직 싸움에 나설 수 없는 어린 화랑들이 아니었소. 우리 신라 군사들은 어린 화랑들의 죽음을 팔짱끼고 구경만 하겠다는 것이오? 아직 500여 화랑이 있으니 그들을 모두 선봉에 세우고 그들이 죽어가는 것을 멀거니 쳐다보겠다는 것이오?"

미치고 팔짝 뛸 일이었다. 어제도 오늘도 신라군은 본진까지 걸음아 날 살려라 하고 정신없이 도망쳐서야 악귀 같은 백제군을 떼어냈으니, 아이들 장난도 이렇지는 않을 터였다.

오늘만은 틀림없이 이길 것이라고 믿었었다. 어제 본 화랑들의 꽃다운 죽음에 오늘 신라 군사들의 기세는 하늘을 찌를 듯 높았었다. 하나하나 모두가 용맹한 군사들이었다. 여태껏 많은 싸움터를 달렸지만 오늘 아침처럼 드높은 사기는 처음이었다.

화랑낭도들의 죽음이 꽃다운 목숨을 헛되이 바친 것만은 아니었다. 악착스럽게 막아서는 백제군을 한칼에 쓸어버리고 사비성을 향해 달릴 때 화랑낭도들의 죽음은 얼마나 값진 것으로 남을 것인가. 어린 화랑낭도들을 억지죽음시켰던 좌장군 품일과 상장군 김유신이 어쩌면 옳게도 생각되었다.

그런데 그 사기 높던 신라군이 어이없이 무너져버리고 끝내 다급한 후퇴명령에 정신없이 도망쳐서야 목숨을 건졌으니, 이를 어떻게 믿어야 한다는 말인가?

어째서인가? 아무리 되짚어 생각을 해도 신라군이 진 원인은 싸움에 나서는 군사들의 사기에 있다. 비록 신라군의 사기가 하늘을 찌를 듯 높았다 하나 결국 저승길에 들어선 자들의 처절한 몸부림에는 힘을 내쓰지 못하고 꼬리를 감추고 만 것이다.

어찌해야 한단 말인가? 무엇으로써 군사들이 죽음을 돌보지 않고 싸우도록 한다는 말인가?

그러나 신라군으로서는 적을 맞아 나라를 지키는 싸움이 아니다. 여기서 신라군이 무너진다 해도 제 부모가 욕을 당하고 처자식이 짓밟히는 꼴을 당하지는 않는다. 고향에 있는 피붙이들은 비록 백제를 이기지 못하더라도 제 아들 제 아비가 무사히 돌아오기만을 천지신명께 빌고 있으리라.

이 어려움을 이겨나갈 길은 참으로 없는 것인가? 누구도 입을 열어 내일의 싸움에 대해서 말하지 못했다. 상장군 김유신도 잔뜩 찌푸린 얼굴로 눈을 감은 채 골머리만 앓고 있었다.

이때 다급하게 들어서던 젊은 장수가 숨 막힐 듯한 분위기에 잠깐 멈칫했으나 곧 상장군 앞으로 뚜벅뚜벅 걸어갔다. 장수가 내민 것은 하나의 목이었다.

목…… 싸움터에서 가장 확실한 증거는 바로 적의 목이다. 그러나 그 목을 쳐다본 장수들은 헉, 숨을 멈췄다. 바로 어제 이 자리에 서 있던 화랑 관창의 목이었다. 혼자서 적진 깊숙이 날아가더니 이렇게 잘린 목이 되어 돌아왔다.

아비 품일이 목을 받았다.

"못난 아들의 목이오. 아직 살아 웃는 것 같은 얼굴이니 나라를 위해서 기쁘게, 화랑답게 죽었을 것이오."

품일은 아들 관창의 목을 들어 장수들에게 보여주었다.

"이 화랑의 목을 여러 군사들에게도 보여주고 싶소. 비록 어린 화랑이나 나라를 위해서 용감하게 싸우다 자랑스럽게 죽

은 이 화랑의 목은 여러 군사들에게 새로운 다짐을 줄 것이
오."

누가 아니랴! 수없이 많은 목을 베어온 장수들도 어린 화랑
의 목은 차마 마주 보기가 어렵다. 저 목을 보면 군사들도 반
드시 적을 이겨야 한다고 마음다짐을 새로이 할 것이다.

그러나 저 화랑의 목은 적장 계백이 보낸 것이다. 그 뜻을
헤아리지 않으면 안 된다!

"적장 계백이 관창의 목을 보낸 것은 아비로 하여금 장사 지
내라는 것이지, 그 목을 신라 군사들의 사기를 돋우는 데 쓰
라는 것이 아닙니다."

너무도 당연한 소리였다. 어찌 입을 열어 말하는 장수뿐이
랴!

"어린 화랑의 목을 이용한다면 그 목을 보낸 적장 계백이 비
웃고, 백제 군사들은 물론 온 누리가 다 우리를 비웃을 것입니
다. 전해듣는 후손들까지도 오늘 일을 비웃고 부끄러워할 것입
니다."

그러나 품일의 눈에는 벌겋게 핏발이 서 있었다.

"적장 계백은 우리를 비웃고 있는 것이오. 몇 번 이겼다 해
서 하늘 높은 줄 모르고 간덩이가 부어서 오늘 이 목을 보내
제 은혜에 감격하라고 말하는 것이오. 나는 이 뻔뻔스럽고 괘
씸하기 짝이 없는 놈을 용서할 수 없소이다."

"계백이 달솔로서 백제의 으뜸 신분인 두 좌평까지 거느리고 싸움터에 나왔으니, 그 힘과 사람됨을 짐작하기 어렵지 않습니다. 우리를 비웃고 놀리려고 들었다면 사로잡은 화랑을 발가벗겨 돌려보냈을 것입니다. 그가 오늘 관창의 목을 보낸 것은 어제 어린 화랑의 목을 차마 자르지 못하고 돌려보낸 그 마음씨 그대로이지, 결코 우리 신라군을 업신여겨서가 아닙니다. 어린 화랑의 목이 신라군에게 어떤 영향을 줄지 뻔히 알면서도 돌려보낸 것이 바로 적장 계백의 싸울아비로서의 마음가짐이고 백제 화랑의 얼입니다. 군사들의 사기를 북돋우기 위해 우리는 어린 화랑들에게 죽어줄 것을 명령했고, 오늘은 다시 또, 묶여 돌아온 화랑을 적의 바오달에 보냈습니다. 싸움에서 이기기 위해서라면 물불을 가리지 않는 우리 신라군에게 부끄러움을 일깨워주기 위해서 적장은 이 화랑의 목을 보냈을 것입니다. 이제 우리는 화랑얼을 가진 신라 싸울아비로서 조금도 거리낌 없이 의젓하게 싸움에 나서야 합니다."

"옳소!"

"옳습니다!"

몇몇 장수가 큰 소리로 외쳤다. 나머지 장수들도 머리를 끄덕여 뜻을 같이했다.

"좋소이다. 입에 침이 마르도록 칭찬할 만한 적장이라 합시다. 그럼, 장군들은 내일 적과 싸워 이길 어떤 계책을 갖고 계시오?"

호통 치듯 품일의 말소리가 높아졌다.

"장군들의 자신감만으로 될 싸움이라면 우리는 이미 사비성을 치고 있을 것이오. 우리가 알량한 인정에 붙들려 화랑얼을 말하다가 적을 치기는커녕 신라군이 모두 죽어 없어져도 좋다는 말이오? 죽은 군사들과 어린 화랑들의 원혼이 외치는 소리가 장군들의 귀에는 들리지 않소이까?"

좌장군 품일이 아들 관창의 목을 높이 들어 흔들었다. 다시 흐르기 시작한 관창의 피로 아비 품일의 앞가슴과 팔소매가 벌겋게 물들었다. 사람들은 차마 바로 쳐다보지 못하고 눈을 돌렸다.

오죽하면 저럴 것인가? 사람들은 어린 아들의 잘린 목을 흔들어대는 아비의 마음속을 헤아리고 가슴이 아팠다.

"언제까지 값없는 명분에만 매달려 싸움을 질질 끌며 많은 목숨을 죽여야 한단 말이오? 여기는 어차피 피를 부르는 죽음의 전쟁터. 많은 목숨을 건지기 위해서라도 빨리 싸움을 끝내야 할 것이오."

명분을 저버리자니 마음이 꺼림칙하고, 따르자니 품 안에 굴러든 복을 차버리는 것 같아 아쉽기 그지없다. 장수들이 선뜻 결정을 못하는데 여태껏 듣고만 있던 김유신의 입이 열렸다.

"장군들의 생각은 잘 알았소이다. 나 또한 신라군의 대장으로서 적장 계백의 뜻을 의심하지 않소이다. 그러나 여기는 전쟁터, 오로지 승패만이 있을 뿐이오. 방법이 조금 나쁘다 해도 이 전쟁을 빨리 끝내는 것만이 많은 산목숨을 살리는 것이오. 나는 여러 군사들에게 관창의 목을 보여주겠소. 이 전쟁이 끝난 뒤, 나는 적장 계백이 보여준 화랑얼을 기리기 위해 적의 주검 하나 다치지 않고 곱게 묻어줄 것이며, 애꿎은 백성들을 죽이거나 괴롭히지 않을 것이오. ……모두들 잘 들으시오. 누구라도 백제 백성을 다치거나 조금이라도 괴롭히는 사람이 있다면 화랑 김유신의 이름을 걸고 가만 놔두지 않을 것이오."

서릿발 같은 명령, 엄숙한 선언이었다. 김유신으로서는 참으로 가슴 벅찬 순간이었다.

백제 백성을 다치게 하지 말라! 화랑 김유신의 이름을 걸겠다! 얼마쯤 이른 감이 없지 않았으나 나라가 망해버린 백제 백성을 위해 내리는 명령, 이 순간을 기다리기 서른일곱 해. 무력으로써 빼앗은 백제를 다스리기 위하여 미리 세워둔 계획이요. 하나의 얼림수였으나 화랑 관창의 목으로 분위기에 걸맞은 명령이 되었다. 한껏 제멋에 겨운 김유신은 스스로 가슴이 벅차올랐고 목소리까지 저절로 떨렸다.

"또 하나, 군사들에게 화랑의 목을 보여주는 것은 그의 벗들에게, 그를 아끼는 이들에게 마지막 인사를 하도록 하자는 것이오. 구더기가 무서우면 장을 담그지 못하는 법이오. 그까짓 뒷소리가 무서워서 벗들에게 마지막 인사마저 못하게 가로막는다면 그야말로 못난 짓을 스스로 불러일으키는 것이며 뭇사람의 손가락질을 피할 수 없을 것이오."

목까지 발갛게 달아오른 김유신의 비장한 각오는 좌중을 압도하고도 남았다.

누가 막으랴. 마지막 인사를. 그러나 화랑얼을 두고 따질 때 어떤 이해나 이로움도 입을 열어 말할 수 있는 것은 아니다. 몇몇 장수들이 비겁한 짓을 해서는 안 된다고 말렸으나, 회의는 결국 상장군 김유신의 명령으로 끝났다.

"우리가 이 자리에 모인 것은 적과 싸워 이길 구명수를 찾자는 것이었지, 그것의 옳고 그름을 따지고 가리자는 것이 아니었소. 나는 신라군의 대장으로서 더 이상 군사들의 헛된 죽음을 바라보고만 있을 수는 없소이다. 적장의 훌륭한 뜻은 죄 없는 백제 백성을 다치지 않음으로써 갚을 것이오. 우리의 행동이 잘못되었다면 나 김유신이 모든 책임을 지겠소이다."

입가에 어린 웃음기는 이제라도 눈을 뜰 것 같았다. 장난치느라 눈을 감은 것처럼, 일렁이는 불빛 속에서 무슨 말이라도 건네려는 것처럼 입술이 달싹이는 듯도 했다. 이제 그만 눈을 떠도 좋으냐고 묻는 듯, 곱게 단장한 관창의 얼굴에 죽음의 그림자는 없었다.

금방이라도 살아 움직일 듯한 관창의 목은 그래서 더욱 보는 이의 가슴을 미어지게 했다. 그저 바라만 보다가 돌아서는 이도, 엎드려 절하는 이도 모두가 말을 잊었다.

　이게 죽은 사람의 모습이라니
　이렇게 아름다운 웃음을 머금을 수 있다니
　우리가 멈칫거리고 달아나 숨는 사이
　너는 혼자서 적진 깊숙이 날아가
　이렇게 목이 잘려 돌아왔구나.
　이토록 꽃다운 아이가
　이토록 꽃다운 나이에
　관창아,
　관창아,
　화랑 관창아!

　신라군 진영은 더없이 무겁게 가라앉아 있었다. 아득한 나락으로 떨어지는 듯……. 무엇이 이토록 커다란 힘으로 신라군을 짓누르는가? 네 번이나 지고 나니 모두들 날개가 꺾이었는가? 아니다! 신라군의 무거운 공기는 바깥에서 온 것이 아니라, 수만 군사들 한 사람 한 사람 몸에서 뿜어내는 숨 막히는 침묵이었고 탄식이었으며 분노였다.

아아!

싸움에 나가서는 물러서지 말고, 믿음으로 벗을 사귀어라!

나 또한 화랑도가 아니었던가?

비바람이 몰아치는 밤,

우레가 울고 벼락이 치는 벌판을 내달리며 굳센 용기를 기르고

버들개지 움트는 산과 들에 엎드려

흙냄새 풀냄새 맡으며, 신국의 봄을 지키자 다짐했던 벗이여!

그대는 기억하는가?

자랑스러운 신국 신라의 화랑도 나 아무개를.

아아!

나는 잊었노라.

내가 바로 화랑도임을 잊고, 이 싸움에 한낱 창잡이로 나섰다.

북소리에 맞추어 적을 향해 달려갔으나

눈이 뒤집힌 적들에 놀라

이리저리 몰리며 목숨을 아끼기에 바빴다.

내가 등을 돌려 숨을 때 날카로운 적의 창은 어디로 갔을 것인가?

아아, 벗이여!

벌레만도 못한 목숨을 위해 나는 벗들을 창받이로 만들었다!

아아!

신라 700년.

계림에서 일어난 신국 신라는 숱한 싸움 속에서도

한 번도 굽히지 않고 맞서 싸워 오늘에 이르렀다.

기름진 신국의 땅은 모두가

찢기고 부서진 선열들의 몸뚱어리!

그 속에서 삶을 꾸려가는 사람들 또한

그 넋의 꽃이 아니고 무엇이랴!

그렇다.

어젯밤에도 밝게 내려다보던 저 별빛은 천지신명의 눈이었다!

모두가 잠을 이루지 못했다. 낮게 흐느껴우는 자들도 있었다. 누가 모르랴! 그 눈물의 의미를. 누구도 흐느껴우는 벗들을 어루만져줄 수가 없었다. 저마다의 가슴속에도 견뎌내기 어려운 피처럼 짙은 울음이 있었으므로.

온 밤을 뜬눈으로 지새운 신라 군사들은 벌게진 눈으로 아침도 드는 둥 마는 둥 했다. 둥, 둥, 북소리에 흔들리듯 발걸음을 옮겼다. 잠자지 못해 지친 몸은 땅속으로 가라앉는 듯했으나 마음만은 깃털처럼 가벼웠다. 아니, 사그라진 재처럼 몸도 넋도 허깨비만 남았다.

사람이 죽으면 저승으로 간다.

내 넋은 이제 저승으로 떠나고 있다.

걷고 있는 것은 살아 있는 내가 아니라

몸을 떠난 넋이 저승길을 가는 것이다.

그러나

문득 떠오르는 것은 아아.

못난 아들이 탈 없이 돌아오기만 칠성님께 빌고 계실 어머니,

전쟁터에 지아비를 잃고 한숨으로 늙어오신 어머님,

먼저 가는 불효자식을 용서하십시오.

사랑으로 만났으나 괴로움만 끼쳐온 안해여,

이 못난 사내는 그러나 신라의 화랑도였소.

내 살을 저며 만든 아이들아,

이 아비에게는 한 방울 눈물도 남아 있지 않구나.

부디, 부디 잘 있거라.

모두가 그리운 이에게 이승에서는 만날 수 없는 이들에게 헤어짐을 아뢰었다.

둥, 둥, 둥. 북이 울었다.

둥, 둥, 둥.

둥, 둥, 둥.

신라 군사들은 둥둥 발이 떠서 백제군 속으로 날아갔다.

* * *

백제군이 신라군으로 돌려보낸 관창의 목 하나 때문에 5천 결사대가 전멸당하고, 13만 당군이 기벌포에 상륙하여 나당연합군이 사비성을 공격하자 의자왕은 웅진성(공주 공산성)으로 옮겨갔다.

나당연합군은 사비성을 함락시켰지만 백제군이 군량창고를 태워버렸으므로 군량 확보에는 실패했다. 웅진성은 험준한 벼랑과 금강으로 3면이 둘러싸인 철옹성이었으므로 공략하기가 매우 어려웠다. 5천 결사대가 전멸당하고 수도인 사비성이 함락되었어도 백제군의 전력은 거의 그대로였으니, 오래지 않아 왕을 구하고 도읍을 탈환하기 위해 곳곳에 산재해 있는 백제군이 몰려올 것은 불문가지였다. 게다가 보급로를 전혀 확보하지 못했으니 나당연합군은 가져온 식량이 바닥나면 꼼짝없이 굶주려야 하는 상황이 된 것이다. 사비성을 함락하고 백제왕을 웅진성에 가두었지만, 나당연합군도 사비와 웅진에 포위된 꼴이 되고 말았다.

보급로도 확보하지 않고 백제 깊숙이 들어와버린 실수가 시시각각 나당연합군의 숨통을 조이고 있었는데, 정말 뜻밖의 변수가 생겨나고 말았다. 웅진성 수비대장 예식이 백제 왕을 사로잡아 항복해버린 것이다. 무엇 때문에 예식이 의자왕을 붙잡아 당군에게 항복했는지, 지금으로서는 알 수가 없지만,

예식의 반역만 없었더라면 나당연합군은 웅진성을 함락시키지 못한 채 시일만 끌다가 겨우 목숨이나 부지해 도망쳤을 것이고, 그 전쟁의 승자는 백제가 되었을 것이다.

신라군이 국경을 넘은 지 보름도 안 되어 망해버릴 만큼 허약해진 백제였다. 왕자 부여풍이 왜에서 데려온 2만여 군사도 금강전투에서 몰살당하고 말았다. 그러나 5천 결사대의 죽음으로 불타오르기 시작한 배달얼은 또다시 김유신의 간계에 걸린 풍 왕자가 복신을 죽이고 스스로 자멸할 때까지 사비를 제외한 어느 곳도 신라에 넘겨주지 않고 무려 3년이나 꿋꿋하게 백제를 지켜냈다.

　세 나라 가운데 가장 힘이 약했던 신라가 백제를 치고 고구려를 망하게 할 수 있었던 이유는 무엇일까?

　역사는 늘 이긴 자의 붓끝으로 기록되었다. 공자와 맹자에 중독된 유자(儒者) 김부식은 만주 회복을 주장하는 서경천도파를 진압하고 난 뒤, 붓을 들어 『삼국사기』를 지어냈다.

　모두들 김부식의 『삼국사기』가 왜곡되었다고 한다. 그러나 '모화주의자 김부식이 신라를 우리 역사의 적통으로 세우기 위해 가야사는 물론 발해사까지 빼버렸으며 고구려사를 크게 왜곡했다'고 말할 뿐, 막상 어디를 어떻게 왜곡했느냐는 물음에는 우물쭈물하며 제대로 대꾸하지 못한다. 그러면서도 고구려사 왜곡이라는 소리가 나올 때마다 많은 사람들이 김부식을 끌어내 몰매를 놓고 있으니, 동네북 신세가 된 김부식은 억울하기 짝이 없을 것이다. 더구나 김부식에게 돌을 던지는 사람들도 결국 김부식의 북장구에 맞춰 춤추는 꼭두각시놀음이나 하고 있으니, 과연 지하의 김부식은 울고 있을까, 웃고 있을까?

역사를 가름하는 것은 늘 정신이 먼저다. 우리는 오랫동안 화랑정신을 강조해왔지만 막상 화랑의 본모습을 못난 충·효 속에 묻어놓고 밖으로 드러나지 못하게 했다. 조선의 뒤를 이어 뛰어난 문화와 정신으로 아시아를 지배했던 다물제국 고구려의 영광을 철저히 짓밟아온 것도 그런 까닭이다.

누구라도 김부식이 꾸며낸 『삼국사기』를 읽다 보면 다물제국 고구려가 천하의 중심에 서지 못하고 서토 오랑캐들의 변방에 숨어사는 작고 형편없는 나라였다고 깔보게 되기 마련이다. 5호16국으로 사분오열되었던 서토(西土)의 작은 나라들에 대해서도 늘 조공을 바치고 봉작까지 받았던 것처럼 왜곡하였으며, 청사에 빛나는 살수대첩이나 안시성 싸움도 고구려군의 군사력이 강하고 전략이 우수해서가 아니라, 적장들의 어처구니없는 실수 때문이었거나 우연한 행운이었던 것처럼 엉터리로 조작해놓았기 때문이다.

역사는 드라마가 될 수 있지만 드라마가 역사가 될 수는 없다. 그러나 역사를 제대로 아는 사람이 많지 않기 때문에 드라마가 역사 행세를 하는 것도 당연한 일이 되었다. 나관중의 『삼국지』도 작가의 상상력으로 만들어진 역사소설일 뿐이지만, 소설적 재미 때문에 오랜 세월을 거치는 동안 어느새 역사서처럼 되어버렸다. 아무리 시청률이나 판매부수가 중요하더라도, 드라마나 소설 작가들이 함부로 우리 조상을 욕보이고 우리 역사를 왜곡시켜서는 안 되는 것이다.

여기에 어느 한 부분이나마 서토인들의 입맛에 맞게 억지로 꾸며놓은 역사를 바로 밝히고, 크고 어진 겨레의 얼을 바르게 적는다. 2005년 '고구려'라는 제목으로 출간되었던 소설을 오늘의 시각과 좀 더 풍부해진 정보로 전면 개작해 '오국지'라는 제목으로 다시 낸다. 이 소설을 통해 더 많은 독자들이 우리의 당당한 역사를 알고 이해하고 자랑스러워하기를 바란다.

고구려 도전을 감행했다가 오히려 제가 망해버린 것이 수나라만은 아니다. 당 태종 이세민은 마흔아홉의 젊은 나이에 아직 열아홉 살짜리 어린 아들 이치에게 왕권을 넘겨주었고, 이치의 첩이었던 무측천은 어부지리를 얻어 당나라를 없애버리고 주나라를 세웠다. 이세민은 무엇 때문에 똑똑한 아들들을 제 손으로 죽이거나 죽게 만들고, 가장 어리석고 못난 아들 이치에게 왕권을 물려주어야 했으며, 죽는 날까지 통한의 눈물을 흘렸을까?

아무리 크고 단단하게 잠긴 자물통도 제 열쇠를 꽂으면 쉽게 풀린다. 춘추필법으로 왜곡된 수·당의 역사까지 옳게 바로잡은 것은, 서토와 우리 역사가 서로서로 자물통과 열쇠의 관계로 맞물린 두 개의 톱니바퀴였기 때문이다.

중화인민공화국에서 '동북공정'이라는 미명하에 고구려 역사를 자신들의 역사라고 해괴한 억지를 쓰며 우리 한민족의 역사까지 강탈하고 있는 것은 저들이 자신들의 역사를 전혀 모르는 무지에서 비롯된 것이다.

삼국 시기의 우리 역사는 천 년이 넘게 왜곡되었고 그렇게 교육되어왔다. 서토에서 수없이 명멸했던 크고 작은 나라들까지 모두 '세상의 중심이 되는 나라(中國)'라고 맹신해왔던 그 세월의 두께만큼이나 우리 역사를 바로 세우는 길은 험난할 것이며, 한두 사람의 손으로 해낼 수 있는 일도 아닐 것이다.

이 책 『오국지』 또한 픽션으로 이루어진 소설이지만, 역사적 진실에 충실하도록 노력하였으므로 역사서로도 크게 손색이 없을 것으로 감히 자부하는 바이다.

4347년 6월
정수인